Laura Kneidl
Das Flüstern der Magie

LAURA
KNEIDL

DAS
FLÜSTERN
DER
MAGIE

ROMAN

PIPER

Entdecke die Welt der Piper Fantasy:

Piper Fantasy.de

Von Laura Kneidl liegen im Piper Verlag vor:
Die Krone der Dunkelheit (Serie)
Das Flüstern der Magie

MIX
Papier aus verantwortungsvollen Quellen
FSC
www.fsc.org
FSC® C083411

Originalausgabe
ISBN 978-3-492-70569-1
3. Auflage 2020

Dieses Werk wurde vermittelt durch die AVA international GmbH
Autoren- und Verlagsagentur
www.ava-international.de
Satz: Kösel Media GmbH, Krugzell
Gesetzt aus der Minion
Druck und Bindung: CPI books GmbH, Leck
Printed in the EU

Für alle, die an Magie glauben.

Playlist

Cage the Elephant – Ain't No Rest for the Wicked

Post Malone (feat. Ozzy Osbourne & Travis Scott) – Take What You Want

The White Stripes – Icky Thump

Miley Cyrus (feat. French Montana) – FU

Watsky – Never Let It Die

Jaymes Young – Black Magic

Alison Wonderland – I Want U

The Dead Weather – Die by the Drop

Hozier – Angel of Small Death and the Codeine Scene

The White Stripes – Fell in Love with a Girl

Heaven Shall Burn – Endzeit

BANKS – Before I Ever Met You

Mourning Ritual (feat. Peter Dreimanis) – Bad Moon Rising

0

DER NARR

Ich starrte den Türsteher des *Banshee Labyrinth* an und fragte mich, wen der stämmige Mann wohl vor sich stehen sah. War ich für ihn eine gestresste Studentin, die sich eine Auszeit gönnte? Ein junger Mann, auf der Suche nach seiner nächsten Eroberung? Oder war ich ein Tourist, der auf etwas Nervenkitzel im gruseligsten Pub der Stadt hoffte? Niemand sah in mir die Person, die ich wirklich war, aber gerade das machte den Reiz der Sache aus.

Ein Grinsen trat auf die Lippen des Türstehers, und er nickte in Richtung des Eingangs. »Du kannst rein.«

Ich bedankte mich und trat an ihm vorbei in das Innere des Pubs, das seinem Namen alle Ehre machte. Das *Banshee* war ein Labyrinth aus Gängen und Räumen, das es mir erleichterte, die Stammgäste von Neulingen zu unterscheiden. Während die Frischlinge nach dem Eingang erst einmal stehen blieben, um die schaurigen Bilder an den Wänden und die gewölbten Decken zu betrachten, und sich fragten, was zum Teufel ein Kino in einem Pub zu suchen hatte, waren die Stammgäste bereits auf dem Weg zu ihrer Lieblingsbar, holten sich eine Tüte Popcorn oder suchten den Billardraum auf.

Ich drängte mich an einem Paar vorbei, das mitten im Weg stand, und schlängelte mich durch die schmalen, dunklen Flure zu einer Bar. Das *Banshee* war jetzt gut besucht, da die Tage kürzer und die Nächte länger und kälter wurden.

Hinter der Bar entdeckte ich Leo. Er war nicht der beste Barkeeper der Welt und verstand Bestellungen öfter falsch als richtig. Mit seinen schwarzen Haaren, die ihm bis zur Hüfte reichten, seinem voll tätowierten Körper und dem Gesicht, das aus mehr Metall als Haut zu bestehen schien, war er jedoch genau der Typ, den die Gäste und vor allem Touristen im *Banshee Labyrinth* erwarteten. Sie machten Fotos mit ihm, und mit seiner charmanten Art lullte er sie ein, sodass sie gerne länger blieben als geplant.

»Hey, Leo!« Ich setzte mich an die Bar, die mit schummrigen blauen und roten Lichtern ausgeleuchtet war.

Leo blickte von dem Zapfhahn auf, um den herum er gerade gewischt hatte. Ein breites Lächeln, das seine dunkle Erscheinung aufhellte, trat auf seine Lippen, als er mich entdeckte. »Hallo, Hübscher!«

»Hey«, raunte ich noch einmal und beugte mich weiter vor, um ihn über die Musik hinweg besser verstehen zu können. Die Magie des Mantels tarnte ebenso meine Stimme wie mein Aussehen. »Was geht?«

»Nicht viel, immer derselbe Scheiß, du kennst das.« Ohne nach meiner Bestellung zu fragen, zapfte er ein Bier ab und stellte es vor mir auf die Bar. »Geht aufs Haus.«

»Danke!« Ich erwiderte Leos Lächeln und schob ein paar Münzen in eine Büchse für Trinkgeld, die an der Bar bereitstand. Seit ich das *Banshee* besuchte, lud mich Leo jedes Mal auf ein Bier ein, vermutlich in der Hoffnung, dass ich das Pub eines Tages gemeinsam mit ihm verlassen würde. Aber das würde nie passieren, denn dann würde meine Täuschung auffliegen.

Ich hatte einige Wochen und viele geschickte Fragen benötigt, um herauszufinden, wen Leo in mir sah. Anscheinend eine Mischung aus Channing Tatum und Hugh Jackman, groß und muskulös, mit einem ausgeprägten Knochenbau.

Auf die Distanz war diese Illusion perfekt, aber spätestens wenn ich meinen Mantel ablegte, würde Leo bemerken, dass ich nicht die Person war, für die er mich hielt. Das Einzige, was ich mit Channing und Hugh gemeinsam hatte, war mein braunes Haar, das mir strubblig vom Kopf abstand. Denn wieso mir die Mühe machen, es zu frisieren, wenn es ohnehin keiner sah, solange ich den Mantel trug?

Leo stützte sich mit den Ellenbogen auf der Bar ab. Sein Gesicht war meinem nun ziemlich nahe. »Wie läuft das Geschäft?«

Ich trank einen Schluck von meinem Bier. »Kann mich nicht beklagen«, antwortete ich, und zumindest das war keine Lüge. Das *Geschäft* lief tatsächlich gut, nur galt meine Haupttätigkeit nicht dem Verkauf antiquierter Gegenstände, wie der Barkeeper glaubte, sondern ich verdiente meinen Lebensunterhalt mit dem Stehlen, Sammeln und Archivieren magischer Objekte.

»Ich habe heute Morgen ein neues Messerset bekommen«, fuhr ich fort. Mit *Messerset* meinte ich einen magischen Dolch, und mit *bekommen* meinte ich gestohlen, aus der Haushaltsauflösung eines alten Mannes. Aber das waren Nebensächlichkeiten. »Die Klingen sind in einem guten Zustand und die Schnitzereien in den Griffen sehr gut erhalten.«

»Diese Messer haben es dir wirklich angetan.« Leo lachte und ließ seine gespaltene Zunge zwischen seinen Lippen hervorblitzen.

»Ja, solch besondere Stücke findet man nur selten.« Ich musste an die Blutspritzer denken, die ich am späten Nachmittag von den Fliesen meines Badezimmers geschrubbt hatte, nachdem ich mich mit dem Dolch selbst erstochen hatte, um ihn zu testen. Nicht meine beste Idee. Der Schmerz war unangenehm gewesen, um es milde auszudrücken, da es nie angenehm war, sich eine scharfe Klinge in den Körper zu rammen. Doch zu beobachten, wie sich die Wunde augenblicklich spurlos wieder schloss, war den Schmerz wert gewesen. Durch diesen Dolch beigefügte Verletzungen dauerten nicht an. Es war beeindruckend.

»Du bist ein merkwürdiger Kerl, Fallon.«

»*Merkwürdig* ist mein zweiter Vorname.« Ich zwinkerte Leo zu und nahm mein Bier von der Theke. »Ich dreh mal eine Runde. Bis später!«

»Bis später!«, echote Leo voller Vorfreude auf unser Wiedersehen. Vermutlich wäre es das Beste, wenn ich heute Abend nicht mehr an seine Bar zurückkäme. Denn mit der Häufigkeit unserer Gespräche wuchsen auch Leos Hoffnungen, dass etwas zwischen ihm und meinem Trugbild passieren könnte. Das Fairste wäre es wohl gewesen, den Mantel abzulegen und diesem Spiel ein Ende zu bereiten, aber ich bekam gerne Freibier und mochte die Leichtigkeit, die damit einherging, jemand anders zu sein. Ich konnte tun und lassen, was immer ich wollte, und frei Schnauze sagen, was ich dachte. Solange ich den Mantel trug, brachte niemand meine Worte mit meinem Gesicht in Verbindung, demnach hatten sie auch keine Konsequenzen, und ich konnte mich vollkommen frei bewegen.

Die alten Steinmauern vibrierten unter den wummernden Bässen. Ich schlängelte mich zwischen den anderen Gästen hindurch in Richtung Billardzimmer, denn in meiner Tasche steckten zwanzig Pfund, die darauf warteten, verdoppelt zu werden. Der Tisch stand inmitten des Raums, dessen niedrige Decke sich an den Seiten fast bis zum Boden wölbte. Links und rechts an der Wand gab es weitere Sitzmöglichkeiten, und im hinteren Teil des Zimmers blinkten die bunten Lichter eines Spielautomaten.

Wie erwartet waren alle Queues bereits vergeben. Ich stellte mich mit meinem Bier in eine schattige Ecke, da alle Plätze besetzt waren, und beobachtete das laufende Spiel.

Hin und wieder begrüßten mich andere Stammgäste. Manche nickten mir freundlich zu, andere schenkten mir ein anzügliches Grinsen oder bedachten mich mit einem skeptischen Blick. Ich wusste nie, wen sie in mir sahen, und es war immer ein Abenteuer, zu erleben, wie sie auf mich reagierten. Inzwischen war ich gut darin, zu improvisieren und mich auf meine vielen Rollen einzulassen. Manchmal kam es dabei auch zu komischen Zwischenfällen, wie vergangene Woche, als mich ein Student angeflirtet hatte und daraufhin von seiner weiblichen Begleitung gefragt wurde, seit wann er für das andere Team spielte. In ihren Augen war ich ein Mann und keine Frau gewesen. An Orten wie dem *Banshee* waren diese Verwechslungen meist einfach zu klären. Die Leute waren betrunken und leichtgläubig. Und wenn die Sache doch einmal aus dem Ruder lief, machte ich mich aus dem Staub.

Mein Bier war bereits leer, als schließlich ein Queue frei wurde, den ich mir umgehend unter den Nagel riss. Ich gesellte mich zu den anderen Spielern an den Tisch. Zwei Männer und eine Frau, vermutlich Touristen, den Eiswürfeln in ihren Gläsern nach zu urteilen. Kein Schotte, der etwas auf sich hielt, würde Whisky auf diese Weise verwässern.

»Lust, das Spiel etwas interessanter zu gestalten?« Ich zog einen Fünf-Pfund-Schein aus der Tasche meines Mantels und legte ihn auf den Pooltisch. Die Musik aus einer Jukebox wechselte, und meine drei Mitspieler sahen von mir zu dem Geld auf dem Tisch.

Einer der Männer zuckte mit den Schultern. »Wieso nicht?« Er legte etwas Geld dazu. Seine Haut hatte eine natürliche Bräune, und seinem Akzent nach zu urteilen, stammte er aus Süditalien. In meinem Laden gingen jeden Tag so viele Touristen ein und aus, dass Akzente-Erkennen zu meiner zweiten Superkraft geworden war. »Ich bin Gio. Das sind Tessa ...« Er deutete auf die Frau. »... und Mariano.«

Während Gio und mein wahres Ich, das sich hinter dem Mantel verbarg, auf Augenhöhe miteinander waren, überragte mich Mariano um gut einen Kopf. Er hatte schwarzes Haar und dunkelbraune Augen, mit denen er mich interessiert musterte. Sein Lächeln war charmant, und beinahe bereute ich es, meinen Mantel nicht ausgezogen zu haben. Natürlich könnte ich trotz allem mit ihm nach Hause gehen. Wenn seine Vorstellung von mir allerdings zu stark von der Wirklichkeit abwich, könnte dies zu einer sehr unangenehmen Situation werden.

»Freut mich, euch kennenzulernen. Ich bin Fallon.«

»Was für ein ungewöhnlicher Name«, bemerkte Tessa, die Hüfte gegen den Tisch gelehnt. Sie wirkte wie jemand, mit dem ich befreundet sein könnte. Das blond gefärbte Haar fiel ihr in Wellen auf die Schultern. Sie trug ein altes Bandshirt, das am Kragen kunstvoll eingerissen war, und ihre Jeans war löchrig. Anders als ich hatte sie für diesen heruntergekommenen Look vermutlich bezahlt, aber das würde mich nicht davon abhalten, mich an ihrem Kleiderschrank zu vergreifen, wären wir Freundinnen.

»Das höre ich öfter.« Ich zuckte mit den Schultern und deutete auf das Geld. »Seid ihr dabei?«

»Logisch.« Tessa fischte etwas Kleingeld aus ihrer Hosentasche und warf es auf den Haufen.

Mariano schüttelte den Kopf. »Ich bin raus.«

»Spielverderber«, neckte Tessa ihn und streckte ihm die Zunge raus, die Mariano mit seinen Fingern einzufangen versuchte, woran er natürlich scheiterte.

»Armer Schlucker trifft es wohl besser.« Er lachte und warf mir einen nervösen Blick zu, als sorgte er sich, sein fehlendes Geld könnte ihn für mich unattraktiver machen. Ich lächelte ihn aufmunternd an, und er antwortete mit einem verschmitzten Grinsen. Sein Flirtversuch wurde allerdings jäh unterbrochen, als ein Fremder an den Tisch trat.

»Darf ich mitspielen?«

»Klar!« Tessas Antwort kam etwas zu schnell und laut, und Gio versuchte, ein Lachen zu unterdrücken.

Ich sah von Mariano zu dem Neuankömmling, und mein eigenes Lachen blieb mir im Hals stecken. Der Kerl, der an uns herangetreten war, sah umwerfend aus. Er war nicht der Größte und schmal gebaut, besaß aber deutliche Muskeln, die sich unter seinem T-Shirt abzeichneten. Sein dunkles Haar, dessen Farbe ich im dämmrigen Licht des *Banshee* nicht definieren konnte, stand wirr in alle Richtungen ab. Nicht auf eine gestylte Art und Weise, sondern so, als hätte er tatsächlich keine Lust gehabt, nach einem Kamm zu greifen. Doch vor allem seine braunen Augen hielten meinen Blick gefangen. In ihnen lag eine Schwermut, die mich mit sich zog und in mir den Wunsch weckte, den Neuling zu fragen, ob alles in Ordnung sei. Aber ich hatte die Regel, Gespräche oberflächlich zu lassen, wenn ich den Mantel trug, um keine Bindungen aufzubauen. Nur für Leo hatte ich diese gebrochen. Ob das ein gutes Ende nehmen würde, war noch nicht abzusehen.

»Der Einsatz sind fünf Pfund«, sagte ich und versuchte das Gesicht des Fremden einzuordnen. Ich konnte mich nicht daran erinnern, ihn schon einmal hier gesehen zu haben. Und er war eindeutig kein Tourist, dafür war sein schottischer Akzent zu ausgeprägt.

»Ich bin dabei.« Er legte seinen Einsatz auf den Haufen und nahm Mariano den Queue ab, ohne den Blick von mir zu lassen. Ich war es gewohnt, angestarrt zu werden, wenn ich den Mantel trug, immerhin verwandelte er mich in eine Art Fantasie. Manchmal wurde ich zu einem bekannten Star, andere Male zu einer geliebten Person, was oft problematische Situationen hervorrief, denen ich entfliehen musste. Aber abends in einem Pub wurde ich meist einfach zu einem Objekt der Begierde. Doch etwas an diesem Fremden war anders. Sein Blick schien tiefer zu reichen, als könnte er nicht nur die schillernde Oberfläche des Meeres sehen, sondern auch die darunterliegende Dunkelheit.

»Wie heißt du?«, fragte Tessa.

Er blinzelte und sah von mir zu ihr. »Reed.«

»Ich bin Tessa ...« Sie stellte sich und ihre Freunde der Reihe nach erneut vor. Ich hörte ihnen nur mit halbem Ohr zu, denn meine Aufmerksamkeit ruhte noch immer auf Reed. Dieser Name passte zu ihm. Er war gewöhnlich, aber zugleich ausgefallen genug, um nicht einfach überhört zu werden.

»… und das ist Fallon«, schloss Tessa ihre Vorstellungsrunde ab. »Wir kennen uns bereits seit fünf Minuten.«

»Fünf Minuten?« Reed schmunzelte, wobei feine Grübchen auf seinen Wangen erschienen. »Das ruft geradezu nach einem Drink, um darauf anzustoßen.«

»Absolut«, pflichtete Tessa bei und grölte: »Marianoooo?«

Dieser hob die Hände in Ergebenheit. »Jaja, ich geh schon, aber ich bezahl das nicht!«

Gio fischte ein paar Geldscheine aus seiner Hosentasche. Tessa grinste. »Danke!«

Mariano nahm das Geld und warf mir noch ein Lächeln zu, bevor er aus dem Billardzimmer verschwand, um eine der Bars aufzusuchen. Gio brachte die Kugeln auf dem Tisch in Position, und ohne Absprache setzte Tessa zum ersten Schuss an. Die Bälle flogen wild über die Platte, und es brauchte keinen Detektiv, um herauszufinden, dass die beiden keine Ahnung von diesem Spiel hatten. Doch ich ließ sie machen, zumal es nicht in meinem Interesse lag, bereits die erste Runde zu gewinnen.

»Guter Anstoß«, log ich und schlenderte um den Tisch herum. Dabei war ich mir Reeds Blick, der mir folgte, nur allzu bewusst. Wie alt war ich in seinen Augen? Sah er in mir einen Mann oder eine Frau? Hatte ich dunkles Haar, oder war ich blond wie Tessa? Wer immer ich für ihn war, ich hatte den Eindruck, dass Reed ähnlich wie Mariano darauf hoffte, mich später mit nach Hause nehmen zu dürfen. Und auch wenn ich wusste, dass diese Begierde nicht mir und meiner eigenen Erscheinung galt, war es doch schön, daran erinnert zu werden, dass auf dieser Welt Vergnügen jenseits der Jagd nach magischen Gegenständen existierten.

Ich liebte meine Arbeit und die Magie und würde sie für nichts aufgeben wollen. Doch ich durfte mit niemandem über mein Archiv reden, und ein solches Geheimnis brachte Opfer mit sich. Ein Opfer war mein Sozialleben. Nächte wie diese gab es für mich nur noch selten, seit ich das Archiv meiner Tante übernommen hatte. Meistens verbrachte ich die Abende allein in meiner Wohnung, recherchierte magische Objekte, sortierte, katalogisierte oder entstaubte den Bestand, organisierte meine nächsten Diebeszüge oder lag einfach nur in meinem Bett, erschöpft von einem vorausgegangenen Auftrag.

Die Freunde aus meiner Schulzeit hatte ich in London, meiner Heimatstadt, zurücklassen müssen. Der Kontakt war kurz darauf abgebrochen, und jeder Versuch, neue Freundschaften zu schließen, war bisher im Sand verlaufen. Für ein paar Tage und Wochen waren neue Bekanntschaften leicht zu machen. Die Leute lachten über meine verschrobene Art, meine Unpünktlichkeit und meine wirren Ausreden, wenn ich mal wieder plötzlich verschwinden musste, um etwa eine antike Vase zu klauen, die es einem erlaubte, die Vergangenheit ihrer Besitzer zu sehen.

Es war jedoch nur eine Frage der Zeit, bis meine vermeintlich neuen Freunde diese Ausreden leid wurden. Was zu Beginn amüsant und liebenswert gewesen war, wurde schnell lästig und egozentrisch, und die Menschen um mich herum bekamen das Gefühl, dass es Dinge gab, die mir wichtiger waren als sie. In gewisser Weise stimmte das. Zwar hatte ich mir diesen Job nicht ausgesucht, aber er war meine Bestimmung.

Plötzlich schnipste jemand mit den Fingern direkt vor meinem Gesicht. Ich fuhr zusammen und sah erschrocken auf. Reed stand vor mir, die Augenbrauen tief zusammengezogen, und musterte mich. »Alles klar bei dir?«

»Ich, ähm …« Blinzelnd schaute ich mich im dunklen Gewölbe um und erkannte, dass auch Gio und Tessa mich beobachteten. Ich lachte unruhig und trat einen Schritt zur Seite, um Abstand zwischen Reed und mir zu schaffen und die Illusion des Mantels nicht zu gefährden.

»Ja, alles bestens. Ich musste nur an meine Arbeit denken«, antwortete ich halbwegs ehrlich, denn Lügen erzählte man am besten nahe an der Wahrheit. Falls die Familie Emrys ein Motto besaß, dann wohl dieses.

»Vergiss die Arbeit«, sagte Tessa mit einem Schnauben. Dabei spielte sie mit der Spitze ihres Queues. »Du bist dran.«

In meiner gedanklichen Abwesenheit hatte jemand vier Kugeln eingelocht, und mein Gefühl sagte mir, dass es nicht Gio gewesen war. Ein Blick zu dem schelmisch grinsenden Reed bestätigte meinen Verdacht.

Ich studierte die Kugeln auf dem Tisch. Wenn ich es geschickt anstellte, könnte ich die Zwei, die Sieben, die Zehn und womöglich auch die Elf mit einem Stoß einlochen. Aber ich wollte weder angeben noch gewinnen, also beförderte ich die weiße Kugel geradewegs gegen die Bande, ohne einen Treffer zu landen.

»Fuck!«, fluchte ich und schlug gegen den Tisch.

»Mach dir nichts draus, ich bin auch nicht sonderlich gut«, sagte Tessa, dennoch hüpfte sie schwungvoll von ihrem Hocker, um ihren nächsten Versuch zu wagen.

Wie von selbst wanderte mein Blick erneut zu Reed. Er war wie dieser nicht mordende Dolch. Ich hatte gewusst, dass es keine gute Idee war, mich selbst zu erstechen, doch trotz der Schmerzen hatte ich es getan. Und dieselbe Dummheit, die mich veranlasst hatte, mir eine Klinge in den Magen zu stoßen, trieb mich nun dazu, mich neben Reed zu stellen.

»Hast du schon einmal Billard gespielt?«, fragte er, die Hände auf seinem Queue abgestützt. Sie sahen rau und schwielig aus, als würde er oft hart mit ihnen arbeiten.

»Hin und wieder mit meinem Dad.«

Reed nickte langsam und gab einen brummenden Laut von sich, den ich nicht deuten konnte.

»Ich würde dich ja auch fragen, ob das dein erstes Mal ist, aber das ist es eindeutig nicht.«

»Vielleicht ist es nur Anfängerglück.«

»Niemals.«

»Stimmt, aber zumindest führe ich diese Leute nicht an der Nase herum.« Er wandte sich mir mit seinem ganzen Körper zu, ein wissendes Lächeln auf den Lippen. »Niemand, der so schlecht spielt wie du, hätte vorgeschlagen, um Geld zu wetten. Selbst Tessa hat eben eine Kugel gestreift. Du hast absichtlich gegen die Bande gespielt.«

In seiner Stimme schwang so viel Überzeugung mit, dass ich nicht widersprechen konnte. Er hatte mich durchschaut. Wieso wunderte mich das nicht? »Wirst du mich verraten?«

Reed zuckte leichthin mit den Schultern, blieb mir eine richtige Antwort aber schuldig, denn in diesem Moment rief Gio seinen Namen. Er war an der Reihe. Unbeirrt trat er an den Billardtisch heran und studierte die Lage, ehe er sich über den mit grünem Samt überzogenen Tisch beugte und seinen Stoß setzte. Unterlegt von dem Soundtrack aus der Jukebox, war kurz darauf das Klackern von aneinanderschlagendem Holz zu hören. Zwei Kugeln rollten in die Netze an den Ecken, und Tessa klatschte begeistert in die Hände, obwohl sie dabei war, fünf Pfund zu verlieren.

Reed versenkte noch eine weitere Kugel. Die darauf folgende verfehlte jedoch knapp ihr Ziel, und ich war wieder an der Reihe. Ich griff nach meinem Queue, den ich an die Wand gelehnt hatte, und obwohl der Raum praktisch leer war und es keinen Grund gab, sich aneinander vorbeizudrängeln, streifte Reed im Vorbeigehen meinen Arm.

»Viel Glück«, raunte er. Seine Worte vibrierten durch meinen Körper und lösten ein Kribbeln aus, wie ich es in den letzten Wochen und Monaten selten verspürt hatte. Doch unweigerlich fragte ich mich, ob das, was Reed bei der Berührung gefühlt hatte, mit seinem Bild von mir übereinstimmte. Natürlich kam ich öfter versehentlich mit Leuten in Kontakt. Die meisten runzelten die Stirn, drehten sich einmal nach mir um und liefen dann einfach weiter, weil der menschliche Verstand sich nicht gerne mit Dingen auseinandersetzte, die er nicht begreifen konnte.

Zögerlicher, als es für mich typisch war, sah ich über meine Schulter hinweg zu Reed. Er hatte die Arme vor der Brust verschränkt und musterte mich. Nicht auf eine fragende, verwunderte Art und Weise, als wäre er irritiert. Sondern auf eine neckische, provokante, als wäre ich für ihn die einzige ernst zu nehmende Gegnerin in dieser Runde. Herausfordernd hob er die Augenbrauen.

Nein, auf eine solche Provokation ließ ich mich nicht ein. Denn wenn ich dieses Spiel gewann, würden Gio und Tessa schneller mit ihrem Geld verschwinden, als ich Kugeln in die Netze stoßen konnte; und das wollte ich gewiss nicht.

Dennoch spielte ich etwas besser als in der ersten Runde, um nicht auch noch das Misstrauen der anderen zu wecken. Mit einer Kugel auf meinem Konto und nur noch sieben auf dem Tisch schlenderte ich zurück zu Reed. Es wäre wohl das Beste gewesen, mich von ihm fernzuhalten, aber ich konnte nicht. Er zog mich auf geradezu magische Weise an wie die silbern glänzende Klinge des Dolches.

»Wir könnten uns zusammentun«, sagte Reed aus dem Nichts heraus, ohne mich anzusehen. Er sprach so leise, dass ich seine Worte unter der kreischenden Musik von AC/DC kaum ausmachen konnte. »In der nächsten Runde spielen wir in Teams. Wir gegen sie.« Er nickte in Richtung von Tessa und Gio. »Den Gewinn teilen wir uns.«

»Nein.«

»Nein?« Reed runzelte die Stirn, als würde er nicht verstehen, wie ich sein großzügiges Angebot ablehnen konnte.

Ich beugte mich zu ihm, setzte mein charmantestes Lächeln auf und flüsterte mit einer Stimme so klebrig wie Honig: »Wieso sollte ich mir das Geld der beiden mit dir teilen, wenn ich doch weiß, dass ich das Geld von drei Leuten für mich allein haben kann?«

Reeds rechter Mundwinkel zuckte. »Du glaubst wirklich, du kannst gegen mich gewinnen?«

»Ich glaube es nicht nur. Ich weiß es.«

I

DER MAGIER

Ich war es gewohnt zu gewinnen oder so lange zu kämpfen, bis ich als Sieger hervorging. Zu verlieren konnte ich mir nicht erlauben, nicht in der Wirklichkeit und auch nicht im Spiel. Das Leben mancher Menschen hing von meinem Erfolg ab und meine eigene Zukunft von den achtzig Pfund, um die ich gerade spielte. Denn das Antiquariat, das dem magischen Archiv vorgeschoben war, hatte diesen Monat nicht genug Gewinn erzielt. Verlor ich das Geld, würde ich vor meinen Eltern zu Kreuze kriechen und sie um ein kleines Darlehen bitten müssen. Was ihnen nur Anlass dazu geben würde, ihre Entscheidung, mir das Archiv zu überlassen, infrage zu stellen.

Ursprünglich hatten sie nicht mir die Leitung übertragen wollen, sondern einem Archivar, der aktuell in Russland aktiv war. Doch zu meinem Glück hatte er sich geweigert, nach Schottland zu ziehen. Es lag in der Verantwortung der Archivare, dafür zu sorgen, die Gefahr durch magische Gegenstände einzudämmen. Wenn Menschen wegen eines Gehstocks, der sich in eine Schlange verwandelte, hysterisch wurden, sich versehentlich mit einer uralten Haarnadel vergifteten oder die Welt in eine Katastrophe stürzten, weil sie nicht ahnten, dass sie mit ihrer Taschenuhr die Zeit um vierundzwanzig Stunden zurückdrehen konnten, war dies die Schuld der Archivare.

Einige Familien, darunter auch die Emrys, waren vor Jahrhunderten von den Königshäusern dieser Welt ausgewählt und mit der Aufgabe bedacht worden, die Magie zu schützen. Inzwischen existierten die meisten dieser Königshäuser nicht mehr, aber gewiss würde es nicht ungestraft bleiben, wenn wir Hüter unseren Auftrag nicht erfüllten. Und davor hatten meine Eltern Angst, weshalb sie zuerst gezögert hatten, mir das Archiv anzuvertrauen. Ihrer Meinung nach war ich zu jung und unerfahren, um eines zu leiten, besonders in einer solch magischen Stadt wie Edinburgh.

Es gab Orte, an denen die Magie besonders präsent war. Niemand konnte diesen Umstand genau erklären. Dennoch gab es Dörfer, Städte und Regionen, in denen sich magische Gegenstände häuften. Edinburgh gehörte zu jenen magischen Städten, und das machte mein Archiv in der Candlemaker Row zu einem der wichtigsten auf der ganzen Welt.

Es war nicht einfach gewesen, meine Eltern von mir und meinen Fähigkeiten zu überzeugen, aber schließlich hatten sie eingewilligt, mir das Archiv für einen Monat als eine Art Test zu überlassen. Ich hatte nie in meinem Leben so wenig geschlafen wie in diesen dreißig Tagen, aber es hatte sich gelohnt. Meine Eltern waren zufrieden gewesen und hatten zugestimmt, es in meiner Obhut zu lassen. Aber obwohl ich mittlerweile seit über einem Jahr auf das Archiv aufpasste, ließen sie es sich nicht nehmen, mich im Auge zu behalten und mir jeden noch so kleinen Fehler immer und immer wieder vorzuwerfen. So wie Eltern das eben taten.

Mittlerweile waren ihre Kontrollbesuche auf ein Minimum zurückgegangen, aber ich war mir sicher, dass ein Minus meines Kontostandes sie sofort auf der Bildfläche erscheinen lassen würde, mit all den alten Zweifeln und Sorgen. Aus diesem Grund konnte ich es mir nicht leisten zu verlieren – und das tat ich auch nicht.

Mit einem selbstgefälligen Grinsen nahm ich die achtzig Pfund, die sich am Rand des Billardtisches gesammelt hatten, an mich und ließ sie in einer meiner Manteltaschen verschwinden. Ich war wie üblich vorgegangen und hatte mich Runde für Runde langsam gesteigert, um den Ehrgeiz meiner Mitspieler zu wecken, bis ich in der letzten Runde alles auf eine Karte gesetzt hatte.

»Wirklich gut gespielt«, sagte Mariano mit einem Lächeln, das halb Flirtversuch, halb Schadenfreude war. Vermutlich war er glücklich darüber, sich auf keine Wette eingelassen zu haben.

»Danke!«

Er beugte sich vor, den Kopf in meine Richtung geneigt. »Ich lehne mich mal weit aus dem Fenster, aber hättest du vielleicht Lust, mir von dem Geld einen Drink auszugeben?«

Dem Klang seiner Stimme entnahm ich, dass er keineswegs nur auf ein kostenloses Getränk aus war, sondern auf etwas ganz anderes. Und ich musste zugeben, er sah gut aus mit seinen langen, dichten Wimpern und dem vollen dunklen Haar. Dennoch wich ich zurück. »Sorry, aber das Geld ist schon anderweitig verplant.«

Das Lächeln rutschte von Marianos Gesicht.

»Sorry«, wiederholte ich noch einmal, obwohl es mir nicht wirklich leidtat. Er hatte gefragt, ich hatte *Nein* gesagt. So lief es nun mal, und damit musste er klarkommen. Dennoch verabschiedeten sich die drei Freunde kurz darauf und verließen mit leicht getrübter Stimmung das *Banshee.* Kurz meldete sich mein schlechtes Gewissen, sie um ihr verbliebenes Urlaubsgeld gebracht zu haben, aber immerhin besaßen sie so etwas überhaupt. Davon konnte ich nur träumen. Magische Archive brachten keinen Cent ein, und auch Antiquariate waren nur in Maßen rentabel. Warum das Archiv in Edinburgh ausgerechnet als Antiquariat getarnt war und nicht als Café oder Boutique – keine Ahnung.

»Armer Kerl«, säuselte Reed. Er stand mir gegenüber, die Arme auf der Tischplatte abgestützt, und beobachtete mich. Dabei umspielte noch immer ein wissendes Lächeln seine Lippen, als kannte er ein Geheimnis, das sich mir nicht zeigte.

»Er ist ein großer Junge, er kommt damit klar.«

Reed schnaubte und verlagerte sein Gewicht, wobei sich sein T-Shirt über seiner Brust spannte. Nicht weil er besonders breit oder muskulös gebaut war. Das Shirt wirkte schlichtweg zu eng, und dem verwaschenen Stoff nach zu urteilen, war es bereits einige Jahre in seinem Besitz. »Weißt du schon, was du dir von deinem neu gewonnenen Vermögen kaufen wirst?«

Ich nippte an meinem Bier. »Ich glaube, ich kaufe mir eine Jacht.«

Er rümpfte die Nase, als hätte er etwas Ekliges gerochen.

Ich zog die Brauen nach oben. »Nicht gut?«

»Nah. Ich bin eher der Privatjet-Typ.«

Ich schmunzelte. »Das habe ich mir gleich gedacht.«

Sein Lächeln wurde breiter, und er senkte den Kopf, jedoch nur für den Moment eines Herzschlages, ehe er mich wieder ansah. »Nein, ernsthaft«, fragte er, »was wirst du dir von dem Geld kaufen?«

»Langweilige Dinge«, antwortete ich und öffnete den obersten Knopf meines Mantels, denn allmählich wurde es ziemlich warm im *Banshee,* mit all den angeheiterten und tanzenden Menschen. Reed folgte der Bewegung mit seinem Blick, als würde er etwas sehen, was ihm gefiel.

»Ich habe mich schon die ganze Zeit gefragt, ob dir in dem Mantel nicht langsam zu warm wird«, sagte er wie aus heiterem Himmel.

Ich stockte in der Bewegung. Irritiert blinzelte ich Reed an. »Was hast du gesagt?«

»Ich habe mich gefragt, ob dir heiß ist.« Er deutete an meinem Körper auf und ab. »Wir können den Mantel gerne in die Garderobe bringen. Es sei denn, du möchtest gehen.«

»Ich ...« Fassungslos starrte ich Reed an. Mir war deutlich bewusst, dass mein Mund offen stand, denn mir fehlten die Worte. *Mein Mantel?* Er konnte ihn unmöglich sehen.

Er konnte *mich* unmöglich sehen.

Ich war von der Magie des Mantels geschützt. Und die Magie machte keine Fehler. Sie war perfekt. Ich verstand nicht genau, wie sie funktionierte – niemand tat das. Denn auch wenn sie an Gegenstände gebunden war, war sie selbst kein *Ding,* sondern etwas Lebendiges, das sich wandelte und anpasste, an Orte, an Menschen, an Zeiten, an Gedanken – an alles!

»Welche Farbe hat mein Mantel?« Meine Stimme hatte einen leicht panischen, geradezu hysterischen Klang angenommen.

Verwirrt neigte Reed den Kopf und musterte mich, als würde er sich darum sorgen, dass mir das Bier zu Kopf stieg, aber ich war vollkommen nüchtern. »Ähm. Rot?«

»Was für ein Rot?«

Er kniff die Augen zusammen und beugte sich über den Tisch hinweg zu mir. Mein Herz schlug schneller, und mein

Blick war auf Reeds Lippen geheftet, während ich auf seine Antwort wartete. Eingehend betrachtete er mich im bunten Licht des *Banshee*, und in mir wuchs der Drang zurückzuweichen.

Ich hatte so etwas noch nie erlebt. Dieser Mantel war dazu geschaffen, die Realität zu verbergen, dennoch sah Reed mich, wie ich war. Oder nicht? Vielleicht schätzte ich die Situation falsch ein, und die Magie zeigte ihm rein zufällig ebenfalls ein Mädchen im roten Mantel. Es könnte ein Missverständnis sein ...

Doch die Art, wie Reed mich angesehen hatte, hatte in mir vom ersten Moment an ein eigenartiges Gefühl ausgelöst. Wie war das möglich? Die einzige Erklärung, die sich mir bot, war die, dass er seinerseits einen magischen Gegenstand besaß, der es ihm erlaubte, die Realität zu sehen. Allerdings erklang aus seiner Richtung nicht das vertraute Flüstern der Magie, das nur Archivare hörten.

»Traube?«, sagte Reed schließlich und lehnte sich zurück. »Er hat die Farbe von roten Trauben, einen V-Ausschnitt und goldene Knöpfe. Außerdem ist deine Hose schwarz, dein Haar braun, deine Augen sind irgendwie gräulich, und du hast eine wirklich süße Zahnlücke zwischen den Schneidezähnen.« Ein gefälliger Ausdruck lag auf seinem Gesicht. »Habe ich den Test bestanden?«

Ja?

Nein?

Vielleicht?

Scheiße!

Mir sank das Herz. Wenn Reed mich ansah, erkannte er wirklich mich. *Mich.* Die Magie des Mantels wirkte bei ihm nicht. Was sollte ich jetzt tun? Ich hatte keine Ahnung, wie ich reagieren sollte. Keine Lektion meiner Eltern hatte mich auf einen Moment wie diesen vorbereitet.

Es gab neben den Archivaren noch eine kleine Gruppe *Eingeweihter,* Menschen, welche in die Familien eingeheiratet hatten und von der Magie wussten. Die Entscheidung darüber, wer zu einem Eingeweihten werden durfte, wurde nicht leichtfertig und gemeinsam von den Oberhäuptern der Archivarenfamilien getroffen. Doch Reed war gewiss kein Eingeweihter, davon wüsste ich. Unsere Gruppierung war so klein und vernetzt, dass jeder jeden kannte. Demnach sollte es ihm nicht möglich sein, durch die Magie hindurchzusehen.

Doch er konnte es, und ich war wie gelähmt. Sollte ich ihn mit ins Archiv nehmen? Sollte ich Jess informieren? Oder meine Eltern anrufen?

Nein, auf keinen Fall. Sie würden mir nur eine Standpauke darüber halten, dass magische Gegenstände kein Spielzeug waren und ich den Mantel überhaupt nicht hätte tragen, geschweige denn aus dem Archiv hätte entwenden dürfen. Vermutlich würden sie diesen Zwischenfall nur als Anlass sehen, mir das Archiv wegzunehmen. Das konnten sie, ohne großes Aufsehen zu erregen, denn meine Eltern waren seit drei Jahren die Oberhäupter der Familie Emrys.

Meist leiteten wir die Archive bis zu unserem Tod, aber manchmal führten besondere Umstände oder ein verantwortungsloses Verhalten dazu, dass man seiner Position frühzeitig enthoben wurde. Und unter keinen Umständen wollte ich dieser kleinen, teils verhöhnten Gruppe angehören. Das Archiv bedeutete mir alles, und das wiederum bedeutete, dass meine Eltern niemals von Reed, unserem Treffen und dieser Sache erfahren durften.

»Fallon? Ist …«

»Ich muss los«, fiel ich Reed ins Wort. Ich stürzte den Rest meines lauwarmen Biers runter. Es schmeckte bitter und abgestanden und hinterließ einen fahlen Geschmack auf meiner Zunge. Eine leise Stimme in meinem Hinterkopf fragte mich, ob ich nicht womöglich überreagierte, aber die Antwort war ein klares *Nein.* Ich konnte nicht zulassen, dass eine zufällige Begegnung in einem Pub meine Zukunft als Archivarin in Gefahr brachte. Reed ohne eine Erklärung stehen zu lassen, war vielleicht nicht nett, aber wir kannten uns kaum, und vermutlich würde er mich bis morgen bereits wieder vergessen haben.

Mit schnellen Schritten verließ ich das *Banshee* und ließ die wummernden Bässe von Post Malones *Take What You Want* hinter mir, während ich aufwärts zur Royal Mile eilte.

Ich vergrub die Hände tief in den Taschen meines Mantels und fühlte die zusammengeknüllten Geldscheine meines Gewinns. Vielleicht war die Begegnung mit Reed die Strafe für meinen zu großen Stolz. Wäre ich über meinen Schatten gesprungen und hätte meine Eltern um etwas Geld gebeten, wäre ich ihm nie begegnet und könnte weiter in Unwissenheit leben.

Denn selbst wenn ich Reed vor den anderen Archivaren verheimlichte, würde mir diese Begegnung einige schlaflose Nächte bereiten. Es war wie damals, als ich mir verbotenerweise die Ohrringe meiner Mum ausgeliehen und einen verloren hatte. Sie hatte nie erfahren, was mit dem Schmuckstück, das sie von ihrer Mutter geerbt hatte, geschehen war. Der Stecker war einfach weg gewesen, aber ich lebte bis heute mit der Schuld; und die Angst, es ihr zu sagen, war Teil meines Lebens.

Auf einmal hörte ich Schritte hinter mir. An sich wäre das nichts Besonderes gewesen, aber diese Schritte klangen schnell und zielstrebig. Sie kamen näher, wurden lauter. Eine Vorahnung keimte in mir auf, noch ehe ich seine Stimme hörte.

»Fallon!«

Ich blieb nicht stehen.

»Fallon! Warte!«

Ich tat, als würde ich Reed nicht hören, aber bereits einen Moment später hatte er zu mir aufgeschlossen und passte sein Tempo meinem an. »Ist alles in Ordnung?«

Nein.

»Wenn ich etwas getan habe, um dich zu kränken, tut mir das leid. War es der Kommentar zu deiner Zahnlücke? Ich wollte dich damit nicht verärgern. Sie ist wirklich süß.«

Ich presste die Lippen fest aufeinander, den Blick starr geradeaus gerichtet. Wenn ich ihn nur lange genug ignorierte, würde er vielleicht von selbst verschwinden, und ich würde nicht Gefahr laufen, etwas auszuplaudern, was ich besser für mich behielt. Würde er von der Magie wissen, wenn ich ihn danach fragte?

»Komm schon, rede mit mir«, drängte Reed. Er beschleunigte seine Schritte, bis er vor mir lief. Doch anstatt mir den Weg zu verstellen, drehte er sich um und begann rückwärtszulaufen, sodass ich nicht anders konnte, als ihn anzusehen. Im klaren Licht der Straßenlaternen erkannte ich, dass seine Haare von einem dunklen Braun waren wie Zartbitterschokolade, und seine Augen heller, als es im bläulichen Licht des *Banshee* den Anschein gehabt hatte.

Wie Bernstein …

Ich wurde langsamer. Wie sollte ich vor ihm davonrennen, wenn er mich so flehend ansah?

Ich blieb stehen. »Reed …«

»Es spricht!«

Ich unterdrückte den Drang, mir trotz der frischen Nachtluft den Mantel zuzuknöpfen, um Reeds Aufmerksamkeit nicht erneut darauf zu lenken. »Mir geht es gut, ehrlich. Mir ist eben nur eingefallen, dass ich dringend nach Hause muss.«

Reed neigte den Kopf. »Soll ich dich begleiten?«

Bevor ich antworten konnte, klingelte plötzlich das Handy in meiner Manteltasche. Ich hätte in Erwägung gezogen, nicht dranzugehen, wäre nicht ausgerechnet der *Ghostbusters*-Theme-Song zu hören gewesen. Diesen Klingelton hatte ich nur einer einzigen Person zugeordnet. Einer Person, die ich nicht ignorieren sollte. Verdammt! Unter Reeds misstrauischem Blick nahm ich mein Handy hervor.

»Ja?«, bellte ich in das Gerät.

»Da hat aber jemand gute Laute.«

Ich stieß ein Seufzen aus. »Was willst du, Jess?«

Der Tonfall meiner Stimme schien Jess Warnung genug zu sein. Er verzichtete auf einen spitzen Kommentar und wurde unvermittelt ernst. »Es gibt ein Feuer in Bruntsfield, Merchiston Cres, Ecke Castle Road.«

»Dann ruf die Feuerwehr.«

»Es lässt sich nicht löschen«, erwiderte Jess trocken, der sich von meiner schnippischen Art nicht aus der Ruhe bringen ließ. »Hört sich nach dem *Ewigen Feuer* an, das du bereits seit ein paar Wochen suchst. Was denkst du?«

»Mhh«, brummte ich und legte auf, ohne ein weiteres Wort zu sagen. Ein alter-neuer Auftrag hatte mir gerade noch gefehlt, aber ich konnte diesen Notruf nicht ignorieren. Sollte der Brand wirklich von dem Ewigen Feuer verursacht worden sein, musste ich dorthin, um die magische Kerze zu suchen.

»Wer war das?«, fragte Reed, der mich die ganze Zeit über beobachtet hatte.

»Ein Notfall«, antwortete ich und hob meinen Arm, um das Taxi heranzuwinken, das gerade an uns vorbeifuhr. Es bremste scharf und schwenkte an den Straßenrand. Ich stieg umgehend ein, um keine Zeit zu verlieren. Das Feuer war mir bereits zu oft durch die Lappen gegangen.

Ich wandte mich an den Fahrer: »Merchiston Cres, Ecke Castle Road ... Was soll das?« Mit aufgerissenen Augen starrte ich Reed an, der zu mir ins Taxi gestiegen war.

»Bruntsfield ist genau meine Richtung.«

»Du kannst doch nicht einfach zu Fremden ins Taxi steigen!«

»Wir sind keine Fremden, Fallon. Du hast zwei Urlauber bestohlen, und ich habe dichtgehalten. Das macht mich zu deinem Verbündeten.«

»Ich habe sie nicht bestohlen. Ich habe gewonnen.«

»Unter Vortäuschung falscher Tatsachen.«

»Über sein Können zu flunkern, ist nicht verboten«, erklärte ich, aber protestierte nicht weiter. Ich hatte weder Zeit noch Lust, mit Reed zu streiten. Es brauchte keine hellseherischen Fähigkeiten, um zu wissen, dass Bruntsfield nicht seine Richtung war, aber die Feuerwehrmänner vor Ort würden ihn schon für mich loswerden.

»Merchiston Cres, Ecke Castle Road«, sagte ich noch einmal zu dem Taxifahrer. Blitzschnell fuhren wir die South Bridge entlang.

»Was für ein Notfall ist denn in Bruntsfield?«, fragte Reed wie selbstverständlich und ließ sich gemütlich tiefer in seinen Sitz sinken, als würden wir einen Ausflug unternehmen.

»Das geht dich 'nen Scheiß an.«

Reed schnalzte mit der Zunge. »Du bist ganz schön bissig.«

»Und du ganz schön nervtötend.«

Er zuckte gleichgültig mit den Schultern und warf einen Blick aus dem Fenster. Bunte Lichter rauschten an uns vorbei. »Jeder Mensch hat schlechte Eigenschaften.«

»Mhm, und manche mehr als andere.«

Reed hob die Augenbrauen. »Was soll das heißen?«

»Das kannst du dir wohl denken«, brummte ich mit schlagartig schlechterer Laune, die mir umgehend auf den Magen schlug. Ich hatte mich wirklich auf meinen freien Abend gefreut, und nun jagte eine Katastrophe die andere. Erst Reed, dann das Feuer. Was würde als Nächstes kommen?

»He, ich habe viele gute Eigenschaften.«

»Natürlich …« Ich verdrehte die Augen.

»Wirklich, soll ich sie dir aufzählen?«

»Das kommt darauf an. Kann ich dich irgendwie davon abhalten?«, fragte ich mit wenig Hoffnung in der Stimme. Das Taxi verließ den Grassmarket und fuhr weiter in den Süden der Stadt. Die Straßen waren um diese Uhrzeit ziemlich leer, bald würden wir da sein.

»Ja, erzähl mir, was in Bruntsfield ist.«

Gewiss würde ich ihm nicht erzählen, was es mit Jess' Anruf auf sich hatte. »Du gibst nie auf, oder?«

»Nein, das ist eine meiner guten Eigenschaften.«

Ich schnaubte. »Gut, und was sind die anderen?«

»Ich bin eigenständig und sehr tolerant«, antwortete Reed. »Außerdem auch spontan und neugierig, wobei das nicht alle gut finden. Mein Humor ist auch ziemlich okay, würde ich sagen, aber meine mit Abstand beste Eigenschaft: Ich weiß, wann ich die Klappe halten muss.«

Ich lachte laut auf. »Ist das dein Ernst?«

Er nickte, als wäre er sich der Ironie nicht bewusst. »Du hältst mich vielleicht für echt nervtötend, aber ich habe es geschafft, dass diese tiefe Sorgenfalte von deiner Stirn verschwindet. Hätte ich dich nicht zugeschwallt, wäre sie mit Sicherheit noch immer da.«

Ich gab ein zustimmendes Brummen von mir, denn er hatte recht. Er hatte mich mit seiner Aufzählung sogar so weit abgelenkt, dass ich erst jetzt den Rauch bemerkte, der unmittelbar vor uns in den dunklen Nachthimmel emporstieg.

Ich versteifte mich, und das Taxi wurde langsamer, bis es schließlich vor einer Absperrung zum Stehen kam. Von hier aus hatte man einen klaren Blick auf das brennende Haus mit dem kleinen Garten. Es stand lichterloh in Flammen, und üppige Rauchschwaden stiegen empor. Feuerwehrmänner in braunen Schutzanzügen und leuchtend gelben Helmen hatten sich um das Haus herum positioniert und versuchten dem Feuer Einhalt zu gebieten – ohne Erfolg. Es waren auch Polizisten anwesend und mehrere Krankenwagen. Eine Traube Schaulustiger hatte sich vor der Absperrung versammelt, und ein paar Reporter waren herbeigeeilt, die es wohl kaum erwarten konnten, über das gewaltige, unlöschbare Feuer zu berichten.

Wortlos bezahlte ich den Fahrer, vom Anblick des Feuers zu eingenommen, um meinem eben gewonnenen Geld nachzutrauern. Umgehend stieg ich aus dem Taxi und lief in Richtung des brennenden Hauses. Sollte tatsächlich das Ewige Feuer verantwortlich sein, musste der Ursprung –

die Kerze – in der Nähe sein, denn nur so konnte sie ihre Magie entfalten. Zumindest wenn ich den Informationen der Archivar-Datenbank vertraute.

Solange sich der Gegenstand, der das Feuer verursacht hatte, allerdings nicht in meinem Gewahrsam befand, musste ich vorsichtig und auf alles vorbereitet sein. Denn immer wieder tauchten neue magische Gegenstände auf, von denen die Archivare bis dato nichts gewusst hatten, oder alte zeigten neue Facetten ihrer Magie.

Ich zog meinen Mantel fester um mich, straffte die Schultern und hoffte inständig, dass sich diese Feuerwehrmänner nach Unterstützung sehnten. Dann würde ich durch die Magie des Mantels als eine Person erscheinen, die sie hinter die Absperrung ließen. Zielstrebig und mit festem Schritt lief ich darauf zu. Hitze schlug mir entgegen und trieb mir sogleich den Schweiß auf die Stirn.

Mein Herz pochte wild, und ich rechnete damit, jeden Augenblick aufgehalten zu werden. Doch keiner der Feuerwehrmänner oder Polizisten stoppte mich. In einer fließenden Bewegung tauchte ich unter der Absperrung hindurch, und ein Officer mit einem geretteten Huhn auf dem Arm nickte mir zufrieden zu. Ich unterdrückte ein Lächeln und beschleunigte meine Schritte, um Reed ein für alle Mal hinter mir zu lassen, den der Polizist am Absperrband aufgehalten hatte.

Ich lächelte zufrieden.

In der Nähe eines Feuerwehrwagens blieb ich stehen, um meine Gedanken zu sortieren. Der Rauch reizte meine Nase, und meine Augen begannen zu tränen. Ich blinzelte heftig und wünschte, ich hätte die venezianische Maske dabei, die in meinem Wohnzimmer an der Wand gegenüber dem Sofa hing. Sie war aus schwarzem Stoff gewebt und mit Perlen bestickt. Nicht sonderlich schön, aber ihre Magie erzeugte eine Blase um den eigenen Körper, sodass man nichts mehr riechen konnte. Praktisch, wenn man durch Abwasserkanäle kriechen musste, um irgendwo einzubrechen, oder in der Nähe eines Großbrandes nach einer Kerze suchen sollte.

Mein Blick glitt zu dem brennenden Haus. Die Flammen hatten sich bis in den Dachstuhl gefressen, und auch ein nahe stehender Baum hatte Feuer gefangen. Ich war keine Expertin, aber hier war nichts mehr zu retten.

Mittlerweile hatten auch die Feuerwehrmänner und -frauen ihre Löschversuche mit Wasser und Schaum aufgegeben. Fassungslos und kopfschüttelnd starrten sie in die Flammen. Ich näherte mich einem kleinen Grüppchen, das hitzig diskutierte, was zu tun sei. Schließlich konnten sie das Feuer nicht einfach toben lassen. Über das Knistern der Flammen hinweg hörte ich einzelne Gesprächsfetzen.

»... Tochter ...«

»... verschwunden ...«

»... Schlafzimmer im zweiten Stock ...«

»... zu gefährlich ...«

»Was machst du da?«

Ich zuckte zusammen und wirbelte zu Reed herum, der nur eine Armlänge von mir entfernt stand, die Hände in die Hosentaschen geschoben. Wie um alles in der Welt hatte er es an den Polizisten vorbei geschafft?

»Wie ich im Taxi schon sagte: Das geht dich 'nen Scheiß an«, zischte ich, wobei der Rauch an meinen Atemwegen kratzte, und machte eine wegscheuchende Handbewegung. Ich wollte nicht fies sein, aber ich stand unter Strom. Ein brennendes Haus war eine Sache, ein Kind, das noch im

Gebäude gefangen war, eine völlig andere. Es würde sterben, wenn ich die Kerze nicht rechtzeitig fand und das Ewige Feuer löschte.

Unbeeindruckt trat Reed neben mich. »Was ist das hier?«

Ich ignorierte seine Frage und setzte mich in Richtung des brennenden Hauses in Bewegung, aber eine Hand an meinem Oberarm hielt mich zurück. Mit festem Griff bohrte er die Finger durch den Stoff des Mantels.

»Lass mich los!«, zischte ich und riss an meinem Arm.

»Nicht bevor du mir sagst, was du vorhast«, verlangte Reed, und seine bernsteinfarbenen Augen fingen das Licht des Feuers auf. Es wirkte, als würden eigene kleine Flammen in ihnen brennen.

»Ist das nicht offensichtlich? Ich versuche zu helfen.«

Er runzelte die Stirn. »Wie?«

Ich versuchte, ihn wegzuschieben und mich aus seinem Griff zu befreien. »Ich muss mich vor dir nicht rechtfertigen.«

»Du wolltest gerade in ein brennendes Haus rennen.«

»Na und?«

»Das ist nicht ungefährlich.«

Das konnte ich nicht abstreiten. Ich biss mir auf die Unterlippe, denn diese Argumente würden nirgendwo hinführen. Ich seufzte. »Reed, es ist noch jemand im Haus, und ich kann helfen, vielleicht als Einzige. Bitte lass mich los!«

Sein Blick wanderte von mir zu den Flammen, und ein Ausdruck, den ich nicht zu deuten vermochte, trat auf sein Gesicht. Dabei spannte er seinen Kiefer an, und eine Dunkelheit, ähnlich dem schwarzen Rauch, kroch über sein Gesicht und ließ seine Züge härter werden.

»Reed …«

Er ließ mich los, jedoch nicht, um mich gehen zu lassen, sondern um selbst loszurennen.

Bevor ich begriff, was vor sich ging, stürmte er in Richtung des brennenden Hauses. Er hatte den lodernden Eingang bereits erreicht, als die Feuerwehrleute ihn bemerkten. Sie brüllten und riefen, er solle stehen bleiben. Doch Reed tat nichts dergleichen, sondern rannte geradewegs in das Flammeninferno.

II

DIE HOHEPRIESTERIN

Einen Herzschlag lang war ich wie erstarrt und konnte nur mit ansehen, wie Reed in den Flammen verschwand. Doch dann übernahmen Instinkt und Routine die Kontrolle. Ich befreite mich aus meiner Reglosigkeit und stürmte los. Ohne Plan, aber mit einem Ziel: die Kerze.

Sie musste in der Nähe sein. Ich musste sie nur finden und löschen, um das Feuer zu stoppen. Die schlagartige Enge in meiner Kehle hatte nichts mehr mit dem dichten Qualm zu tun. Ich hatte Reed loswerden wollen, aber nicht auf diese Weise. Was dachte sich dieser Idiot nur dabei, in ein brennendes Haus zu rennen?

Vermutlich hatte er überhaupt nicht nachgedacht, aber das änderte nichts daran, dass ich ihn retten musste. Anderenfalls klebte sein Blut auch an meinen Händen, denn er war nur meinetwegen überhaupt hier.

Auf der Rückseite des Hauses blickte ich mich panisch um und suchte nach einem Hinweis auf das Verbleiben der Kerze. Laut unserer Archivaren-Datenbank funktionierte sie nur in einem Radius von zweihundert Fuß, aber diese kamen mir im Moment wie fünf Meilen vor. Die Kerze könnte überall sein. Es gab zu viele Häuser. Zu viele Gärten. Zu viele Plätze, um sie zu verstecken. Schwer atmend nahm ich das Handy aus meiner Manteltasche und drückte die Schnellwahltaste.

Jess nahm sofort ab. »Hast du …?«

»Wo könnte die Kerze sein?«, unterbrach ich ihn. »Es ist noch jemand im Haus. Wir müssen das Feuer sofort löschen!«

»Scheiße!«, fluchte Jess. Mit der freien Hand hielt ich mein anderes Ohr zu, um das Knistern der Flammen und die Rufe der Feuerwehrleute und Polizisten auszublenden, während am anderen Ende der Leitung hektisches Tippen zu hören war. »Vermutlich versteckt sich unser Brandstifter in der Nähe, um seine Kerze zu bewachen und das Chaos zu beobachten.«

»Das hilft mir rein gar nicht.«

»Immer mit der Ruhe, ich bin schon dabei.« Erneut war das Geräusch einer Tastatur zu hören. »Wenn ich das richtig sehe, gibt es drei mögliche Verstecke im Umkreis. Auf dem Grundstück rechts von dir müsste eine Art Pavillon stehen. Schräg davon befindet sich ein Schuppen, und in dem Garten links von dir, genau an der magischen Grenze, ist ein Baumhaus.«

»Danke!« Ich hatte keine Ahnung, woher Jess sich diese Infos holte, aber es war mir auch egal, solange sie stimmten. Ich blickte abermals zu dem brennenden Haus. Inmitten der Flammen glaubte ich eine Bewegung auszumachen, aber vermutlich war das nur meine Einbildung.

Nun musste ich mich entscheiden. Pavillon, Schuppen oder Baumhaus? Wo sollte ich hin? Ich fühlte mich hilflos wie beim russischen Roulette. Mir blieb keine Zeit. Ich musste abdrücken, aber wenn ich Pech hatte und eine falsche Entscheidung traf, würde vermutlich jemand sterben. Was hätte Tante Louisa in meiner Situation getan?

Ich hatte keine Ahnung, doch anders als ich wäre Louisa auch nicht allein hier gewesen. Vom Tag ihrer Hochzeit an hatte sie mit Murray einen Eingeweihten an ihrer Seite gehabt. Die beiden hätten sich aufteilen können, um ihre Chancen, die Kerze zu finden, zu verdoppeln. Doch ich war ganz auf mich allein gestellt. Pavillon? Schuppen? Oder Baumhaus?

Pavillon? Schuppen? Oder Baumhaus?

Pavillon? Schuppen? Oder Baumhaus?

Baumhaus.

Ich konnte mir nicht erlauben, länger über diese Entscheidung nachzudenken, geschweige denn, sie infrage zu stellen oder mir Sorgen darüber zu machen, was passieren würde, wenn ich den Brandstifter erst einmal fand. Oft verwendeten Menschen die Magie versehentlich aus Unwissenheit heraus und waren dankbar dafür, wenn man ihnen zu Hilfe eilte. Aber wer immer die Kerze entzündet hatte, hatte dies mit Absicht getan, denn er hatte schließlich den Wunsch gehegt, das Haus niederzubrennen. Diese Person war also bereit, über Leichen zu gehen, und das machte sie gefährlich. Darauf musste ich vorbereitet sein.

Ich tastete die Innentaschen meines Mantels nach dem Pfefferspray ab, das ich immer mit mir herumtrug, und packte es griffbereit in die Vordertasche.

Entschlossen straffte ich meine Schultern und rannte los. Das Blut rauschte in meinen Ohren, und das Feuer brannte in meinem Rücken. Ich stürmte auf das Grundstück, das Jess erwähnt hatte. Im Garten entdeckte ich das Baumhaus sofort. Es lag in etwa zwanzig Fuß Höhe im dichten Geäst eines Baumes. Licht flackerte in der kleinen Holzhütte, und die Strickleiter war nach oben gezogen.

Jackpot!

Ich erlaubte mir jedoch nicht, übermütig zu werden, dafür konnte noch zu viel schiefgehen. Ich wurde langsamer, bis ich wenige Fuß vom Baum entfernt war.

»Hallo?«, rief ich, um den Aushilfsmagier hervorzulocken. Ein Schatten bewegte sich durch das Baumhaus, und einen Augenblick später tauchte er in der offenen Tür auf. Im dämmrigen Licht der Laterne erkannte ich einen Mann mittleren Alters. Sein dunkles Haar war kurz geschoren, und in seinen rundlichen Gesichtszügen stand Verwunderung, als er mich erblickte. Er legte den Kopf schräg. »Abigail? Bist du das? Was ... was machst du hier?«

»Ich bin deinetwegen hier«, antwortete ich, ohne zu zögern, denn ich kannte dieses Spiel bereits. Dennoch umklammerte ich Halt suchend das Pfefferspray in meiner Tasche.

Fieberhaft blickte sich der Mann in der Dunkelheit um, als rechnete er damit, jeden Moment gestellt zu werden. Dies war nicht das Verhalten eines Unschuldigen. Innerlich klopfte ich mir selbst auf die Schulter, aber noch hielt ich das Ewige Feuer nicht in den Händen.

»Woher wusstest du, dass ich hier bin?«

Ich trat näher an den Baum heran und versuchte meine Sorge um Reed und das Kind niederzuringen, um mich besser konzentrieren zu können. Aber es war schwer, trotz Lärm und Hitze das Feuer zu vergessen.

»Ich kenne dich eben, mein Schatz«, erwiderte ich. Es war ein Schuss ins Blaue, aber dem erstaunlich sanften Tonfall des Kerls nach zu urteilen, war es naheliegend, dass Abigail seine Frau oder Freundin war.

Der Mann hörte auf, die Umgebung abzusuchen. Nun sah er wieder mich an. Der strenge Zug um seine Lippen wurde weicher, während sich das angstvolle Pochen meines Herzens beschleunigte. Er schien sich einen Scheiß dafür zu interessieren, dass unweit von uns ein Flammeninferno tobte.

Ich kam dem Baum so nahe, dass ich hätte nach oben steigen können, gäbe es eine Leiter. »Lass uns reden.«

Der Mann schüttelte den Kopf. »Was gibt es noch zu reden?«

Ich seufzte. »Bitte.«

»Du hast gesagt, du liebst mich nicht mehr!«

Natürlich. Verschmähte Liebe. Was für ein Klischee! Und wäre jemand hier, mit dem ich wetten könnte, würde ich all mein Geld darauf setzen, dass das Haus Abigail gehörte. Ich ließ die Tränen, die mir der Rauch des Feuers in die Augen getrieben hatte, laufen, um meiner Stimme einen weinerlichen Klang zu verleihen. »Bitte«, wiederholte ich. »Ich wollte dir nicht wehtun. Ich ... ich hatte Angst.«

»Angst?«, fragte der Mann verwundert.

Ich nickte und betete, dass mein Plan aufging, da ich keine Ahnung hatte, was ich sonst tun sollte.

»Wovor?«

»Meinen Gefühlen. Ich war überfordert. Ich habe noch nie für jemanden gefühlt wie für dich ...«, setzte ich an, und die nächsten Worte sprudelten nur so aus mir heraus. Stünden keine Menschenleben auf dem Spiel, hätte ich mich vorsichtig an dieses Gespräch herangetastet, um an die Kerze heranzukommen. Doch in diesem Moment dachte ich nur noch an Reed, wie er in den Flammen stand und hustend nach dem Mädchen suchte, während der Stoff seines T-Shirts Feuer fing, bevor seine Haut verkohlte und von seinen Knochen zu schmelzen begann.

In der Ferne hörte ich das Aufheulen weiterer Sirenen.

Das Geräusch trieb mir eine Gänsehaut über die Arme und ließ mich erschauern. Mit jeder Sekunde, in der ich die Kerze nicht in den Händen hielt, wurden meine Worte drängender. »... deshalb habe ich dir gesagt, ich würde dich nicht lieben, und nur deshalb. Gib mir noch eine Chance. Bitte!«

Der Mann, dessen Namen ich noch immer nicht kannte, hatte mir schweigend zugehört und ebenfalls zu weinen begonnen. Ob der Rauch oder tatsächliche Gefühle dafür verantwortlich waren, vermochte ich nicht zu sagen. »Meinst du das ernst? Du verzeihst mir?«

Ich nickte. »Natürlich.«

Ein Lächeln trat auf sein verweintes Gesicht.

»Darf ich zu dir hochkommen?«, fragte ich vorsichtig.

Kein Zögern lag in seiner Bewegung, als er die Leiter zu mir nach unten warf. Ich ergriff das Seil, kaum dass die Spitzen den Boden berührt hatten, und stieg nach oben. Der Mann streckte mir seine Hand entgegen, um mir hochzuhelfen, doch ich zögerte, aus Angst, dass meine Tarnung auffliegen könnte, noch bevor ich das Baumhaus betrat. Nicht umsonst hatte ich die Regel aufgestellt, Körperkontakt zu vermeiden, solange ich den Mantel trug. Doch sein fragender Blick ließ mir keine andere Wahl, als seiner stummen Aufforderung Folge zu leisten. Schließlich war ich Abigail und liebte ihn.

Er schloss die Finger um meine und zog mich zu sich ins Baumhaus. Es war mit Decken ausgelegt, und in einer Ecke entdeckte ich eine helle, unscheinbare Kerze, wie es sie in Dutzenden von Läden in der Stadt zu kaufen gab. Doch ihr Feuer brannte nicht orangerot, sondern war von einem kräftigen Türkisblau durchzogen.

Ich verschwendete keine Zeit, nun, da ich im Blickfeld hatte, was ich wollte. Ich entriss dem Typen meine Hand. Verwirrung spiegelte sich in seinen rot geschwollenen Augen, doch ehe er begriff, was vor sich ging, war ich bereits bei der Kerze. Ihr Wachs schmolz nicht und währte ewig, so wie die Brände, die sie erschuf. Doch die Flamme, die auf dem Docht tanzte, war vergänglich. Ich blies sie aus, ein einziger Atemstoß, und übrig blieb nur ein dünner Faden aus Rauch, welcher sich der Decke entgegenschlängelte.

»Abigail?« Unsicherheit schwang nun in der Stimme des Mannes mit. Er streckte seinen Arm nach mir aus, aber ich ignorierte ihn und ging zu einem Fenster, das jemand schief in das Baumhaus geschnitzt hatte. Ein Blick bestätigte meine Hoffnung: Das Feuer schrumpfte, und schon bald wäre nur noch der Geruch von Rauch übrig.

»Abigail ...«

»Halt die Klappe!« Ich wirbelte herum, die Hände in die Hüfte gestemmt. Der Mann hatte aufgehört zu weinen und starrte mich mit weit aufgerissenen, ängstlichen Augen an. Mein schroffer Tonfall hatte die Magie des Mantels von mir abfallen lassen. Nun war mein wahres Ich zu sehen.

»Du ... du bist nicht Abigail«, stotterte er. Furcht spiegelte sich in seinem Blick. Ein Ausdruck, der nicht zu dem Rest seiner Erscheinung passen wollte, denn alles an ihm, von seiner goldenen Rolex bis hin zu seinem dunklen Anzug, deutete darauf hin, dass er ein Mann mit Macht war. Und doch kroch er in diesem Augenblick vor mir zu Kreuze.

Ich trat nach vorne, obwohl ich am liebsten nach unten gestiegen wäre, um nach Reed zu sehen. Doch das hier war mein Job, und ich brauchte Antworten. »Wie heißt du?«

»Craig.«

»Craig«, wiederholte ich. Ich neigte den Kopf und hielt die magische Kerze in die Höhe. »Woher hast du die?«

Craigs Lippen teilten sich, aber kein Ton kam heraus. Er wich zurück, den Rücken an der Wand. Mit meiner Größe von knapp einem Meter siebzig und meinen schmalen Schultern war ich nicht sonderlich Angst einflößend, aber ich hatte die Magie auf meiner Seite. Mit ihr zu spielen, war gefährlich, und früher oder später erkannten dies zum Glück auch die größten Idioten.

»Woher hast du die Kerze, Craig?«, wiederholte ich.

»Mary Kings Close«, antwortete er.

Ich seufzte. Natürlich. Woher auch sonst? Ich war noch nie auf dem Schwarzmarkt im Close gewesen, aber ich hatte Gerüchte darüber gehört. Ich ließ die Kerze in der Tasche meines Mantels verschwinden. »Und wie hast du sie gefunden? Du bist sicher nicht versehentlich in den Schwarzmarkt hineingestolpert.«

»Ich wollte mich an Abigail rächen und bin online auf dieses Okkultismus-Forum gestoßen. Ein Typ hat sie mir für ein kleines Vermögen verkauft.«

Ich hob die Brauen. »Und da ist dir nichts Besseres eingefallen, als ihr Haus niederzubrennen?«

Craig biss die Zähne fest zusammen, und eine Ader trat deutlich an seinem Hals hervor. »Sie hat mich verlassen und gedemütigt. Die ganze Nachbarschaft lacht über mich!«

»Na und? Das rechtfertigt noch lange keine Brandstiftung. Werd erwachsen. Es hätten Leute sterben können!«, fauchte ich. »Weißt du, dass ein Kind in dem brennenden Haus war? Ich hoffe für dich, dass es noch am Leben ist. Anderenfalls ist das, was du getan hast, nicht nur Brandstiftung.«

Panik und Sorge blitzten in Craigs Augen auf. »Das ... das wollte ich nicht. Ich wollte niemandem wehtun.«

Entweder war dieser Typ ein Idiot oder verkaufte mich für dumm. Er hatte ein verdammtes Feuer gelegt! Mein Körper bebte noch immer vor Aufregung. Am liebsten hätte ich die Kerze benutzt, um Craigs Anzug in Brand zu stecken, aber dann wäre ich keinen Deut besser gewesen als er. Menschen wie er waren der Grund, weshalb es meine Pflicht als Archivarin war, magische Gegenstände einzusammeln und in Sicherheit zu bringen. Denn Craig hatte nicht nur einen Sachschaden von Tausenden von Pfund zu verantworten, sondern auch Leben in Gefahr gebracht.

»Du hast jetzt zwei Möglichkeiten«, fuhr ich fort, da ich nichts mehr von ihm hören wollte. »Du kannst dich entweder der Polizei stellen, gestehen, dass du den Brand gelegt hast, und mir versprechen, mit niemandem über diese Kerze zu reden, oder ...« Ich zuckte mit den Schultern, setzte ein diabolisches Grinsen auf und ließ meinen Satz unbeendet. Denn keine ausgesprochene Drohung war schlimmer als jene, die sich Craig nun zurechtreimte. Vor allem, nachdem er die Magie meines Mantels kennengelernt hatte.

Craigs Adamsapfel hüpfte vor Angst auf und ab. Sein Blick zuckte von mir zum Ausgang des Baumhauses und zurück. Ich schüttelte langsam den Kopf und gab ihm zu verstehen, dass er keine Chance auf Flucht hatte. Er könnte es versuchen, aber früher oder später würde ich ihn wiederfinden.

»Okay. Okay! Ich ... ichwerdemichstellen«, stammelte Craig. Die Worte fielen ihm in einem undeutlichen Schwall von der Zunge.

Ich unterdrückte ein Grinsen. Diese Drohung funktionierte doch jedes Mal aufs Neue. Ich hatte noch nie jemanden getötet, und ich plante auch nicht, zur Mörderin zu werden, aber etwas an der Magie und meinem Wissen um sie ließ die Menschen glauben, ich wäre zu allem in der Lage.

»Gut, dann lass uns gehen. Und wenn du versuchst zu fliehen ...« Ich zuckte so beiläufig mit den Schultern, dass man die Geste nur als weitere Mahnung verstehen konnte.

Craig nickte heftig. Ich stieg zuerst von dem Baumhaus, um ihm nicht die Möglichkeit einer Flucht zu geben, ehe meine Füße den Boden berührten. Doch Craig machte keine Anstalten zu entkommen. Er hielt den Kopf gesenkt und murmelte irgendetwas; vielleicht ein Gebet, vielleicht probte er sein Geständnis oder seine Entschuldigung für die echte Abigail. Ich bezweifelte, dass es etwas nutzen würde.

Ein Wimmern entkam seinen Lippen, als wir das Haus erreichten oder besser gesagt das, was davon noch übrig war. Das Feuer hatte Löcher in das Dach gefressen, das aussah, als könnte es jeden Augenblick einstürzen. Die sandsteinfarbene Fassade war schwarz vom Ruß, der verbrannte Baum war umgestürzt, und der Gestank der Zerstörung würde vermutlich tagelang in der Luft liegen.

Ich sah mich um. Die Menschen vor dem Haus wirkten noch immer verstört, aber erleichtert darüber, dass der Brand nun gelöscht war. Erste Feuerwehrleute wagten sich vorsichtig in die verkohlte Ruine, und Polizisten forderten die Schaulustigen auf, wieder in ihre Betten zu gehen. Ich konnte Reed nirgendwo in dem Gewimmel ausmachen, aber es waren keine weiteren Krankenwagen dazugekommen, und ich entdeckte auch keine Leichenbahre, was ich als gutes Zeichen wertete.

»Siehst du den Mann und die Frau dort drüben neben

dem Straßenschild?«, fragte ich Craig und deutete in die Richtung.

»Die Polizisten?«

»Ja. Du wirst jetzt zu ihnen gehen und dich stellen, ohne Ärger zu machen«, verlangte ich. »Ich habe dich im Auge. Ein falscher Schritt, und ich weiß, was die Kerze als Nächstes in Brand steckt. Verstanden?«

Craig nickte, und ich beobachtete aus der Ferne, wie er zu den Polizisten ging. Ich blieb nicht, um zu sehen, wie er festgenommen wurde, sondern machte mich umgehend auf die Suche nach Reed. Ich war nur froh, dass Craigs Respekt vor der Magie groß genug war, damit er meinen Bluff nicht durchschaute. Vielleicht waren die Archivare früher einmal Krieger gewesen, die Ahnung von Kampf und Folter gehabt hatten, aber mittlerweile hatte sich das geändert, was mir in diesem Moment vermutlich das Entsorgen von Craigs Leiche ersparte.

Ich zog mein Handy hervor und schrieb Jess eine Nachricht.

Hab die Kerze. Der Kerl hat sie einem Typen aus einem Okkultisten-Forum abgekauft. Gehst du dem mal nach?

Ohne auf eine Antwort zu warten, schob ich das Handy zurück in die Tasche meines Mantels, ehe ich ihn auszog, um nicht länger wie ein Helfer auszusehen. Das Flüstern der Magie, das mich eingehüllt hatte, wurde leiser, und mit ausholenden Schritten eilte ich zu einem Feuerwehrmann. Er runzelte bei meinem Anblick die Stirn und fragte sich vermutlich, wie ich es hinter die Absperrung geschafft hatte.

»Können Sie mir helfen?«, fragte ich. Die Unsicherheit in

meiner Stimme war nur halb gespielt. »Mein Freund ist in das Haus gerannt. Haben Sie ihn gesehen? Wissen Sie, wo er ist?«

Der Feuerwehrmann schüttelte den Kopf. »Leider nicht. Er ist mit dem Kind wieder rausgekommen. Wir versorgen es gerade, aber wo er ist? Keine Ahnung. Wir haben versucht ihn aufzuhalten, aber er ist weggerannt, bevor wir ihn hätten stoppen können. Unsere Männer suchen bereits nach ihm.«

Meine Muskeln entspannten sich leicht. Ich hatte keine Ahnung, ob ich Reed als Volltrottel beschimpfen oder als Held feiern sollte. In die Flammen zu rennen, war so verdammt leichtsinnig gewesen, aber zugleich irrsinnig mutig. Ich bedankte mich bei dem Feuerwehrmann für die Auskunft.

Im Gehen streifte ich mir wieder meinen Mantel über, bevor ich mich von dem abgesperrten Bereich entfernte, um nach Reed zu suchen. Als ich das *Banshee* verlassen hatte, war es mein einziges Ziel gewesen, ihn loszuwerden, aber jetzt einfach abzuhauen, könnte ich mit meinem Gewissen nicht vereinbaren. Ich musste wissen, ob es ihm gut ging, doch dafür würde ich ihn zuerst finden müssen. Allerdings hatte ich keine Ahnung, wo er abgeblieben sein könnte. Er besaß kein Geld mehr, konnte sich also kein Taxi leisten. Und vermutlich war er verletzt. Er hatte gesagt, er würde in der Nähe wohnen, aber das bezweifelte ich. In meinem Archiv verwahrte ich einen magischen Kompass, der mir helfen könnte, Reed aufzuspüren, aber diesen zu holen, dauerte mir zu lange. Also blieb mir nichts anderes übrig, als ihn auf die herkömmliche Weise zu suchen. Weit konnte er nicht gekommen sein.

III

DIE HERRSCHERIN

Ich konnte nicht sagen, ob es Glück war, Intuition, Schicksal oder ob die Magie nachgeholfen hatte, aber ich entdeckte Reed wenige Minuten später im Innenhof eines Hauses. Doch ich verspürte nur wenig Erleichterung bei seinem Anblick. Gegen eine Steinmauer gelehnt, versteckte er sich zwischen zwei Müllcontainern. Seine Haut war von Asche und Ruß so verschmutzt, dass er beinahe vollständig mit den Schatten verschmolz. Was die Tatsache, dass ich ihn so schnell gefunden hatte, nur noch erstaunlicher machte. Er rührte sich nicht, und seine Kleidung war löchrig von den Flammen, die sich durch den Stoff gefressen hatten. Sein Anblick versetzte mir einen Stich, und Schuld keimte in mir auf. Wäre ich nicht gewesen, wäre er überhaupt nicht in die Nähe des Feuers gekommen.

Eine Stimme in meinem Kopf, die verdächtig wie die meiner Mutter klang, befahl mir, umzukehren und zu verschwinden. Ich sollte Reed den Feuerwehrleuten und den Sanitätern überlassen, die nach ihm suchten. Ich konnte ohnehin nichts für ihn tun, und es wäre wohl das Beste für uns beide, wenn sich unsere Wege schnell wieder trennten. Nur meinetwegen war er verletzt worden, und die Tatsache, dass er die Magie des Mantels durchschaut hatte, könnte mich meinen Job kosten. Dennoch wandte ich mich nicht von ihm ab. Ich konnte nicht. Ich musste mich davon überzeugen, dass es ihm gut ging.

Reed hatte die Augen geschlossen. Mit Erleichterung nahm ich jedoch das Heben und Senken seiner Brust wahr. Langsam und mit zittrigen Knien ging ich vor ihm in die Hocke, und obwohl die ganze Gegend nach Rauch stank, war der Geruch in seiner Nähe viel intensiver. Ich erkannte unter all dem Ruß keine Brandwunden, aber bei dem Zustand seiner Kleidung war ich mir sicher, dass sie da sein mussten. Er litt sicher unendliche Qualen. Ich jammerte immer schon wie ein Baby, wenn ich mich an meinem heißen Teekocher verbrannte.

Ich schluckte schwer und ignorierte das Kratzen in meinem Hals, als ich Reed zögerlich eine Hand auf das Bein legte, bereit, sie jederzeit zurückzuziehen. Es war nur eine federleichte Berührung, denn ich hatte Angst, ihm wehzutun.

Seine Augenlider zuckten.

Für einen Moment dachte ich, es wäre nur eine optische Täuschung gewesen. Ein Flackern von Licht, das mir diese Bewegung in der Dunkelheit vorgegaukelt hatte.

Ich beugte mich über ihn, die Hände links und rechts von seinem geschundenen Körper abgestützt. Mein Gesicht war seinem ganz nah. »Reed?«, flüsterte ich.

Das Zucken seiner Lider wiederholte sich, ehe er zaghaft die Augen öffnete, als würde ihn etwas blenden, obwohl es stockdunkel war. Unkoordiniert wanderte sein Blick umher, als wüsste er nicht, wo er war, bis er mich entdeckte. Seine Augen waren überraschend klar und vom Rauch weder gerötet noch geschwollen – merkwürdig.

Ich holte mein Handy hervor, schaltete die Taschenlampe ein und legte es auf den Boden neben uns. Das grelle Licht ließ Reed die Augen zusammenkneifen.

»'tschuldigung«, murmelte ich und betrachtete sein Gesicht. Vereinzelte Rinnsale aus Schweiß hatten helle Linien auf seiner verrußten Haut zurückgelassen. »Kannst du mich hören?«

Er furchte die Stirn, und ich glaubte die Andeutung eines Lächelns in seinen Mundwinkeln aufblitzen zu sehen. War das möglich? »Natürlich höre ich dich, dein Gesicht klebt praktisch an meinem. Aber wenn du möchtest, darfst du gerne noch ein Stück näher kommen.«

Ich blinzelte. »Flirtest du mit mir?«

»Ist das nicht offensichtlich?«

Ich wich ein Stück zurück, um ihn im Schein der Lampe noch einmal zu betrachten. Das Erste, was mir nun auffiel, war die Tatsache, dass seine Haare kein bisschen versengt waren. Nicht einmal die Spitzen hatten sich unter der Hitze gekringelt, und er besaß auch noch all seine Wimpern, die so dicht und dunkel waren wie bei unserem Kennenlernen. Doch es schienen nicht nur Reeds Wimpern zu sein, die den Brand heil überstanden hatten. Obwohl sein T-Shirt nur noch aus verkohlten Lumpen bestand, wirkte es, als wäre seine Haut darunter unversehrt. Das würde auch erklären, weshalb er gerade nicht vor Schmerz wahnsinnig wurde.

Ich hatte in meinem Leben schon viele merkwürdige Dinge gesehen. Ich hatte *heute* viele merkwürdige Dinge gesehen. Immerhin hatte ich mir einen Dolch in den Magen gerammt, aber das übertraf alles.

Zögerlich streckte ich meine Hand nach Reed aus. Ich berührte seinen Arm. Er war dreckig und klebrig von Schweiß und Asche, aber seine Haut war glatt, und die Härchen darauf stellten sich auf, als ich meine Finger weiter zu seinem Oberarm gleiten ließ.

Reed räusperte sich. »Also jetzt flirtest du aber.«

Ich sah zu ihm auf. Ein amüsiertes Lächeln umspielte seine Lippen. Fand er das hier etwa witzig? Ich bedachte ihn mit einem finsteren Blick. »Wie geht es dir?«

»Jetzt, da du da bist: besser.«

»Du bist wirklich unmöglich«, tadelte ich. Scheiß auf seinen Heldenmut. Scheiß auf sein süßes Grinsen. Scheiß auf mögliche Verbrennungen. Ich boxte Reed fest gegen die Schulter. Ich hatte mir verdammt noch mal Sorgen um ihn gemacht!

»Aua!« Reed hielt sich den Arm. »Wofür war das?«

»Das weißt du ganz genau.«

»Wenn ich es wüsste, würde ich nicht fragen.«

»Ich hatte Angst um dich, und du hast nichts Besseres zu tun, als in einer Tour Witze zu reißen.«

Er setzte sich aufrecht hin und ließ seinen Kopf kreisen. Ich hörte, wie seine Nackenwirbel knackten. »Es tut mir leid, Fallon. Ich wollte dir keine Angst einjagen.«

Ausdruckslos starrte ich Reed an, denn ich hatte keine Ahnung, was ich darauf erwidern sollte, und ich war in meinem Leben wahrlich nicht oft sprachlos gewesen. Doch ich verstand nicht, was hier vor sich ging. Ich hatte Reed in das Haus rennen sehen, in das sich selbst die Feuerwehrleute nicht mehr getraut hatten, und dennoch schien er völlig unversehrt zu sein. Wie war das möglich?

Die Antwort war so offensichtlich wie unvorstellbar: Magie.

Aber wie? Reed besaß keine. Ich hatte im *Banshee* nichts

gespürt, und auch in diesem Moment hörte ich das mir vertraute Flüstern nicht. Vielleicht hatte er einfach nur Glück gehabt, oder es ging ihm schlechter, als er erahnen ließ. Womöglich stand er unter Schock und würde zusammenbrechen, sobald das Adrenalin nachließ.

»Wir sollten dich in ein Krankenhaus bringen«, verkündete ich und griff nach meinem Handy. Doch kaum hatte ich die Worte ausgesprochen, schnellte Reeds Hand vor, und er packte meinen Unterarm, um mich aufzuhalten.

»Kein Krankenhaus.« Jeglicher Humor war aus seinem Gesicht verschwunden, und an seine Stelle war eine eiserne Entschlossenheit getreten, die deutlich zeigte, dass diese Angelegenheit für ihn nicht verhandelbar war.

Doch so einfach ließ ich nicht locker, denn im Gegensatz zu ihm nahm ich die Situation nicht auf die leichte Schulter. »Du solltest dich wirklich untersuchen lassen«, beharrte ich.

Reed schüttelte den Kopf. »Mir geht es gut.«

»Das freut mich, aber noch mehr würde mich freuen, wenn ein Doktor das bestätigen könnte. Bitte.«

Reeds Entschlossenheit blieb ungebrochen. »Nein, ich gehe nicht ins Krankenhaus. Auf keinen Fall.«

»Wieso nicht?«

»Gründe.«

»Danke für diese ausführliche Erklärung. Und was schlägst du stattdessen vor? Soll ich dich einfach hier liegen lassen?«

Reeds Griff um mein Handgelenk wurde sanfter, aber er ließ mich nicht los. »Eine warme Dusche und ein Bett wären nicht schlecht.«

»Hast du jemanden, der die Nacht über ein Auge auf dich wirft? Einen Mitbewohner? Deine Eltern? Eine Freundin?«

Reed schüttelte den Kopf.

Der Gedanke, ihn allein zu lassen, gefiel mir nicht. Jemand sollte ein Auge auf ihn haben, nur für den Fall, dass sich sein Zustand doch noch veränderte. Er hatte zwar keine Verbrennungen erlitten, aber möglicherweise war seine Lunge geschädigt, oder er hatte andere, innere Verletzungen davongetragen, die sich erst später zeigen würden. Ich hatte keine Ahnung, immerhin war ich kein Arzt, aber was ich wusste, war, dass ich ihn unmöglich zurücklassen konnte. Ich fühlte mich für ihn verantwortlich, und nachdem er das Mädchen unter Einsatz seines Lebens aus dem Haus gerettet hatte, hatte er es verdient, dass sich jemand um ihn kümmerte.

»Wo wohnst du?«

»Ähm ...« Er unterbrach sich. »Können wir zu dir gehen?«

»Wieso? Ich dachte, du wohnst hier in der Nähe.«

Reed zog eine Augenbraue in die Höhe, wie um zu sagen: *Ernsthaft? Das hast du mir geglaubt?*

Ich presste meine Lippen aufeinander, unsicher, was ich sagen sollte. Die Vorstellung von Reed in meiner Wohnung gefiel mir nicht. Die meisten magischen Gegenstände hob ich zwar im Archiv auf, das für ihn unerreichbar war, dennoch gab es in meinem Apartment ein paar Dinge, die niemand sehen durfte. Und vor allem bei Reed schien besondere Vorsicht angemessen. Immerhin hatte er die Magie meines Mantels durchschaut. Das musste etwas bedeuten, ebenso wie seine Unversehrtheit.

Eigentlich sollte mich das abschrecken. Eigentlich ... Doch als Archivarin war es schließlich meine Aufgabe, sonderbaren Dingen auf den Grund zu gehen. Und Reed? Reed war sonderbar.

Ich seufzte. Scheiß drauf.

Reed hatte ein Leben gerettet, und ich würde schon einen Weg finden, ihn von der Magie in meiner Wohnung fernzuhalten.

Er schien in meinem Gesicht zu lesen, dass sich der Plan geändert hatte, und ließ mein Handgelenk los, damit ich mein Handy nutzen konnte.

Ich bestellte ein Taxi, das uns zum Sorcerer bringen sollte, und hoffte inständig, dass ich diese Entscheidung später nicht bereuen würde.

Reed lehnte sich wieder gegen das Mauerwerk. »Danke!«

»Bedank dich nicht zu früh.« Ich setzte mich ihm gegenüber, die Beine überkreuzt. Wie hatte sich ein gemütlicher Abend im *Banshee* nur zu dem hier entwickeln können? Hätte ich das geahnt, wäre ich doch lieber zu Hause geblieben.

»Jetzt sag schon.«

Verwirrt schielte ich zu Reed. »Was soll ich sagen?«

»Was du denkst.« Er fuhr sich mit der Hand über den Arm, wie um die Asche wegzuwischen, die seine Haut bedeckte. Es half allerdings nicht. »Ich sehe doch, dass du mir einen Vortrag halten willst. Es gibt keinen Grund, dich zurückzuhalten, also mach schon.«

Ich schüttelte den Kopf. »Was soll das bringen?«

Er zuckte mit den Achseln.

»Ich muss dir hoffentlich nicht sagen, dass das, was du getan hast, dumm war.«

»Jemand anders würde vielleicht sagen, dass es mutig war.«

»Mutig? Eher lebensmüde. Du hättest sterben können.«

»Vielleicht bin ich des Lebens müde«, erwiderte Reed mit einem Grinsen, das jedoch so steif wirkte, dass ich es ihm nicht abkaufte. Hinter seinen Worten verbarg er eine Wahrheit – vielleicht sogar vor sich selbst. Ich fragte mich, woher das kam, doch es war offensichtlich, dass Reed nicht darüber reden wollte. Er löste seinen Blick von mir und ließ ihn gen Himmel gleiten. Da ich nicht wusste, was ich aus seinen Worten machen sollte, schwieg ich.

Nach einer Weile stand ich auf und zog meinen Mantel aus, denn das Taxi sollte bald da sein. Der kalte Wind trieb einen Schauer durch meinen Körper, aber davon ließ ich mich nicht beirren. Ich drehte den Stoff herum und hielt die Ärmel des Mantels für Reed auf. »Zieh das an!«

»Was?«

»Du sollst den Mantel anziehen.« Normalerweise würde ich diesen nicht hergeben, aber ich wollte Reed auf dem schnellsten Weg zu mir nach Hause bringen, und das am besten ohne Fragen zu seiner verbrannten Kleidung. Ich würde nur aufpassen müssen, dass Reeds redselige Art der Magie keinen Strich durch die Rechnung machte.

Er schüttelte den Kopf. »Mir ist nicht kalt.«

»Danach habe ich dich nicht gefragt.«

Er betrachtete das rote Futter des Mantels. »Ich werde ihn nur dreckig machen.«

»Das lass meine Sorge sein. Jetzt zieh den verdammten Mantel an«, keifte ich, denn in diesem Moment bog das Taxi in die Straße ein, und das Letzte, was wir brauchen konnten, war ein Fahrer, der anfing, Fragen zu stellen. Reed erkannte, wie ernst es mir war, und stand auf. Mit bedachten Bewegungen schlüpfte er in die Ärmel, als könnte er so vermeiden, dass sie schmutzig wurden.

Ich schloss zwei Knöpfe in der Mitte, die gerade so zugingen, und trat einen Schritt zurück. Da ich wusste, wie die

Magie wirkte und wie Reed aussah, sah ich keine Illusion, sondern nur ihn. »Steht dir gut.«

Er grinste. »Traube war schon immer meine Farbe.«

Das Taxi hielt neben uns, der Fahrer kurbelte das Fenster herunter und beugte sich heraus, um uns besser zu sehen. Er ließ seinen Blick über uns gleiten, und mein Herz stockte, als er Reed genauer in Augenschein nahm. Doch dann trat ein Lächeln auf seine Lippen, und er nickte uns zu. »Sie haben ein Taxi gerufen?«

IV

DER HERRSCHER

Der Taxifahrer setzte uns vor dem Sorcerer ab. Ich bezahlte und war damit auch das letzte Geld los, das ich heute gewonnen hatte. In meinen Mantel eingehüllt, musterte Reed den Laden. Der obere Teil des alten Gebäudes war aus Sandstein, der von der Witterung dunkel gezeichnet war. Doch in den letzten Jahren hatte es auch einige Renovierungen gegeben. So war das Erdgeschoss frisch verputzt und weiß gestrichen worden. Zusätzlich waren große Fenster eingesetzt worden, und die Buchstaben, die über der Tür *The Sorcerer – Antiquariat* verkündeten, hatten erst vergangenen Monat einen frischen dunkelblauen Anstrich bekommen. Im fahlen Licht der Straßenlaternen wirkte dieser allerdings eher schwarz.

Ich fischte den Schlüssel unter dem Kragen meines Shirts hervor, den ich an einer Kette um den Hals trug. Es war ein besonderer Schlüssel, der das Gebäude magisch verriegelte, sodass ein Einbruch unmöglich war.

Ich sperrte das Antiquariat auf, und sofort stieg mir der vertraute Geruch von altem Holz, Politur und verblasster Tinte in die Nase. Ich liebte diesen Duft und diesen Laden, denn er war erfüllt vom Flüstern der Magie, das die meiste Zeit leise und sanft erklang wie das Rauschen des Meeres. Aber wenn ein Unwetter aufzog, konnten aus den sanftesten

Wogen tödliche Wellen heranwachsen, die einen mit sich rissen.

»Gehört der Laden deinen Eltern?«

»Nein, mir«, erwiderte ich und bedeutete Reed, einzutreten.

Sein Blick glitt einige Sekunden durch den dunklen Laden, ehe er mich mit zusammengezogenen Brauen musterte. »Wie alt bist du?«

»Neunzehn. Du?«

»Zweiundzwanzig.« Er sah sich abermals in dem düsteren Verkaufsraum mit den gespenstischen Schatten um. »Hast du den Laden allein aufgebaut?«

»Nein, er hat meiner Tante gehört«, erklärte ich und schaltete die Notbeleuchtung ein. Das richtige Licht wollte ich lieber nicht anmachen. Es waren zwar um diese Uhrzeit wenige Leute unterwegs, aber ich wollte keine Aufmerksamkeit auf den Laden ziehen. »Sie ist vor über einem Jahr an Krebs gestorben. Sie hat meinen Eltern das Sorcerer vererbt, aber ich leite es.«

Reed strich mit dem Finger über eine Kommode aus Kirschholz, die ich schon dreimal im Preis gesenkt hatte, aber niemand wollte sie kaufen. »Das mit deiner Tante tut mir leid.«

»Mir auch.« Ich zwang meine Lippen zu einem Lächeln und verdrängte jeden aufkommenden Gedanken an Louisa. Obwohl wir uns nicht allzu nahegestanden hatten, stimmte mich die Erinnerung an ihren Tod doch jedes Mal aufs Neue traurig.

Ich bedeutete Reed, mir zu folgen, und gemeinsam stiegen wir die Wendeltreppe empor, welche den Laden mit dem Apartment verband. Meine Wohnung war nichts Besonderes und wie das Antiquariat klein, verschroben und mit allem möglichen Zeug zugestellt. Überall hingen Bilder und Fotos an den Wänden, und die Regale standen voller Bücher, die sich mit Magie und dem Okkulten befassten. Es waren Veröffentlichungen, wie man sie in jedem Buchladen kaufen konnte und die keinen Hauch Magie in sich trugen. Meine Eltern fanden es lächerlich, diese Bücher zu kaufen, aber ich liebte die Magie und las gerne über sie, auch wenn sie nicht echt war. Aus demselben Grund gehörte *Charmed* seit jeher zu meinen Lieblingsserien, dicht gefolgt von *Legend of the Seeker*, *Merlin – Die neuen Abenteuer* und *Sabrina;* wobei ich Letztere ein wenig um ihren Kater Salem beneidete.

»Verkaufst du die Sachen hier oben auch?«, fragte Reed und deutete auf eine Calaca-Maske, die mir Louisas Ehemann Murray vor zwei Jahren aus Mexiko mitgebracht hatte. Es war die letzte Reise gewesen, welche die beiden je unternommen hatten.

»Nein, das sind meine«, antwortete ich und führte Reed durch einen kurzen Flur in mein winziges Badezimmer. Die hellen Fliesen waren an einigen Stellen gesprungen, die Fugen dazwischen dunkel verfärbt, und der Schrank gegenüber der Tür hatte schon einige Dellen von dem Türknauf, den ich des Öfteren versehentlich dagegengeschlagen hatte.

»Duschgel und Shampoo stehen am Wannenrand«, erklärte ich Reed und nahm mein letztes sauberes Handtuch aus dem Schrank unter dem Waschbecken. »Es dauert ein paar Minuten, bis das Wasser warm wird, außerdem ist die Wanne etwas rutschig und …«

»Fallon, ich weiß, wie man duscht«, unterbrach mich Reed mit einem Schmunzeln und nahm mir das Handtuch ab.

»Mach dir keine Sorgen. Ich schaff das allein, es sei denn, du möchtest mir helfen. Dann darfst du gerne mit mir duschen.«

Ich schnaubte. »Nein, das hättest du wohl gerne. Aber vielleicht lässt du die Tür offen, nur für den Notfall. Falls du ohnmächtig wirst oder so.«

»Klar, ich versteh schon. Für den *Notfall.*« Er setzte das Wort in Anführungszeichen.

»Ich meine das ernst, Reed.«

»Ich auch.« Er grinste anzüglich, wobei seine dreckige Haut einen starken Kontrast zu seinen weißen Zähnen bot, und in diesem Moment traf mich das Wissen um seine Anwesenheit wie ein Faustschlag. Diese Wohnung war nicht geschaffen für Leute, die nichts von der Magie wussten. Was, wenn er versehentlich einen magischen Gegenstand entdeckte und damit unwissentlich zum Eingeweihten wurde? Wie sollte ich das meinen Eltern und den anderen Archivaren erklären? Das Geheimnis zu wahren und die Magie zu schützen, waren wohl die wichtigsten Aufgaben der Archivare neben der Sicherung magischer Gegenstände. Aus genau diesem Grund nahm ich sonst niemanden mit in meine Wohnung, abgesehen von meinen Eltern und Jess.

»Wenn du mir keine Gesellschaft unter der Dusche leisten willst, wäre jetzt der richtige Zeitpunkt, um zu gehen«, bemerkte Reed und zog sich das, was von seinem T-Shirt noch übrig war, über den Kopf. Mein Blick zuckte wie von selbst zu seinem nackten Oberkörper mit all seinen fein definierten Muskeln. Mir wurde ein wenig heiß, und ich beschloss, dass es für mich Zeit wurde zu gehen, bevor ich doch noch schwach wurde und Reeds Angebot annahm.

»Ich bringe dir gleich frische Klamotten«, sagte ich, und ohne auf eine Antwort zu warten, eilte ich aus dem Badezimmer. Mir blieb keine Zeit für Sex. Ich musste mich schleunigst um die magischen Gegenstände in meiner Wohnung kümmern.

Ich ging in das Wohnzimmer, das gleichzeitig mein Schlaf- und Esszimmer war. Manchmal fragte ich mich, wie Louisa und Murray es all die Jahre gemeinsam in diesem kleinen Apartment ausgehalten hatten.

In der untersten Schublade meines Kleiderschranks fand ich Sachen, die Reed passen könnten. Sie gehörten Jess, meinem besten Freund, der für die Organisation aller Archive nördlich von Leeds verantwortlich war. Er versorgte uns Archivare nicht nur mit wichtigen Meldungen, wie dem Notruf bezüglich der Kerze, sondern koordinierte auch die Archive und kontrollierte ihre Tarnungen. Die meisten Archive waren als Läden getarnt und dienten nicht nur als Versteck, sondern auch als Einnahmequelle für die Archivare. Doch hin und wieder drohte diese Deckung aufzufliegen, und es war Jess, der sich der Sache annahm und sich darum kümmerte. Auf Wegen, die nicht immer ganz legal waren.

Ich lief zurück zum Badezimmer und öffnete die Tür einen Spaltbreit. Das Rauschen von Wasser und das Geräusch einer sich öffnenden Shampooflasche waren zu hören. Mit verschlossenen Augen schob ich die saubere Kleidung in den Raum, bemüht, Reed nicht anzugucken, da ich keinen Duschvorhang besaß. Ich hatte mir schon oft vorgenommen, einen zu kaufen, aber es nie getan. Flink zog ich mich wieder zurück, bevor Reed mich erneut einladen konnte, zu ihm unter die Dusche zu steigen. Denn ich musste noch einiges vorbereiten, wenn er die Nacht hier verbringen wollte.

Umgehend zog ich die alte Reisetasche unter meinem

Bett hervor und machte mich daran, alle magischen Gegenstände in meiner Wohnung einzusammeln. Darunter befanden sich die Kerze, die ich Craig abgenommen hatte, mein Mantel, der nicht mordende Dolch und ein Paar eleganter Lederhandschuhe, die einem das Geschick eines Meisterdiebes verliehen, sowie einige andere Dinge, die ich verbotenerweise in meinen Alltag integriert hatte. Eigentlich war uns Archivaren der Umgang mit den magischen Gegenständen verboten, unsere Aufgabe war lediglich, sie einzusammeln. Nur in unvermeidlichen und bedrohlichen Situationen war es uns gestattet, Magie anzuwenden. Aber nirgendwo war definiert, was genau darunter zu verstehen war. Es war also eine Sache des Ermessens. Und in meinen Augen war die Vorstellung, die Wohnung von Hand zu putzen, durchaus bedrohlich und Angst einflößend. Daher ließ ich die Arbeit einen magischen Gegenstand erledigen.

Meine Mutter hatte mir deswegen schon öfter eine Predigt gehalten, aber es war dieselbe Rede, die sie auch meinem Vater halten musste. Sie hatte wenig Verständnis für unser Verhalten, aber so war sie einfach. Sie war durch und durch Archivarin. Und erst an zweiter und dritter Stelle Ehefrau und Mutter.

Nachdem all das Flüstern, das viel mehr ein unverständliches Murmeln war, verstummt war und nur noch als Nuscheln aus der Tasche erklang, eilte ich die Treppe nach unten ins Antiquariat. Die Notbeleuchtung dort brannte noch immer, aber das dämmrige Licht reichte mir, um mich zurechtzufinden. Ich hätte auch blind durch den Laden schleichen können. Er war mir so vertraut wie mein eigenes Gesicht. Ich kannte jede Ecke, jeden Winkel und jedes Regal, das meinen Weg kreuzte.

Im hinteren Teil des Antiquariats gab es ein kleines Lager, das durch einen Vorhang abgetrennt war. Ich schlüpfte dahinter und schaltete die Lampe ein – eine einzelne Glühbirne, die schmucklos von der Decke baumelte. Um mich herum stapelten sich die Kisten mit Spenden und Ankäufe, die ich günstig auf dem Flohmarkt erstanden hatte. Sie warteten darauf, dass Platz auf der Verkaufsfläche frei wurde. Einzig der bodentiefe Spiegel rechts an der Wand, der mit einem Bettlaken verhängt war, stand nicht zum Verkauf. Er besaß das lauteste Flüstern, das ich je gehört hatte und das mich jedes Mal aufs Neue irritierte, wenn ich den Raum betrat. Aber er war zu groß und sperrig für das eigentliche Archiv.

Am Boden des Lagerraums lag ein alter, zusammengerollter Teppich. Ich rollte ihn aus. Für gewöhnlich nahm ich mir ein paar Sekunden, um das komplex gewebte Muster aus roten und braunen Fäden zu betrachten, aber heute blieb mir dafür keine Zeit. Stattdessen griff ich umgehend nach einer goldenen Kordel und zog daran. Ich spürte einen kurzen Widerstand, aber dieser löste sich umgehend auf, und eine Falltür öffnete sich inmitten des Teppichs, die bis vor wenigen Sekunden nicht da gewesen war. Darunter lag eine Treppe, die geradewegs in mein Heiligtum führte – in das Archiv.

Ich stieg die Stufen hinab, die in einen Raum führten, der überall und doch nirgendwo war. Auf diese Weise konnte das Archiv leicht transportiert, aber schwerer gefunden werden, denn es war überall dort, wo sich der Teppich befand.

Wie so oft, wenn es um die Magie ging, hatte ich keine Ahnung, wie genau es funktionierte, aber egal wo ich den Teppich ausrollte, jedes Mal lag derselbe Raum darunter. In ihm lagerte ich sämtliche Gegenstände, welche meine Vorgänger eingesammelt hatten. Es waren Hunderte, vielleicht Tausende von Objekten, deren Ursprung wir uns nicht erklären konnten.

Ich stellte die Kerze in eines der Regale, neben eine Karaffe, die sich stets neu mit Wasser füllte, und eine Öllampe, die einem Wünsche und Träume raubte. Ich wusste alles über die Gegenstände in meinem Archiv. Bis 1995 waren die Auswirkungen der Magie in Büchern festgehalten worden, die verstaubt im hintersten Teil des Archivs lagen. Mittlerweile waren die Daten digitalisiert und in ein bibliografisches System eingepflegt, auf das alle Archivare Zugriff hatten.

Die restlichen Gegenstände ließ ich in meiner Tasche zurück, da ich sie wieder nach oben holen würde, sobald Reed gegangen war.

Unweigerlich fragte ich mich jedoch, wie es am nächsten Morgen zwischen uns sein würde. Nach diesem turbulenten Abend erschien es mir unwahrscheinlich, dass sich unsere Wege einfach wieder trennten und wir nie wieder voneinander hörten. Auch wenn es genau das war, was ich wollte – oder zumindest was ich mir einredete zu wollen.

Reed brachte alles durcheinander. Nach dem Vorfall im *Banshee* war ich bereit gewesen, zu verschwinden und Reed und den Vorfall mit meinem Mantel zu vergessen. Doch nach dem Brand erschien mir dies unmöglich.

Ich dachte an seine verbrannte Kleidung und seine unversehrte Haut. Natürlich könnte ich mir einreden, dass er einfach nur Glück oder einen Schutzengel gehabt hatte, wie andere Menschen vielleicht sagen würden. Aber ich wusste es besser als die meisten und kannte eine Seite dieser Welt, die ihnen verborgen blieb. Und obwohl ich keine Magie an Reed gespürt hatte, so konnte ich das Gefühl nicht abschütteln, dass mehr hinter der Sache steckte als reines Glück. Ich hatte nur keine Ahnung, was es war, und solange ich nicht mehr wusste, wollte ich weder Jess noch meine Eltern in die Sache hineinziehen. Zuerst würde ich versuchen, mehr über Reed herauszufinden, dann würde ich weitersehen. Es schien immerhin keine unmittelbare Bedrohung von ihm auszugehen, was mir Zeit verschaffte.

Ich kletterte aus dem Archiv, rollte den Teppich zusammen und löschte das Licht im Lager. Wieder in der Wohnung, hörte ich, dass das Rauschen des Wassers verstummt war. Ich zog ein frisches Bettlaken aus einem Schrank und spannte es für Reed über die Schlafcouch, die meinem Bett gegenüber auf der anderen Seite des Raums stand.

»Willst du mich umbringen?«

Ich zuckte beim Klang von Reeds Stimme zusammen. »Was?«

Er lachte und schlenderte zu dem Fenster, das zum Greyfriars Kirkyard ausgerichtet war, dem wohl bekanntesten Friedhof Schottlands. Täglich suchten dort Hunderte von Touristen nach Tom Riddles Grab. »Ich frag nur, weil in deinem Badezimmer überall Blutspritzer sind.«

Shit! Ich musste etwas Blut übersehen haben, das ich verloren hatte, als ich mich selbst mit dem nicht mordenden Dolch erstochen hatte.

»Das ist vermutlich von heute Morgen«, sagte ich und hoffte, dass Reed die Nervosität in meiner Stimme nicht hörte. Dafür, dass ich den Menschen tagein, tagaus Lügen erzählte, war ich in seiner Gegenwart eine wirklich schlechte Lügnerin. »Ich habe mich in den Finger geschnitten.«

Er runzelte die Stirn. »Muss ja ein ziemliches Massaker gewesen sein.«

»Was soll ich sagen? Ich bin schusselig.« Ich hob die Achseln und schob die Hände in meine Hosentasche, damit Reed meine unversehrten Finger nicht sehen konnte. »Hunger?«

»Ein wenig«, gestand er mit einem Lächeln und wandte sich nun vollständig dem Fenster zu, während er seine Haare trocken rubbelte. Jess' Sachen waren ihm etwas zu groß, obwohl Reed nicht klein war. Dennoch saß die Jeans ein Stück zu tief auf seiner Hüfte, und das T-Shirt war zu weit. Aber zumindest brachte ihn niemand mehr anhand seiner Kleidung mit dem Feuer in Bruntsfield in Verbindung.

Instinktiv wollte ich zu dem magischen Tablett greifen, das mich für gewöhnlich bekochte, bis mir einfiel, dass ich es eben mit all den anderen Gegenständen in den Keller gebracht hatte. Ups! Hatte ich überhaupt etwas da, das ich Reed anbieten konnte? Ich ging in die Küche, die nur fünf Schritte von der Schlafcouch entfernt war, öffnete ein paar Schubladen und warf einen Blick in den Kühlschrank. Pizzabrötchen zum Aufbacken, zwei Scheiben Cheddar und eine angebrochene Packung Bagels waren noch übrig. »Käsebagels?«

Reed wandte sich mir zu. Er nickte und setzte sich auf einen Hocker, der neben dem Küchentresen stand. Ich schob die Bagels in den Toaster, holte zwei Teller hervor und roch an dem Käse, um sicherzugehen, dass er noch gut war.

Reed hatte die Ellenbogen auf die Arbeitsplatte abgestützt und beobachtete mich. Er verfolgte jede meiner Bewegungen. Eigentlich sollte ich mich dabei unwohl fühlen, denn Reed gehörte weder in meine Wohnung noch in mein

Leben. Trotzdem passte er auf merkwürdige Art und Weise perfekt hinein, und ich fühlte mich in seiner Nähe trotz all seiner Ungereimtheiten erstaunlich sicher. Und das war noch erstaunlicher als seine Gabe, durch die Magie meines Mantels hindurchzusehen.

»Fallon?«

Ich blickte von dem Käse auf, auf den ich mich konzentriert hatte, um Reed nicht anzustarren. »Ja?«

»Wenn du es dir anders überlegt hast und mich nicht hier haben möchtest, brauchst du das nur zu sagen.«

»Nein, du kannst hierbleiben. Wirklich«, versicherte ich ihm und verzog meine Mundwinkel zu der Andeutung eines Lächelns.

Reed nickte langsam, als würde er mir nicht ganz glauben. Ich machte unsere Bagels fertig und schob Reed einen Teller zu. Er bedankte sich, und wir aßen in vollkommener Stille. Ein Geräuschzustand, den ich von meiner Wohnung nicht kannte, die sonst ständig vom Flüstern der Magie erfüllt war.

»Also, wirst du mir verraten, was du an der Merchiston Cres gewollt hast, oder nicht?«, fragte Reed, nachdem er aufgegessen hatte, und rieb seine Hände aneinander, um die Brösel an seinen Fingern loszuwerden.

Lügen erzählt man am besten nahe an der Wahrheit. »Ich habe jemanden gesucht.«

»An einem brennenden Haus?«, fragte Reed skeptisch.

»Das musst gerade du sagen, Mr Ich-renne-*in*-das-brennende-Haus.«

»Ich habe jemanden gerettet.«

»Und wärst dabei beinahe selbst gestorben.«

»Mir geht es gut.«

»Das sehe ich, aber ein bisschen komisch ist es schon, dass du ins Feuer laufen konntest, ohne dich zu verletzen.« Vielsagend ließ ich meinen Blick über seinen Körper gleiten und fixierte schließlich sein Gesicht, um seine Reaktion auf meine Aussage nicht zu verpassen. Vielleicht verriet sie mir etwas, das Reed nicht sagte.

»Ja, etwas merkwürdig ist es schon. Vermutlich hatte ich einfach Glück.«

»Oder du bist immun gegen Feuer, so wie diese Blonde in *Game of Thrones.*«

»Nie gesehen, aber immun bin ich sicher nicht. Dafür hab ich mich beim Kochen schon zu oft verbrannt«, erwiderte Reed mit einem Lachen, was weder gestellt noch verlogen wirkte. Er schien die Wahrheit zu sagen, was den Umstand, dass er in dieses Haus gerannt war, noch unglaublicher machte.

»Du hättest vorsichtiger sein müssen«, tadelte ich ihn. »Was, wenn du es nicht rechtzeitig hinaus geschafft hättest? Du hättest sterben können.«

Reed zuckte mit den Schultern und sprang vom Hocker auf, um seinen Teller in die Spüle zu stellen. »Na und? Hätte doch ohnehin niemanden interessiert.«

Ich runzelte die Stirn. Was sollte das bedeuten, es würde niemanden interessieren? Was war mit seinen Eltern? Seiner Familie? Seinen Freunden? Er hatte zwar keine Freundin, wenn ich das richtig verstanden hatte, aber es musste doch jemanden geben. »Es hätte *mich* interessiert.«

Reed schnaubte »Wieso? Ich dachte, wir wären Fremde.«

Stimmt, das hatte ich im Taxi gesagt, aber die Lage hatte sich geändert. »Dennoch möchte ich nicht, dass du als verkohlte Leiche endest«, gab ich zurück.

Reed versteifte sich bei diesen Worten und presste seine Lippen so fest aufeinander, dass nur ein heller Strich zu sehen war. Kurz glaubte ich, in seinen Augen etwas aufblitzen zu sehen, das an Wut erinnerte. Aber es war bereits verschwunden, als er die nächsten Worte sprach. »Lass uns nicht mehr darüber reden. Was geschehen ist, ist geschehen, ich bin am Leben, und das Mädchen ist gerettet.«

Reed verschwieg mir etwas. Ich wusste nicht, was es war und ob es im Zusammenhang mit dem Brand stand, aber irgendetwas wollte er mir nicht erzählen. Doch ich beschloss, vorerst nicht nachzubohren. Er sollte sich nicht bedrängt fühlen. Wenn er nur ein bisschen wie ich tickte, würde er aus Protest kein Wort mehr sagen, sobald ich zu forsch und fordernd an die Sache heranging.

Ich schob mir den letzten Bissen meines Bagels in den Mund, als mein Handy zu klingeln begann und der *Ghostbusters*-Soundtrack die Stille zwischen uns vertrieb. *Jess.* Ich verspürte gerade keine Lust, mit ihm zu sprechen, und sollte er noch einen Auftrag für mich haben, konnte dieser auch bis morgen warten. Ich drückte den Anruf weg.

»Willst du nicht drangehen?«, fragte Reed.

Ich schaltete das Handy aus. »Nein.«

»Und wenn es wichtig ist?«

»Ist es nicht.«

»Ist das der Kerl, dessen Sachen ich trage?«

»Ja.« Ich nahm meinen Teller, um ihn ebenfalls in die Spüle zu räumen, in der sich bereits einiges an Geschirr stapelte, da ich noch keinen Gegenstand gefunden hatte, der mir beim Abwasch half – und ich hasste abwaschen.

»Ist er dein Freund?«

»Er ist *ein* Freund, nicht mein Freund. Jess ist für mich

wie ein Bruder, wir kennen uns seit unserer Kindheit.« Wir hatten nie dieselbe Schule besucht und hatten auch nie in derselben Stadt gewohnt, aber durch unsere Familien und die Magie waren unsere Leben miteinander verbunden. Seit ich denken konnte, telefonierten, chatteten und schrieben wir uns jeden Tag. Wann immer es unsere Zeit zuließ, trafen wir uns in Glasgow, Edinburgh oder London. Einmal hatten wir es sogar geschafft, einen Kurztrip nach Irland zu unternehmen.

Reed grinste, die Anspannung von vor wenigen Sekunden war gänzlich aus seinem Gesicht verschwunden. »Cool, dann besteht ja vielleicht doch noch die Chance auf eine gemeinsame Dusche.«

Ich rollte mit den Augen, konnte aber ein Schmunzeln nicht unterdrücken, denn ich wusste, dass Reed es nur halb ernst meinte. Ich kannte aufdringliche Typen – *wirklich* aufdringliche Typen; eine Bürde, die mit dem Tragen des Mantels einherging, wenn man stets zur wahr gewordenen Fantasie wurde. Manche Menschen waren davon eingeschüchtert. Sie wünschten sich vielleicht eine Frau mit großen Brüsten oder einen Mann mit Sixpack, aber wenn sie diesem gegenüberstanden, waren sie nicht bereit dafür.

Andere Leute wiederum packten die Chance beim Schopf und waren bereit, alles dafür zu tun, um ihrer Fantasie näher zu kommen. Sie flirteten, was das Zeug hielt, sprachen in Zweideutigkeiten, versuchten mich bei jeder Gelegenheit zu berühren und machten mir Angebote, bei denen selbst ich rot wurde und die mich meist dazu veranlassten zu gehen. Reeds Vorschlag hingegen war mit einem Augenzwinkern zu sehen.

»Ich werde jetzt tatsächlich duschen, aber ohne dich.«

Reed schob enttäuscht die Unterlippe nach vorne. »Schade, aber denk an mich, wenn du dich ausziehst.«

Ich schnaubte amüsiert, gab ihm auf die Aussage jedoch keine Antwort. Die Wahrheit war: Ich würde an ihn denken, denn ich tat seit Stunden nichts anderes. Allerdings nicht auf die Art und Weise, die Reed mit seiner Bemerkung bezwecken wollte.

Ich sammelte meine Schlafsachen ein und huschte ins Badezimmer, wobei ich mir unter der Dusche nicht annähernd so viel Zeit nahm, wie ich gerne wollte. Aber die Vorstellung, Reed für längere Zeit allein in meiner Wohnung zu lassen, behagte mir nicht. Zwar würde er in den Schubladen und Schränken keine magischen Gegenstände finden, aber ein Mädchen hatte trotz allem seine Geheimnisse.

Ich trug eine schwarze Leggings und ein graues Top, als ich das Wohnzimmer wieder betrat. Meine nassen Haare hatte ich auf meinem Kopf zu einem Knoten gebunden, und mein Gesicht war gerötet von der Hitze des warmen Wassers. Reed hatte sich auf das Sofa gelegt, das gerade groß genug für ihn war. In den Händen hielt er das Buch über Geisterbeschwörung, das ich zuletzt gelesen hatte. Er blickte von der Seite auf und sah zu mir. »Glaubst du an dieses Zeug?«

Ich löschte alle Lichter im Zimmer, bis nur noch das neben meinem Bett brannte. Es zeichnete weiche Schatten auf Reeds Gesicht.

»Keine Ahnung«, gab ich ehrlich zurück. Ich wusste nicht, ob es Geister, Drachen oder Vampire gab, aber Magie existierte. Es wäre ziemlich kleingeistig und ignorant von mir, alles andere als Unsinn abzutun. Vielleicht gab es auf dieser Welt Dinge, über die selbst wir Archivare nichts wussten.

Reed blätterte eine Seite in dem Buch um. Ich erkannte an der Illustration, dass er bei dem Kapitel über nette Hausgeister angelangt war. »Hast du schon einmal versucht, einen Geist zu beschwören?«

Kein Spott schwang in seinen Worten mit, weshalb ich mich dafür entschied, ehrlich zu antworten. »Einmal, aber es ist nichts passiert.«

»Also hast du aufgegeben?«

»Ich würde das nicht aufgeben nennen.«

»Wie dann?«

Ich zuckte mit den Schultern. »Eine Wiederholung hat sich bisher einfach nicht ergeben, aber wir können es gerne ausprobieren, wenn du möchtest.«

Reed klappte das Buch zu. »Heute nicht. Vielleicht ein anderes Mal, wenn ich mich weniger *ausgebrannt* fühle.«

»Der war echt schlecht.«

»Ich weiß, in meinem Kopf klang es besser.«

Ich schnaubte und schlüpfte unter meine Bettdecke, bevor ich das Licht löschte. Nur noch der fahle Schein einer Straßenlaterne ließ mich Schemen in dem ansonsten dunklen Raum erkennen. »Gute Nacht, Reed!«

»Gute Nacht, Fallon!«, erwiderte er mit einem hörbaren Lächeln in der Stimme, und es dauerte nicht lange, bis die Wohnung von dem Geräusch seiner tiefen Atemzüge erfüllt war.

Für gewöhnlich fiel es auch mir nicht schwer einzuschlafen, denn meine Tage waren voller Arbeit und Abenteuer, und am Abend konnte ich es meist kaum erwarten, in mein Bett zu fallen. Obwohl die Erschöpfung in diesem Moment an mir nagte, blieb ich wach. Meine Gedanken kamen nicht zur Ruhe, und immer wieder öffnete ich die Augen, um nachzusehen, ob Reed noch da war. Ich redete mir ein, dass ich nur sicherstellen wollte, dass es ihm wirklich gut ging. Doch wenn mir die letzten Stunden eines gezeigt hatten, dann dass er das Feuer unbeschadet überstanden hatte.

So gesehen gab es keinen logischen Grund, weshalb Reed die Nacht bei mir verbringen sollte. Ihn bei mir zu haben, fühlte sich allerdings richtig an. Ich sollte ihn wegschicken, doch der Gedanke, ihn gehen zu lassen, erzeugte ein nervöses Ziehen in meinem Magen, das ich mir nicht erklären konnte und über das ich lieber nicht nachdenken wollte.

V

DER HIEROPHANT

Reed war verschwunden. Ich spürte seine Abwesenheit, noch bevor ich den Blick auf das leere Sofa richtete. Die Decke, die ich ihm gegeben hatte, war sorgfältig zusammengefaltet und das Kissen aufgeschüttelt; darauf lag ein Zettel.

Sofort schälte ich mich aus den Laken, und ohne das vertraute Flüstern, das mich jeden Tag willkommen hieß, war nur das Geräusch meiner nackten Füße auf dem Parkett zu hören. Ich nahm die Notiz vom Kissen und blickte auf eine Handschrift, die viel zu sauber für eine so verwirrende Person wie Reed wirkte.

Danke, dass ich hier schlafen durfte. Sorry, wenn ich dir Sorgen oder Umstände bereitet habe. Das wollte ich nicht.

Keine Unterschrift.

Kein Auf Wiedersehen.

Keine Handynummer.

Ich knüllte das Stückchen Papier zusammen, das Einzige, was mir von Reed geblieben war, und warf das Knäuel in den Mülleimer neben meiner Spüle. Dabei ignorierte ich die Enge in meiner Brust, bei der es sich unmöglich um Enttäuschung handeln konnte – zumindest redete ich mir das ein.

Ja, ich mochte Reed, und mir hatten seine plumpen Flirtversuche gefallen, aber so war es für uns beide besser. Ich konnte ihm nicht von der Magie erzählen, und nach meinen gestrigen Beobachtungen schien er wirklich nichts darüber zu wissen. Dass das Feuer ihn nicht verletzt hatte, war merkwürdig, aber nicht unmöglich. Und die Sache mit meinem Mantel könnte ein dummer Zufall sein. Zumindest erschien mir das nach allem, was Reed gesagt und getan hatte, die logischste Erklärung zu sein. Vielleicht war ich für ihn das Idealbild einer Frau, und die Magie hatte sich deswegen entschieden, ihm mein wahres Ich zu zeigen. Denn ich gefiel ihm so, wie ich war. Das ließ sich nicht von der Hand weisen. Nicht nach all seinen Bemühungen, mich zu einer gemeinsamen Dusche zu überreden. Nun war er weg und alles wieder beim Alten. Und dank der überteuerten Taxifahrten durch die Stadt waren sogar meine Geldsorgen wieder dieselben. Mit Ausnahme der Kerze im Archiv war es, als wäre der gestrige Tag nie passiert.

Ich verdrängte jeden Gedanken an Reed und schaltete mein Handy ein, während ich mir eine Tasse meines Lieblingstees aufbrühte – Breakfast Tea. Kaum hatte es geladen, ploppten Nachrichten auf wie bei einem Browser ohne AdBlocker. Als hätte Jess gespürt, dass ich mein Handy in diesem Moment eingeschaltet hatte, klingelte es.

Ich nahm ab und seufzte in den Hörer. »Ja?«

»Oh, du lebst ja doch noch!«

»Ich hab geschlafen.«

»Dein Handy war aus.«

»Ich wollte meine Ruhe haben.« Ich nippte an meinem noch viel zu heißen Tee und setzte mich auf den Hocker, auf dem am Abend zuvor Reed gesessen hatte. »Was gibt's?«

»Ich will wissen, wie es dir geht«, antwortete er ohne jeglichen Sarkasmus in der Stimme. »Ich habe mir Sorgen um dich gemacht, nachdem ich gestern nichts mehr von dir gehört habe.«

»Ich habe dir doch eine SMS geschrieben.«

»Nein, hast du nicht.«

»Natürlich. Warte!« Ich nahm das Handy von meinem Ohr und überprüfte den Nachrichtenverlauf. Dort entdeckte ich auch die Nachricht an Jess – unversendet. Ups! Ich musste in meiner Panik um Reed versehentlich den Sende-Button verfehlt haben. »Sorry, ich habe nicht auf ›Senden‹ gedrückt.«

»Und wieso bist du gestern nicht drangegangen, als ich dich angerufen habe?«

»Ich war einfach müde«, log ich.

Jess stieß ein Brummen aus, als würde er mir nicht ganz glauben. »Und wie lief es gestern? Irgendwelche Zwischenfälle?«

Ich zögerte und wägte ab, ob ich Jess von Reed erzählen sollte. War es meine Begegnung mit ihm wert, Jess und die anderen Archivare in Unruhe zu versetzen, vor allem, nachdem Reed ohne Aussicht auf ein Wiedersehen verschwunden war?

»Nein«, antwortete ich mir selbst und auch Jess.

»Tatsächlich? Denn es gibt Meldungen über einen jungen Mann, der gestern in das brennende Haus gerannt ist und seitdem von der Polizei gesucht wird. Warst du das?«

Ich schaufelte mir eine gefühlte Wagenladung Zucker in den Tee. »Das kommt darauf an. Rufst du an, weil du dir Sorgen um mich gemacht hast oder um den Mantel?«

Er stieß ein Schnauben aus. »Das weißt du ganz genau.«

»Nein, sag es.«

»Von mir aus«, schnaubte Jess, wobei ich sein Augenrollen förmlich vor mir sah. »Ich habe mir Sorgen um *dich* gemacht, aber ich sehe es auch als meine Pflicht an, dich daran zu erinnern, dass das Tragen des Mantels nur in Notfällen gestattet ist. Du bist für diese magischen Gegenstände verantwortlich, und wenn auch nur einer zerstört wird, wirst du dafür zur Verantwortung gezogen.«

»Tja, dann wird es dich freuen zu hören, dass ich nicht der Kerl bin, der ins Feuer gerannt ist. Mir und dem Mantel geht es gut. Keine Ahnung, wer er war.«

»Und das ist die Wahrheit?«

»Vertraust du mir etwa nicht?«

»Klar vertrau ich dir, aber das wäre nicht die erste Dummheit, die du begangen hast und ausbaden müsstest. Aber wie dem auch sei: Hast du die Kerze?«

Ich trank von meinem Tee. »Natürlich hab ich sie.«

»*Natürlich?* Darf ich dich daran erinnern, dass du dem Ding seit Monaten hinterherjagst? Wenn ich mich richtig entsinne, ist die Kerze deine neue Schlechtleistung.«

Ich runzelte die Stirn. »Schlechtleistung? Gibt es das Wort überhaupt?«

»Warte ...«, sagte Jess, kurz bevor ich das Klackern einer Tastatur vernahm. Ein Geräusch, das so sehr zu Jess gehörte wie das Flüstern zu der Magie. »Ja, das Wort gibt es.«

»Okay«, erwiderte ich unbeeindruckt.

Jess wechselte das Thema. »Was ist der Plan für heute?«

»Dasselbe wie immer. Abstauben, polieren, sortieren, freundlich zu Kunden sein, auch wenn es mir schwerfällt, und wenn es das Leben gut mit mir meint, darf ich irgendwo einbrechen und einen magischen Gegenstand klauen.«

»Wow, so glamourös.«

Ich stieß ein Zischen aus, das Jess nur ein weiteres Lachen entlockte. Während ich meinen Tee austrank, unterhielt er mich mit Anekdoten aus den anderen Archiven, die er betreute, bis es schließlich an der Zeit war, den Laden zu öffnen. Ich verabschiedete mich von Jess und tauschte meine Leggings und das verwaschene Top gegen eine Jeans und ein dunkles Karohemd, bevor ich nach unten ging, um zuerst die Post zu holen.

Auf dem Briefkasten klebte noch immer ein Schild mit den Namen *Louisa und Murray MacColl,* da ich es nicht über mich brachte, es abzufriemeln. Louisa hatte nach der Hochzeit zum Ärger meiner Eltern den Archivaren-Namen Emrys abgelegt, aber ich fand es süß, dass sie Murrays Namen angenommen hatte, nachdem dieser bereit gewesen war, sein ganzes Leben nach ihr und ihrer Archivaren-Tätigkeit auszurichten.

Wie immer hatte sich über Nacht ein leicht muffiger Geruch zwischen den alten Möbeln gesammelt, weshalb ich einen Keil unter die Eingangstür trieb, damit sie offen stehen blieb, während ich die Post durchging. Es war nichts Interessantes dabei. Anschließend machte ich mich daran, die Kasse zu zählen und alle Möbel auf Hochglanz zu polieren. Ich wusste nicht, was es war, aber diese alten Dinge schienen Staub und Dreck magisch anzuziehen.

Ich war bereits fertig mit dem Entstauben der Möbel, als die ersten Kunden in den Laden kamen. Es waren Touristen, denen ich wenig Beachtung schenkte. Sich auf Japanisch unterhaltend, schlenderten sie zwischen den Ausstellungsstücken umher. Mit etwas Glück würden sie eine Kleinigkeit als Andenken mitnehmen, aber sehr wahrscheinlich verließen sie das Antiquariat mit leeren Händen und zögen zum Greyfriars Kirkyard oder zum Elephant House weiter, das um die Ecke lag.

Gegen Mittag trudelten die ersten ernst zu nehmenden Kunden ein. Ich verkaufte eine Sanduhr und einen Garderobenständer, den ich erst vorige Woche auf einem Flohmarkt erstanden hatte. Anschließend ließ ich mir von dem magischen Tablett Essen zaubern und las nebenbei im Archivarenblog. Dieser war eine Errungenschaft des 21. Jahrhunderts, die wir Jess zu verdanken hatten. Auf dem Blog berichteten Archivare aus aller Welt über ihren Alltag und ihre neuen Erfahrungen. Ich stöberte gerne in den Artikeln, und hin und wieder verfasste ich selbst einen Beitrag, obwohl mich das Wissen, dass meine Eltern mitlasen, oft zurückhielt und die Dinge beschönigen ließ.

Ich war gerade dabei, einen Artikel aus Helsinki über ein giftiges Teeservice zu lesen, als sich eine Nachricht meiner Mum in der unteren Fensterhälfte meines Laptops öffnete. Es gab kein »*Hallo*« und kein »*Wie geht's dir?*«, sondern nur einen Link zu einem Forum. Früher hatte ich mich an der nüchternen Art meiner Mum gestört, inzwischen hatte ich mich damit abgefunden. Sie würde sich niemals ändern, und darauf zu hoffen, wäre verschwendete Energie.

Ich war mir sicher, dass sie mich tief in ihrem Inneren liebte, auf ihre eigene, verschrobene Art und Weise. Aber in erster Linie war ich für sie das Resultat einer Zweckverbindung, denn durch mich wurde das Fortbestehen der Emrys und Archivare gesichert.

Ich öffnete den Link, den mir meine Mum geschickt hatte, und begann zu lesen. Die ersten Beiträge aus dem Forum waren bereits ein paar Monate alt und nichts Besonderes.

Es ging um eine Frau, die sich als Hexe ausgab und in Portobello praktizierte. Die User beschimpften sie als Betrügerin, welche die Leute um ihr Geld brachte. Doch in den vergangenen drei Wochen hatten sich die Nachrichten gewandelt. Die Behauptungen, sie wäre eine Betrügerin, hatten aufgehört, stattdessen berichteten die Leute davon, dass ihr Leben eine Hundertachtzig-Grad-Wende genommen hatte, seit sie sich von Madame Minerva die Tarotkarten hatten legen lassen. Manche Leben hatten sich zum Positiven, andere zum Negativen gewandelt. Einige berichteten von Lottogewinnen, Verlobungen und überraschenden Beförderungen, während andere mehrere Familienmitglieder verloren hatten, in Unfälle verwickelt gewesen oder von lebensbedrohlichen Krankheiten heimgesucht worden waren. Sie redeten von einem Fluch, mit dem Madame Minerva sie belegt hatte.

Ich hatte noch nie etwas über ein magisches Set Tarotkarten gehört, aber das war nicht ungewöhnlich. Immer wieder tauchten magische Gegenstände wie aus dem Nichts auf, als würde sich die Magie vermehren. Und wären es nur zwei oder drei dieser Beiträge, hätte ich sie vielleicht als Zufall abgetan, doch insgesamt zählte ich elf verschiedene Nutzer, die über extreme Wandlungen in ihrem Leben berichteten. Damit war klar, dass ich Madame Minerva einen Besuch abstatten musste.

Madame Minerva besaß tatsächlich ein Set magischer Tarotkarten. Trotz der zahlreichen Beiträge im Forum hatte ein Teil von mir daran gezweifelt, denn im Internet las ich viel Unsinn. Doch bereits kurz nach dem Betreten des Ladens hatte ich das Flüstern der Karten gehört – laut und klar wie das Rauschen des Meeres, das vor Madame Minervas Haustür lag.

Sie lebte in der Nähe der Strandpromenade von Portobello in einem kleinen Haus, in dem sie auch ihrer Arbeit als Hexe nachging. *Minerva's Corner* stand auf einem Schild an der Tür, und mit goldener Farbe hatte jemand mysteriös wirkende Schriftzeichen an die Fenster gezeichnet, vermutlich, um die Touristen zu beeindrucken.

Die alte Dame, die sich Madame Minerva nannte, hatte mich begrüßt und gefragt, was sie für mich tun konnte. Um keine Aufmerksamkeit zu erregen, hatte ich ihr vorgegaukelt, an einem Kristall interessiert zu sein. Nach einem kurzen Beratungsgespräch hatte ich den Laden verlassen, und seitdem wartete ich auf den richtigen Moment, um einzubrechen.

Ich hatte darauf gehofft, dass Madame Minerva ihr Haus noch einmal verließ, damit ich mir die Karten unter den Nagel reißen konnte, aber leider war dies nicht der Fall gewesen. Würde ich hier wohnen, würde ich es mir nicht nehmen lassen, jeden Tag den Strand entlangzuspazieren und den Sonnenuntergang zu beobachten. Ich war gerne am Meer und liebte es, stundenlang dem Rauschen der Wellen zu lauschen. Doch leider fehlte mir an den meisten Tagen die Zeit dafür.

Inzwischen war vom Sonnenuntergang nichts mehr zu sehen, und die Nacht war hereingebrochen. Es war beinahe vollkommen still, nur das Meer und das Grollen eines herannahenden Gewitters waren zu hören. Ich hoffte inständig, dass sich der Regen noch Zeit ließ, bis ich zurück in meinem Archiv war.

Trotz der verheißungsvollen dunklen Wolken über meinem Kopf wartete ich geduldig, bis ich mir sicher war, dass Madame Minerva ins Bett gegangen war. Damit sank das Risiko, erwischt zu werden. Klüger wäre es wohl gewesen, an einem Tag zurückzukommen, an dem die Hexe nicht zu Hause war, aber nach einer Rücksprache mit Jess hatte ich entschieden, das Tarot-Set heute zu stehlen. Ich konnte nicht riskieren, dass sie noch einem Kunden mit den Karten die Zukunft legte, nur weil ich Angst davor hatte, erwischt zu werden. Sollte das passieren, würde mir Jess schon aus der Patsche helfen. Es wäre nicht das erste Mal. Er war ein Genie darin, Lösungen zu finden und Daten zu manipulieren. Ohne ihn wäre meine Polizeiakte gewiss nicht leer.

Inzwischen hatte sich eine ganze Weile nichts im Haus geregt, und ich beschloss, dass es sicher genug war. Ich trat aus dem Schatten, den Kragen meines Mantels gegen den kalten Wind nach oben geschlagen, und blieb vor der verschlossenen Tür von Minerva's Corner stehen. Eilig warf ich einen Blick nach links und rechts, um sicherzugehen, dass ich noch allein war, ehe ich aus meiner Tasche ein kleines Kästchen hervorzog, in dem Hilfsmittel für einen Einbruch lagen.

Ich wählte mein Werkzeug und machte mich sofort daran, die Tür aufzubrechen. Eine andere Person hätte vielleicht Minuten gebraucht, für mich war es nur eine Frage von Sekunden. Mein Dad hatte mir als Kind das Aufbrechen von Fenstern, Türen und Tresoren beigebracht. Dabei war es allerdings weniger mein Talent, das mich so flink machte, als vielmehr meine magischen Handschuhe.

Ich ließ das Kästchen mit den Nadeln in meiner Tasche verschwinden und schob die Tür langsam auf. Die Angeln ächzten leise. Ich trat in den dunklen Laden und fand mich im Schein meines Handydisplays zurecht.

Minerva's Corner war das wahr gewordene Klischee des Unterschlupfs einer Hexe, und ich fragte mich, wie Leute jemals auf diesen Humbug hereinfallen konnten. Dutzende von Traumfängern in jeder Form und Farbe baumelten von der Decke, überall standen getrocknete Blumen, und in den Regalen an den Wänden reihten sich Hunderte von Gläsern aneinander, gefüllt mit bunten Flüssigkeiten und eingelegten Dingen. Ein wenig erinnerte mich der Anblick an einen russischen Spezialitätenladen.

Auf Zehenspitzen schlich ich in den hinteren Teil des Ladens, wo sich der *Lesungsraum* befand, wie Madame Minerva ihn nannte. Von dort aus hörte ich das Flüstern der Magie. Etliche Steine von Amethysten bis Rosenquarzen lagen hier herum. Doch das Herzstück des Raums war der Tisch in der Form eines Hexagons. Er war mit einem schwarzen Laken überspannt, und mehrere halb abgebrannte Kerzen standen darauf.

Mit bedachten Schritten lief ich um den Tisch herum. Die Dielen knarzten unter meinen Stiefeln, und obwohl ich keine fünf Minuten hier war, verspürte ich einen ansteigenden Kopfschmerz, was bei dem Gestank von Räucherkerzen, Duftölen und verbrannter Nelke nicht verwunderlich war.

In der hintersten Ecke des Zimmers stand ein Regal, auf dem ebenfalls Kerzen, Steine und Gläser standen. Das Flüstern wurde lauter, je näher ich dem Möbelstück kam, und kaum traf das Licht meiner Lampe die Regalbretter, entdeckte ich das Ziel meiner Suche.

Auf dem Regal lag ein Sammelsurium an *magischen* Gegenständen, darunter auch ein Ouijabrett, mehrere Pendel und verschiedene Tarot-Sets, aber nur eines flüsterte. Ich schnappte es mir, ohne es genauer anzusehen, und stopfte es in die Tasche meines Mantels, um so schnell wie möglich zu verschwinden. Ich wollte gerade auf den Fersen kehrtmachen, als das Licht im Zimmer anging. Kurzzeitig geblendet kniff ich die Augen zusammen.

»George?«

Scheiße.

Ich drehte mich langsam herum und erkannte Madame Minerva, die nur ein paar Fuß von mir entfernt neben dem Wandtrenner stand. Ohne ihr dunkles Augen-Make-up und ihr Tuch wirkte sie älter und gebrechlicher als heute Mittag. Weniger wie eine Hexe und Betrügerin als eine Großmutter.

»George?«, fragte sie noch einmal. Ihre Stimme zitterte, und unter ihrem beigen Nachthemd bebten ihre Knie. »Bist du das wirklich?«

Ich hatte meinen Mantel übergestreift für den Fall, dass ich erwischt wurde. Dann erkannte Madame Minerva nicht die junge Frau, die in ihrem Laden gewesen war. Doch nun wusste ich nicht, was ich sagen sollte. Ich biss mir auf die Unterlippe und wägte meine Optionen ab, zumal ich keine Ahnung hatte, wer George war. Vielleicht hätte ich Jess beauftragen sollen, einen Background-Check über die alte Dame zu machen.

»Ja, ich bin es«, erwiderte ich kurz entschlossen, um durch mein Schweigen keine Skepsis hervorzurufen. Irgendwie würde ich hier wieder rauskommen.

»Oh, George!« Madame Minerva kam mir noch näher, und ich trat einen Schritt zurück, bis ich mit der Hüfte gegen das Regal stieß. »Du siehst noch genauso aus wie früher.«

Früher? Was sollte das heißen? Ging es nicht noch etwas unklarer? Ich unterdrückte ein Seufzen und trat einen Schritt nach rechts, noch einen und noch einen, bis Madame

Minerva und ich auf den gegenüberliegenden Seiten des Tisches standen.

»Wie kannst du hier sein?«

Ich durchforstete meine Gedanken nach einer möglichst unverfänglichen Antwort. Ich hasste solche Situationen, aber noch mehr würde ich es hassen, von der Polizei in Handschellen abgeführt zu werden. »Ich musste dich einfach sehen.«

»Das freut mich.« Ein seliger Ausdruck legte sich auf ihr Gesicht, und ich glaubte, Tränen in ihren Augen schimmern zu sehen. Das behagte mir gar nicht. »Und geht es dir gut, da, wo du jetzt bist?«

Ich nickte tonlos und sah mich verunsichert nach dem Ausgang um. Er lag nur wenige Meter von mir entfernt. Ich könnte einfach davonrennen, die alte Dame holte mich niemals ein.

Ein liebevolles Lächeln trat auf Madame Minervas Lippen, und die Falten auf ihren Wangen wurden tiefer. »Wir werden nicht mehr lange voneinander getrennt sein. Die Ärzte geben mir noch acht Monate.«

Oh, fuck! Madame Minerva war krank? Mein Magen zog sich zusammen. Denn trotz des Ärgers, den sie all diesen unschuldigen Leuten beschert hatte, tat sie mir leid. Sie hatte den Menschen nicht absichtlich geschadet, und ich fragte mich, ob die Tarotkarten an ihrer Erkrankung schuld waren. Die Vermutung von Jess und mir war, dass man mit den Karten die Zukunft nicht nur lesen, sondern wahrhaftig legen konnte. Und genau aus diesem Grund musste ich sie an mich nehmen, bevor sie noch mehr Leute verfluchen konnten.

»Das tut mir furchtbar leid«, sagte ich, während ich mich

weiterhin dem Ausgang näherte und schließlich nach der Klinke griff. Ich zögerte nicht, riss die Tür auf und stürmte auf die Straße. Es hatte zu regnen begonnen, aber ich ignorierte die eiskalten Tropfen, die mir in das Gesicht schlugen, und fegte die Gasse entlang Richtung Meer.

Hinter mir hörte ich Madame Minervas Rufe und fühlte mich dabei wie das größte Arschloch auf Erden.

Als ich die Promenade erreichte, schlug ich einen Haken nach links und rannte an einer Reihe Restaurants vorbei. Wind peitschte mir ins Gesicht, und Blitze zuckten über den Himmel. Der Regen wurde stärker. Zumindest war der Mantel wasserdicht und die Tarotkarten in Sicherheit; andernfalls hätte mich meine Mutter gelyncht.

Der Weg zum Sorcerer zurück war kein Spaziergang. Meine Haare waren in kürzester Zeit durchnässt und klebten feucht an meiner Kopfhaut, ebenso wie die Jeans an meinen Beinen. Wasser hatte meine Stiefel geflutet, und ich hörte das schmatzende Geräusch bei jedem Schritt.

Mit zitternden Fingern zog ich die Kette mit dem Schlüssel aus meinem Kragen hervor und sperrte auf. Ich trat ein, und in vollkommener Dunkelheit lief ich durch den Laden, die Wendeltreppe nach oben in meine Wohnung. Dort hieß mich das vertraute Flüstern willkommen, da ich alle Gegenstände, die ich vor Reed versteckt hatte, wieder nach oben geholt hatte.

Ich streifte mir den Mantel von den Schultern, zog das Tarotkarten-Set aus der Tasche und legte es auf den Tisch neben der Tür. Später würde ich es mir noch genauer anschauen, aber zunächst brauchte ich ein heißes Bad und trockene Kleidung.

VI

DIE LIEBENDEN

Noch in meinen Bademantel eingewickelt, wachte ich am nächsten Morgen von meinem Wecker auf. Am liebsten hätte ich ihn gegen die Wand geschmissen. Ich war müde, mein Nacken schmerzte, und es war, als könnte ich den kalten Regen wie Hunderte von Nadelstichen noch immer auf meiner Haut spüren. Hoffentlich hatte ich mir keine Erkältung eingefangen. Doch ich hatte keine andere Wahl, als aufzustehen, denn wenn ich liegen blieb, würde auch der Laden geschlossen bleiben.

Mit einem Brummen rollte ich mich aus dem Bett und wäre dabei vor Erschöpfung fast auf den Boden gefallen. Zwei Nächte hintereinander magischen Gegenständen hinterherzujagen, war einfach zu viel. Obwohl ich am Abend erst ein Bad genommen hatte, schleifte ich mich in die Dusche, um wach zu werden. Es half nur geringfügig, und ich beschloss, an diesem Tag zu einem härteren Mittel zu greifen: Kaffee.

Es war nicht gerade das Getränk meiner Wahl, aber ich besaß eine Maschine und die nötigen Bohnen von Jess' letztem Besuch, da der Kerl praktisch von dem Zeug lebte. Vermutlich floss längst kein Blut mehr durch seine Adern, sondern Espresso. So stark, dass er bei anderen Menschen eine Herzrhythmusstörung auslösen würde.

Nachdem ich mir eine Tasse der bitteren braunen Flüssigkeit eingeschenkt hatte, rief ich Jess an, um ihm ein Update zum gestrigen Abend zukommen zu lassen.

»Guten Morgen, Sonnenschein!«, grüßte er fröhlich.

»Ich hasse dich«, brummte ich. Vermutlich war Jess nicht gerade erst aufgestanden, sondern immer noch wach, da er sich seine Arbeitszeit frei einteilen konnte und das auch ausnutzte. Nicht selten schlief er bei Tag und war bei Nacht wach.

Jess lachte. »Du liebst mich, und das weißt du.«

Ich grummelte zustimmend.

»Da hat aber jemand gute Laune. Was ist los? Ist irgendetwas mit dem Tarot schiefgelaufen?«

»Nein, nein, ich hab sie«, antwortete ich und sah in Richtung meiner Garderobe, wo ich die Karten gestern abgelegt hatte. Eigentlich hatte ich sie mir nach meinem Bad genauer anschauen wollen, aber ich war einfach zu müde gewesen, weshalb ich schnurstracks ins Bett gegangen war.

»Und was ist das Problem?«

»Das Problem ist, dass das die zweite Nacht mit weniger als vier Stunden Schlaf war.« Ich trank einen Schluck meines Kaffees. *Urg!* Kein Wunder, dass man von diesem widerlichen Geschmack wach wurde. Tee war so viel besser. »Wenn du heute also keinen Auftrag für mich hast, wäre ich dir sehr verbunden.«

»Bisher hab ich keinen.«

Erleichtert atmete ich aus und berichtete Jess von dem gestrigen Abend und den Tarotkarten. Sie mussten bereits mehrere Jahrzehnte alt sein, zumindest deuteten ihre Verfassung und die alten Zeichnungen darauf hin. Dennoch waren sie noch nicht in unserem System erfasst, was sie besonders spannend, aber auch gefährlich machte, da wir die genaue Wirkung ihrer Magie nicht kannten. Am liebsten hätte ich sie ausprobiert, aber das wäre unklug und unvernünftig gewesen und der sicherste Weg, mein Archiv loszuwerden. Später würde ich die Daten anhand meiner Beobachtungen einpflegen, und wenn alles nach Plan lief, würden die Karten das Archiv ohnehin nicht mehr verlassen.

Jess und ich verabschiedeten uns, da ich wie jeden Tag den Laden öffnen musste. Manchmal fühlte es sich an, als wäre ich in einer Zeitschleuse gefangen, dazu verflucht, immer wieder denselben Alltag zu durchleben, der nur von der Magie unterbrochen wurde.

Nachdem ich Fenster und Türen geöffnet hatte, um den muffigen Geruch der Nacht loszuwerden, zählte ich wie immer das Kassengeld und begab mich mit meinem Staubwischer auf die Jagd nach Wollmäusen.

Wenige Kunden kamen und gingen, weshalb ich beschloss, im Lager für Ordnung zu sorgen. Dank der Verkäufe des Vortages war auch wieder etwas Platz im Verkaufsraum. Ich war gerade dabei, einige Kartons umzustellen, als ein helles Läuten die Ankunft eines neuen Kunden verkündete. Ich wischte meine staubigen Hände an der Hose ab, schnappte mir eine Vase, die ich neu ausstellen wollte, und lief nach vorne.

Neben der Kasse stand eine vertraute Gestalt, und unweigerlich begann ein Lächeln an meinen Mundwinkeln zu zupfen. Ich hatte nicht damit gerechnet, ihn wiederzusehen, vor allem nicht so bald. »Reed.«

Er drehte sich zu mir herum. Sein braunes Haar stand ihm wuschelig vom Kopf ab. »Hey, genau die Person, die ich gesucht habe.«

Ich stellte die Vase auf einem Regal ab, um später einen geeigneteren Platz dafür zu suchen. »Was machst du hier?«

»Ich wollte dir das hier zurückbringen.« Er streckte mir ein Bündel Stoff entgegen; die Kleidung, die ich ihm geliehen hatte. »Leider habe ich weder Geld noch eine Waschmaschine, sonst hätte ich es gewaschen.«

»Schon in Ordnung.« Ich drückte Jess' Kleidung an meine Brust und musterte Reed. Er sah so erschöpft aus, wie ich mich fühlte. Violette Ringe lagen unter seinen Augen, und das Weiß um seine Iris war gerötet, wie ich es nach dem Feuer erwartet hätte. Ein ungutes Gefühl keimte bei seinem Anblick in mir auf. Was war seit vorgestern mit ihm passiert? »Geht es dir gut?«

»Klar«, antwortete er matt.

»Das klingt nicht sehr überzeugend.«

»Ich habe letzte Nacht nur nicht gut geschlafen.«

»Da sind wir schon zwei. Kaffee?« Ich hatte inzwischen eine weitere Tasse getrunken, denn so ekelhaft das Zeug auch war, ich konnte seine Wirkung nicht abstreiten.

»Ich will dich nicht von der Arbeit abhalten.«

Ich machte eine wegwischende Handbewegung. »Es ist ohnehin Zeit für eine Mittagspause.« Für gewöhnlich ließ ich den Laden offen und aß an der Kasse, obwohl das Antiquariat laut Öffnungszeiten am Mittag eine Stunde geschlossen hatte. Aber heute war ein guter Tag, um Gebrauch von dieser Stunde zu machen. Ich verriegelte die Eingangstür, um etwas Zeit allein mit Reed zu verbringen, auch wenn es nicht meine glorreichste Idee war, ihn wieder zu mir einzuladen. Nicht nur, dass meine Wohnung erneut voller magischer Gegenstände war, die er auf keinen Fall nutzen durfte. Ich wusste tief in mir drin, dass das zwischen uns – was es auch war – zum Scheitern verurteilt war. So endete es bei mir immer. Doch für den Moment genoss ich seine Nähe. Denn er holte mich ebenso wie die Magie aus meinem Alltag.

»Hast du Angestellte?«, fragte Reed und warf von der Wendeltreppe aus einen Blick in den Laden.

Ich schob die Tür zu meiner Wohnung auf. »Nein, ich bin allein. Einen Angestellten könnte ich gar nicht bezahlen.«

»Aber so ein Laden ist ganz schön viel Arbeit für eine einzelne Person, oder?«

»Es fühlt sich nach weniger an, wenn man sein eigener Chef ist«, antwortete ich und steuerte zielstrebig die Küche an. Im Gehen schnappte ich mir das magische Tablett und verstaute es in einem Schrank, bevor ich die Kaffeemaschine einschaltete. »Willst du auch etwas zu essen?« Warum zum Teufel bot ich ihm immer etwas zu essen an, obwohl ich gar nichts im Haus hatte?

»Wenn du mich ständig fütterst, wirst du mich nie wieder los.«

»Vielleicht will ich dich nicht mehr loswerden«, entkam es mir, ohne dass ich das wirklich wollte.

Reed hob die Augenbrauen. »Ach nein?«

Ich presste meine Lippen aufeinander, um mich davon abzuhalten, noch mehr Unsinn von mir zu geben. Ohne etwas zu erwidern, öffnete ich den Kühlschrank. »Pizzabrötchen?«, bot ich hoffnungsvoll das Einzige an, was ich noch besaß.

»Gerne.«

Ich nahm die Packung aus dem Gefrierfach und legte die Brötchen auf ein Blech, das ich in den Ofen schob. Reed beobachtete mich dabei, und wie zuvor fühlte es sich nicht unangenehm an, sondern merkwürdig vertraut.

»Hast du die Nachrichten gelesen?«

Ich goss Reed eine Tasse Kaffee ein und schob sie ihm über den Tresen zu. »Welche Nachrichten?«

Er umfasste die Tasse mit beiden Händen, wie um sich daran zu wärmen. »Die über den Brand.«

»Sie haben darüber berichtet?« Was für eine dumme Frage, natürlich hatten sie darüber berichtet. Es war ein unlöschbares Feuer gewesen, und ich hatte die Reporter selbst vor Ort gesehen. »Was sagen sie?«

»Unerklärliches Phänomen, falsch produzierter Löschschaum, Öl im Wasser, Aliens, Magie ... Es kommt etwas darauf an, welche News du liest oder welchen Sender du schaust.« Reed zuckte mit den Schultern. »Die einzigen Konstanten in den ganzen Berichten sind ein Mann, der seine Ex-Freundin umbringen wollte, und ein anderer, der verrückt genug war, in das Haus zu rennen, und nun gesucht wird.«

»Was hast du erwartet?« Ich nahm mir selbst noch eine Tasse Kaffee. »Dass dich die Journalisten übersehen?«

»Ich habe es gehofft.«

Es lag mir auf der Zunge, Reed erneut zu fragen, warum er in das Haus gerannt war, aber ich ahnte, dass ich dieselbe nichtssagende Antwort wie die letzten beiden Male bekommen würde. Er sei *des Lebens müde,* hatte er gesagt, und *niemand würde sich für ihn interessieren.* Glaubte er das wirklich? Oder machte er mir nur etwas vor? Was war mit seiner Familie? Woher kam er? Wo wohnte er? Ich wusste rein gar nichts über ihn und hatte daher keine Ahnung, wie ich diese Aussagen bewerten sollte. Nur einer Sache war ich mir sicher, nämlich dass ich ihn mochte. Und ich machte ihm seine Verschwiegenheit nicht zum Vorwurf, denn ihm gegenüber war ich auch nicht zu hundert Prozent ehrlich. Das war immer das Problem in all meinen Freundschaften, Flirts und Beziehungen gewesen. Wie baute man zu anderen Menschen Nähe und Vertrauen auf, wenn man ständig schweigen und lügen musste? Es war mir ein Rätsel, wie Tante Louisa es geschafft hatte, Murray für sich zu gewinnen, trotz all der Lügen, die sie ihm anfänglich hatte auftischen müssen, bevor er zum Eingeweihten geworden war.

»Worüber denkst du so angestrengt nach?«, fragte Reed.

»Nichts«, log ich und bückte mich, um in den Ofen zu schauen. Es duftete bereits herrlich nach Tomaten, Kräutern und Käse. Ich lehnte mich gegen die Küchenzeile. »Womit verdienst du deinen Lebensunterhalt, dass du es dir erlauben kannst, unterm Tag bei mir vorbeizuschauen?«

Reed nippte an seinem Kaffee. »Ich bin selbstständig.«

Ich schnaubte. »Und mir traust du nicht zu, dass ich allein einen Laden führe.«

»Erstens ...« Reed hob einen Finger. »... habe ich nie gesagt, dass ich es dir nicht zutraue. Ich hab mich nur gewundert, weil es untypisch ist, und zweitens ...« Er nahm einen zweiten Finger dazu. »... bin ich älter als du.«

»Nur um drei Jahre«, erwiderte ich eine Spur zu bissig, aber Reed hatte einen wunden Punkt getroffen. Ich hatte seit Jahren mit meiner Mum zu kämpfen und damit, dass sie meine Fähigkeiten als Archivarin anzweifelte und mich wieder und wieder auf mein Alter reduzierte.

»Hey.« Reed streckte seine Hand nach mir aus und legte sie sanft auf meinen Unterarm. Es war eine sachte Berührung, dennoch genügte sie, um mir einen wohligen Schauder über den Rücken zu jagen. Mein Körper, der schon lange nicht mehr die Berührung eines Mannes gespürt hatte, forderte mehr. Unwillkürlich musste ich mir vorstellen, wie es wäre, wenn Reeds Hand meinen Arm emporwandern und sich in meinen Nacken legen würde. Er könnte sich zu mir beugen, und ich würde ihm entgegenkommen, bis sich unsere Lippen berührten und wir uns in einem heißen Kuss verloren. Die Vorstellung löste ein Kribbeln in mir aus, und das Verlangen nach menschlicher Nähe, das ich in den letzten Wochen und Monaten zum Wohl des Archivs beiseitegeschoben hatte, kehrte mit voller Wucht zurück.

Reed schien genau zu wissen, was seine Geste in mir auslöste, denn er lächelte mich verschmitzt an. »Es tut mir leid. Ich meinte das wirklich nicht böse, sondern vielmehr als Kompliment. Du hast mit neunzehn schon viel erreicht.«

Ich presste die Lippen aufeinander und betrachtete Reed, während ich das Für und Wider des irrwitzigen Gedankens abwägte, der mir in diesem Moment durch den Kopf geisterte. »Willst du mit mir duschen?«

Reed starrte mich an. »Was?«

»Ich hab gefragt, ob du mit mir duschen willst«, wiederholte ich völlig ungeniert. Nach unserem Kennenlernen hatte Reed mehrfach nach einer gemeinsamen Dusche gefragt, warum sollte ich mich mit diesem Wunsch jetzt zurückhalten? In der Nacht nach dem Brand hatte ich abgelehnt, weil zu viel passiert war und ich nicht gewusst hatte, wohin mit meinen Gedanken. Aber schon damals war ich dem Vorschlag nicht gänzlich abgeneigt gewesen. Warum es also nicht tun? Wir waren beide erwachsen, wir mochten einander und fühlten uns zueinander hingezogen. Was hatten wir schon zu verlieren?

»Du willst, dass wir zusammen duschen?«, hakte Reed

noch einmal nach, wobei ich bereits das Verlangen in seinen Augen aufblitzen sah. »Jetzt?«

»Ja.«

»Ist das ein Scherz?«

Ich schüttelte den Kopf, und um es ihm zu beweisen, griff ich nach dem Saum meines Shirts und zog es mir über den Kopf. Darunter trug ich einen schlichten schwarzen BH, der die besten Zeiten längst hinter sich gelassen hatte. Dennoch verfehlte er seine Wirkung auf Reed nicht. Seinen Blick auf meine Brüste geheftet, schluckte er schwer und rutschte leicht auf dem Hocker umher, als würde der Platz in seiner Hose zu einer Rarität werden. Ich schmunzelte in mich hinein, drehte den Ofen ab und lief, ohne ein weiteres Wort zu sagen, in Richtung Badezimmer.

Auch ohne mich umzudrehen, wusste ich, dass Reed mir folgte. Im Bad angelangt, öffnete ich den Verschluss meines BHs, bevor ich aus meinen Schuhen schlüpfte und mich meiner Jeans und Unterwäsche entledigte. Meine Haut hatte zu kribbeln begonnen, und ich spürte ein sehnsüchtiges Ziehen zwischen meinen Beinen.

»Du meinst das wirklich ernst«, hörte ich Reed erstaunt hinter mir sagen.

Ohne Verlegenheit wandte ich mich zu ihm um. Ich hatte in meiner Laufbahn als Archivarin schon so viele seltsame Unterhaltungen geführt und merkwürdige Dinge erlebt, dass ich praktisch nicht mehr in der Lage dazu war, Schamgefühl zu empfinden. Entweder gefiel Reed, was er sah, oder nicht, und dem Ausdruck in seinem Gesicht nach zu urteilen, gefiel es ihm sogar verdammt gut.

»Wieso bist du noch angezogen?«

Verheißungsvoll glitt Reeds Blick von meinem Gesicht zu

meinen Brüsten und tiefer, bis zu der Stelle, die sich nach seiner Zuneigung sehnte, bevor er mir erneut in die Augen sah. Unsere Blicke brannten sich ineinander, und endlich tastete er nach dem Knopf an seiner Hose, um diese zu öffnen.

»Na endlich«, sagte ich mit einem amüsierten Augenrollen.

Reed grinste zurück und stieg aus seinen Schuhen, bevor er seine Jeans zu Boden gleiten ließ. Darunter trug er eine helle Boxershorts, die seine Erregung nicht zu verbergen vermochte. Ich trat auf ihn zu, und mit bebenden Fingern griff ich nach seinem Shirt. Bereitwillig hob er die Arme, sodass ich es ihm ohne viel Mühe über den Kopf ziehen konnte. Achtlos warf ich das Kleidungsstück zur Seite und betrachtete Reeds wohldefinierte Brust. Ich konnte es kaum erwarten, sie mit Küssen zu übersäen und mit meiner Zunge der feinen Spur aus Haaren zu folgen, die unter dem Bund seiner Shorts verschwand.

Mein Herzschlag beschleunigte sich, und ich wusste nicht, ob ich eine gemeinsame Dusche überhaupt überstehen würde. Ich wollte Reed. Jetzt sofort. Ich machte noch einen Schritt auf ihn zu, als er mich auch schon packte und an sich zog, um mich zu küssen. Heiß und stürmisch legten sich seine Lippen auf meine. Ich ließ mich gegen Reeds Brust sinken. Er schlang seine Arme um mich und presste meine nackte Brust fest gegen seinen Oberkörper. Ich erzitterte, obwohl seine Haut so warm war, dass sie zu glühen schien.

Ich seufzte, woraufhin Reed zärtlich an meiner Unterlippe zu knabbern begann. Ihn zu küssen, fühlte sich genauso selbstverständlich an, wie mit ihm zu reden. Nichts an diesem Augenblick erschien mir unnatürlich oder verkrampft. Es war genau so, wie es sein sollte. Seine Zunge umtanzte meine, während er seine Erektion an mir rieb, bis ich glaubte, den Verstand zu verlieren. O fuck, entweder war das eine meiner schlechtesten oder eine meiner besten Ideen …

»Dusche?«, fragte Reed mit rauer Stimme zwischen zwei Küssen.

Ich schüttelte den Kopf, obwohl ich eine Abkühlung vermutlich gut hätte brauchen können. »Bett«, murmelte ich stattdessen an Reeds Lippe und presste mein Becken provozierend gegen seins.

»Gott sei Dank«, stöhnte er erleichtert auf und packte mich an der Hüfte, um mich aus dem Bad und zu meinem Bett zu delegieren. Ohne unseren Kuss zu unterbrechen, kletterten wir auf die Matratze. Mein ganzer Körper kribbelte vor Verlangen, und das Prickeln zwischen meinen Beinen wurde noch intensiver, als Reed Küsse auf meinem Hals zu verteilen begann. Langsam bahnte er sich einen Weg zu meinen Brüsten hinab.

»Reed …«, presste ich seinen Namen atemlos hervor, als er eine meiner Brustwarzen sanft mit seiner Zunge zu umspielen begann. Mit einer Hand krallte ich mich fest an das Bettlaken, mit der anderen packte ich Reeds Haare. Das hielt ihn nicht davon ab, mit seinen Küssen tiefer zu wandern, bis zu der Stelle, an der ich ihn die ganze Zeit gewollt hatte. Ich keuchte auf, denn es fühlte sich an, als jagte er mit jeder Berührung seiner Lippen kleine Stromstöße durch meinen Körper. Jeder Nerv schien elektrisiert, und in mir baute sich eine Spannung auf, die sich bald entladen würde.

»Bitte«, flehte ich Reed mit gebrochener Stimme an, und kurz darauf löste sich jeder Gedanke in meinem Kopf in

Luft auf, als etwas in mir zerbarst. Hitze schoss durch meinen Körper, und ich kam mit einem lauten Stöhnen.

Meine Hand fiel kraftlos von Reeds Haaren auf die Matratze. Sämtliche Muskeln in mir fühlten sich in diesem Moment unendlich entspannt an.

»Das war der Wahnsinn«, raunte ich noch immer atemlos, den Blick an die Decke gerichtet.

Ich hörte Reed lachen, kurz bevor sein Gesicht direkt über meinem auftauchte. Seine Wangen glühten, und ein heiteres Leuchten lag in seinen Augen. Die Müdigkeit, die mir bei seiner Ankunft Sorgen bereitet hatte, war gänzlich aus seinem Blick verschwunden.

»Gern geschehen«, erwiderte er mit einem schelmischen Grinsen, bevor seine Lippen meine streiften. »Wie sieht es jetzt mit einer Dusche aus?«

»Später«, gab ich zurück. Mein Herz pochte viel zu schnell, und ohne Reed aus den Augen zu lassen, tastete ich nach meinem Nachttisch. Ich zog die Schublade auf und holte eines der Kondome hervor, die ich darin aufbewahrte. Ich reichte es Reed. Dieser ließ sich nicht zweimal bitten. Umgehend riss er die Verpackung mit den Zähnen auf und entledigte sich seiner Shorts.

»Ich hätte nicht gedacht, dass mein Besuch heute so endet«, sagte Reed, als er wieder zu mir auf die Matratze kletterte. Ich streckte die Hand nach ihm aus und fuhr sachte über seine Brust, die sich ähnlich wie meine viel zu schnell hob und wieder senkte. Unter meinen Fingern breitete sich eine Gänsehaut aus.

»Ich auch nicht.«

»Du hast also nicht die ganze Zeit geplant, mich zu verführen?«

»Klar, ich habe alles geplant, das *Banshee,* das Feuer ... alles.« Meine Worte gingen in ein Stöhnen über, als ich Reed zwischen meinen Schenkeln spürte.

»Wusste ich's doch.« Er lachte, und mit einem Funkeln in den Augen senkte er seine Lippen erneut auf meine. Unser Kuss schmeckte nach Kaffee, und das erste Mal überhaupt genoss ich diese bittere Nuance.

Reed veränderte kaum merklich seine Position, ehe er langsam in mich eindrang. Ich keuchte auf und klammerte mich Halt suchend an seinen Schultern fest.

»Verdammt, fühlt sich das gut an«, raunte Reed, ohne sich zu bewegen.

»Mhh«, stimmte ich mit einem tiefen Brummen zu und kam zu dem Entschluss, dass das hier eindeutig zu meinen besseren Ideen zählte.

Ohne seinen Blick von mir zu lösen, begann sich Reed in mir zu bewegen. Es fühlte sich himmlisch an. Ich bohrte die Fingernägel in seine Haut und versuchte seinen Bewegungen entgegenzukommen. Heiße Schauder durchwanderten meinen Körper, und ich vergaß alles um mich herum. Selbst das magische Flüstern rückte in den Hintergrund, bis ich nur noch Reed, seinen Atem und seine kräftigen Stöße wahrnahm.

Er keuchte meinen Namen, und es war um mich geschehen. Ich stöhnte auf, und sämtliche Muskeln in meinem Körper spannten sich ein letztes Mal an, kurz bevor ich von meinem Höhepunkt mitgerissen wurde – und Reed mit mir nahm. Er zuckte und vergrub sich mit zwei, drei, vier harten Stößen ein letztes Mal in mir, bevor er erschöpft auf mir zusammensank.

Ich reichte Reed den Teller, damit er das letzte Pizzabrötchen nehmen konnte. Dankend griff er danach und biss ein großes Stück ab, wobei Krümel auf meine Bettdecke segelten. Meine Mittagspause war längst vorbei, aber ich hatte noch nicht die Energie und Willenskraft gefunden, zurück in den Laden zu gehen. Ausgehungert hatten Reed und ich uns stattdessen auf die Pizzabrötchen gestürzt.

Ich wischte mit der Hand ein paar Brösel von der Decke und ließ mich tief in das Kissen sinken. Mein Gefühl sagte mir, dass ich die Türen des Sorcerer heute nicht mehr öffnen würde. Ich war viel zu müde und zufrieden, um mir von Kunden den Tag noch versauen zu lassen. Und was machte schon ein halber Tag? Morgen war außerdem Sonntag, da hatte das Antiquariat ohnehin geschlossen.

Reed stellte den nun leeren Teller auf den Nachttisch und beugte sich zu mir, um meine nackte Schulter zu küssen. Ich drehte mich in seine Richtung. »Du hast mir noch immer nicht verraten, womit du dein Geld verdienst.«

Er zuckte mit den Schultern und fuhr sich mit der Hand durchs Haar, als würde er versuchen, ohne Spiegel das Chaos zu richten, das ich hinterlassen hatte. »Mit allem Möglichen.«

»Was soll das heißen?«

»Ich mache alles für Geld.«

Ich hob die Augenbrauen. »Alles?«

»Na ja, *fast* alles.« Er zwinkerte mir zu. »Aber ernsthaft, man kann mich mehr oder weniger für alles buchen. Ich bin so eine Art moderner Söldner.«

»Klingt aufregend.«

»Ist es meistens nicht. Jetzt, da die Tage dunkler und kälter werden, gehe ich vor allem mit Hunden Gassi.«

Ich versuchte mir Reed mit einer Schar von Hunden im Park vorzustellen, wie sie an ihren Leinen zerrten, bellten und darauf warteten, losgelassen zu werden, aber irgendwie wollte das Bild in meinem Kopf nicht funktionieren. Immerhin hatte ich gesehen, wie er heldenhaft in ein brennendes Haus gestürmt war. Und ehrlicherweise musste ich sagen, dass ich bei seinem *Ich mache alles für Geld* an illegale Aktivitäten gedacht hatte. Nicht, dass ich das verurteilte – zumindest nicht zwangsweise. Immerhin war es keine vierundzwanzig Stunden her, dass ich bei Madame Minerva eingebrochen war.

»Hast du einen Hund?«, fragte ich Reed, was mich daran erinnerte, wie wenig ich eigentlich über ihn wusste.

»Nein.«

»Ich bin auch eher der Katzentyp.«

»Gegen die bin ich allergisch.«

»O Gott, das tut mir furchtbar leid. Dein Leben muss dir wirklich sinnlos erscheinen.«

»Ich halte es aus ... Gerade so.« Reed grinste, und auch ich musste lachen. Ich erinnerte mich nicht, wann ich das letzte Mal so unbeschwert gewesen war. Es störte mich nicht einmal, dass um uns herum Dutzende magischer Gegenstände lagen, denn ich machte mir keine Sorgen. Reed hatte nur Augen für mich.

Wir redeten eine ganze Weile über alles und nichts. Wir quatschten über unsere Lieblingsserien, Musik und Edinburgh, eine Stadt, die wir beide heiß und innig liebten. Obwohl ich erst vor gut einem Jahr aus London hierhergezogen war, war ich der schottischen Hauptstadt gänzlich verfallen. Ich liebte die sandsteinfarbenen Gebäude, die im Regen nur noch schöner wurden, die vielen Grünflächen und die zahlreichen kleinen Cafés, die so gemütlich waren, dass man das Gefühl hatte, zu Hause zu sein. Reed hingegen war hier aufgewachsen und hatte jede Menge über die Stadt zu erzählen.

»Kennst du das *Balmoral Hotel?*«, fragte er.

Ich nickte. Wer kannte es nicht? Das *Balmoral* war ein Luxushotel am Ostende der Princess Street, nahe dem Bahnhof. Es gehörte wohl fast so sehr zum Stadtbild von Edinburgh wie das unweit entfernte Castle.

»Wusstest du, dass die Uhr seit Anfang des 20. Jahrhunderts drei Minuten vorgeht, damit die Leute rechtzeitig zu ihren Zügen gehen und sie nicht verpassen? Nur am 31. Dezember zur Neujahrsfeier wird sie richtiggestellt.«

»Nein, das wusste ich nicht. Vielleicht solltest du eine dieser *Free Walking Tours* für Touristen anbieten, mit all dem Scheiß, den du über Edinburgh weißt.«

Reed schnaubte. »Nein, danke.«

»Wieso nicht?«

»Rate mal, woher ich diesen *ganzen Scheiß* weiß.«

»Oh, du hast so was schon mal gemacht?«

»Jep, aber das war nichts für mich. Nach einer Woche war ich es leid, immer wieder dieselben Fakten und schlechten Witze herunterleiern zu müssen.«

»Würdest du mir noch ein paar Fakten herunterleiern?«, fragte ich, da ich gerne etwas mehr über die Stadt erfahren würde. Außerdem mochte ich es, Reed zuzuhören. Seine Stimme war angenehm sanft, als könnte nichts ihn aus der Ruhe bringen.

Reed lächelte und verfiel in einen Monolog über Edinburgh. Ich lauschte seinen Worten, aber nach einer Weile fühlte ich, wie meine Augenlider schwerer wurden und ich in einen sanften Schlaf gezogen wurde. Ich kämpfte gegen die Müdigkeit an, aber sie war stärker als mein Wille, wach zu bleiben.

Ich hatte jegliches Zeitgefühl verloren, als sich die Matratze unter mir bewegte und ich mein Bewusstsein wiedererlangte. Ich rollte mich herum und blinzelte gegen das Licht an; ob es von einer Lampe oder dem Sonnenschein vor dem Fenster stammte, vermochte ich nicht zu sagen.

»Schlaf weiter«, hörte ich Reed neben mir murmeln.

Schemenhaft erkannte ich seine Silhouette. »Wo willst du hin?«

Er strich mir durch das Haar. »Ich hab einen Termin.«

»Okay. Bis später«, nuschelte ich bereits wieder im Halbschlaf. Ich glaubte eine federleichte Berührung an meiner Wange zu spüren, als hätte Reed mir einen Abschiedskuss gegeben, aber vielleicht bildete ich mir das nur ein.

VII

DER WAGEN

Es war mitten in der Nacht, als ich aufwachte. Desorientiert tastete ich nach dem Lichtschalter und kniff geblendet die Augen zusammen. Ich richtete mich in meinem Bett auf und fröstelte, als die Decke von meinen Schultern rutschte. Ich trug noch immer nur die Unterwäsche, die ich angezogen hatte, als ich in die Küche gegangen war, um für Reed und mich die Pizzabrötchen zu holen. Mit zusammengekniffenen Augen schaute ich auf die Uhr. Es war kurz nach Mitternacht.

Mit einem Ächzen ließ ich mich zurück auf mein Kissen fallen, obwohl ich wusste, dass an Schlaf nicht mehr zu denken war. Ich war vielleicht träge, aber bei Weitem zu ausgeruht, um mich noch einmal für sechs oder sieben Stunden hinzulegen.

Ich wühlte mich aus dem Bett und tapste barfuß ins Badezimmer. Erinnerungen an Reed stiegen in mir auf, und ich fragte mich, wann ich ihn wiedersehen würde. Nachdem ich geduscht und mir die Zähne geputzt hatte, machte ich mir eine Tasse Tee und lief die Treppe ins Erdgeschoss hinunter.

Zwar war das Antiquariat heute geschlossen, aber das Archiv wartete auf mich. Der Bestand wollte überprüft, neue Datensätze für den Dolch, die Kerze und die Tarotkarten angelegt werden. Obwohl ich mich nicht danach fühlte, wurde es allmählich Zeit für einen Blogbeitrag, der meine Eltern wissen ließ, dass ich das Sorcerer noch nicht in Schutt und Asche gelegt hatte. Das würde sie vielleicht davon abhalten, in den nächsten Wochen zu einem spontanen Kontrolltermin vorbeizuschauen. Das taten sie hin und wieder gern, wenn ihre Zeit und Arbeit im Londoner Archiv es ihnen erlaubten.

Wenn ich mich beeilte und Glück hatte, könnte ich schon am Vormittag fertig sein, was mir einen fast kompletten freien Tag bescheren würde. Angetrieben von dieser Aussicht, steuerte ich das Archiv an, als ich mich an die Tarotkarten erinnerte, die noch immer in meiner Garderobe lagen.

Ich stieg die Treppe zurück nach oben, um sie zu holen. Doch sie befanden sich nicht wie erwartet auf dem Tisch neben der Tür. Merkwürdig. Ich hätte schwören können, dass ich sie dort gelassen hatte. Womöglich hatte ich sie verlegt, als ich mit Jess über sie gesprochen hatte?

Ich seufzte und stellte meine Tasse ab, bevor ich den Tee verschüttete, ehe ich mich auf die Suche begab. Zuerst durchwühlte ich die Taschen meines Mantels, aber diese waren leer, abgesehen von ein paar Münzen und alten Quittungen. Ich warf die Zettel in den Müll und stemmte die Hände in die Hüfte. Wie ich es hasste, wenn meine Arbeit durch solche Kleinigkeiten verzögert wurde.

Ich schnappte mir eine Reisetasche und begann die magischen Gegenstände in meiner Wohnung nach und nach einzusammeln, wie ich es bereits bei Reeds erstem Besuch getan hatte. Denn der leichteste Weg, einen Gegenstand zu finden, war, seinem Flüstern zu folgen. In meinem Apartment ging das Flüstern der Karten jedoch in dem allgegenwärtigen Gemurmel unter.

Nach und nach wanderten alle möglichen Dinge in meine Tasche, aber die Karten waren nicht dabei. Ich wurde zunehmend unruhiger, und mit feuchter werdenden Händen durchkämmte ich jeden Zentimeter der Wohnung. Ich sah sogar unter der Couch nach, obwohl ich keine Ahnung hatte, wie die Karten dort hingekommen sein sollten. Mit wild pochendem Herzen brachte ich alle eingesammelten Gegenstände in das Archiv, damit sie mich nicht ablenkten. Zurück in meiner Wohnung, war es still – vollkommen still.

Kein Flüstern.

Nur das Rauschen meines Blutes in den Ohren.

Verdammt! Wo waren diese Scheißkarten? Hatte ich sie doch bereits in das Archiv gebracht? Nein, daran würde ich mich erinnern. Das hielt mich nicht davon ab, die Treppe erneut nach unten zu eilen, den Teppich auszurollen und in das Archiv hinabzusteigen. In diesem Raum konnte ich unmöglich dem Flüstern der Karten folgen, denn es war viel zu laut. Also musste ich auf herkömmliche Weise suchen. Panisch durchforstete ich jeden Winkel des Archivs, und mit jedem Regalbrett, auf dem die Karten nicht lagen, wurde das Zittern meines Körpers schlimmer. Ich sah hinter jeden Schrank, durchwühlte jede Schublade und drehte jedes Teil fünfmal um, in der Hoffnung, die Karten würden sich dahinter verstecken. Wieso mussten sie auch so verdammt klein und handlich sein?

Nach über einer Stunde des verzweifelten Suchens musste ich es mir eingestehen: Die Karten waren fort. Verschwunden. Wie zum Teufel hatte das passieren können? Ich hatte noch nie einen magischen Gegenstand verloren.

Ich nahm einen tiefen Atemzug, um mich zu beruhigen, obwohl die Luft im Archiv staubig und abgestanden war. Anschließend holte ich mein Handy hervor und wählte widerwillig Jess' Nummer. Es klingelte und klingelte, und fast befürchtete ich, bei der Mailbox zu landen, als Jess schließlich doch noch abnahm. »Fallon?«, brummte er verschlafen.

»Hab ich dich aufgeweckt?«

»Es ist vier Uhr morgens. Was glaubst du?«

Die Leitung begann zu knacken, und ich kletterte aus dem Archiv. »Sorry. Ich wollte dich nicht aufwecken. Ich war mir bis eben nicht einmal sicher, ob du überhaupt je schläfst.«

»Hin und wieder«, entgegnete Jess mit einem Gähnen, und ich hörte, wie im Hintergrund seine Kaffeemaschine mit einem lauten Gurgeln zum Leben erwachte. »Also, was gibt's?«

Ich wusste, dass ich Jess vertrauen konnte und er mich nicht sofort bei meinen Eltern verpetzen würde, dennoch kamen mir meine nächsten Worte nur schwer über die Lippen. »Nach meinem Einbruch bei Madame Minerva haben wir über die Tarotkarten gesprochen. Hab ich da zufällig erwähnt, wo ich die Karten hinlegen will?«

Erdrückendes Schweigen antwortete mir, dann: »Willst du damit sagen, du hast die Karten verloren?«

»Verlegt«, korrigierte ich. »Ich finde sie nicht mehr.«

Jess stieß ein tiefes Seufzen aus. »Wie oft muss ich dir noch sagen, dass du die Gegenstände sofort in das Archiv räumen sollst? Sie haben nichts in deiner Wohnung oder dem Laden zu suchen.« Jess klang jetzt nicht nur völlig wach, sondern auch wütend.

»Ich habe die Gegenstände nie im Laden, das weißt du.«

»Fuck, Fallon, woher soll ich das wissen? Du behauptest das zwar, aber beweisen kannst du es nicht. Und was ist mit den Gegenständen in deiner Wohnung, die dort nicht hingehören? Was ist mit dem Mantel? Oder dem Tablett? Die Sachen sind alle nicht dort ...«

Ich legte auf, bevor Jess seinen Satz beendete. Vielleicht war das kindisch, aber ich hatte nicht die Nerven, mir seine Vorwürfe anzuhören. Ich musste die Karten finden. Denn was immer Jess glaubte, ich ließ die magischen Gegenstände nicht im Laden liegen. Niemals. Dies war eine der wenigen Regeln der Archivare, die ich strikt befolgte. Die Gegenstände waren entweder im Archiv oder in meiner Wohnung, die jedoch niemand außer mir betrat. Außer ...

Reed. Reed war in meiner Wohnung gewesen. Es war die einzige logische Erklärung. Deshalb fand ich die Karten nicht. Sie waren nicht mehr bei mir. Sie waren bei Reed. Er hatte mich bestohlen!

Ich vermochte nicht zu sagen, wen ich in diesem Moment mehr hasste: Reed oder mich selbst. Ich hätte besser aufpassen müssen. Bisher hatte ich immer penibel darauf geachtet, die Gegenstände in meiner Wohnung nicht unbeaufsichtigt zu lassen. Jedes Mal, wenn auch nur die Chance bestanden hatte, dass ein Unwissender kam, hatte ich sie weggeräumt. Doch Reed hatte mich mit seinem Lächeln, seinen Küssen und Berührungen unvorsichtig werden lassen. Und das war ganz allein meine Schuld. Dennoch hasste ich den Drecksack dafür, dass er mich überhaupt bestohlen hatte, nachdem wir miteinander geschlafen hatten!

Was wollte er mit den Karten? Wusste er um ihre Macht?

Vermutlich. Dass er durch meinen Mantel hatte durchsehen können, konnte ich als Zufall abtun. Den Brand als Glück. Aber das ... Von all den Gegenständen, die er in meiner Wohnung hätte stehlen können – meinen Laptop, mein Handy, meinen Geldbeutel –, hatte er sich ausgerechnet dieses Set magischer Tarotkarten ausgesucht. Das war unmöglich ein weiterer Zufall!

Was hatte er mit ihnen vor? Was immer sein Plan war, ich musste ihn aufhalten, bevor er ihn in die Tat umsetzen konnte. Denn diese Karten waren gefährlich, zumal wir nicht einmal im Ansatz wussten, wozu sie überhaupt fähig waren.

Die Hände abgestützt, lehnte ich über einem alten Schreibtisch inmitten des Antiquariats. Die Jahre hatten ihn mit zahlreichen Ritzen und Rillen gezeichnet, und das Braun des Holzes war an vielen Stellen schon blass und abgetragen. Zudem waren die Schubladen verklemmt, und es fehlte auch der Schlüssel, um sie abzusperren. Dieser Tisch hatte schon vor Louisas Tod hier gestanden und würde vermutlich auch mich überdauern, denn niemand bei Verstand würde ein solch altes und kaputtes Ding kaufen. Aber das störte mich nicht, denn ich mochte ihn. Er hatte Charakter, und obwohl er über keine Kräfte verfügte, hatte er durch seine lange Geschichte etwas Magisches an sich.

Ich fuhr mit den Fingern über das spröde Holz und rollte eine Stadtkarte von Edinburgh darauf aus. Es war eine einfache Karte, wie die Touristen sie in jedem Zeitungsladen kaufen konnten. Ich fixierte ihre Ecken mit Büchern, damit sie sich nicht wellte, und griff nach dem Kompass, den ich aus dem Archiv geholt hatte. Sein Ziffernblatt war bereits vergilbt, das Gehäuse verrostet, und sein Flüstern erklang nur leise, als wäre seine Magie erschöpft und dabei zu sterben, obwohl das nicht möglich war. Magie war ewig.

Ich nahm auch die Notiz, die Reed mir am ersten Abend hinterlassen hatte, und legte sie in die Mitte der Karte. Darauf stellte ich den Kompass, dessen goldene Nadel nicht zwangsweise gen Norden zeigte.

Angespannt hielt ich die Luft an und betete, dass der Kompass funktionierte. Obwohl er bereits seit Jahren im Besitz des Archivs war, hatte ich ihn nur selten benutzt, da ich kaum eine Verwendung für ihn hatte. Er vermochte nur Menschen aufzuspüren, von denen man etwas besaß. Ich konnte also Jess, meine Eltern und womöglich Reed finden, aber nicht Tom Holland oder Ed Sheeran. Bedauerlicherweise besaß ich von ihnen nichts.

Die Kompassnadel begann sich zu drehen und mein Magen mit ihr. Mir war übel, nicht nur aus Angst und Sorge um die Karten und was ihre Magie anrichten konnte, sondern auch vor Wut auf Reed, der mich so schamlos ausgenutzt hatte. Eigentlich hätte ich es besser wissen müssen. Hatte er nicht sogar gesagt, dass er für Geld alles tat? Das hätte mir ein Warnsignal sein müssen. Doch ich hatte ihm wirklich vertraut, mehr als jedem anderen seit meiner Ankunft in Edinburgh. Und er hatte dieses Vertrauen genommen und weggeworfen, als wäre es nichts wert.

Mehrfach wirbelte die Kompassnadel um ihre eigene Achse, ehe ihre Spitze zitternd stehen blieb und in den Nordwesten der Stadt deutete. Es funktionierte!

Ich schob den Kompass ein Stück in diese Richtung und wiederholte die Prozedur mehrere Male, bis er an einer Stelle lag, an der sich seine Nadel nicht mehr aufhörte zu drehen.

Sie rotierte endlos weiter und weiter und weiter, denn der Kompass saß genau an der Stelle, an der ich Reed finden würde. Vermutlich wägte er sich in Sicherheit und glaubte, ich könnte ihn ohne seinen vollständigen Namen, seine Adresse oder Handynummer nicht aufspüren. Er irrte sich.

Meine Finger schlossen sich fest um das Heft des nicht mordenden Dolches, und obwohl niemand die Ausbeulung der Klinge durch den Stoff meines Trenchcoats hindurch sah, machte es mich nervös, in der Öffentlichkeit mit einer Waffe herumzulaufen. Ich wollte niemanden in Unruhe versetzen, denn Panik würde mir nicht dabei helfen, Reed zu finden. Doch ich brauchte ein Druckmittel gegen ihn, sollte er sich weigern, mir die Tarotkarten zu übergeben.

Ich folgte dem wachsenden Menschenstrom in Richtung eines wuchtigen Torbogens. Das Gestein war von Moos überzogen, und die Witterung hatte ihre Spuren auf dem Bauwerk hinterlassen. Mattgoldene Lettern prangten über dem Bogen und verkündeten: *Stockbridge Market. Butcher. Meat. Fruits, Fish & Poultry.*

Am Eingang des Marktes blieb ich stehen. Trotz des frühen Vormittags tummelten sich Dutzende, vielleicht Hunderte von Menschen um die Stände mit den weißen und gelben Dächern. Sie schlenderten umher, aßen oder unterhielten sich miteinander. Von überall her drangen Stimmen und Gelächter, und der Duft von Gebratenem lag in der Luft. Mein Magen knurrte, da ich seit den Pizzabrötchen mit Reed nichts gegessen hatte, aber dafür blieb jetzt keine Zeit. Jeder Schaden durch die Tarotkarten war von diesem Moment an mir zuzuschreiben.

Ich ließ meinen Blick wachsam durch die Reihen der

Stände gleiten, in der Hoffnung, Reed zufällig zu entdecken. Doch ich konnte ihn nirgendwo ausmachen. Ich griff in meine Tasche und holte den Kompass und Reeds handgeschriebene Nachricht hervor. Ich legte beides auf meine Handfläche und beobachtete, wie sich die goldene Nadel erneut zu drehen begann. Dieses Mal waren ihre Bewegungen nicht durcheinander, sondern die Nadel delegierte mich zielstrebig zu Reed; zumindest hoffte ich das. Mein Herz pochte wild, und ich hatte das Gefühl, meinen Trenchcoat komplett durchgeschwitzt zu haben.

Was sollte ich tun, wenn er mit den Karten bereits das Leben einer unschuldigen Person in den Ruin getrieben hatte? Ich konnte ihn dafür nicht der Polizei übergeben, aber ebenso wenig konnte ich ihn selbst zur Rechenschaft ziehen. Und gewiss könnte ich ihn nicht wegen Diebstahls anzeigen, denn das würde nur zu meiner eigenen Verhaftung führen. Mit Sicherheit hatte Madame Minerva den Verlust ihrer Karten längst gemeldet.

Ich schlängelte mich durch das Gedränge. Einige Leute protestierten, als ich mich grob an ihnen vorbeidrängte. Obwohl der Markt nicht sonderlich groß war, hatte ich das Gefühl, der Kompassnadel eine Ewigkeit zu folgen, bis ich Reed schließlich entdeckte. Wie erstarrt blieb ich stehen, als Dutzende von Gefühlen gleichzeitig auf mich einstürzten. Wut. Sorge. Panik. Erleichterung. Hass. Erniedrigung. Ich wusste nicht, was ich fühlen sollte. Mein Magen drehte sich um, sodass ich froh war, nichts gegessen zu haben.

Er stand am Rande des Geschehens neben einem Baum, dessen Blätter in der Sonne golden leuchteten. Noch hatte er mich nicht bemerkt und unterhielt sich mit einem Kerl in seinem Alter. Er hatte dunkles Haar, und der Schatten eines

Dreitagebarts überzog sein Kinn. Ich kniff die Augen zusammen, um das Tattoo in seinem Nacken besser erkennen zu können. Es war ein Kreis, gefolgt von weiteren geometrischen Symbolen, die sich seinen Rücken hinabzogen und schließlich unter dem Kragen seines Shirts verschwanden. Wer war dieser Typ?

Reed und er standen dicht beisammen und flüsterten einander zu, ihre Gesichter so nahe, dass man glauben könnte, sie wollten sich küssen. Wäre da nicht Reeds ernste Miene gewesen. Er hatte die Lippen zu einem schmalen Strich zusammengepresst und lauschte konzentriert, was der andere Mann zu sagen hatte.

Ich trat tiefer in den Schatten eines Standes, um von Reed unbemerkt zu bleiben. Sollte er sein Gespräch ruhig beenden, anschließend würde ich ihn mir in Ruhe vorknöpfen. Ich wartete und beobachtete die Männer weiter. Wie abgesprochen begannen die beiden sich im selben Moment umzugucken. Mit angehaltenem Atem tauchte ich hinter dem Stand ab und zählte bis zehn. Als ich wieder hervorlugte, schüttelten Reed und der Mann einander zum Abschied die Hand.

Ich gehe vor allem mit Hunden Gassi am Arsch!

Kaum hatte sich der Fremde zum Gehen gewandt, setzte ich mich in Bewegung. Ich marschierte geradewegs auf Reed zu, wobei ich mit meinem Blick seinen Körper nach den Tarotkarten scannte. Er trug eine einfache Jeans, ein Shirt und darüber eine schwarze Lederjacke, die schon bessere Tage gesehen hatte. In ihren Taschen war keine Ausbeulung zu erkennen. Nichts wies auf die Karten hin.

Reed wandte sich zum Gehen, als er mich bemerkte. Stocksteif blieb er stehen und starrte mich mit geweiteten

Augen an. Einen Herzschlag lang regte er sich nicht, dann zuckte sein Blick in die Richtung des Mannes. Ich konnte nicht sagen, ob er ihm nachrennen und vor mir fliehen wollte oder ob es eine Reaktion der Unsicherheit war, weil er nicht wusste, wie viel ich von dem Austausch mitbekommen hatte. Doch mir war scheißegal, was er mit diesem Typen am Hut hatte. Mich interessierten nur meine Karten.

Mit langen Schritten überbrückte ich die Distanz zwischen Reed und mir und verpasste ihm einen Stoß. Überrumpelt taumelte er gegen den Baum hinter sich. Ich trat so dicht an ihn heran, als wollte ich ihn küssen; aber dieses Verlangen gehörte der Vergangenheit an. »Wo sind sie?«, fauchte ich.

Er zog die Stirn kraus. »Was?«

»Die Tarotkarten. Wo. Sind. Sie?«

Die Verwirrung wich nicht aus Reeds Gesicht. »Ich weiß nicht, wovon du redest.«

»Verarsch mich nicht!«, zischte ich und war versucht, den Dolch hervorzuholen, nur um ihm einen Schrecken einzujagen. Er hätte es verdient, für das, was er mir angetan hatte. Einfach bestohlen zu werden, hätte ich ertragen; denn oft war ich selbst nicht mehr als eine Diebin. Aber die Art, wie er mein Vertrauen missbraucht und mich benutzt hatte, weckte in mir den Wunsch, ihn um sein Leben betteln zu sehen. »Ich weiß, dass du die Karten hast.«

Reed blinzelte. »Welche Karten?«

Ich atmete tief ein, um die Kontrolle zu behalten, immerhin waren wir in der Öffentlichkeit. Ich warf einen Kontrollblick über meine Schulter, aber niemand schenkte uns Beachtung. »Die aus meiner Garderobe. Du hast sie gestohlen.«

»Nein, hab ich nicht.«

»Ich weiß, dass du sie hast.«

»Du irrst dich.«

Ich legte meine Hand auf Reeds Brust und drückte ihn fester gegen den Baumstamm. »Ich will keinen Ärger. Gib mir die Karten, und wir vergessen die Sache wieder.«

»Ich kann dir nicht geben, was ich nicht habe«, sagte Reed. Er wehrte sich nicht und versuchte auch nicht zu fliehen.

Allmählich war meine Geduld erschöpft. »Hör auf zu lügen. Ich weiß, dass du sie hast. Also gib sie mir zurück, bevor jemand zu Schaden kommt.«

Unsicherheit blitzte in Reeds braunen Augen auf, und die Falte auf seiner Stirn kehrte zurück, als hätte er keine Ahnung, wovon ich redete. Aber von ihm würde ich mich nicht noch einmal zum Narren halten lassen. Einmal war genug. Ich würde mich nicht von der Stelle rühren, bis er seine Schuld eingestanden hatte und die Karten wieder in meinem Besitz waren.

Sekunden verstrichen, in denen wir einander nur anstarrten; ein stummes Kräftemessen, das meinen Puls in die Höhe trieb. Abwartend fixierte ich Reed.

Schließlich stieß er ein Seufzen aus, und eine Spannung, von der ich nicht bemerkt hatte, dass er sie gehalten hatte, wich aus seinem Körper. »Ich kann dir die Karten nicht zurückgeben.«

»Reed.« Sein Name war ein Knurren auf meinen Lippen.

»Lass mich ausreden ... Ich kann dir die Karten nicht zurückgeben, weil ich sie nicht mehr habe. Ich habe sie verkauft.«

Seine Worte waren wie ein Schlag ins Gesicht. Mir wurde

schwarz vor Augen, und meine Übelkeit fand ihren Höhepunkt. »Ver... verkauft?«, stammelte ich.

Reed nickte.

»Du hast die Karten verkauft?«, fragte ich erneut. Noch nicht ganz in der Lage, zu begreifen, was genau das bedeutete.

»Nun ja.« Er zuckte mit den Achseln. »Was hätte ich sonst damit tun sollen? Ich habe keine Wahrsager-Ambitionen.«

Ich starrte Reed an und suchte hoffnungsvoll nach der Lüge in seinen Gesichtszügen, fand sie aber nicht. Er sagte die Wahrheit. Fuck! Ich ließ meine Hand von seiner Brust gleiten und trat einen Schritt zurück, denn ich konnte nicht klar denken, wenn er mir so nahe war.

Verkauft.

Er hatte die Tarotkarten einfach verkauft.

»Fallon, es tut mir leid«, sagte Reed. Nun war er derjenige, der meine Nähe suchte. »Ich wollte dich nicht bestehlen. Es war ein Reflex. Ich habe das Geld wirklich dringend gebraucht, und bei all dem Okkultzeug, das in deiner Wohnung rumliegt, dachte ich nicht, dass du die Karten vermissen wirst. Ich weiß, das rechtfertigt nichts, aber ...« Er hielt inne und schüttelte den Kopf. »Nein, kein Aber, es war ein Fehler. Ich mag dich, Fallon, und hätte das nicht tun dürfen. Ich bezahle dir die Karten, sobald ich kann. Wie teuer waren sie?«

»Ich will dein Geld nicht«, presste ich zwischen zusammengebissenen Zähnen hervor. »Ich will meine Karten.«

»Ich kann dir neue kaufen.«

»Nein, kannst du nicht.« Ich schob die Hände in die Taschen meines Trenchcoats. Mit der rechten umklammerte ich den Dolch. Nicht um Reed zu drohen, sondern um mich an etwas festzuhalten. »Diese Karten sind in Geld nicht aufzuwiegen.«

»Du übertreibst.«

»Nein, das tue ich nicht. Sie sind einmalig.«

»Das wusste ich nicht«, sagte Reed und fuhr sich mit der Hand über das Gesicht. Die dunklen Ringe unter seinen Augen, die ich bereits am Vortag bemerkt hatte, waren noch da.

»Natürlich nicht. Du hast einfach zugegriffen, als du die Gelegenheit dazu hattest, ohne auch nur eine Sekunde darüber nachzudenken, was du mir damit antust und wie ich mich damit fühle. Hast du überhaupt kein Gewissen? Du hast mit mir geschlafen und mich dann bestohlen!« Meine Stimme war lauter geworden, sodass wir unweigerlich Aufmerksamkeit auf uns zogen, was mir überhaupt nicht gefiel.

»Es tut mir leid«, wiederholte Reed. »Ich habe daran gedacht, sie zurückzubringen, aber ich habe mich nicht getraut.«

Ich verschränkte die Arme vor der Brust. »Feigheit ist keine Entschuldigung.« *Vor allem nicht, wenn du damit das Leben anderer Menschen riskierst,* fügte ich in Gedanken hinzu, sprach die Worte aber nicht aus.

»Ich weiß«, sagte Reed. Er senkte kurz den Blick zu Boden, ehe er mich wieder ansah. »Könnte ich, würde ich das alles ungeschehen machen.«

Ich könnte es mithilfe der Magie, aber Zeitreisen waren gefährlich und ihre Auswirkungen verheerend. Das waren selbst die Tarotkarten nicht wert. »Schön, aber für Reue ist es etwas zu spät.«

»Wie oft muss ich noch sagen, dass es mir leidtut?«

»Ich weiß nicht.« Ich zuckte mit den Schultern. »Eine

Million Mal? Am besten, du fängst gleich damit an.« Erwartungsvoll sah ich Reed an.

»Okay, das habe ich verdient, aber anstatt lächerliche Vorschläge zu machen, sag mir doch lieber, was ich tun kann, um das wiedergutzumachen. Ich tue alles, was du willst.«

Ich hob die Augenbrauen. »Alles?«

Er nickte. »Alles.«

»Dann hilf mir, die Karten zurückzubekommen.«

VIII

DIE GERECHTIGKEIT

»Sind die Karten das Einzige, was du mir gestohlen hast?«, fragte ich und passte meine Schritte Reeds an, während wir den Stockbridge Market verließen, um nicht noch mehr Aufmerksamkeit zu erregen.

Vermutlich wäre es klüger, Reed zurückzulassen und allein nach den Karten zu suchen. Aber er war meine einzige Verbindung zum Tarot, und ich wollte ihn nicht aus den Augen lassen, bis ich die Karten zurückhatte. Ungewöhnliche Umstände forderten eben ungewöhnliche Maßnahmen, und in diesem Fall konnte ich nicht auf Jess' Unterstützung hoffen. Zwar waren wir Freunde, aber unsere Freundschaft hatte ihre Grenzen. Wüsste er die Wahrheit über Reed und den Diebstahl, würde er mich an meine Eltern verraten. Das ließ ich nicht zu, immerhin wollte ich das Archiv behalten.

Reed schnaubte. »Wenn du mich das fragen musst, besitzt du eindeutig zu viel Krempel.«

»Ich führe ein Antiquariat, Reed. Krempel zu besitzen, ist mein Job. Also, hast du noch etwas geklaut?«

»Spielt das eine Rolle?«

Ich rollte mit den Augen. »Wenn du schon lügen willst, dann lüg wenigstens anständig und rede nicht um den heißen Brei herum. Also sag schon, was hast du noch mitgehen lassen?«

Reed seufzte und schob die Hände in die Taschen seiner verwaschenen Lederjacke. »Nichts. Die Karten mitzunehmen, war eine Kurzschlussreaktion. Ich habe nicht geplant, dich auszurauben, Fallon. Die Karten lagen da, und ich ... war dumm. Und ich bereue es.«

»Immerhin«, murmelte ich. Froh darüber, nicht noch weiteren magischen Gegenständen hinterherjagen zu müssen. Kaum auszumalen, was geschehen wäre, hätte er das Archiv entdeckt. »Also, an wen hast du die Karten verkauft?«

»An irgend so einen Typen.«

Ich gab ein bitteres Lachen von mir. »Geht das auch genauer?«

»Ich kenn den Kerl nicht.«

»Wie sah er aus?«

Reed zuckte mit den Schultern. »Gewöhnlich. Braune Haare. Dunkle Augen. Um die vierzig, wenn ich schätzen müsste.«

Nein, das war nicht hilfreich, und das wusste Reed ganz genau. Ich blieb stehen und stemmte die Hände in die Hüfte, da ich keine Ahnung hatte, wohin wir überhaupt liefen. »Woher wusste er, dass du die Karten verkaufst?«

»Aus dem Internet«, erklärte Reed und sah mich an, als wäre es dumm, danach zu fragen. »Hast du dein Handy dabei?«

»Ja.«

Reed starrte mich an. »Kann ich es haben?«

Ich griff in meine Tasche und zog es hervor. Das Display zeigte fünf verpasste Anrufe und drei Nachrichten von Jess, die ich ignorierte. Ich reichte Reed das Gerät, ließ es aber nicht sofort los, sondern klammerte mich daran fest. »Wehe, du rennst damit weg«, mahnte ich.

Reed verdrehte die Augen und nahm mir mit einem Ruck das Handy ab. Er tippte auf dem Display herum, bis er fand, wonach er gesucht hatte, und gab mir das Gerät zurück. Im Browser hatte er eine Website geöffnet mit der Verkaufsanzeige der Tarotkarten auf einer Tauschbörse. Ich las mir die Anzeige durch. Mit keinem Wort wurde erwähnt, dass sie magisch waren oder über besondere Fähigkeiten verfügten. Vielleicht hatte Reed sie tatsächlich nur im Affekt mitgenommen, ohne sich ihrer Macht bewusst zu sein.

»Ich hab sie gestern Nachmittag eingestellt und mich nach Jobs umgesehen, als ich die Mail bekommen habe. Der Typ meinte, er bezahlt mir hundert Pfund für die Karten, wenn ich sie noch am selben Abend zum *Hanging Bat* bringe.«

»Hundert Pfund?«, fragte ich erstaunt.

Reed nickte. »Mir erschien das auch ziemlich viel.«

Das war wirklich eine Menge Geld, andererseits muteten die Karten auch ohne ihre Magie alt und wertvoll an. Womöglich war der Typ ein Sammler, der einfach ein schönes Schmuckstück in den Karten sah.

»Du kannst die hundert Pfund haben, wenn du willst«, sagte Reed. Dasselbe Angebot hatte er mir auf dem Markt schon einmal unterbreitet. Ich hatte ihm gesagt, ich wollte das Geld nicht, nun zögerte ich allerdings. Hundert Pfund haben oder nicht haben machte einen gewaltigen Unterschied. Dennoch schüttelte ich den Kopf, denn es fühlte sich falsch an, das Geld zu nehmen. Als würde ich mich für meinen Fehler belohnen. Reed sollte es behalten, um es im Notfall dem Käufer zurückzuzahlen.

»Lass uns ins *Hanging Bat* gehen, vielleicht finden wir dort mehr über deinen mysteriösen Käufer raus«, schlug ich vor.

Reed nickte. »Darf ich dich dort zum Essen einladen? Das ist das Mindeste, was ich für dich tun kann.«

Erneut ließ ich mir mit meiner Antwort Zeit, unsicher, was ich aus Reeds Angebot machen sollte. Bis vor wenigen Stunden hätte ich eine solche Einladung, ohne zu zögern, angenommen, aber nun herrschte ein Für und Wider in meinem Kopf. Ich liebte kostenloses Essen, aber ich vertraute Reed nicht, und jedes Mal, wenn ich Zeit mit ihm verbrachte, schien alles nur noch schlimmer zu werden.

»Einverstanden. Du darfst mich zum Essen einladen, aber das ist etwas rein Geschäftliches, kein Date.« Ich wusste nicht, weshalb ich das dazusagte, aber ich hatte das Bedürfnis. Vielleicht um mich selbst daran zu erinnern, dass zwischen Reed und mir nichts mehr passieren durfte. Wir beide – zusammen – das gehörte der Vergangenheit an.

Reed und ich betraten das *Hanging Bat.* Die Bar strahlte eine rustikale Eleganz aus. Kleine Lichter, die in die Decke eingelassen waren, beleuchteten die steinernen Wände. Der Raum war mit hölzernen Bänken und Tischen möbliert, und es roch nach Salz und Hefe. Leise Musik unterlegte die munteren Gespräche der Gäste, die sich zum Mittagessen eingefunden hatten.

Wir setzten uns in die hinterste Ecke des Raums, wobei ich mit dem Rücken zur Wand saß, um die Bar zu überblicken. Ich streifte meinen Trenchcoat von den Schultern. Es war ein schönes Stück aus schwarzem Stoff mit einem breiten Gürtel, das ich vergangenes Jahr im Ausverkauf ergattert hatte, das allerdings keinen Funken Magie in sich trug. Ich hatte ihn heute Morgen gewählt, um ungestört nach Reed und den Karten suchen zu können, ohne in irgendwelche Verwechslungen hineinzugeraten.

»Du hast deinen Käufer nicht zufällig schon entdeckt?«

»Das hätte ich dir gesagt.«

»Das will ich auch hoffen.« Ich sah mich in der Bar um, auf der Suche nach einem Mann, auf den seine Beschreibung passte. Mit einem einzigen Blick erfasste ich mindestens fünf Typen, die das taten. »Hat euch gestern jemand zusammen gesehen? Ein Kellner vielleicht?«

Reed spähte ebenfalls durch den Raum. »Schon möglich. Ich war aber nicht lange hier. Ich hab die Karten abgeliefert und bin gleich wieder gegangen.«

Ich gab ein unzufriedenes Brummen von mir.

»Und weißt du, was du willst?«, fragte Reed.

»Mac 'n' Cheese und eine große Cola«, antwortete ich, ohne einen Blick in die Karte zu werfen. Ich war noch nicht oft im *Hanging Bat* gewesen, aber ihre Mac 'n' Cheese waren einfach himmlisch, weshalb ich sie immer wieder bestellte.

»Kommt sofort.« Reed rutschte von seinem Stuhl, um unsere Bestellung aufzugeben.

»Reed?« Meine Stimme ließ ihn innehalten. »Du hast doch hundert Pfund von dem Käufer bekommen. Kannst du mir fünf geben?«, fragte ich. Reed griff, ohne zu zögern, in seine Hosentasche und reichte mir das Geld.

Ich wartete, bis er zur Bar gegangen war, dann zog ich den magischen Kompass hervor und stellte ihn auf den Geldschein, der einmal dem Käufer gehört hatte. Es war einen Versuch wert. Doch der Kompass rührte sich nicht. Vermutlich war das Geld in den letzten Jahren durch so viele Hände gegangen, dass der Kompass dem Schein keinen Besitzer zuordnen konnte.

Ich stieß ein Seufzen aus und ließ mich in meinen Stuhl zurücksinken. In meinen Schläfen spürte ich das Pochen schlimmer werdender Kopfschmerzen. Ich schloss die Augen und versuchte über die Musik hinweg den Gesprächen um mich herum zu lauschen. Am Tisch neben uns redeten zwei Mädchen über irgendeinen Promiskandal, und das Pärchen vor uns diskutierte darüber, in welcher Farbe es sein Wohnzimmer streichen sollte.

Konzentriert spitzte ich die Ohren, um mehr zu hören, als der Stuhl mir gegenüber überraschend zurückgezogen wurde. Ich blinzelte in der Erwartung, Reed zu sehen, aber er war es nicht, der sich mir gegenübersetzte und mich amüsiert anblickte. Dieser Mann war älter, kleiner und stämmiger, mit einem vertrauten Lächeln.

»Murray«, sagte ich überrascht. Ich hatte den Mann meiner Tante seit Wochen nicht mehr gesehen. Immer wieder hatte ich daran gedacht, ihn anzurufen, aber diesen Plan nie in die Tat umgesetzt.

»Hallo, Fallon!«

»Was für eine Überraschung!« Ich freute mich, Murray zu sehen. Ich hatte ihn schon immer gemocht, denn obwohl er nur ein Eingeweihter war, liebte er die Magie heiß und innig. Früher hatten wir uns auf Familientreffen stundenlang über die Archive und ihre Schätze unterhalten. Er besaß eine Euphorie für alles Magische, die einfach ansteckend war. Er war damals enttäuscht gewesen, das Archiv mit dem Tod meiner Tante verlassen zu müssen, aber bei unserem letzten Treffen schien er darüber hinweg zu sein;

anders als über den Verlust von Louisa. Sie würde er nie vergessen. »Was machst du hier?«

»Das BBQ genießen.« Murray tätschelte seinen Bauch. »Ich hab dich schon beim Reinkommen gesehen, aber ich wollte dich und dein Date nicht stören. Wie geht es dir? Was macht das Archiv?«

»Ach, ich kann mich nicht beklagen«, sagte ich und verzichtete darauf, ihn in Bezug auf Reed zu korrigieren. »Die Umsätze im Sorcerer sind nicht optimal, aber das Archiv wächst und ist meinetwegen noch nicht in Flammen aufgegangen.«

Murray lachte. »Das freut mich. Und deine Eltern?«

»Sie zweifeln noch immer an meinem Können. Ich glaube, sie lassen sich von Jess meine Berichte weiterleiten.«

»Eine Familie voller Kontrollfreaks, das habe ich schon immer gesagt. Louisa war auch so, selbst nach zehn Jahren Ehe wollte sie meine Datensätze kontrollieren.« Murray rollte mit den Augen, aber ihm gelang es nicht, seine Trauer völlig zu überspielen.

»Und wie geht es dir?«, erkundigte ich mich mit einem Blick zur Bar. Dutzende von Leuten standen dort, um ihre Bestellung aufzugeben. Ich konnte Reed in dem Gedränge nicht entdecken.

»Nicht so gut«, gestand Murray mit einem tiefen Seufzen. Er war meinem Blick zur Bar gefolgt und sah mir nun erneut in die Augen. »Ich hab meinen Job vor ein paar Wochen verloren.«

»O nein, das tut mir leid zu hören. Was ist passiert?«

»Mein Boss hatte kein Geld mehr, um mich zu bezahlen.«

»Verdammt! Und hast du was Neues in Aussicht?«

Er schüttelte den Kopf. »Nein, noch nicht.«

Mein Herz blutete für Murray. Er hatte wirklich kein leichtes Jahr hinter sich. Erst meine Tante und jetzt das. »Sag Bescheid, wenn ich etwas für dich tun kann.«

»Du könntest mich wieder im Antiquariat arbeiten lassen«, sagte Murray mit einem traurigen Lächeln, das sich geradewegs in mein Herz bohrte.

»Ich wünschte, ich könnte dir das erlauben, aber da müsstest du mit meinen Eltern reden. Tut mir leid.« Weshalb sie Murray nicht weiterhin für mich oder mit mir hatten arbeiten lassen, wusste ich nicht. Ich war so euphorisch über ihre Entscheidung gewesen, dass ich nie nachgefragt hatte, aber gewiss hatten meine Eltern ihre Gründe gehabt. Es gab schließlich nur wenige Menschen, die von der Magie wussten. Womöglich hatten sie es Murray ersparen wollen, jeden Tag an den Ort zurückzukehren, an dem Tante Louisa gestorben war.

»Kein Ding. Einen Versuch war es wert.« Murray klopfte auf den Tisch. »Nun gut. Ich will dich nicht länger belästigen und überlasse dich lieber wieder deinem Date; nicht dass er zurückkommt und denkt, du hättest dir einen anderen geangelt.« Murray zwinkerte mir zu, was mich zum Schmunzeln brachte. Er stand auf und beugte sich über den Tisch, um mich zu umarmen. Er roch vertraut, nach Tabak und dem Eau de Toilette, das er sich seit Jahren zu jedem Geburtstag und Weihnachtsfest von Louisa hatte schenken lassen. Ich vermerkte in Gedanken, ihm zu Weihnachten eine Flasche davon zu kaufen, und erwiderte seine Umarmung.

»Es war schön, dich zu sehen, Fallon. Halt die Ohren steif.«

»Werd ich machen. Und Murray? Ich wäre dir sehr verbunden, wenn du meinen Eltern nichts hiervon erzählen würdest.« Mein Blick zuckte zu Reeds leerem Platz, denn wenn meine Eltern von diesem *Date* Wind bekamen, würden sie unweigerlich anfangen, Fragen zu stellen, die ich nicht beantworten wollte.

Murrays Lächeln wurde breiter. »Von mir erfahren sie nichts, aber versprich mir, dass du auf dich aufpasst.«

»Immer«, erwiderte ich und winkte ihm zum Abschied, bevor er zwischen den Reihen der Tische verschwand und ich wieder allein war.

Reed kam zurück an den Tisch, unsere Getränke in den Händen. Er schob mir meine Cola zu. »Ist alles in Ordnung?«

»Klar.« Ich zwang mich zu einem Lächeln, um das hohle Gefühl zu verbergen, das die Begegnung mit Murray in meiner Brust zurückgelassen hatte. Sein Anblick hatte unweigerlich Erinnerungen an meine Tante geweckt. Ihre Krebserkrankung war erst sehr spät diagnostiziert worden, was eine Behandlung hinfällig hatte werden lassen. Bis zuletzt hatte sie im Archiv gearbeitet und ihre letzten Tage im Sorcerer verbracht. Zwar hatte sie nicht mehr nach magischen Gegenständen gejagt, das hatte Murray für sie übernommen. Dennoch hatte sie den Laden geführt und das Archiv gepflegt. Nun lag es an mir, ihr Erbe fortzuführen, doch anstatt das Archiv und ihre Arbeit in Ehren zu halten, ließ ich mich ausrauben und verstieß gegen alle möglichen Regeln der Archivare.

»Fallon?« Reed berührte meine Hand. »Bist du dir sicher, dass alles in Ordnung ist?«

»Ja, alles bestens.« Ich schüttelte den Kopf, um die Erinnerungen an Louisa loszuwerden, und trank einen Schluck.

Die Cola war eiskalt. Ein Frösteln durchlief meinen Körper, und die Härchen an meinen Armen stellten sich auf. Aber das war genau das, was ich gebraucht hatte, um mich im Hier und Jetzt zu verankern. Ich nippte noch einmal daran, bevor ich meine Aufmerksamkeit auf Reed richtete, der mich eingehend studierte, als glaubte er mir nicht. »Also, die Karten. Ist dir noch etwas zu deinem Käufer eingefallen?«

Reed rümpfte die Nase und wischte mit dem Daumen das Kondenswasser von seinem Glas. »Nein, alles, was ich weiß, hab ich dir schon gesagt. Der Kerl war absolut durchschnittlich.«

Fuck!

»Ich geh mich mal umhören«, sagte ich genervt. Ich stand von meinem Stuhl auf und schob mich in Richtung Bar, um mit einem Kellner zu reden. Vielleicht war Reeds mysteriöser Käufer ein Stammgast, und ein Mitarbeiter konnte uns weiterhelfen. Ich drängte mich bis zur Theke vor und wartete, während die Barkeeperin die Leute vor mir bediente.

»Was kann ich dir bringen?«, fragte die Barkeeperin, die ihrem Namensschild nach Maisie heiß. Sie hatte strahlend blaue Augen und ein Gesicht voller Sommersprossen.

»Nichts, ich hätte eine Frage. Vielleicht kannst du mir helfen.«

Maisie lächelte. »Ich werde es versuchen.«

»Hast du gestern Abend hier gearbeitet?«

Sie nickte.

»Mein Freund.« Ich deutete in Reeds Richtung. »Er hat gerade zwei Cola bestellt. Er war gestern Abend schon einmal kurz hier. Erinnerst du dich vielleicht an ihn?«

Die Barkeeperin schüttelte den Kopf. »Nein, sorry. Ich seh hier jeden Tag so viele Leute, da ist es unmöglich, sich an jeden zu erinnern. Frag mal Gibby, vielleicht weiß der was.« Sie nickte in Richtung des Typen, der an der Kasse stand.

»Danke«, sagte ich und zog weiter zu Gibby. Zu meinem Bedauern erkannte auch er Reed nicht wieder, und auf meine Frage, ob die Bar eine Überwachungskamera besaß, verneinte er und warf mir einen Blick zu, als hätte ich den Verstand verloren. So viel dazu. Planlos blieb ich neben der Bar stehen. Das *Hanging Bat* war Reeds einziger Hinweis gewesen. Und ich hatte keine Ahnung, was ich tun sollte. Improvisieren gehörte zu meinem Job, vor allem, wenn ich mit dem magischen Mantel unterwegs war. Doch das erste Mal seit langer Zeit hatte ich keinen Plan. Kurz überlegte ich, den Verlust der Karten doch bei meinen Eltern zu melden, aber was sollte das bringen? Abgesehen davon, dass sie mir die Hölle heißmachen würden, konnten sie auch nichts unternehmen, das die Karten zurückbrachte.

Frustriert ließ ich mich auf meinen Stuhl fallen. Reed sah zu mir auf. »Und, hast du was rausgefunden?«

»Was glaubst du? Sieht so jemand aus, der gerade eine gute Nachricht bekommen hat?«, zischte ich und warf ihm einen finsteren Blick zu.

»Sorry, kein Grund, fies zu werden.«

»Kein Grund ... Das alles ist deine Schuld!«, knurrte ich gereizt, angestachelt von der Hoffnungslosigkeit, die sich in meiner Brust ausbreitete. Wenn ich die Karten nicht zurückbekam, war es nur eine Frage der Zeit, bis ich das Archiv verlieren würde. »Hättest du die Karten nicht mitgenommen, wäre ich nicht in diesem Schlamassel.«

»Ich habe mich doch schon entschuldigt.«

Ich schüttelte den Kopf. »Das ändert nichts.«

»Ich habe das Geld wirklich gebraucht«, beharrte Reed,

aber ich kaufte es ihm nicht ab. Wie sehr konnte er es brauchen, wenn er mich davon ins *Hanging Bat* einlud?

»Du könntest auch einfach einer ehrlichen Arbeit nachgehen.«

Wortlos starrte Reed mich an, als könnte er nicht glauben, dass ich das gesagt hatte. »Glaubst du, das hätte ich nicht versucht?«, zischte er zwischen zusammengebissenen Zähnen hindurch. Wut funkelte nun auch in seinen Augen.

»Hast du?«, fragte ich. Der Vorwurf in meiner Stimme war nicht zu überhören, und das sollte Reed auch nicht.

»Ja, hab ich, und das weißt du.« Reed funkelte mich an. »Aber die Arbeitgeber reißen sich eben nicht um einen, wenn man statt eines Abschlusses nur ein Vorstrafenregister vorzuweisen hat.«

»Aber das ist wohl ganz allein deine Schuld.«

»Nein, ist es nicht.«

»Nein?« Ich zog eine Augenbraue nach oben. »Und was hat dich dazu gezwungen, die Schule zu schmeißen? Wer hat dich dazu gebracht, den Job als Touristenführer zu kündigen? Wer hat dich dazu genötigt, dich bei mir einzuschmeicheln und meine Wohnung auszurauben?« Jedes Wort aus meinem Mund klang lauter als das vorherige, und die erste Wut über Reeds Verrat kehrte zurück.

Seine Miene war ausdruckslos, doch in seinen Augen sah ich, dass er seine eigene Rage zurückhielt. »Du solltest nicht über Dinge reden, von denen du keine Ahnung hast.«

»Glaubst du, ich weiß nicht, wie hart es ist, über die Runden zu kommen?«, fragte ich, und mein Magen krampfte sich vor Zorn zusammen. »Ich muss jeden Cent dreimal umdrehen, trotzdem hätte ich dich nie bestohlen. Niemals. Du hattest eine Wahl und hast die falsche Entscheidung getroffen.

Das ist ganz allein deine Schuld, also beklag dich nicht und hör auf rumzuheulen, während ich mir jeden Tag den Arsch aufreiße und versuche, alles unter einen Hut zu bekommen.«

Reed hatte seine Hände auf dem Tisch zu Fäusten geballt, und selbst im dämmrigen Licht der Deckenleuchten sah ich die hell hervortretenden Knöchel. Auch seine Kiefer und seine Lippen nahmen ähnlich harte Züge an, bis sein Gesicht nur noch aus wütenden Kanten zu bestehen schien. »Weißt du, was, Fallon, wenn du so über mich denkst, versteh ich nicht, weswegen du überhaupt hier bist. Vielleicht wäre es besser, wenn du zur Polizei gehen würdest.«

»Ja, vielleicht ... Was soll das?« Ich starrte Reed an, der einfach aufgestanden war und seine Lederjacke vom Stuhl zog. »Du kannst jetzt nicht einfach gehen!«

»Oh, und wie ich das kann.« Er streifte sich die Jacke über, und ohne mich noch eines Blickes zu würdigen, eilte er zum Ausgang. Im Vorbeigehen stieß er mit seiner Schulter gegen eine Kellnerin, die zwei Teller in den Händen balancierte. Sie taumelte vorwärts und stieß einen Fluch aus, fand aber ihr Gleichgewicht gerade noch rechtzeitig wieder. Und erst da bemerkte ich, dass die Gespräche um mich herum beinahe vollständig zum Erliegen gekommen waren. Sämtliche Blicke lagen auf mir und der Kellnerin, die nun zu mir kam.

»Mac 'n' Cheese?«, fragte sie mit peinlich berührter Stimme.

Ich hob die Hand, als wäre ich nicht die einzige Person am Tisch. Sie schob mir den Teller zu und schenkte mir ein trauriges Lächeln. Ein Falafel-Sandwich stellte sie auf Reeds Platz, als würde er nach diesem Streit noch zurückkommen.

»Wurde schon bezahlt?«, fragte ich die Kellnerin.

»Deine Begleitung hat an der Bar bezahlt.«

Ich nickte. »Danke!«

Mit einem letzten Blick des Bedauerns wandte sich die Kellnerin von mir ab und ließ mich allein. Für einen Moment waren nur ihre Schritte, Musik und das Klirren von Gläsern an der Bar zu hören, ehe die Gespräche um mich herum wieder einsetzten. Dieses Mal hatte ich jedoch kein Interesse daran, sie zu belauschen.

Ich starrte auf meinen Teller, und der Duft von geschmolzenem Käse stieg mir in die Nase. Allerdings lief mir nicht wie üblich das Wasser im Mund zusammen, sondern ich schmeckte nur eine Bitterkeit auf der Zunge, die es mir nicht erlauben würde, auch nur einen Bissen zu essen.

Was zum Teufel war da eben passiert? Was war nur in mich gefahren? Im einen Moment hatten Reed und ich noch versucht, gemeinsam die Karten zu finden, und im nächsten stritten wir über ... was eigentlich? Die Tatsache, dass er mich bestohlen hatte? Dass er dabei war, sein Leben in den Sand zu setzen? Was interessierte es mich überhaupt? Eigentlich sollte mir das egal sein. *Er* sollte mir egal sein, aber er war es nicht. Ich hatte keine Ahnung, was ich für Reed fühlte, aber es ließ sich nicht abschütteln.

Kurz entschlossen zog ich meinen Trenchcoat an und schlug das Falafel-Sandwich in eine Serviette ein, die ich in meine Tasche stopfte. Ich hatte keine Ahnung, was mich antrieb, dennoch wusste ich, dass ich die Dinge zwischen Reed und mir nicht so enden lassen durfte. Er hatte einen Fehler begangen – viele Fehler, um genau zu sein –, und ein volles Strafregister war nichts, worauf man stolz sein konnte. Aber ich hatte nicht das Recht, über ihn zu urteilen und ihn zu beschimpfen. Es waren Wut und Verzweiflung gewesen, die aus mir gesprochen hatten.

Natürlich hatte man immer eine Wahl, trotzdem konnten bestimmte Lebensumstände einen stets in die eine oder andere Richtung drängen. Das wusste ich selbst nur zu gut, allerdings kannte ich die Umstände nicht, die Reed dazu gebracht hatten, diesen Weg einzuschlagen. Solange ich das nicht wusste, hatte ich kein Recht, über ihn zu urteilen.

Unter den neugierigen Blicken einiger Gäste verließ ich das *Hanging Bat.* Auf der Straße sah ich mich um. Reed machte ich nirgendwo aus, aber weit konnte er nicht gekommen sein.

Fluchend holte ich zum wiederholten Male an diesem Tag den magischen Kompass mit Reeds Notiz hervor. Der Kompass führte mich Richtung Altstadt. Und während ich durch die Straßen eilte und dem Wind zum Trotz Ausschau nach Reed hielt, beschlich mich das Gefühl eines Déjà-vus. Der Junge musste wirklich damit aufhören, sich vor mir zu verstecken und davonzurennen. Aber vermutlich waren dies die natürlichen Instinkte eines Diebes, der keinen magischen Mantel besaß.

Trotz der Kälte und der verheißungsvollen Wolken, die den Duft von Regen mit sich trugen, waren die Straßen von Menschen geflutet, die sich von den Lichtern der Stadt verzaubern ließen. Zahlreiche Touristengruppen waren unterwegs, die meisten von ihnen bewunderten die Gebäude und fotografierten Edinburgh Castle. Eine der Gruppen wurde von einer Frau im Kostüm angeführt. Sie trug ein schlichtes Kleid, eine aufwendige Frisur und ein Seil um den Hals mit den dazu passenden Würgemalen auf ihrer Haut. Sie redete von irgendwelchen Hinrichtungen und Geistern, und ihre Worte untermalte sie mit übertrieben langen Pausen.

Ich beschleunigte meine Schritte und kam an einem Pub

vorbei, vor dem drei in Kilts gekleidete Männer standen. Sie spielten auf ihren Dudelsäcken, eine volle und tief klingende Melodie, die einen bis ins Mark erschütterte. Ich konnte nichts mit dieser Musik anfangen und fand sie furchtbar. Vermutlich brauchte man schottische Wurzeln, um ihr etwas abzugewinnen, und vielleicht war das der Grund, weshalb Reed sich einen Platz in der Nähe der Musik gesucht hatte. Nur wenige Schritte von den Männern entfernt saß Reed auf einer Bank.

Er bemerkte mein Kommen, und ich wertete es als gutes Zeichen, dass er nicht aufstand und vor mir davonrannte. Seine Miene war erneut ausdruckslos geworden. Hasste er mich?

Ich setzte mich neben ihn und zog sein Sandwich aus meiner Tasche. Kommentarlos reichte ich ihm die gefaltete Serviette. Er nahm sie entgegen und begann zu essen, ohne etwas zu sagen. Nervös spielte ich mit den Ringen an meinen Fingern, und erst als Reed die erste Hälfte des Sandwiches verdrückt hatte, fand ich meine Stimme wieder.

»Sorry, dass ich dich eben so angegangen bin. Ich war wütend und habe Unsinn geredet. Verzeihst du mir?«, fragte ich und wagte es dabei kaum, Reed anzusehen. Ich hatte auf dem Weg vom *Hanging Bat* bis hierher an einer Entschuldigung gefeilt, die meine Worte rechtfertigen sollte, aber in diesem Moment erkannte ich, wie lächerlich das war. Reed hatte mich bestohlen, aber ich war nicht weniger eine Diebin. Was gab mir das Recht, mich wie ein Arschloch zu verhalten?

Reed sah mich nicht an und sagte auch nichts. Tonlos beobachtete er die an uns vorbeiziehenden Menschen, und mit jeder Sekunde, die sein Schweigen andauerte, wurde ich nervöser. Am liebsten hätte ich die Stille zwischen uns selbst gefüllt, doch ich hatte nichts mehr zu sagen. Meine Finger krallte ich in den Stoff meiner Tasche und fragte mich, wie lange ich auf eine Antwort warten sollte. Was sollte ich tun, wenn Reed fortan nichts mit mir zu tun haben wollte? Fand ich die Karten ohne seine Hilfe?

»Du hast ja recht«, sagte Reed schließlich zu meiner Überraschung und drehte sich zu mir. »Mit allem, was du gesagt hast. Vermutlich habe ich in den letzten fünf Jahren keine einzige vernünftige Entscheidung getroffen. Ich bereue vieles, aber mit am meisten bereue ich es, dich bestohlen zu haben. Das hast du nicht verdient.«

Ich ließ mich gegen die Lehne der Bank sinken. Ich wusste nicht, womit ich gerechnet hatte, aber sicherlich nicht mit Reeds Zustimmung.

»Ich wollte auch nicht wegrennen, aber ...« Er wandte seinen Blick erneut von mir ab und zupfte nervös an der Serviette. »Hast du eine Ahnung, wie es sich für mich anfühlt, von jemandem wie dir zurechtgewiesen zu werden?«

Ich runzelte die Stirn. »Was soll das heißen?«

»Du weißt schon.«

»Nein, weiß ich nicht.«

Reed schüttelte den Kopf. »Dann vergiss es.«

»Nein, sag schon«, drängte ich und verpasste ihm mit meinem Knie einen spielerischen Stoß.

Er seufzte. »Na ja, jemand, der so ...« Er warf die Serviette in den Mülleimer neben der Bank. »... so perfekt ist.« Die letzten Worte nuschelte er nur. Beinahe wären sie im Klang der scheußlichen Musik untergegangen.

Misstrauisch starrte ich Reed an. Sollte das ein Scherz sein? Ich wusste nicht, was ich aus seinen Worten machen sollte. »Perfekt?«, fragte ich skeptisch. »Du glaubst, ich bin perfekt?«

Reed nickte – und ich begann zu lachen. Ich konnte es einfach nicht zurückhalten. Denn egal ob er die Worte ernst meinte oder ob es nur seine Taktik war, mich um den kleinen Finger zu wickeln, es stimmte nicht.

Verlegen fuhr sich Reed durch das Haar, das inzwischen wieder ein heilloses Durcheinander war. »Du lachst, aber es stimmt. Okay, vielleicht bist *du* nicht perfekt, dein Leben ist es allerdings schon, das kannst du nicht abstreiten. Du hast einen Schulabschluss und eine eigene Wohnung, du führst einen Laden, niemand schreibt dir vor, was du tun musst, und dem Foto nach zu urteilen, das im Eingang deiner Wohnung hängt, hast du eine Familie, die dich unterstützt.«

Mein Lachen wurde bitter. »Du täuschst dich.«

»Womit?«

Ich schüttelte den Kopf. »Mit allem. Okay, einen Schulabschluss hab ich wirklich, aber das war's.«

»Was ist mit dem Rest?«

Ich zögerte, um einen Moment über meine Antwort nachzudenken. Es war absurd. Obwohl Reed mich hintergangen und bestohlen hatte, wollte ich ihn nicht anlügen. »Der Rest ist ein riesiger Haufen Scheiße. Das Antiquariat schreibt seit Wochen nur rote Zahlen. Und meine Eltern haben ein Auge auf alles, was ich tue. Wenn ich mit ihnen rede, geht es immer nur um das Geschäft. Ich kann mich nicht einmal daran erinnern, wann sich meine Mum das letzte Mal erkundigt hat, wie es mir geht, weil es ihr im Grunde genommen egal ist, solange ich meinen Job erfülle.«

Reed kniff die Augen gegen den stärker werdenden Wind zusammen. »Das mit deiner Mum und dem Laden tut mir leid. Das wusste ich nicht. Jetzt hab ich ein noch schlechteres Gewissen, dich bestohlen zu haben.«

Ich zuckte mit den Schultern, denn an diesem Zustand war nichts mehr zu ändern. »Es ist, wie es ist.«

»Was ist mit deinem Dad?«

»Er bemüht sich.« Mehr konnte ich dazu nicht sagen. Wäre er nicht gewesen, hätte ich das Archiv in Edinburgh niemals übernehmen dürfen. Er hatte meine Mum davon überzeugt, aber das war wohl das einzige Mal, dass er sich für mich starkgemacht hatte.

Reed beugte sich nach vorn, die Ellenbogen auf die Knie abgestützt. Nachdenkliches Schweigen legte sich zwischen uns. »Und wie geht es jetzt weiter?«

»Ich weiß nicht«, gestand ich.

»Soll ich dir noch immer helfen?«, fragte Reed unsicher.

»Natürlich. Du hast als Einziger den Käufer gesehen, und Edinburgh ist zwar nicht New York, aber die Stadt ist groß, wenn man ein einziges Kartendeck ausfindig machen muss«, erklärte ich und ignorierte dabei die mahnende Stimme meiner Mum. Vor meinem inneren Auge sah ich förmlich, wie sie genervt die Arme vor der Brust verschränkte und mit dem linken Fuß immer wieder auf den Boden auftrat, nur darauf wartend, mir meine Fehler unter die Nase zu reiben.

»Dir ist klar, dass mein Käufer die Karten auch nach New York verschicken könnte, oder?«, fragte Reed vorsichtig.

Shit, daran hatte ich überhaupt nicht gedacht.

»Aber ich bin mir sicher, er hat die Karten für sich selbst behalten«, fügte Reed eilig hinzu, als er die Panik in meinem Gesicht sah. »Wir müssen ihn nur finden. Ein durchschnittlich aussehender Schotte, der das *Hanging Bat* besucht hat.«

Ich wischte mir meine feuchten Hände an der Hose ab. »Wenn du das so sagst, klingt es, als würdest du nicht daran glauben, dass wir die Karten wiederfinden.«

»Ich werde alles in meiner Macht Stehende tun, um die Karten zurückzuholen. Aber, Fallon, du solltest dich darauf einstellen, sie nicht wiederzubekommen.«

Die Karten nicht zu finden, war für mich keine Option. Früher oder später würden sie in meinen Besitz gelangen, etwas anderes ließ ich nicht zu. Die Frage war nur, wie viele Leben die Karten bis dahin ruinieren würden.

IX

DER EREMIT

»Erzähl mir etwas über die Tarotkarten.«

»Was soll es da zu erzählen geben?«, fragte ich und schob mir ein Stück Shortbread in den Mund, das Reed mir als Entschädigung für die entgangenen Mac 'n' Cheese geholt hatte. Ich hatte ihm gesagt, dass das nicht nötig sei, aber er hatte darauf bestanden, mir das Gebäck zu kaufen.

»Du meintest, sie sind einmalig.« Reed griff in die Tüte, die ich ihm entgegenhielt.

»Ja, das sind sie.«

»Was macht sie so besonders?« Reed neigte den Kopf und sah mich erwartungsvoll an, die rechte Augenbraue nach oben gezogen. »Wie alt sind sie? Woher kommen sie? Welcher Künstler hat sie gezeichnet? Waren sie einst im Besitz einer bekannten Persönlichkeit? Sind sie ein Sammlerstück?«

Ich schnaubte. »Woher soll ich das wissen?«

Reed musterte mich mit einem zweifelnden Gesichtsausdruck. »Was für eine Art Antiquitätenhändlerin bist du eigentlich?«

»Offensichtlich keine sehr gute«, gab ich zurück und stopfte die Tüte mit dem Shortbread in die Tasche meines Mantels.

»Vielleicht ist das der Grund, weshalb dein Laden rote Zahlen schreibt.«

»Vielleicht, oder es liegt an den Idioten, die mich bestehlen.«

»Idioten? Mehrzahl? Dir ist das öfter passiert? Womöglich solltest du dir zukünftig besser überlegen, wen du in deinen Laden lässt und wen nicht.«

»Ja, das sollte ich«, knurrte ich und verpasste Reed spielerisch einen sanften Stoß. Ich musste zugeben, einen magischen Gegenstand mit einem Partner zu suchen, auch wenn dieser nichts davon ahnte, war unterhaltsamer, als ich es mir vorgestellt hatte.

Früher war ich öfter gemeinsam mit meinen Eltern auf die Suche gegangen, aber das war nicht dasselbe, denn sie waren meine Lehrer gewesen. Und mit ihnen war ich stets Hinweisen aus Zeitungen oder dem Internet gefolgt. Gelegentlich hatten wir auch Gerüchte aufgegriffen, aber niemals hatten wir versucht, einen Gegenstand ohne jeglichen Anhaltspunkt aufzuspüren. »Also, Mr Profi-Antiquitätenhändler, was ist Ihr Plan?«

Reed verschränkte die Hände und ließ seine Finger knacken. »Wir sollten mehr über die Karten herausfinden. Vielleicht hat der Kerl sie gekauft, weil sie von einem besonderen Künstler stammen. Das würde auch erklären, weshalb sie ihm so viel wert waren.«

»Ja, das würde Sinn ergeben.« Ich war die meiste Zeit auf das Flüstern und die Magie der Gegenstände konzentriert, wodurch ich völlig vergaß, dass das nicht alles war, was sie auszeichnete. Wobei ich dennoch nicht ganz außer Acht lassen durfte, dass der Käufer möglicherweise von der Magie wusste, auch wenn Reed es anscheinend nicht tat.

Kurze Zeit später erreichten wir das Sorcerer. Obwohl es noch nicht allzu spät war, senkte sich bereits die vertraute Finsternis der Nacht über die Stadt. Die Schaufenster der umliegenden Läden waren beleuchtet und erhellten die Gesichter ihrer Bewunderer. Im Antiquariat war es dunkel, aber in den Schatten erkannte ich noch die Umrisse der Ware.

Ich zog den Schlüssel unter dem Kragen meines Tops hervor und sperrte die Tür auf, jedoch ohne sie zu öffnen. Ich wandte mich zu Reed um, der neben mir stehen geblieben war. Er hatte die Hände in die Taschen seiner Lederjacke geschoben und blickte nachdenklich die Straße entlang. Unwillkürlich fragte ich mich, welche Umstände in seinem Leben dazu geführt hatten, dass er Leute bestehlen musste, um über die Runden zu kommen. Denn wenn ich ihn so betrachtete, sah ich keinen Dieb, keinen Bettler und keinen Jungen, der zwielichtigen Tätigkeiten nachging, sondern einen jungen Mann – gut aussehend und intelligent. Er gehörte an eine Universität oder zumindest in ein Büro in den modernen Stadtvierteln.

Reed bemerkte mein Starren. Er zog die Augenbrauen in die Höhe, und ein verschmitztes Lächeln trat auf seine Lippen. »Gefällt dir, was du siehst?«

Ich hob beiläufig die Achseln. »Nicht wirklich.«

»Lügnerin.«

Ich schnaubte. »Narzisst.«

»Nur selbstbewusst.« Er zwinkerte mir zu und nickte in Richtung Tür, die ich noch immer geschlossen hielt. Im blassen Licht der Schaufenster hatten seine Augen die Farbe flüssigen Karamells. »Willst du mich nicht reinbitten?«

Ich schüttelte den Kopf. »Ich glaube nicht.«

Sein rechter Mundwinkel zuckte. »Du glaubst es nur?«

»Ich weiß es.« Ich wünschte, ich könnte Reed ohne Vorbehalte in meine Wohnung einladen. Lägen die Dinge anders, hätte ich dies wohl getan, aber auch wenn ich an seine guten Absichten glaubte, wusste ich nicht, ob ich dazu bereit war, ihm mit dem Archiv und den magischen Gegenständen zu vertrauen.

»Okay ...« Reed nickte langsam und schob die Hände in die Taschen seiner Jeans. »Verständlich, aber denkst du nicht auch, dass wir schneller etwas über die Karten herausfinden, wenn wir zusammen nach Infos suchen? Vier Augen sehen mehr.«

»Du hast mich bestohlen.« Ich hasste es, immer wieder davon anfangen zu müssen, aber es war nun mal die Wahrheit. Und sosehr Reed auch bedauerte, das Tarot eingesteckt zu haben, er konnte seine Tat nicht ungeschehen machen.

»Und dafür hab ich mich entschuldigt.«

»Ich weiß.«

Reed fixierte mich mit seinem Blick, und ich glaubte, Enttäuschung in seinen Augen zu lesen. »Du vertraust mir also nicht?«

Ich biss mir auf die Unterlippe, denn verdammt noch mal, ich wusste nicht, ob ich ihm vertraute oder nicht. Seit ich Reed begegnet war, focht ich einen Kampf gegen mich selbst aus: Fallon gegen die Archivarin.

Erstere wollte Reed bei sich haben, seine Hilfe annehmen und sich wieder in seinen Küssen verlieren, die sich so gut angefühlt hatten, während die Zweite an all die Regeln dachte, die ich seinetwegen bereits gebrochen hatte. Sie wollte mich von Reed fernhalten, so wie sie mich auch von all den anderen Menschen ferngehalten hatte. Doch ich war es leid, mich dem zu beugen und ständig allein zu sein.

»Einverstanden«, sagte ich, bevor die Archivarin in mir die Oberhand gewann und ich es mir anders überlegte. »Du darfst reinkommen. Aber du wirst nichts anfassen. Gar nichts. Und solltest du noch einmal auf die Idee kommen, mich zu bestehlen, wirst du dir anschließend wünschen, ich hätte dich der Polizei gemeldet. Verstanden?«

Reed nickte. »Klipp und klar.«

»Gut.« Ich stieß die Tür zum Sorcerer auf und trat ein. Reed folgte mir in den Laden, den ich von innen wieder absperrte. Im Halbdunkel holte ich hinter der Theke meinen Laptop hervor, bevor wir die Treppe zu meiner Wohnung nach oben stiegen, um durch die Schaufenster nicht beobachtet zu werden.

Ich streifte mir meinen Trenchcoat von den Schultern und warf ihn an der Garderobe über meinen magischen Mantel, der mich mit seinem Flüstern willkommen hieß. In der Küche klappte ich den Laptop auf und schaltete ihn ein.

»Tee?«, erkundigte ich mich.

Reed schüttelte den Kopf.

Ich befüllte den Wasserkocher für mich, während hinter mir das Startsignal meines Laptops ertönte.

»Darf ich dein Bad benutzen?«

Ich nickte und beobachtete, wie er auf den Raum zusteuerte, in dem wir gemeinsam hatten duschen wollen. Dabei achtete ich vor allem auf seine Hände, nicht dass es ein erneutes böses Erwachen gab. Nachdem Reed aus meinem Blickfeld verschwunden war, wandte ich mich dem Laptop zu. Ich entsperrte ihn und holte mein Handy hervor. Es waren weitere verpasste Anrufe von Jess hinzugekommen. Da ich ihn nicht für immer ignorieren und seiner Strafpredigt ausweichen konnte, nachdem ich ihn einfach abgewürgt hatte, beschloss ich, es hinter mich zu bringen, und wählte seine Nummer. Er nahm beim ersten Klingeln ab.

»Fallon, was soll der Scheiß?«, fauchte er, einen harten Tonfall anschlagend. »Warum bist du nicht drangegangen? Ich habe dich siebenmal angerufen!«

»Ich habe nach dem Tarot gesucht.«

»Und deswegen konntest du mir nicht antworten?«

»Ich war eben konzentriert bei der Sache.«

Jess seufzte, und ich spürte förmlich, wie er seine Gefühle niederrang, um mir die eine Frage zu stellen, die ihm wirklich auf der Zunge brannte. »Hast du die Karten gefunden?«

Ich druckste herum. Jess zu belügen gefiel mir nicht, ich hatte allerdings keine andere Wahl, wenn ich die ganze Sache und Reed vor meinen Eltern verheimlichen wollte. »Ja, ich hab sie wieder«, sagte ich, hoffentlich überzeugend.

Hörbar erleichtert atmete Jess auf. »Wo waren sie?«

»Sie sind im Archiv hinter einen Schrank gefallen«, erwiderte ich und hoffte inständig, dass Jess meine Lüge nicht durchschaute. Um ihn auf andere Gedanken zu bringen, redete ich weiter. »Und das vorhin tut mir wirklich leid. Ich wollte dich nicht einfach wegdrücken, aber ich war panisch wegen der Karten.«

»Das verstehe ich, aber das sollte nicht noch einmal passieren«, mahnte Jess. Er war jetzt nicht mein Freund, sondern mein Betreuer. »Du warst in den letzten Tagen etwas unkonzentriert. Vielleicht sollte ich nach Edinburgh kommen und dir helfen, oder ich übernehme das Archiv für ein paar Tage, damit du dir eine Auszeit gönnen kannst.«

»Das ist nicht nötig«, blockte ich sofort ab. »Ich komm hier schon zurecht. Das mit den Karten war ein Missgeschick.«

Jess zögerte. »Okay, wenn du meinst. Aber wenn du je Hilfe brauchst, würdest du es mir doch sagen, oder?«

»Ja.« Ich wusste, dass er es nur gut meinte, dennoch hatten seine Worte einen bitteren Beigeschmack. Denn Jess deutete damit an, dass ich dem Archiv allein nicht gewachsen war. Wenn er bereits diesen Eindruck hatte, wollte ich nicht daran denken, was meine Eltern täten, wenn sie von all dem hier erfuhren.

Die Badezimmertür wurde geöffnet.

»Ich muss jetzt Schluss machen«, sagte ich zu Jess.

»Warte!«, stoppte er mich, bevor ich auflegen konnte. »Ich habe noch einen Auftrag für dich. Du kennst doch das Writers' Museum im Lady Stair's Close?«

Reed setzte sich mir gegenüber auf den Hocker.

»Ja ...«

»Schau dort mal vorbei. Ich habe im Internet sehr ominöse Berichte über eine Schreibfeder von Sir Walter Scott gelesen. Könnte eine Finte sein, aber sieh mal lieber nach.«

»Klar, ich kümmere mich darum.« Ich legte auf, und mein Blick zuckte zu Reed, der mich neugierig musterte. Hoffentlich hatte er nichts von all dem gehört. »Das war Jess.«

»Das dachte ich mir schon. Was wollte er?«

»Nichts Wichtiges«, antwortete ich ausweichend und stand auf, um mir meinen Tee zu machen. Auch mit dem Rücken zu Reed spürte ich seinen Blick auf mir. Er wollte offensichtlich etwas sagen, aber er rückte nicht mit der Sprache raus. Also redete ich weiter. »Wir könnten das Foto aus deiner Anzeige für eine Bildersuche nutzen, vielleicht finden wir so mehr über die Karten heraus«, schlug ich vor und setzte mich mit meinem Tee in der Hand. Das Porzellan war angenehm warm und jagte mir einen wohligen Schauer über den Rücken

»Gute Idee.« Reed zog meinen Laptop an sich heran und loggte sich in seinem Mailaccount ein. Fast all seine Nachrichten stammten von derselben Online-Tauschbörse. Er öffnete die Mail seines Käufers und speicherte das Foto auf meinen Desktop. Gerade als er sein Postfach schließen wollte, stoppte ich ihn.

Fragend sah er mich an.

»Vielleicht findet Jess über die E-Mail-Adresse mehr über den Absender heraus«, sagte ich. Die Adresse war eine wirre Kombination aus Zahlen und Buchstaben und erweckte den Eindruck, Spam zu sein. Unter dem Text stand auch keine Signatur.

Reed hob die Brauen. »So was kann er?«

Ich nickte und zog den Laptop an mich heran, um Jess eine Nachricht zu schreiben. »Er ist ein IT-Genie. Wenn jemand es schafft, auf diesem Weg deinen Käufer zu finden, dann er.« Ich löschte sämtliche Hinweise auf die Karten aus der Mail, bevor ich sie an Jess mit der Bitte weiterleitete, so viel wie möglich über den Absender herauszufinden.

Anschließend widmeten wir uns der Recherche. Die Bildersuche war erfolglos, also blieb uns nichts anderes übrig, als das Internet auf herkömmliche Art und Weise zu durchstöbern. Wir klickten uns durch Reddit, Facebook und Dutzende Websites über Okkultes und Antiquiertes. Doch fündig wurden wir in einem stillgelegten Forum von 2003. Demnach war das Tarot-Set von Owen Wallace entworfen worden.

»Owen Wallace, geboren 5. August 1760 in Glasgow, verstorben 9. März 1793 in Inverness. Er war Maler und Schriftsteller«, las Reed laut aus einem Artikel vor, den wir über Wallace gefunden hatten. Der Text umfasste sein komplettes Leben, seinen Weg zur Schriftstellerei und seine Spiritualität, die ihn letztlich dazu inspiriert hatte, sich mit dem Tarot auseinanderzusetzen. Im Laufe seines Lebens hatte er mehrere Decks entworfen, die sich heute unter Sammlern großer Beliebtheit erfreuten.

Es war faszinierend, so viel über den Schöpfer eines magischen Gegenstandes zu erfahren, und unweigerlich fragte ich mich, warum ausgerechnet dieses eine Set wahre Magie besaß. Ja, Magie war wild und unberechenbar, und ich würde die Antwort auf diese Frage wohl nie finden, dennoch verspürte ich unstillbare Neugierde. Was hatte die Magie dazu bewogen, sich ausgerechnet an diese Karten zu binden? War es eines von Wallace' ersten Sets gewesen? Oder hatte der Maler es einer besonderen Person geschenkt? Vielleicht hatte die Magie auch überhaupt nichts mit Wallace zu tun, sondern mit jemandem, der die Karten im Verlauf der letzten zweihundert Jahre besessen hatte?

»WTF? Warum habe ich nicht nachgeguckt, wie viel diese Scheißkarten wert sind?« Reed schob mir den Laptop zu. Er hatte die Website einer Verkaufsbörse geöffnet. Dort standen aktuell zwei Tarot-Sets von Wallace zum Verkauf, für ein Vielfaches der hundert Pfund, die er bekommen hatte.

»Karma«, säuselte ich und grinste in mich hinein.

»Leck mich.«

»Später vielleicht.«

Reeds Augenbrauen schossen in die Höhe, was mich noch mehr zum Schmunzeln brachte, aber ich ignorierte seinen interessierten Gesichtsausdruck. Stattdessen öffnete ich noch einmal den Artikel, um ihn selbst zu überfliegen.

»Dein Käufer ist also vermutlich ein Wallace-Sammler«, sagte ich nachdenklich und hoffte, dass dem wirklich so war. Denn ein wahrer Sammler würde das Tarot zumindest nicht nutzen, sondern es fein säuberlich in einer Vitrine einsperren.

»Davon kann es nicht allzu viele geben.«

Ich wollte Reed antworten, musste stattdessen aber laut gähnen. »'tschuldigung«, nuschelte ich hinter vorgehaltener Hand und warf einen Blick auf die Uhr. Es war inzwischen verdammt spät geworden, und morgen musste ich den Laden wieder aufschließen. »Ich sollte besser schlafen gehen. Heute bekommen wir eh nichts mehr raus. Und vielleicht findet Jess bis dahin mehr über die E-Mail-Adresse raus.«

Reed nickte langsam, als wäre er von meinem Vorschlag, für heute Feierabend zu machen, nicht begeistert. Doch er widersprach mir nicht. »Soll ich morgen Abend wieder vorbeikommen?«

Ich schüttelte den Kopf. »Das geht leider nicht.«

»Wieso nicht?«

Weil ich vielleicht ins Writers' Museum einbrechen muss. Es widerstrebte mir, einem anderen Gegenstand hinterherzujagen, vor allem, wenn dieser sicher in einem Museum aufbewahrt wurde. Aber wenn ich dem Hinweis nicht nachging, würde Jess Fragen stellen und womöglich wittern, dass etwas nicht stimmte.

»Da hab ich leider schon etwas anderes vor.«

»Und in deiner Mittagspause?«

Ich zögerte, denn mein Plan war, in der Mittagspause das Writers' Museum aufzusuchen, um festzustellen, ob es dort wirklich einen magischen Gegenstand gab. Aber ich wollte

Reed auch nicht das Gefühl geben, dass mir das, was wir hier taten, nicht wichtig war. »Kennst du das Writers' Museum?«

»Klar.«

»Wir sollten uns dort treffen«, schlug ich vor. »Vielleicht weiß einer der Angestellten mehr über Wallace.«

Reed runzelte die Stirn. »Sie haben dort nichts von Wallace ausgestellt.«

»Ich weiß, aber die Museumsführer kennen sich sicherlich trotzdem mit schottischen Schriftstellern aus. Womöglich kennen sie einen Wallace-Spezialisten aus ihrem Studium oder Ähnlichem«, erklärte ich händeringend. An sich war das gar kein so dummer Vorschlag.

Reed stimmte zu, und ich brachte ihn nach unten. Mittlerweile war es stockfinster und die Straße leer.

In der offenen Tür des Sorcerer blieb Reed noch einmal stehen und wandte sich mir zu. Sein Blick war so eindringlich, dass mir kurz der Atem stockte. »Ich weiß, ich wiederhole mich, aber es tut mir wirklich leid, dass ich die Karten mitgenommen habe und du jetzt solchen Ärger hast. Aber ... ich mag dich, Fallon, und das meine ich ernst.«

Mein Herz machte einen Satz bei diesen Worten. Ich wusste, ich sollte so nicht für Reed fühlen, nicht nach dem, was er getan hatte, aber Gefühle waren nun mal nicht logisch. »Ich mag dich auch«, gab ich ehrlich zurück.

Reed blinzelte, dann begann er zu lächeln. »Wirklich?«

Ich verdrehte die Augen und verschränkte verlegen die Arme vor der Brust. »Ich hab mit dir geschlafen, oder nicht?«

Sein Grinsen wurde noch breiter und nahm ein ansteckendes Ausmaß an. Krampfhaft versuchte ich, mein eigenes

Lächeln zurückzuhalten. »Dann sehen wir uns morgen?«, hakte Reed nach.

Ich nickte.

»Ich freu mich drauf.« Unerwartet beugte er sich nach vorne und hauchte mir einen federleichten Kuss auf die Wange, der jedoch ausreichte, um jeden Nerv in meinem Körper zu erwecken.

Reed trat einen Schritt zurück und behielt mich lächelnd einen Moment länger im Auge, als versuchte er sich mein Gesicht einzuprägen, bevor er sich abwandte und davonging.

X

DAS RAD DES SCHICKSALS

Ich schlang meinen Mantel fester um mich, auch wenn ich wusste, dass mich die Magie nicht davor bewahrte, auf Dutzenden von Fotos zu sehen zu sein. Mehrere Touristengruppen hatten sich direkt vor dem Lady Stair's Close versammelt, um sich mit dem grauen Gemäuer oder dem goldenen Schild des Writers' Museum ablichten zu lassen.

Und ich stand inmitten des Blitzlichtgewitters. Die Schultern nach oben gezogen, den Blick durch die Menschenmassen wandern lassend, verfluchte ich Reed. Wo war dieser Mistkerl nur? Er hätte bereits vor fünfzehn Minuten hier sein sollen, und allmählich lief mir die Zeit davon, denn das Sorcerer wollte nach der Mittagspause wieder geöffnet werden.

Unruhig trat ich von einem Fuß auf den anderen und wandte mein Gesicht ab, als ein asiatisches Pärchen nur vier Schritte von mir entfernt ein Foto mit einem Selfiestick machte. Ohne Zweifel würde ich darauf zu sehen sein. So geschickt die Magie des Mantels auch war, so hilflos war sie in Anbetracht der modernen Technik. Sollte sich das Pärchen oder irgendjemand sonst das Foto morgen in der Abwesenheit der Magie ansehen, so würde ich auf dem Foto zu sehen sein. Und das Letzte, was ich brauchen konnte, waren

Beweise für meine Anwesenheit, sollte sich herausstellen, dass es in dem Museum einen magischen Gegenstand gab.

Das Pärchen zog weiter, und ich lehnte mich gegen das Mauerwerk. Noch fünf Minuten, so lange würde ich auf Reed warten, anderenfalls nahm ich die Sache allein in die Hand. Ich holte mein Handy hervor. Die Uhr des Sperrbildschirms zeigte 12:16. Ich löste ihn und öffnete meinen Nachrichtenverlauf mit Jess.

Ich: Hast du meine Mail von gestern gesehen?

Sofort sah ich, dass Jess etwas eingab.

Jess: Ja, bin dran.
Ich: Danke!
Jess: Wessen E-Mail-Adresse ist das?
Ich: Nicht so wichtig.
Ich: Wollen wir heute Abend einen Film schauen?
Jess: Gerne, aber ich bin im Dienst.
Ich: Wir können Pause machen, wenn ein Notfall reinkommt.
Jess: Cool.
Jess: Was willst du sehen?
Ich: Weiß nicht. Was mit Hexen oder Magiern.
Jess: Du bist so vorhersehbar.
Ich: Bei mir weiß man eben, was man bekommt.
Jess: Hast du den Film mit Vin Diesel schon gesehen?
Jess: The Last Witch Hunter?
Ich: Nope.
Jess: Lust?
Ich: Klar.

Jess: 19 Uhr?
Ich: Wir haben ein Date.
Jess: Uhhh, ich bin ganz aufgeregt!
Ich: Zieh dir was Nettes an.
Jess: Für dich meine beste Jogginghose.
Ich: Awww. <3

»Ich kann auch gerne später wiederkommen«, erklang eine Stimme von der Seite. Ich riss den Kopf in die Höhe und entdeckte Reed, der sich an mich herangeschlichen hatte. Er stand eine Armlänge von mir entfernt, die Hände in die Taschen seiner Jacke geschoben. Ein Lächeln ruhte auf seinen Lippen, aber er wirkte gehetzt, mit wilden Haaren und einem wandernden Blick.

»Ich habe auf dich gewartet.« Ich schob das Handy zurück in meinen Mantel und lief in Richtung des Museumseingangs, um nicht noch mehr Zeit zu verlieren. »Wo warst du?«

»Auf dem Polizeirevier.«

Ich blieb stehen und wandte mich zu Reed um. »Was? Warum?«

»Man hat mich für eine Befragung abgeholt.« Seine Stimme klang ruhig, und die Anspannung wich aus meinen Gliedern. »Offensichtlich wurde vor wenigen Tagen ein Tarotkarten-Set aus dem Haus einer alten Dame geklaut.«

»Wie tragisch.« Ich wandte mich wieder dem Eingang des Museums zu, bemüht, mir nichts anmerken zu lassen.

Reed folgte mir auf den Fersen. »Aber schon etwas eigenartig, dass der Frau ein Karten-Set von Wallace geklaut wurde, nur einen Tag bevor ich deines gestohlen habe.«

Ich setzte mein unschuldigstes Lächeln auf, auch wenn

wir beide die Wahrheit kannten. »Was für ein Zufall. Und dann haben sie ausgerechnet dich verdächtigt.«

Reed stieß die Tür zum Museum auf. »Ja, sie haben meine Anzeige im Internet entdeckt und mich deswegen verhört.«

Ich blieb neben Reed stehen. »O Mann, das tut mir leid. Ich hoffe, du hast alles klären können.«

Reed ließ seinen Blick über mein Gesicht gleiten. Mir wurde warm, und ich spürte, wie meine Wangen sich unter seiner Musterung röteten. »Alles kein Problem. Ich hatte ein Alibi, und der wahre Dieb ist viel geschickter vorgegangen, als es die Polizei von mir gewöhnt ist. Ich würde sogar so weit gehen und sagen, dass er richtig gute Arbeit geleistet hat, aber wer würdigt schon die Arbeit eines Diebes?«

Ich hielt den Atem an, aber mein Herz pochte wild. »Niemand?«

Reeds rechter Mundwinkel zuckte. »Genau. Niemand.«

Er lief an mir vorbei in das Museum. Geräuschvoll atmete ich aus, erleichtert darüber, dass Reed mich auf meine offensichtliche Lüge nicht angesprochen hatte.

Im Inneren des Lady Stair's Close roch es nach kalter Luft, Tinte und Papier, ähnlich einer Bibliothek, nur älter und staubiger, fast wie in meinem Antiquariat. Die Wände waren rot gestrichen und der Raum holzvertäfelt. Überall standen Schränke, Regale und Vitrinen, die Ausstellungsstücke präsentierten. Und wie vor dem Lady Stair's Close waren es hauptsächlich Touristen, die sich vor den Exponaten tummelten.

»Redest du mit den Angestellten?«, fragte ich an Reed gewandt. »Ich schau mich ein bisschen um. Vielleicht entdecke ich etwas Hilfreiches.«

Reed nickte und eilte davon.

Ich blickte ihm kurz nach, bevor ich durch die Reihen der Ausstellungsstücke lief, die sich auf mehrere kleine Räume verteilten. Von Federn über Tintenfässer bis zu handgeschriebenen Dokumenten und altertümlichen Schreibmaschinen war hier alles ausgestellt. Schilder kennzeichneten die einzelnen Exponate und verrieten mehr über ihre Herkunft.

Es war ziemlich laut in dem Museum, und von allen Seiten waren die Schritte und das Gemurmel der Touristen zu hören, sodass es schwer war, ein einziges Flüstern ausfindig zu machen.

Ich suchte nach den Exponaten von Sir Walter Scott und versuchte mich dabei möglichst unauffällig zu verhalten. Ich hatte das kleine Museum fast komplett durchlaufen, als ich es hörte – ein Flüstern.

Es war so leise, dass ich es beinahe überhört hätte, doch all meine Sinne waren darauf ausgerichtet, die Magie zu erkennen. Die Härchen an meinen Armen stellten sich auf, und ich blieb stehen, um dem Flüstern zu lauschen.

Aus welcher Richtung kam es?

»He, Fallon, also ich …«

»Pst!« Mit einem scharfen Laut brachte ich Reed zum Verstummen, der an mich herangetreten war, und neigte den Kopf. Erwartungsvoll ließ ich meinen Blick durch den Raum gleiten und entdeckte nur wenige Schritte entfernt eine Vitrine. Ich trat vor das Glas mit dem Schild *Berühren verboten.*

Darin stand auf einem kleinen Sockel eine Schreibfeder, die nun deutlich zu mir flüsterte. Ihre Worte unverständlich, aber lockend. Ein Grinsen breitete sich auf meinem Gesicht aus.

»Fallon, ist alles gut?«, fragte Reed hörbar irritiert.

Ich riss meinen Blick von der Feder los und versuchte meine Aufregung darüber, einen magischen Gegenstand gefunden zu haben, zu verbergen. Ich freute mich darüber, auch wenn es nicht die Karten waren.

Reed musterte mich mit gerunzelter Stirn und einem fragenden Gesichtsausdruck.

»Ja, alles bestens. Lass uns gehen.«

Bevor Reed etwas erwidern konnte, drehte ich auf dem Absatz um und verließ das Museum. Ein Schwall kalter Wind schlug mir ins Gesicht, als ich ins Freie trat und direkt in das Bild zweier Touristen hineinstolperte, die sich mit dem goldenen Schild des Museums fotografieren wollten. Ich gab eine Entschuldigung von mir und lief die Royal Mile hinab in Richtung des Sorcerers.

Reed schloss zu mir auf. »Willst du mir vielleicht verraten, was das eben war?«

»Was meinst du?«, fragte ich.

»Du weißt genau, wovon ich rede. Dein irres Grinsen vor dem Schaufenster oder die Tatsache, dass wir gerade praktisch davonrennen, als hätten wir etwas verbrochen.«

»Mir ist nur etwas eingefallen.«

»Und was?«

»Dass ich heute keine so lange Mittagspause machen kann«, log ich. Ich wünschte, ich könnte Reed die Wahrheit sagen, aber das war unmöglich. Er durfte nichts von der Magie erfahren. »Hast du etwas herausfinden können?«

»Ich habe mit zwei Leuten vom Museum gesprochen. Sie beide kennen Wallace, aber sie konnten mir nichts über das Tarot sagen, nur über seine Werke als Schriftsteller.«

»Schade.«

»Ja, ich habe mich auch nach einem Wallace-Spezialisten

erkundigt, aber sie meinten nur, ich soll in die Bibliothek gehen«, sagte Reed mit einem Schnauben. »Als wäre ich da nicht selbst draufgekommen.«

»Warst du denn schon dort?«

»Nein, aber ich dachte, ich könnte mich am Nachmittag mal dort umschauen, wenn das für dich okay ist.«

»Wow, du musst wirklich ein ...« Das Gefühl von etwas Feuchtem, das auf meinem Gesicht landete, ließ mich verstummen. Zuerst dachte ich an Regen, aber der Himmel war strahlend blau. Ich wischte mir über die Wange. Weiße Flüssigkeit klebte an meinen Fingern. Noch bevor ich realisierte, was mich da getroffen hatte, begann Reed laut zu lachen.

Ich riss meinen Kopf herum. »Das ist nicht witzig.«

»Doch, ist es.« Er griff in seine Hosentasche, und kurz darauf reichte er mir ein Taschentuch. Mit vor Ekel verzogenen Lippen wischte ich mir die Vogelkacke von den Fingern und dem Gesicht, was Reeds Lachen nur noch heiterer werden ließ.

Ich funkelte ihn wütend an. »Ist es weg?«

»Da ist noch etwas.« Er deutete auf die Stelle.

Ich wischte darüber. »Weg?«, fragte ich mit drängender Stimme.

»Nein, jetzt hast du es schlimmer gemacht.«

»Was?!«

»Warte ...« Er zog ein zweites Taschentuch aus seiner Hose. Anstatt es mir zu reichen, neigte er meinen Kopf und wischte mir die Vogelkacke selbst von der Wange. Zufrieden musterte er mein sauberes Gesicht. »Wie neu.«

»Das ist so widerlich!« Ich erschauderte vor Ekel und ließ das Taschentuch einfach zu Boden fallen, da ich es keine Sekunde länger in der Hand halten wollte.

Reed hob es auf. »Ich hätte dich nicht für so zimperlich gehalten«, sagte er und steckte die benutzten Tücher ein.

»Ich bin nicht zimperlich.«

»Doch, das bist du.«

»Nein, bin ich nicht, aber das war Vogelkacke!«

»Ja, und jetzt ist sie weg.«

»Ich fühle mich trotzdem dreckig.« Ich schielte auf meine Wange hinab, als könnte ich erkennen, ob noch etwas von der Flüssigkeit dranklebte.

Reed lachte. »Wir können zusammen duschen, und ich helfe dir dabei, den Dreck abzuwaschen. Allerdings könnte es sein, dass du dich dann auf eine ganz andere Art schmutzig fühlst.«

Ich schnaubte. »Du bist unmöglich.«

»Danke!« Er grinste mich an und legte mir im Gehen einen Arm um die Schultern, um mich für eine flüchtige Halbumarmung an sich zu ziehen. Die Berührung dauerte zu kurz, als dass ich sie mit all meinen Sinnen hätte wahrnehmen können, dennoch reichte sie aus, um mein Herz in Aufruhr zu versetzen. Bereits einen Moment später zog Reed seinen Arm zurück, aber er wich nicht vor mir zurück, sondern blieb in meiner Nähe, sodass das Leder seiner Jacke den Stoff meines Mantels mit jedem Schritt streifte.

Kurze Zeit später erreichten wir das Sorcerer. Eine Stammkundin wartete bereits vor dem Laden. Sie kam jede Woche zur selben Zeit, am selben Tag, um das Antiquariat nach neuen Schätzen zu durchforsten. Als sie nicht hinsah, zog ich eilig meinen Mantel aus, was mir einen verwunderten Seitenblick von Reed einbrachte. Ich nuschelte etwas davon, dass mir zu warm sei, obwohl der Wind trotz Sonne eisig blies. Doch wie sollte ich Mrs Smith erklären, dass plötzlich ihr Enkel oder ihr verstorbener Ehemann das Sorcerer für sie aufschloss?

»Guten Tag, Mrs Smith«, grüßte ich, als ich nur noch wenige Schritte von ihr entfernt war und mir sicher war, dass sie mich verstand. Ihr Gehör hatte in den letzten Monaten deutlich nachgelassen. »Tut mir leid, dass ich Sie habe warten lassen.«

»Guten Tag, meine Liebe«, erwiderte Mrs Smith. Sie war eine hochgewachsene Frau, doch im Alter hatte ihr Rücken eine Krümmung bekommen, sodass ihre Gestalt inzwischen an die Form eines Fragezeichens erinnerte. »Wer ist denn das?«

»Reed, ein Freund von mir. Wir waren im Writers' Museum«, erklärte ich und holte die Kette mit dem Ladenschlüssel hervor.

»Oh, wie nett. Hat es euch gefallen?«

»Es war wunderbar«, erwiderte ich und musste bei dem Gedanken an das Flüstern der Feder lächeln. Ich zog die Tür zum Laden auf und bedeutete Mrs Smith, einzutreten. Sie bewegte sich langsam, denn trotz ihres Gehstocks schien jeder Schritt eine Qual zu sein. Dennoch kämpfte sie sich voran, bis sie in der Mitte des Ladens stand und zwei Buchstützen betrachten konnte, die ich kürzlich aus dem Lager geholt hatte.

»Du lächelst schon wieder«, bemerkte Reed.

»Darf ich das etwa nicht?«

»Doch, aber es macht mich misstrauisch.«

»Mein Lächeln macht dich misstrauisch?«

Er nickte. »Du wurdest angekackt, und wir haben die Karten nicht gefunden. Du solltest nicht so fröhlich sein.«

»Vielleicht freue ich mich einfach, meine Mittagspause mit dir verbracht zu haben?«

Reed schnaubte. »Du solltest wirklich weniger lügen, Fallon.«

Ich zuckte mit den Schultern. »Das kann ich eben gut.«

»Offensichtlich nicht, wenn ich es durchschaue.« Er schmunzelte und senkte seine Stimme für die nächsten Worte, als plante er, mir ein Geheimnis zu erzählen. »Wann soll ich vorbeikommen? Morgen Abend?«

Ich nickte. »Klingt gut.«

Die Nacht war über Edinburgh hereingebrochen, und die Menschen hatten sich in ihre Häuser und Hotels zurückgezogen. Nur vereinzelt waren ein paar Nachteulen unterwegs, welche sich vermutlich nichts Schöneres vorstellen konnten, als den klaren Sternenhimmel über der Stadt zu bewundern. Arm in Arm schlenderten sie durch die dunklen Gassen und unterhielten sich leise. Ich hingegen wünschte mich sehnlichst in mein Bett zurück, denn ich hatte einen langen Tag hinter mir.

Das Antiquariat war am Nachmittag von mehreren sehr lauten Reisegruppen gestürmt worden, und ich war überglücklich gewesen, als ich den Laden hatte schließen dürfen. Ich hatte mir meinen Laptop geschnappt und es mir auf meinem Bett bequem gemacht, während ich auf Jess gewartet hatte. Um nicht einzuschlafen, hatte ich die neusten Beiträge auf dem Archivarenblog gelesen und mich weiter der Recherche nach dem Tarot gewidmet.

Neben Madame Minerva gab es noch einige weitere Hexer und Hexen, die einen für Geld die Zukunft aus den Karten lasen. Ich hatte mir die Adressen notiert, um ihnen einen Besuch abzustatten und sicherzugehen, dass die gestohlenen Karten keinen Weg zurück in diese Branche gefunden hatten.

Ich war noch in meine Suchanfragen vertieft gewesen, als Jess mich endlich angerufen hatte, um wie vereinbart mit mir den Film anzuschauen. Ich war nicht ganz bei der Sache gewesen, doch wenn Jess meine geistige Abwesenheit bemerkt hatte, so hatte er mich zumindest nicht darauf angesprochen. Lediglich nach dem noch immer fehlenden Datensatz für die Karten hatte er sich erkundigt. Ich hatte ihm versichert, dass ich mich bald darum kümmerte. Notfalls würde ich das Foto verwenden, das Reed von den Karten gemacht hatte.

Nach dem Film und einem kurzen Gespräch mit Jess hatte ich mich aus den Laken gequält, mir meinen Mantel übergeworfen und das Paar magischer Handschuhe übergestreift. Fröstelnd war ich zurück zum Writers' Museum gelaufen, und nun beschattete ich das Lady Stair's, um sicherzustellen, dass mich im Inneren niemand überraschte. Doch das Gebäude lag in vollkommener Stille und Dunkelheit vor mir.

Ich wartete, bis zwei Typen am Museum vorbeigezogen waren, die offensichtlich aus einem der umliegenden Pubs kamen, bevor ich mich in Bewegung setzte. Aufrecht lief ich zum Lady Stair's Close, bevor ich geduckt in den Schatten abtauchte, um eine der hinteren Türen zu benutzen. Langsam tastete ich mich voran, um nicht über den unebenen Boden zu stolpern. Dabei achtete ich auf all die Geräusche um mich herum, doch ich vernahm nur vereinzelt Stimmen und Musik aus der Ferne. Darum machte ich mir allerdings keine Sorgen. Vermutlich würden die Gestalten, die zu dieser Zeit noch unterwegs waren, das Museum keines Blickes würdigen.

Im hinteren Teil des Hauses blieb ich vor einer Tür stehen, die zwar optisch dem alten Mauerwerk angepasst war, aber bei genauerer Betrachtung deutlich moderner war. Ich zog mein Handy hervor und tippte eine kurze Nachricht an Jess, der sich darum kümmerte, dass die Alarmanlage deaktiviert wurde.

Kurze Zeit später bekam ich das Go von ihm. Ich nahm das Einbruchwerkzeug hervor, das seit meinem Aufbruch schwer in meiner Manteltasche wog, und machte mich mit flinken Fingern an die Arbeit.

Es war nur eine Sache von Sekunden, ehe ich das vertraute Klicken eines sich öffnenden Schlosses hörte. Ich schob die Tür eine Handbreit auf und befestigte etwas Knetmasse am Rahmen, um sie so weit wie möglich zuzuschieben, ohne sie zu schließen, ehe ich ins Innere schlüpfte.

Das Einbruchwerkzeug ließ ich wieder in meiner Manteltasche verschwinden und wandte mich dem Flur zu. Er lag in vollkommener Schwärze vor mir. Es dauerte einen Moment, bis sich meine Augen an die Dunkelheit gewöhnt hatten. Anders als bei Madame Minerva, bei der ich mir keine Sorgen darum hatte machen müssen, ob jemand den Schein meiner Handytaschenlampe sah, musste ich hier vorsichtiger sein. Nicht zuletzt, weil der Einbruch in einem Museum von der Polizei sicherlich ernster genommen wurde als der bei einer Möchtegernhexe.

Nachdem es mir endlich möglich war, Umrisse in der Finsternis auszumachen, lief ich weiter. Die Dielen knarzten unter meinen Stiefeln, und nach jedem Schritt hielt ich angespannt den Atem an und lauschte. Stille. Ich war allein.

Schließlich erreichte ich den Ausstellungsraum mit der Feder. Das Rauschen des Blutes in meinen Ohren machte es mir zuerst schwer, das Flüstern der Magie zu hören, aber nach einer Weile kristallisierte es sich aus dem dumpfen Pochen meines Herzschlages heraus. Ein Lächeln stahl sich auf meine Lippen. Mit angehaltenem Atem machte ich mich an die Arbeit, die Vitrine zu öffnen. Obwohl ich viel Vertrauen in Jess' Fähigkeiten hatte, so fürchtete ich doch, dass jeden Augenblick der Alarm losgehen könnte.

Mit einem Klicken öffnete sich das Schloss der Auslage, als ich plötzlich ein Knacken hörte, das nicht von meinen Schritten stammte.

Ich erstarrte.

Das Knarzen der Dielen wiederholte sich.

Wieder und wieder und wieder.

Fuck!

Ich war nicht allein.

Mir brach der kalte Schweiß aus, und meine Hände begannen trotz der Handschuhe zu zittern. Vermutlich war das ein Sicherheitsmann, der bei Nacht durch das Lady Stair's Close patrouillierte.

Scheiße!

Scheiße!

Scheiße!

Wie konnte das sein? Panisch blickte ich mich nach einem möglichen Versteck oder einem Fluchtweg um, aber es gab keinen. Ich saß hier fest. Einzig die Dunkelheit und mein Mantel boten mir Schutz. Notdürftig ging ich hinter der Vitrine in Deckung. Ich konnte nur hoffen, dass ich nicht entdeckt wurde.

Bemüht um eine ruhige Atmung, behielt ich den Aufgang

im Auge, als eine schattenhafte Gestalt den Raum betrat. Angst flutete meinen Körper, und das Herz schlug mir bis zum Hals. Mein ganzer Körper war auf Flucht eingestellt, als ein einzelner, klarer Gedanke meinen Verstand streifte: Wieso hat der Sicherheitsmann keine Taschenlampe?

»Fallon?«

Sein Flüstern war kaum lauter als das der Magie, dennoch reichten die gehauchten Worte aus, um mir einen Blitz durch die Adern zu treiben. Ich schoss in die Höhe, die Augen zusammengekniffen. »Reed?«

»Was machst du hier?«

»Was mach *ich* hier? Was machst *du* hier?«, fauchte ich und trat hinter der Vitrine hervor.

»Ich habe zuerst gefragt.«

»Und ich war zuerst hier.«

»Bist du dir sicher?« Wir standen uns nun gegenüber, und trotz der Schatten sah ich, wie er fragend eine Augenbraue in die Höhe zog. War er wirklich vor mir hier gewesen? Wenn ja, wieso? Wir waren in einem Museum, hier gab es nicht viel zu holen, außer etwas Geld aus dem Souvenirshop und Edinburgh-Schlüsselanhänger. Es sei denn …

»Reed, was machst du hier?«, fragte ich nun drängender. Mein Blick zuckte in die Richtung, aus der das Flüstern der Schreibfeder kam.

»Ich bin dir gefolgt.«

Ein kalter Schauder überlief mich. Wie war das möglich? Ich war immer so vorsichtig und aufmerksam gewesen. Wie hatte ich Reed nicht bemerken können? »Wieso?«

»Wieso? Du bist in ein Museum eingebrochen.«

Ich schnaubte. »Danke für die Erinnerung, beinahe hätte ich es vergessen.«

»Ich meine es ernst, Fallon, was ist mit dir los? Erst die Tarotkarten und jetzt das? Für jemanden, der mir vorwirft, ein Dieb zu sein, hast du ein erstaunliches Geschick, wenn es ums Einbrechen geht.«

»Ich will hier nichts stehlen.«

Reed rollte mit den Augen. »Hab ich dir nicht erst heute Mittag gesagt, dass du eine schlechte Lügnerin bist?«

»Glaubst du mir, wenn ich sage, dass ich schlafwandle?«

»Fallon ...« Reeds Stimme hatte einen mahnenden Tonfall angenommen, der für meinen Geschmack viel zu laut war für die Stille im Museum.

Ich biss die Zähne zusammen, bis mein Kiefer schmerzte, denn nichts, was ich sagte oder tat, erklärte diese Situation angemessen. Das konnte nur die Wahrheit, aber ich war nicht bereit, diese mit Reed zu teilen.

Lügen erzählt man am besten nahe an der Wahrheit.

Ich ließ den Kopf hängen. »Es ist so, in diesem Museum gibt es einen Gegenstand, den ich brauche. Dringend. Ich kann dir nicht sagen, wieso. Du kannst das akzeptieren und aufhören, Fragen zu stellen, oder du tust, was immer du glaubst, tun zu müssen, nun, da du mich erwischt hast.«

Reed starrte mich an, dann nickte er. »Okay.«

»Okay?«

»Ja, okay.« Er zuckte mit den Schultern. »Such deinen Gegenstand. Ich statte dem Souvenirshop einen Besuch ab.«

»Okay ... wieso?«

Reed setzte ein unschuldiges Lächeln auf, das in der Dunkelheit nur schwer auszumachen war. »Du hast deine Geheimnisse und ich hab meine. Wir treffen uns in fünf Minuten am Hinterausgang. Reicht dir das?«

Ich nickte, etwas überfordert mit dieser Entwicklung. Diese Situation war einfach zu absurd, und beinahe rechnete ich damit, jede Sekunde aus diesem merkwürdigen Traum zu erwachen.

»Wunderbar, bis gleich!«

Reed trat zurück und ging in Richtung Souvenirshop davon. Einen Moment starrte ich ihm regungslos hinterher und fragte mich, was all das sollte, doch den Versuch, es zu verstehen, gab ich sofort wieder auf.

Ich wandte mich der Vitrine zu, aus der das Flüstern kam. Augenblicklich verschwanden Schock und Verwirrung, und meine Konzentration kehrte zurück. Meine Finger begannen vor Aufregung zu kribbeln. Ich schob die bereits aufgebrochene Glasöffnung auf und griff nach der magischen Schreibfeder mit dem goldenem Füller und der dunklen Feder.

Ich drehte die Schreibfeder in meiner Hand und genoss das Gefühl der Vertrautheit, das ihre Magie in mir auslöste. Sie hüllte mich ein wie die Lieblingsdecke aus meiner Kindheit, die mir in kalten Nächten Wärme gespendet hatte. Ich wollte daran festhalten und sie nicht wieder loslassen, doch mir blieb nichts anderes übrig. Vorsichtig ließ ich die Schreibfeder in meine Manteltasche gleiten und verschloss die Vitrine, bevor ich mich auf den Weg zum Ausgang machte.

Reed wartete dort bereits auf mich. Er lehnte an der Wand, die Hände locker in die Hosentaschen geschoben, ein zufriedenes Lächeln auf den Lippen. »Hast du gefunden, wofür du hergekommen bist?«, fragte er, und das Echo seiner Stimme fing sich in dem leeren Gang.

»Geht es noch etwas lauter?«

Sein Grinsen wurde breiter, und bevor er ein Wort sagen konnte, packte ich den Ärmel seiner Lederjacke und zerrte ihn hinter mir her aus dem Museum und auf die holprige Straße. Nun konnte man uns immerhin nicht mehr auf frischer Tat ertappen, und die einzigen Indizien für unseren Einbruch waren die Feder in meiner Manteltasche und das Stückchen Knete in meinen Fingern, das ich im Vorbeigehen vom Schloss gelöst hatte.

Ohne Reed loszulassen, eilte ich in Richtung der Princes Street Gardens, sodass ihm nichts anderes übrig blieb, als mir zu folgen. Am liebsten wäre ich direkt zum Archiv gelaufen, um die Feder sicher zu verstauen, aber sollte uns doch jemand gesehen haben, wollte ich ihn nicht geradewegs zum Antiquariat führen.

Reed leistete keinen Widerstand, und als ich mir sicher war, dass er mir folgen würde, ließ ich den Ärmel seiner Jacke los. »Ich glaube, ich weiß jetzt, warum dein Vorstrafenregister so voll ist. Du bist der lauteste Dieb, den ich kenne.«

»Wir waren allein in dem Museum.«

»Und wenn dich jemand von außen gehört und die Polizei gerufen hätte?«

»Bis die hier ist, sind wir längst über alle Berge.« Bei diesen Worten beschleunigte Reed seine Schritte. Instinktiv passte ich mein Tempo seinem an.

Ich erkannte nicht, wohin wir gingen, bis wir vor dem Schnellrestaurant in der Princes Street stehen blieben, das für hungrige Partygäste noch geöffnet hatte. »Was wollen wir hier?«

Reed zog die Tür auf und bedeutete mir, einzutreten. »Essen? Trinken? Reden? Alles auf einmal?«

Ich ließ meinen Blick über die gläserne Front gleiten und betrachtete die angeheiterten Menschen, die ihre Pommes aßen und an ihren Colas schlürften. Es waren nicht viele, dennoch schien mir dieser Ort zu öffentlich, nach dem, was wir getan hatten. Ich tastete nach der magischen Schreibfeder in meinem Mantel, um sie festzuhalten, auch wenn ich ihr Flüstern deutlich hörte. »Können wir nicht woandershin? Ich hab kein Geld dabei.«

»Ich lad dich ein.« Reed griff in seine Hosentasche und zog drei Zehn-Pfund-Scheine hervor. »Auf Kosten des Museums.«

Mir klappte der Mund auf. »Du hast Geld aus der Kasse des Souvenirshops gestohlen?«

»Natürlich, was glaubst du? Dass ich einen Schlüsselanhänger habe mitgehen lassen?«

»Reed!«

»Spar dir deinen vorwurfsvollen Tonfall. Du bist zuerst eingebrochen. Ich bin dir nur gefolgt, und ich wette, die dreißig Pfund sind nicht halb so wertvoll wie das, was du hast mitgehen lassen.«

Darauf erwiderte ich nichts, denn natürlich hatte er recht.

»Komm schon!« Er nickte auffordernd in das Ladeninnere. Ich seufzte und trat in das Restaurant, in dem es nach fettigen Speisen roch. Reed führte mich an den anderen Gästen vorbei zu einem Tisch. Ich rutschte auf die Bank und zog die magischen Handschuhe aus.

»Was willst du?«, fragte Reed.

Ich nannte ihm meine Bestellung und beobachtete, wie er zu der automatischen Bestellannahme lief. Er wirkte so unscheinbar, wie er dort stand, als wäre er nur ein weiterer Student, der sich einen schönen Abend mit seinen Kommilitonen gemacht hatte. Aber dieser oberflächliche Eindruck täuschte, denn Reed war nicht einer von vielen. Er war außergewöhnlich.

Mir zitterten die Hände noch immer, wenn ich an den Einbruch in das Writers' Museum dachte und an all die möglichen Konsequenzen. Doch ich wollte diesen Nervenkitzel und die Magie für nichts auf dieser Welt aufgeben.

Reed wartete an der Ausgabe noch immer auf unser Essen. Ich zog mein Handy hervor und tippte eine Nachricht an Jess:

Hab die Feder. Bin noch unterwegs. Ruf dich später an!

Jess: Wo bist du?
Ich: Nur was essen, hatte Hunger.
Jess: Ah, okay.
Jess: Ich habe deine E-Mail-Adresse gecheckt.
Ich: Und?
Jess: Der Account ist fake ohne brauchbare Adresse.
Ich: Du hast also nichts?
Jess: Doch. Die Mail wurde aus einem öffentlichen WLAN verschickt. Ich konnte das Gebiet eingrenzen. Ich schick dir gleich eine Karte.

Eine Sekunde später erschien ein Screenshot auf meiner Map. Darauf war ein roter Bereich eingekreist, nicht weit von hier. Im Zentrum lagen die High Street und das Mary Kings Close. Sofort musste ich an den Schwarzmarkt denken, der dort angeblich regelmäßig stattfand. Das Ganze schien mir ein zu großer Zufall zu sein. Überhaupt häuften sich die Zufälle um Reed herum auf eine geradezu unnatürliche Weise. Ich hatte es verdrängt und mir all die kleinen Zwischenfälle zurechtgeredet, von meinem Mantel über das Feuer bis hin zu seinem lautlosen Auftauchen im Museum. Vielleicht war es an der Zeit, Reed doch noch einmal genauer unter die Lupe zu nehmen.

Jess: Ich hoffe, das hilft.
Ich: Ja, tut es.
Ich: Danke!
Jess: Jederzeit.
Jess: Ruf mich später an.
Ich: Mach ich!

Ich steckte mein Handy weg, gerade als Reed mit einem voll beladenen Tablett zurück an den Tisch kam. Er rutschte auf die Bank mir gegenüber, stellte einen großen Becher Cola zwischen uns und reichte mir meine Eiscreme. Er selbst hatte sich irgendeinen Burger geholt, Pommes und genug Ketchup, um einen See damit zu füllen. »Bist du dir sicher, dass das reicht?«

Er drückte eine der kleinen Plastiktüten aus und rümpfte die Nase. »Könnte knapp werden.«

»Ich bin mir sicher, sie haben noch mehr davon.«

»Wollen wir es hoffen.« Genüsslich schob sich Reed eine in Ketchup getränkte Pommes in den Mund.

Ich rührte mein Eis um. »Reed?«

»Mhh?«, brummte er, den Mund voller Pommes.

»Warst du schon einmal im Mary King's Close?«

Eine Falte trat zwischen seine Augenbrauen. »Klar.«

»Ich meine nicht die Touristenattraktion.«

Misstrauisch neigte er den Kopf. »Und was meinst du dann?«

»Ich glaube, das weißt du ganz genau.«

Seine Schultern spannten sich an. Das war nicht die Reaktion, mit der ich gerechnet hatte, und ein nervöses Flattern breitete sich in meinem Magen aus. Das Mary King's Close war seit meiner Ankunft in Edinburgh vor einem Jahr schon des Öfteren ein Thema gewesen. Nicht zuletzt bei Craig und dem Ewigen Feuer. Ich selbst hatte die Sehenswürdigkeit an der High Street mehrfach aufgesucht, aber noch nie bei Nacht als Besucherin des Schwarzmarktes. Schon mehrfach hatte ich versucht, den Markt ausfindig zu machen, bisher ohne Erfolg.

»Weißt du, wie wir auf den Markt kommen?«, fragte ich mit mehr Nachdruck. Es war ein Schuss ins Blaue, und vermutlich würden wir den Käufer und die Karten dort auch nicht einfach finden, aber wir konnten uns umhören, und es war eine Chance, den Untergrund kennenzulernen.

Reed packte noch mehr Ketchup auf seinen Teller und wich dabei meinem Blick aus. »Ich halte das für keine gute Idee.«

»Wieso nicht?«

»Dieser Markt ist gefährlich.«

Die Karten sind gefährlich. »Bitte, Reed. Jess hat mir geschrieben, die E-Mail wurde in der Nähe des Close abgeschickt. Das kann kein Zufall sein!«

Er presste seine Lippen aufeinander, und ich sah, wie er mit sich selbst rang. Schließlich seufzte er, aber die Anspannung wich nicht aus seinen Schultern. »Einverstanden, aber nur, wenn du dich bei mir entschuldigst.«

Ich runzelte die Stirn. »Wofür?«

»Dafür, dass du mir in den letzten Tagen immer wieder ein schlechtes Gewissen gemacht hast, weil ich Leute bestehle, dabei bist du kein Stückchen besser.« Er sagte dies ohne jeglichen Vorwurf in der Stimme. Ganz im Gegenteil, es klang beinahe so, als würde dieser Umstand ihn erleichtern.

»Bei mir ist das etwas anderes.«

Reed schnaubte und verdrehte die Augen. »Und was genau unterscheidet deine Diebstähle von meinen? Ich habe gesehen, wie du die Tür geöffnet hast. Du bist kein Anfänger, das hast du schon öfter gemacht.«

Von wo aus hatte Reed mich beschattet? Es beunruhigte mich, zu wissen, dass er mich beobachtet hatte und ich ihn erst bemerkt hatte, als er direkt vor mir gestanden hatte. Doch er musste mir die ganze Zeit über nahe gewesen sein, wenn er beurteilen konnte, wie mein Diebeshandwerk war.

Mein erster Instinkt war, seine Behauptung abzustreiten, doch die Gewissheit in seinen Worten ließ mich dieses Vorhaben sofort wieder vergessen. Er kannte die Wahrheit – zumindest einen Teil davon. »Ab und an bessere ich damit die Ladenkasse auf.«

Reed öffnete den Pappkarton seines Burgers. »Und genau deshalb ist eine Entschuldigung von dir fällig. Du bist genauso wie ich. Eine Diebin.«

»Nein, bin ich nicht.« Ich neigte den Kopf. »Ich bin besser.«

Das ließ Reed von seinem Essen aufblicken. »Wie bitte?«

»Du hast mich schon verstanden.« Ich lehnte mich auf der Bank zurück, den Eisbecher in der Hand. »Um es dir zu beweisen, würde ich ja vorschlagen, dass du einen Blick in mein Vorstrafenregister wirfst, aber leider ist es nicht vorhanden.«

»Ernsthaft, du prahlst damit, dass du dich noch nie hast erwischen lassen?«

»Als würdest du es nicht genauso machen.«

»Das ist wahr, Frau Meisterdiebin.« Reed neigte den Kopf und musterte mich. Dabei glitt sein Blick nicht nur flüchtig über mich hinweg, sondern er schien jeden Zentimeter meines Körpers genauestens wahrzunehmen. Er studierte mich mit seinen braunen Augen, als wäre ich das Objekt der Begierde, das er als Nächstes stehlen wollte. »Wirst du mir verraten, was du aus dem Museum mitgenommen hast?«

Langsam schob ich mir einen Löffel Eis in den Mund. »Nein.«

Enttäuscht verzog Reed die Lippen. »Sagst du es mir nicht, weil ich es tatsächlich nicht wissen soll, oder ist das nur ein Versuch, geheimnisvoll zu wirken?«

»Eindeutig Letzteres. Ich habe einmal gelesen, dass Männer auf geheimnisvolle Frauen stehen.«

»Stimmt, aber zu viele Geheimnisse wirken unnahbar.«

»Wirke ich auf dich unnahbar?« Ich rutschte bis an die Kante der Sitzbank und beugte mich über den Tisch.

»Jeden Tag ein bisschen weniger«, sagte Reed und kam mir entgegen. Für einen Betrachter musste es aussehen, als wollten wir uns küssen. Und beinahe wünschte ich mir, genau das zu tun.

Mein Blick zuckte zu Reeds Lippen. »Aber das hat dich nicht davon abgehalten, mich im *Banshee* anzusprechen.«

»Ich habe nicht dich angesprochen«, erwiderte Reed. Er griff nach der Cola, die zwischen uns stand, und trank einen

Schluck. »Ich habe die Gruppe am Billardtisch angesprochen.«

Ich schmunzelte. »Aber du bist bei mir hängen geblieben.«

Er zuckte mit den Schultern. »Ich mag es eben kompliziert.«

»Du findest mich kompliziert?«

»Du dich etwa nicht?«

Nein, ich war nicht kompliziert, die Magie allerdings schon. »Nicht sonderlich.«

Reed stellte die Cola wieder ab. »Mhh, muss wohl daran liegen, dass du dich selbst ziemlich gut kennst.«

Ich lachte und griff nach dem Becher. »So gut auch wieder nicht. Manchmal treffe ich Entscheidungen, die mich wirklich an mir selbst zweifeln lassen.«

Interesse blitzte in Reeds Augen auf. »Was für Entscheidungen?«

Die Entscheidung, dich in mein Leben zu lassen. »Unwichtige.« Ich machte eine wegwischende Bewegung mit der Hand und stibitzte mir eine Pommes, die ich in das Eis tauchte.

Reed verzog die Lippen. »Das ist widerlich.«

»Das sagt Jess auch jedes Mal.«

»Jess hat recht.«

»Das kannst du nicht wissen, wenn du es noch nie probiert hast.« Ich nahm noch eine Pommes, tunkte sie in das Eis und hielt sie ihm auffordernd entgegen.

Er starrte auf die Pommes, als wäre sie ein lebendiges Insekt. »Danke, ich verzichte.«

Ich kniff die Augen zusammen und gab ihm einen Moment, um seine Meinung zu ändern, aber als er dies nicht tat, schob ich mir die Eis-Pommes in den Mund. »Feigling.«

Seine Augenbrauen schossen in die Höhe. »Muss ich dich daran erinnern, dass ich nach unserer ersten Begegnung in ein brennendes Haus gerannt bin?«

Reeds Worte hatten auf mich dieselbe Wirkung wie eine kalte Dusche. Es war das erste Mal, dass er von sich aus auf den Brand zu sprechen kam. Bisher war er dem Thema immer gekonnt ausgewichen mit vagen Aussagen und Ablenkungen.

»Okay, das mit dem Feigling nehm ich zurück«, sagte ich mit gesenkter Stimme, sodass ich beinahe von den Betrunkenen übertönt wurde, die sich drei Tische weiter lautstark darüber unterhielten, wie eklig veganes Essen sei. »Du hast mir nie verraten, weshalb du in das Haus gerannt bist.«

Reed biss in seinen Burger und kaute und kaute und kaute, als versuchte er, Zeit zu schinden. Dann zuckte er mit den Achseln. »Es war noch jemand drin.«

Das war genau die ausweichende Antwort, die ich von ihm erwartet hatte, und ich konnte ihm nicht einmal Vorwürfe machen. Vermutlich hörte ich mich für ihn auch manchmal an wie eine gesprungene Schallplatte. »Ich weiß nicht, ob ich mein Leben für eine Fremde riskiert hätte.«

»Daran habe ich in diesem Moment überhaupt nicht gedacht.«

»Woran hast du gedacht?« *An Magie?*

»Keine Ahnung, vermutlich an gar nichts.« Er sagte die Worte leichthin, in einem nüchternen Tonfall, der mir nichts verriet. Doch er bemühte sich ein wenig zu sehr darum, seine wahren Gefühle und Gedanken zu verbergen.

Er wusste genau, was ihm in jenen Minuten durch den Kopf gegangen war, er wollte es mir nur nicht verraten. Und in mir wuchs einmal mehr der Verdacht, dass das Ganze womöglich doch etwas mit Magie zu tun haben könnte. Vielleicht hatte ich die Idee, dass Reed etwas mit ihr am Hut haben könnte, zu schnell verworfen.

Zwar nahm ich an ihm kein Flüstern wahr, aber womöglich besaß er einen magischen Gegenstand, dessen Wirkung darin lag, die Magie zu umgehen und zu verbergen. Womöglich war es ihm so gelungen, dem magischen Feuer zu entkommen, denn obwohl sich die Flammen normal verhalten hatten, so entsprangen sie doch einer übernatürlichen Quelle.

Zwar hatte ich noch nie von einem Gegenstand gehört, der es vermochte, Magie zu blockieren, aber das bedeutete nicht, dass er nicht existierte. Vielleicht war Reed durch seine Diebeszüge in den Besitz eines solchen Gegenstandes gekommen, ohne es zu wissen. Oder er wusste es und verheimlichte es mir, weil er nicht ahnte, dass die Magie und ich alte Freunde waren.

Ich könnte alles auf eine Karte setzen und ihn danach fragen, aber noch war ich nicht bereit, dieses Risiko einzugehen. »Also, was ist? Bringst du mich auf den Schwarzmarkt?«

»Du hast dich immer noch nicht entschuldigt.«

»Ist das dein Ernst?«

»Nein, schon gut. Ich weiß ja, dass du mich magst.« Reed deutete auf meinen Eisbecher. »Isst du das noch auf?«

Ich sah auf die geschmolzene Masse hinab. »Nope.«

»Wollen wir dann gehen?«

Ich nickte und rutschte von der Bank. Die Hände schob

ich in die Taschen meines Mantels. Vorsichtig umfasste ich die Feder, deren Flüstern lauter wurde, als könnte sie es kaum erwarten, im Sorcerer ausprobiert zu werden.

Reed schichtete all unsere Sachen auf das Tablett und trug es zu einem Abräumwagen. Kurz bevor er es auf die Schienen schob, hielt er noch einmal inne. Er schnappte sich eine Pommes, tauchte sie in das Eis und steckte sie sich in den Mund. »Genauso widerlich, wie ich es mir vorgestellt habe.«

XI

DIE KRAFT

Obwohl es bereits drei Uhr nachts war, bestand Reed darauf, mich nach Hause zu begleiten; oder vielleicht bestand er gerade deswegen darauf. Zwar wusste er mittlerweile, dass auch ich eine Diebin war, aber er ahnte nicht, dass nächtliche Spaziergänge durch Edinburgh praktisch zu der Jobbeschreibung einer Archivarin gehörten. Sofern es keine sintflutartigen Regenfälle gab wie damals bei Madame Minerva, störte ich mich nicht daran, allein durch die Dunkelheit zu laufen. Dennoch war Reeds Anwesenheit eine nette Abwechslung wie so oft in den letzten Tagen

Wir verließen den W Bow in Richtung des Sorcerer, als wir Stimmen hörten, deren schief klingende Wörter die nächtliche Ruhe durchschnitten. Betrunkene. Ich hasste Betrunkene und würde mich wohl nie an sie gewöhnen, auch wenn sie ein Übel waren, mit dem man nach Mitternacht in jeder Stadt rechnen musste.

Reed und ich lauschten auf das Gepöbel der Männer, das lauter wurde, je näher wir dem Antiquariat kamen. Ich wurde mit jedem Schritt unruhiger, nicht aus Angst, aber weil mich die Unberechenbarkeit betrunkener Menschen stets verunsicherte. In einem überschaubaren Umfeld wie einem Pub waren sie erträglich, aber auf offener Straße wusste man nie, womit man rechnen musste. Vor allem, wenn man einen magischen Mantel trug, der ihnen alles zeigen konnte.

»Bleib locker«, sagte Reed und trat dichter an mich heran. Es war eine lieb gemeinte Geste, aber nicht die Art Versicherung, die ich brauchte. Und einen kurzen Augenblick überlegte ich, einen anderen Weg zurück zum Sorcerer zu wählen, aber da bogen wir bereits um die Ecke – und dort waren die Männer. Es waren sechs an der Zahl, wobei nur vier von ihnen eine unklare Aussprache hatten. Die beiden anderen trugen dunkle Uniformen und redeten mit beschwichtigender Stimme auf die Männer ein, die sich weigerten, leiser zu sein.

Plötzlich waren es nicht mehr die Betrunkenen, die mir Sorge bereiteten. Bei dem Anblick der Polizisten versteifte ich mich. Genau das hatte ich gebraucht, eine Begegnung mit Gesetzeshütern, während ich ein gestohlenes Exponat in meiner Manteltasche spazieren führte.

»Keine Panik. Die sind nicht wegen uns hier.«

»Nein, aber was, wenn sie uns kontrollieren?«

»Dafür gibt es keinen Grund.« Reeds Stimme klang vollkommen gelassen, und ich wünschte mir, ich könnte etwas von seiner Ruhe verspüren, aber in mir tobte es, und mein Puls katapultierte sich in ungeahnte Höhen. Reed hatte nur eine Verhaftung zu fürchten und vielleicht einen weiteren Eintrag im Strafregister, ich hingegen konnte mein Dasein als Archivarin vergessen, wenn ich mich bei einem solchen Fehltritt erwischen ließ.

»Wir sollten umkehren, bevor sie uns bemerken.«

»Mach dir keine Sorgen. Wir sind nur ein Paar beim nächtlichen Spaziergang. Kein Grund, auszurasten.« Reed schenkte mir ein sanftes Lächeln und legte seinen Arm um meine Schultern. Er zog mich an sich, bis sich unsere Körper seitlich der Länge nach berührten. Ich spürte das raue Leder von Reeds Jacke in meinem Nacken, und Hitze stieg in mir auf. »Verhalte dich einfach ganz normal.«

Normal? Wie sollte ich mich normal verhalten, wenn nichts an dieser Situation normal war? Mich selbst mit einem magischen Dolch zu erstechen, war normal. Nachts in ein Museum einzubrechen, war normal. Die Treppe in einen magischen Raum hinabzusteigen, der immer da war und doch nicht existierte, war normal. Arm in Arm mit einem Mann zu laufen, den ich mochte, war definitiv *nicht* normal!

»Mach dich locker«, flüsterte Reed und begann mit dem Kragen meines Mantels zu spielen. Ich sah auf seine Hand hinab und betrachtete seine Finger – lange, schmalgliedrige Finger. Die Finger eines Diebes. Finger, denen ich nicht vertrauen sollte, und dennoch veränderte sich etwas. Mein Herz schlug nicht langsamer, und das nervöse Wühlen in meinem Magen wurde nicht weniger, aber die Polizisten rückten in den Hintergrund und Reed in den Fokus. Als hätte er ein eigenes Flüstern, das mich ebenso magisch anzog wie das der Magie.

Reed lächelte auf mich herab und führte mich mit selbstsicheren Schritten an den Polizisten vorbei. Diese bedachten uns nur mit einem flüchtigen Blick, ehe sie sich wieder den betrunkenen Männern zuwandten. Auch nachdem die Polizisten außer Sichtweite waren, nahm Reed seinen Arm nicht von meinen Schultern. Er ließ ihn dort liegen, bis wir das Sorcerer erreichten, und als er mich schließlich losließ und mir der kalte Wind in den Nacken blies, vermisste ich die Wärme seines Körpers.

Ich räusperte mich. »Danke fürs Nach-Hause-Bringen.«

»Das wird langsam zur Gewohnheit.«

»Allerdings, das nächste Mal bring ich dich nach Hause.«

»Das werden wir noch sehen.« Reed lachte und fuhr sich mit den Fingern, die mich eben noch berührt hatten, durch das Haar. »Soll ich morgen vorbeikommen?«

»Ich dachte, wir wollten ins Mary King's Close gehen.«

»Der Markt ist erst wieder in ein paar Tagen.«

»Und wieso willst du dann vorbeikommen?«

»Was glaubst du denn?«, fragte Reed mit einem eindringlichen Blick auf mein Gesicht, der keine Zweifel übrig ließ.

Ich errötete und presste die Lippen aufeinander. Die richtige Antwort auf diese Frage wäre *Nein.* Ich fühlte mich in Reeds Gegenwart allmählich zu wohl, und das sollte so nicht sein. Denn sobald man sich wohl- und sicher fühlte, wurde man unvorsichtig.

»Wie wäre es mit Mittagessen?«

Idiotin.

»Mittagessen klingt gut«, antwortete Reed mit einem Halblächeln. Ich blickte ihm hinterher, als er sich abwandte, und wie in den letzten Tagen fragte ich mich, wo er wohl wohnte. Ich wollte ihm nachgehen, um diese Frage ein für alle Mal zu klären, doch das Flüstern aus meiner Manteltasche hielt mich zurück und trieb mich stattdessen in meine Wohnung.

Nachdem ich mir bequemere Sachen angezogen hatte, schnappte ich mir mein Handy und rief wie versprochen Jess an. Er ging nach dem ersten Klingeln dran. »Hey ...«

»Einen Augenblick«, unterbrach er mich. Ein dumpfer Schlag war zu hören, als er das Telefon auf dem Tisch ablegte. Es folgten das wilde Klackern einer Tastatur und gemurmelte Worte, die ich nicht ganz verstand, aber immer wieder hörte ich das Wort: unsichtbar. Unruhig trommelte ich mit den Fingern auf meine Tischplatte und wartete in der Leitung, bis Jess Zeit für mich hatte.

»Hey!«, grüßte er mich schließlich atemlos. »Bist du gut zu Hause angekommen?«

Ich gähnte und stützte das Kinn in meine Hand. Nun, da ich in Ruhe allein war, ließ das Adrenalin in meinem Körper nach und erinnerte mich daran, dass ich bereits seit zwanzig Stunden auf den Beinen war und in sechs Stunden das Antiquariat aufsperren musste. »Ja.«

»Und die Feder?«

»Liegt vor mir.« Vorsichtig streichelte ich mit dem Zeigefinger über die dunkle Feder, die mit den Jahrzehnten lichter geworden war. Rostflecken zierten die Spitze des Füllers, dessen Oberseite mit elegant geschwungenen Mustern verziert war. »Wissen wir, was sie für Magie hat?«

»Ja, warte ...«, sagte Jess. Er zog das Wort in die Länge, während er verschiedene Datenbanken durchforstete. »Die Feder hat schon eine lange Reise hinter sich. Sie wurde zuletzt 1946 in einem Archiv in Dublin erfasst, ist allerdings in den späten Fünfzigerjahren als vermisst gemeldet worden. Seitdem hat man sie nicht wiedergefunden – bis jetzt.«

»Und was kann sie?«, fragte ich.

»Die Beschreibung ihrer Magie ist sehr vage«, antwortete Jess. »Demnach lässt die Feder die Wörter, die man mit ihr aufschreibt, Wirklichkeit werden. Es gibt Einschränkungen, die hier allerdings nicht genauer aufgeführt sind.«

»Darf ich sie ausprobieren?«

Jess stieß ein Grummeln aus. »Du kennst die Antwort darauf.«

»Ich mach es trotzdem.«

Er seufzte. »Das hab ich befürchtet.«

Ich stellte auf Lautsprecher und legte mein Handy ab, während ich mich daranmachte, die Schubladen meines Schreibtisches, der einst Murray gehört hatte, zu durchwühlen. Wie erhofft fand ich darin noch ein paar alte Tintenpatronen. Ich schnitt diese auf und sammelte die Tinte in einer kleinen Glasschale. Es war eine riesige Sauerei. Anschließend suchte ich in meinem Block nach einem leeren Blatt.

Mit freudiger Erregung griff ich nach der Schreibfeder und lauschte ihrem Flüstern. Sie lag überraschend schwer in meiner Hand, und ich tauchte ihre Spitze in die Tinte. »Was soll ich aufschreiben?«

»Beginn mit etwas Einfachem, Ungefährlichem. Vielleicht ein Glas Wasser.«

Ich rollte mit den Augen. So etwas Langweiliges sah Jess ähnlich, dennoch schrieb ich seinen Vorschlag auf. Das Flüstern der Feder wurde lauter, als ich sie auf das Papier aufsetzte und mit größter Sorgfalt die Buchstaben auf das Blatt bannte. Kaum hatte ich den letzten Strich gesetzt, begann die Luft vor mir zu flirren, ähnlich einer Fata Morgana in Filmen.

»Passiert was?«

»Ja, etwas ... fuck!« Ich sprang von meinem Stuhl und machte einen Satz zurück, denn plötzlich schwappte eine Welle Wasser über meinen Küchentisch auf den Boden und über meine Hose.

»Fallon?! Fallon, ist alles in Ordnung?«, fragte Jess panisch. Seine Stimme war laut geworden.

»Jaja, alles bestens«, rief ich und fischte mein Handy aus

der Pfütze, die sich auf dem Küchentresen gebildet hatte. Daneben stand ein leeres Glas. »Die Feder nimmt das, was man aufschreibt, nur sehr wörtlich. Ich habe Wasser und ein Glas bekommen, allerdings war das Wasser nicht im Glas.«

Jess lachte. »Berufsrisiko. Du wolltest es austesten.«

»Ich versuch es noch mal.« Mein Block war völlig durchnässt, ebenso wie die Feder. Ich nahm sie aus dem Wasser und trug sie mitsamt der Tinte zu meinem Schreibtisch. »Okay, zweiter Versuch.«

Ich schrieb auf: *Ein 200-ml-Glas, in dem Trinkwasser ist.*

Erneut begann die Luft vor mir zu flirren, und dieses Mal wurde ich von keiner Flut überrascht. Stattdessen beobachtete ich, wie sich das Zittern verdichtete und zu einem mit Wasser gefüllten Glas wurde. Yes! Ich stieß einen Freudenschrei aus und klatschte begeistert in die Hände.

»Ich gehe davon aus, dass es dieses Mal geklappt hat?«

»Ja, hat es.« Ich grinste von einem Ohr zum anderen. »Was als Nächstes?«

»Einen Wecker.«

Ich runzelte die Stirn. »Einen Wecker?«

»Ist das Erste, was mir eingefallen ist.«

Ich schrieb das Wort *Wecker* ohne einen Zusatz auf, da ich glaubte, dass die Feder daran nichts falsch verstehen konnte. Wie erhofft, materialisierte sich vor meinen Augen ein Wecker.

Ich testete die Feder noch ein paarmal aus, um ihre Magie einzugrenzen. Mit der Erkenntnis, dass sie ausschließlich leblose Objekte erzeugen konnte, anderenfalls wäre ich nun die stolze Besitzerin einer schwarzen Katze namens Salem gewesen.

»Genug Magie. Bring die Feder ins Archiv«, sagte Jess,

nachdem ich mir ein nagelneues iMac Pro herbeigezaubert hatte.

»Spielverderber.«

»In diesem Fall bin ich das gerne. Mit Magie spielt man nicht, und ich fühle mich dazu verpflichtet, dich daran zu erinnern, dass Magie nur in Notfällen zu benutzen ist. Sie ist nicht dazu da, um deine persönlichen Wünsche zu erfüllen«, erklärte Jess in strengem Tonfall. »Ich erwarte, dass du die Feder umgehend ins Archiv bringst und sie dort lässt – ohne sie zu benutzen.«

»Wann bist du so langweilig geworden?«

»Ich war schon immer so langweilig. Du weißt nicht, woher die Gegenstände kommen, die die Feder herbeiholt. Womöglich hat das iMac zuvor jemand anders gehört.«

»Es ist noch eingeschweißt.«

»Dann stand es in einem Laden, den du nun bestohlen hast.«

Ruckartig richtete ich mich auf. »Du glaubst also, dass die Feder die Gegenstände nicht erschafft, sondern von einem Ort zum anderen bringt?«

»Vermutlich, denn selbst Magie kann nichts aus dem Nichts erschaffen. Dein Serviertablett macht es doch genauso.«

»Das ergibt Sinn.« Ich gähnte laut, um Jess abzuwimmeln, denn ich konnte während meines nächsten Vorhabens nicht mit ihm telefonieren. »Ich glaube, ich sollte ins Bett gehen, der Laden will in vier Stunden aufgesperrt werden.«

Wir verabschiedeten uns, und ich warf mein Handy auf das Bett hinter mir. Meinen Blick richtete ich unverändert auf das Papier, auf das scheinbar unzusammenhängende

Worte geschrieben waren. Ich riss die Seite heraus und tauchte die Schreibfeder in die Tinte.

Mit angehaltenem Atem setzte ich die dunkelblaue Spitze auf das Papier. Ich wollte mir nicht allzu viel Hoffnung machen, aber ich musste es versuchen …

Magische Tarotkarten, entworfen von Owen Wallace, mit denen es möglich ist, einem die Zukunft zu legen.

Geräuschvoll atmete ich aus, und meine Hand zitterte, als ich die Feder vom Blatt nahm. Mit zusammengepressten Lippen sah ich mich nach einem Flimmern in der Luft um, welches die Erfüllung meines Wunsches zuvor immer angekündigt hatte.

Doch nichts geschah.

Ich wartete noch einen Moment länger, auch wenn die Magie der Feder zuvor stets sofort gewirkt hatte. Nichts. Ähnlich wie bei meinem Wunsch nach einer Katze hatten meine Worte dieses Mal keine Auswirkung.

Ich stieß ein enttäuschtes Seufzen aus und stand von meinem Platz auf. Das wäre auch zu einfach gewesen.

XII

DER GEHÄNGTE

Den Legenden zufolge wurde das Mary King's Close von Geistern bevölkert. Hunderte von Menschen waren in der unterirdischen Peststraße am Rathaus ums Leben gekommen. Dahingerafft von einer tödlichen Krankheit, hatten sie in diesem dunklen Gewölbe ihren letzten Atemzug getan. Doch ihre Seelen hatten den Ausweg aus den labyrinthartigen Gängen nie gefunden, weshalb sie noch heute ihr Unwesen in dem alten Gemäuer trieben. Und wenn man nur leise genug war, hörte man ihre Stimmen, ihr Weinen und Klagen. Doch das Einzige, was ich in dieser Nacht hörte, war das Gemurmel von Kriminellen und anderen zwielichtigen Gestalten, die in das Mary King's Close eingebrochen waren, um dort ihren Schwarzmarkt zu betreiben.

»Und du bist dir sicher, dass du das willst?«, fragte Reed im Flüsterton. Er hatte sich vollkommen schwarz gekleidet, sodass er inmitten der dunklen Gänge mit dem Mauerwerk zu verschmelzen schien. »Ich könnte auch allein gehen. Dann müsstest du dich diesen Leuten nicht zeigen. Vielleicht …«

»Reed, ich komme mit dir«, unterbrach ich ihn und schob die Hände in die Taschen meines Trenchcoats. Abermals hatte ich mich gegen den magischen Mantel entschieden, denn an einem Ort wie diesem, an dem Verbrecher aufeinandertrafen, wollte ich nicht durch Verwechslungen für zusätzliche Provokation sorgen. Auch wenn das bedeutete, dass ich diesen Menschen mein wahres Gesicht zeigen musste.

»Okay, dann lass uns gehen, aber bleib dicht bei mir.«

Mein Herz machte einen kleinen Hüpfer. Reed war wirklich süß. Seit wir beschlossen hatten hierherzukommen, versuchte er mich zu überreden, ihn nicht zu begleiten. Er verstand nicht, dass der Besuch auf dem Schwarzmarkt für mich besser war als jedes Date, das ich mir vorstellen konnte. »Keine Sorge, ich weiche dir nicht von der Seite.«

Reed streckte mir die Hand entgegen, eine Aufforderung, mich an ihm festzuhalten. Ich zögerte kurz, dann ließ ich mein Handy los, das ich fest umklammert gehalten hatte, und griff nach ihm. In meiner anderen Hand hielt ich den nicht mordenden Dolch.

Ich folgte Reed tiefer in das Mary King's Close, das vor allem aus verwinkelten Gängen und niedrigen Räumen bestand, die voneinander abzweigten, sich überschnitten und manchmal auch ins Nichts verliefen. Immer wieder gab es Einbuchtungen und Ritzen im Boden, über die man leicht stolperte. Ein modriger Gestank hatte sich in den gewölbten Decken verfangen, und die kahlen Wände warfen jedes Geräusch als Echo wider.

»Sag diesen Leuten auf keinen Fall, wer du bist«, erklärte Reed. »Und verrate ihnen nichts vom Sorcerer. Ich möchte nicht, dass sie deine Adresse haben.«

»Awww, machst du dir Sorgen um mich?«

»Ja«, antwortete er knapp. Kein Humor schwang in seiner Stimme mit. »Wir hören und schauen uns wegen der Karten um, aber das hier ist keine Shoppingtour. Verstanden?«

»Das heißt, ich darf nichts für den Laden kaufen?«

»Nein.«

Ich kniff die Augen zusammen. »Du meinst das wirklich ernst.«

»Natürlich. Diese Leute sind Verbrecher.«

»So wie du und ich.«

Er schüttelte den Kopf. »Nein, nicht wie du und ich. Sie sind schlimmer. Viel schlimmer.«

Ich wollte Reed sagen, dass er sich keine Sorgen machen musste, aber allmählich bekam auch ich meine Bedenken und fragte mich, ob es nicht besser gewesen wäre, eine richtige Waffe mitzunehmen statt eines Dolches, der lediglich Zeit schindete.

Reed leuchtete uns den Weg durch die dunklen Gänge mit einer Taschenlampe und wusste genau, wohin er gehen musste, obwohl der Klang der anderen Stimmen von überall und nirgendwo zu kommen schien. Die Wegweiser für Besucher ignorierte er völlig, und wir drangen immer tiefer in die unterirdischen Straßen vor, welche an Katakomben erinnerten, wie man sie aus Dokumentationen und Filmen kannte.

Ich fragte mich bereits, wie lange wir noch durch die verworrenen Gänge irren würden, als sich das unverständliche Murmeln endlich wandelte und ich Wörter aufschnappte. Kaum war mir das bewusst geworden, betraten wir einen Raum, der nicht leer war. Lichterketten hingen an den Wänden, und Leute hatten sich hier versammelt. Auf den ersten Blick wirkte diese Ansammlung wie eine kleine Touristengruppe; bunt gemischt. Männer und Frauen. Jung und alt. Dick und dünn. Doch auf den zweiten Blick entdeckte ich die Decken und Koffer auf dem Boden, auf denen alle möglichen Utensilien lagen, die vermutlich nicht rechtmäßig im Besitz der Verkäufer waren.

»Ist das alles?«, frage ich mit gesenkter Stimme. Ich hatte mir den Markt größer vorgestellt – bedeutender.

Reed schaltete die kleine Taschenlampe aus, die er mit sich getragen hatte, und schob sie in eine Tasche seiner Lederjacke. »Es gibt noch mindestens vier weitere Räume dieser Art, vielleicht mehr, das ändert sich immer wieder. Hier darf man kommen und gehen, wie man will, solange man am Ende der Nacht eine Gebühr an Letiv bezahlt.«

Ich wollte Reed fragen, wer Letiv war, aber ich hielt meine Neugierde zurück. Dafür war später noch Zeit. Jetzt mussten wir uns auf die Karten konzentrieren.

Ich ließ meinen Blick durch die überschaubare Menge gleiten. Nur wenige Schritte von uns entfernt erklärte ein stämmiger Mann mit dunklem Haar einem schmächtigen Typen den Umgang mit einer Schusswaffe, die er in den Händen hielt, während zwei Schritte weiter kastenförmige Geräte verkauft wurden, deren Zweck für mich nicht ersichtlich war.

»Komm«, sagte Reed und zog mich an der Hand weiter. Er führte mich durch den Raum in den nächsten, wobei einige Leute Reed mit einem Nicken grüßten. Schließlich blieben wir vor einem *Stand* stehen, und Reed ließ meine Hand los. Die Auslage bestand lediglich aus einer auf dem Boden ausgebreiteten Decke. Darauf lag jede Menge Schnickschnack, von dem das wenigste wertvoll aussah, aber ich wusste nur zu gut, wie sehr ein solcher Eindruck täuschen konnte.

Hinter der *Theke* saß auf dem steinernen Boden ein junger Mann, nicht viel älter als Reed und ich. Er hatte dunkelblondes Haar, das sich in chaotischen Wellen auf seinem Kopf lockte, und trug eine weit fallende Stoffhose in bunten Farben, die mir viel zu grell erschien für diesen Ort. Dasselbe galt für sein breites Lächeln.

»Reading!«, rief der Mann. Er sprang auf, stieg über seine Ware und schlang stürmisch die Arme um Reed, um ihn in einer innigen Umarmung gefangen zu nehmen. Reed erwiderte die Geste, und ein Ziehen in meinem Magen trieb mich dazu, meinen Blick abzuwenden. Doch aus dem Augenwinkel erkannte ich die Bewegungen noch immer und sah, wie der Typ Reed losließ, nur um sein Gesicht zu umfassen und ihm einen Kuss direkt auf die Lippen zu pressen.

Okay, damit hatte ich nicht gerechnet. Um nicht zu starren, richtete ich meine Aufmerksamkeit auf ein Perlenarmband, das nicht echt aussah, aber es wohl sein musste, wenn es in der Dunkelheit verkauft wurde.

»Hallo, Alistair«, grüßte Reed, nachdem dieser ihn wieder freigegeben hatte. »Wie geht es dir?«

»Gut, und dir? Ich habe dich seit Wochen nicht gesehen.«

Ich konnte die Erleichterung, die ich beim Klang dieser Worte verspürte, nicht abstreiten, und hätte mich für meine Eifersucht am liebsten selbst geohrfeigt.

»Jamie hat mir erzählt, dass du zurzeit im Meadows pennst«, fuhr er fort. »Ich hab dich dort gesucht, konnte dich aber nicht finden.«

Ich blinzelte. Wie bitte? Wieso zum Teufel sollte Reed in einem Park übernachten? Vor allem bei diesen Temperaturen? Im Sommer war es vielleicht ganz nett, unter freiem Sternenhimmel zu schlafen, aber nicht um diese Jahreszeit.

Ich warf Reed einen Blick von der Seite zu, aber er ignorierte mein Starren. »Ach, alles bestens, es war nur viel los in letzter Zeit. Ich war mit Aufträgen beschäftigt.«

»Was für ein Auftrag?«, fragte Alistair, dem gar nicht aufzufallen schien, dass Reed den Teil mit dem Park vollkommen ignoriert hatte.

»Einer, bei dem du mir vielleicht helfen kannst.«

Alistairs Augen wurden größer. »Wirklich?«

Ich spürte eine Berührung an meinem Ellenbogen, kurz bevor mich Reed enger an sich zog. »Ja, darf ich dir meine Auftraggeberin vorstellen?«

Alistair richtete seine Aufmerksamkeit auf mich, und obwohl Reeds Vorstellung keine persönliche Verbindung zwischen uns gelegt hatte, ließ er seinen Blick auf diese typisch abschätzende Art und Weise über meinen Körper gleiten, als würde er abwägen, wie er im Vergleich zu mir abschnitt. »Hey, nett, dich kennenzulernen, *Auftraggeberin.*«

»Ebenfalls.« Ich hob meine Hand zum Gruß, bevor ich die Arme vor der Brust verschränkte. Und für wenige Augenblicke legte sich eine angespannte Stille über unsere kleine Gruppe, die schließlich von Reed gebrochen wurde.

Er lachte nervös. »Wir sind auf der Suche nach einem alten Erbstück ihrer Familie, das versehentlich in Umlauf gebracht worden ist.« Ich stieß bei dem Wort *versehentlich* ein Schnauben aus, was mir einen mahnenden Blick von Reed einbrachte.

»Was für ein Erbstück?«, fragte Alistair gezielt an Reed gerichtet, und erst jetzt bemerkte ich, dass er einen goldenen Ring in seinem linken Nasenflügel trug.

»Ein Set Tarotkarten. Sie wurden von Owen Wallace angefertigt, und es gibt nur wenige Decks dieser Art«, erklärte Reed. »Wir haben ein Foto.«

Ich holte mein Handy heraus und zeigte Alistair das Bild vom Verkauf der Karten.

Der andere Mann schürzte die Lippen. »Ich glaube nicht, so etwas hier gesehen zu haben. Habt ihr schon die Antiquariate abgeklappert? Die Verrückte in der Candlemaker Row soll eine Vorliebe für solches Zeug haben.«

Ja, das hat sie, schoss es mir durch den Kopf, und ich versuchte ein Grinsen zu unterdrücken, um Alistair nicht wissen zu lassen, dass ich *die Verrückte* war.

»Dort war ich schon und auch in ein paar anderen Läden. Gilberts, Browns ... aber nichts«, antwortete Reed mit einer solchen Gewissheit in der Stimme, dass ich mir selbst nicht sicher war, ob er log oder die Wahrheit sagte. Hatte er diese Läden ohne mich abgeklappert? »Das Close ist sozusagen unsere letzte Anlaufstelle. Du kennst auch niemanden hier, der sich dafür interessiert?«

»Mhh.« Alistair verlagerte sein Gewicht von einem Fuß auf den anderen, was die Armbänder an seinem Handgelenk zum Klappern brachte. »Warst du schon bei Bracken? Er hat so was immer gut im Auge.«

»Hat er denselben Platz wie immer?«, fragte Reed.

»Klar, als würde er den jemals aufgeben«, antwortete Alistair und sagte zu meiner Überraschung an mich gewandt: »Der Platz ist direkt neben einem Notausgang. Ziemlich praktisch, wenn der Zirkus hier mal wieder auffzufliegen droht.«

Fragend blickte ich zu Reed. »Mal wieder?«

»Hin und wieder taucht die Polizei auf, aber wir sind immer verschwunden, bevor sie uns in diesem Labyrinth finden können«, antwortete Alistair an seiner Stelle.

»Danke, du warst uns eine große Hilfe«, sagte Reed, der

anscheinend nicht daran interessiert war, diese Unterhaltung länger aufrechtzuerhalten.

»Für dich doch immer, Reading. Und lass nicht wieder zwei Monate auf dich warten. Ich hab dich vermisst.« Alistair betrachtete Reed mit einem geradezu liebevollen Ausdruck in den Augen. Ich fragte mich, in welcher Beziehung die beiden zueinander standen. Waren die Gefühle immer einseitig gewesen? Oder verband sie eine gemeinsame Vergangenheit?

Reed lächelte verkrampft, als wüsste er nicht so recht, was er zu dieser Bitte sagen sollte. »Wir sehen uns«, antwortete er ausweichend und ergriff erneut meine Hand. Seine Finger verflocht er mit meinen und führte mich weiter.

»Reading?«, fragte ich verwundert mit gesenkter Stimme, während wir dem Gang mit dem Notausgangsschild folgten.

Reed schüttelte den Kopf. »Das lässt du schön bleiben.«

»Was soll ich bleiben lassen, Reading?«

»Das!«

»Aber wieso, Read...« Bevor ich seinen ungeliebten Kosenamen aussprechen konnte, zog Reed mich an sich. Erschrocken schnappte ich nach Luft und taumelte gegen seine Brust. Er ließ meine Hand los und schlang den Arm um mich, mit seiner anderen Hand hielt er meinen Mund zu. Ich spürte jeden Zentimeter seines Körpers, der sich gegen meinen presste.

»Ich lass dich erst wieder los, wenn du versprichst, diesen Namen nicht mehr zu sagen«, sagte Reed mit gesenkter Stimme. Sein Atem streifte meine Haut.

»Mhh«, brummte ich an seiner Hand.

Reed neigte den Kopf. »Was? Ich kann dich nicht verstehen.«

Ich verdrehte die Augen und streckte die Zunge raus, um seine Handfläche zu lecken. Spätestens jetzt hätte Jess seine Hand vor Ekel weggenommen, aber nicht Reed. Er sah mich mahnend an, doch ich erkannte ein amüsiertes Funkeln in seinem Blick.

»Ist das ein Ja?«

Ich nickte.

»Warum darf Alistair dich so nennen und ich nicht?«

»Alistair darf das auch nicht, aber er tut es trotzdem«, sagte Reed mit Verbitterung. »Ich mag diesen Namen nicht und möchte ihn nicht noch einmal von dir hören. Okay?«

Ich hatte das Ganze für einen Scherz gehalten, aber Reed wirkte plötzlich erstaunlich ernst, gar bekümmert. Ich wusste nicht, was ich daraus machen sollte, also nickte ich.

»Gut.« Er nahm seinen Arm von mir, wobei mich die Kälte des Gewölbes erschaudern ließ, und griff wieder nach meiner Hand, um weiterzugehen. Wir durchquerten eine Kammer, in der mehr los war als in den vorherigen. Der Grund dafür war nicht zu übersehen. Mit ihrer blassen Haut, den eingefallenen Wangen und den von Schweiß glänzenden Gesichtern, waren einige leicht als Junkies zu entlarven, und der feine Geruch von Marihuana lag in der Luft. Jeder Händler schien dabei eine andere Droge seiner Wahl zu verkaufen, damit man sich bei den Geschäften und Kunden nicht in die Quere kam.

Eilig führte mich Reed aus diesem Raum und in den nächsten. Dort entdeckte ich eine ins Mauerwerk eingelassene Tür, darüber hing grün leuchtend das Notausgangschild. Und direkt neben der Tür lagen zwei Koffer mit Schmuck auf dem Boden.

Meine Schritte gerieten kurz ins Stocken, denn ich kannte

den Mann hinter den Koffern. Seine breiten Schultern. Die Glatze. Den bulligen Hals. Es war der Türsteher des *Banshee Labyrinth,* und in diesem Moment war ich heilfroh darüber, im *Banshee* noch nie mein wahres Gesicht gezeigt zu haben.

Er unterhielt sich gerade mit einem anderen Kunden, einem verlotterten Typen, der streng nach abgestandenem Rauch und altem Schweiß stank.

Reed und ich blieben in gebührendem Abstand stehen.

»Woher hat er all diese Sachen?«, fragte ich leise.

»Gestohlen. Gefunden. Importiert.«

Ich betrachtete Brackens Auslage. Wie von selbst wanderte mein Blick zu den Ringen, die in einem Koffer lagen. Ich ging in die Knie, um sie besser zu sehen, auch wenn Reed mich davor gewarnt hatte, dass dies kein Shoppingtrip werden würde. Doch Brackens Auswahl war wirklich beeindruckend. Ich verstand nicht viel von Schmuck, aber ich wusste, wenn mir etwas gefiel. Brackens Ringe entsprachen ganz meinem Geschmack mit ihrem dunklen Silber und den Steinen, die nicht durch Größe, sondern einen raffinierten Schliff beeindruckten. Gewiss lagen hier mehrere Zehntausend Pfund vor mir.

»Gefallen sie dir?«, fragte Reed von oben herab.

»Ja, vor allem der hier.« Ich deutete auf einen Ring mit einem schwarzen Stein, der im Licht gräulich wirkte. Aber er war gewiss viel zu teuer, also machte ich mir gar nicht die Mühe, danach zu fragen. Ich richtete mich auf und rückte den Dolch in meiner Manteltasche zurecht, gerade als Bracken mit seinem Kunden fertig wurde. Er ließ ein paar Geldscheine – viele Geldscheine – in seiner Jeans verschwinden und wandte sich an uns. Skeptisch sah er von Reed zu mir und wieder zurück. »Lange nicht gesehen, Mitch.«

Erst Reading, jetzt Mitch. Wie viele Namen hatte Reed?

Er zuckte mit den Schultern. »Viel zu tun.«

»Hast du mir etwas mitgebracht?«

»Nein, in letzter Zeit hatte ich nur Kleingeld zwischen den Fingern.«

Bracken stieß ein missbilligendes Schnauben aus und blickte wieder zu mir. »Und wer ist deine Freundin?«

»Sie ist niemand, nur eine Kollegin«, antwortete Reed, da hier niemand mit mir direkt zu sprechen schien. »Wir könnten deine Hilfe brauchen.«

Bracken verschränkte die Arme über seinem dunklen Hemd, dessen Knöpfe über seiner breiten Brust aufzuplatzen drohten. »Wobei?«

»Wir sind auf der Suche nach einem alten Tarotkarten-Set. Alistair meinte, du wüsstest vielleicht, wer sich dafür interessiert«, erklärte Reed, und ich zeigte Bracken das Bild auf meinem Handy.

Er fuhr sich nachdenklich mit den Fingern über den Bart, der einige Zentimeter lang von seinem Kinn hing, dann schüttelte er den Kopf. »Gesehen habe ich eure Karten nicht, aber ich kann mich gerne umhören.«

Enttäuscht sackten meine Schultern.

»Und du bist dir wirklich sicher?«, hakte Reed nach.

Bracken stutzte, dann gab er ein Brummen von sich. »Ziemlich sicher, aber ich kenne jemanden, der euch vielleicht weiterhelfen kann.«

Ich schnaubte. »Bitte sag jetzt nicht, wir sollen es bei der Verrückten in der Candlemaker Row versuchen.«

Bracken runzelte die Stirn. »Die kenn ich nicht.«

»Ignorier sie«, sagte Reed mit einem mahnenden Seitenblick. »Also, wer könnte uns helfen?«

Bracken ließ seinen Blick aufmerksam durch die umstehenden Menschen gleiten, wie um sicherzustellen, dass wir nicht belauscht wurden. »Letiv«, sagte er schließlich mit gesenkter Stimme. »Er weiß vermutlich mehr.«

»Letiv?«, fragte Reed überrascht.

Wer zum Teufel war dieser Typ? Reed hatte seinen Namen kurz vorher auch schon erwähnt. Es klang so, als würde ihm dieser Schwarzmarkt gehören. Weshalb sonst sollte er von den Leuten hier kassieren?

»Er hängt es nicht an die große Glocke, aber er steht auf Tarot, Ouijabretter und alles, was dazugehört. Seine Familie ist sehr abergläubisch.«

»Woher weißt du das?«, fragte Reed. Seine Miene war ausdruckslos, sodass ich nicht mit Gewissheit sagen konnte, ob ihn diese Neuigkeit überraschte oder nicht.

In mir hingegen löste sie ein ungutes Gefühl aus. Nach allem, was ich mir zusammenreimen konnte, schien Letiv kein Typ zu sein, mit dem man sich anlegen sollte. Aber wenn er sich wirklich für Tarotkarten interessierte, so wies alles darauf hin, dass er unser Käufer war.

»Du kennst doch Claudia, oder?«, fragte Bracken.

Reed nickte.

»Letiv und sie haben sich letztes Jahr öfter getroffen, einmal auch in seinem Haus, da hat sie es gesehen.«

»Wenn sich Letiv wirklich für Tarot...« Reeds Überlegung wurde abrupt von einem Zwischenruf unterbrochen, der laut und panisch durch das Gewölbe hallte.

Ich versuchte noch zu begreifen, was das zu bedeuten hatte, als Chaos um mich herum ausbrach und alle hektisch ihre Sachen zusammenzupacken begannen. Die Lichterketten wurden von den Wänden gerissen, und Bracken und

Reed machten sich eilig daran, seine Koffer zusammenzuklappen.

»Sie haben uns gefunden!«, brüllte eine Frau, die mit einem Rucksack unter dem Arm in den Raum gerannt kam. »Und sie haben Hunde dabei!«

»Fuck, fuck, fuck …«, murmelte Bracken.

Mir schlug das Herz bis zum Hals, und meine Hände fingen an zu zittern. Das war so typisch! Jahrelang agierte dieser Markt im Untergrund, ohne aufzufliegen, und kaum besuchte ich ihn das erste Mal, fand eine verdammte Razzia mit Hundestaffel statt! »Reed, lass uns gehen!«

»Sofort!« Er versuchte gemeinsam mit Bracken einen der überfüllten Koffer zu schließen.

»Beeilt euch«, fauchte ich und trat nervös von einem Bein auf das andere. Immer mehr Händler fluteten den Raum und stürzten an mir vorbei zum Ausgang. Ich wich zurück, um nicht mitgerissen zu werden. In den hinteren Gängen erklang das Bellen von Hunden und das Donnern von Schritten. Wütende Stimmen befahlen den Leuten, stehen zu bleiben. Niemand gehorchte, alle drängten in den kleinen Raum, um durch den Notausgang in die Freiheit zu gelangen.

Die Luft wurde immer wärmer und stickiger, und es fiel mir zunehmend schwerer zu atmen. Ich schluckte schwer, meine Kehle war wie ausgetrocknet. »Reed!«

»Da bin ich!« Er packte meine Hand so fest, dass seine Finger meine zu zerquetschen drohten, aber es war mir egal. Ich wollte ihn nur nicht verlieren und klammerte mich an ihn, als der Menschenstrom sich plötzlich drehte. Die Leute, die es nicht hatten erwarten können, sich durch die Tür zu drängen, wandten ihr den Rücken zu und quetschten sich in die entgegengesetzte Richtung.

»Sie kommen!«, grölte ein Mann von der Tür her und fuchtelte mit seinen Armen in der Luft, um die Leute zu vertreiben, die noch immer durch den Notausgang flüchten wollten.

Panisch blickte ich zu Reed auf. Er hatte den Hals gestreckt und versuchte, inmitten all der Körper etwas zu erkennen. Ich probierte es ebenfalls, hatte aber keine Ahnung, wo wir waren und wie wir aus diesem Labyrinth herausfinden sollten.

»Hier lang!«, sagte Reed und zerrte mich hinter sich her. Ich hielt den Kopf gesenkt, den Blick auf Reeds Rücken geheftet, darum bemüht, allen Hindernissen auszuweichen. Rufe und Flüche erklangen überall um mich herum.

Mir schwirrte der Kopf, und meine Hand war so feucht, dass ich fürchtete, sie könnte Reeds entgleiten, aber er ließ mich nicht los. Ohne ihn wäre ich der Situation vollkommen ausgeliefert gewesen, und ich verabscheute das Gefühl von Hilflosigkeit.

In beinahe vollkommener Dunkelheit stolperte ich hinter Reed her. Mehrfach drohten wir auf dem unebenen Boden auszurutschen, doch wir gaben einander Halt, während die Rufe der Polizisten und das Bellen der Hunde immer lauter wurden.

Jede Minute, in der wir nicht entkamen, fühlte sich an wie eine Ewigkeit und raubte mir vermutlich Jahre meines Lebens. Immer wieder blickte ich über meine Schulter, aber ich sah die uniformierten Männer und Frauen nicht, sondern hörte nur, wie sie uns mit ihren Hunden in die Enge trieben. Doch die Körper um uns herum wurden weniger. Die Leute verstreuten sich in alle Richtungen.

»Gleich haben wir es geschafft«, sagte Reed. Er war vor

einer Absperrung stehen geblieben, welche die Touristen davon abhalten sollte, sich im Close zu verlieren. Er bedeutete mir, darüberzusteigen, als hinter uns plötzlich eine Stimme ertönte: »Keine Bewegung!«

Ein Knurren war zu hören.

Ohne lange darüber nachzudenken, schwang ich meine Beine über die Absperrung und fiel unerwartet nach unten, in einen tiefer gelegenen Gang. Ich kam auf den Knien auf, nahm aber den Schmerz kaum wahr. Reed griff mir unter den Arm und zerrte mich auf die Beine. Gemeinsam stolperten wir davon, gerade als der Wachhund seinen Kopf durch die Absperrung schob und ein lautes Kläffen ausstieß.

»Schneller«, zischte Reed und übernahm erneut die Führung. Im dämmrigen Licht, das in den Gängen herrschte, sah ich kaum etwas, aber er störte sich an der Dunkelheit nicht. Unerwartet schlug er einen Haken nach rechts in einen schmalen Gang, durch den wir gerade so durchpassten. Ein Mann wie Bracken wäre hier stecken geblieben.

Mein Hals brannte, und das Adrenalin schoss durch meine Adern. Plötzlich sah ich Licht vor mir. Es stammte von einer Straßenlaterne und drängte sich durch eine kleine Öffnung, die von einem Gitter verhangen war.

Reed griff danach und begann kräftig daran zu zerren. Das Geräusch vibrierenden Metalls wurde als Echo von den Wänden aufgefangen. Ich biss mir auf die Unterlippe und umfasste den Dolch in meiner Manteltasche, in der Hoffnung, seine Magie könnte mich beruhigen.

»Gleich hab ich's«, presste Reed zwischen zusammengebissenen Zähnen hindurch und löste das Gitter aus seiner Verankerung. Er schob es zur Seite und zog sich am Gestein nach oben, um aus dem Fenster zu steigen. Unruhig blickte ich mich in alle Richtungen um, als ich hinter meinem Rücken erneut ein lautes Bellen hörte.

Und es war nahe.

Sehr nahe.

Zu nahe.

Ich wirbelte herum und fand mich Auge in Auge mit einem der Polizeihunde wieder. Waren die schon immer so groß gewesen? Langsam trat ich einen Schritt zurück, in Richtung des Fensters, da stieß der Hund ein warnendes Bellen aus. Ich zuckte zusammen und schloss meine Hand fester um den Griff des Dolches.

Seine Klinge bot mir einen Ausweg und würde das Kläffen des Hundes zum Verstummen bringen, zumindest für eine Weile. Aber ich brachte es nicht über mich, die Waffe zu ziehen. Stattdessen wich ich immer weiter zurück, bis mein Rücken gegen das spröde Mauerwerk stieß. Wo war Reed?

Genau in diesem Moment schob er seinen Arm durch das Fenster. »Gib mir deine Hand!«

Zum Missfallen des Hundes griff ich danach, und mit vereinten Kräften zogen wir mich durch das Loch, ehe irgendein Polizist dem Hund das Zeichen zum Angriff geben konnte.

Ich fiel vornüber aus dem Fenster und landete geradewegs auf Reed. Er schob mich zur Seite und setzte das Gitter ein, bevor ich überhaupt in der Lage war, wieder klar zu denken. Schwer atmend lag ich auf dem Boden, den Blick gen Himmel gerichtet. Der kalte Wind trocknete den Schweiß auf meiner Haut. Fröstelnd richtete ich mich auf, meine Beine weich wie Gummi.

Reed trat neben mich. »Alles in Ordnung?«

Ich nickte und klopfte mir den Dreck von der Hose. »Bei dir?«

»Ging schon mal besser.« Er hob seine blutigen Hände; die Haut an seinen Fingerspitzen und um seine Nägel herum war aufgerissen. Es sah fürchterlich aus.

»Fuck!«

»Lass uns verschwinden«, sagte Reed, schob seine Hände in die Taschen seiner Lederjacke und schlenderte davon. Eine Sekunde war ich von seiner Gelassenheit so irritiert, dass ich einfach stehen blieb, bevor ich mit erzwungener Ruhe hinter ihm herlief. Am liebsten wäre ich zum Sorcerer zurückgerannt.

XIII

DER TOD

»Hast du ohne mich einen Supermarkt ausgeraubt?«, fragte Reed, nachdem wir meine Wohnung betreten hatten, und sah sich in meiner Küche um. Die Schränke und Regale, die bei seinen ersten Besuchen nur spärlich bestückt gewesen waren, standen seit dem frühen Abend voller Verpackungen, Dosen und Gläser, die ich mithilfe der magischen Schreibfeder herbeigezaubert hatte. Ich war wegen des Besuchs im Mary King's Close nervös gewesen und dachte, so wäre ich auf Reeds nächsten Besuch vorbereitet, da ich in seiner Anwesenheit nicht mein magisches Serviertablett nutzen konnte.

»Ich war einkaufen. Gestern war ein guter Tag im Laden«, log ich und warf meinen Mantel auf das Bett, ehe ich zu Reed in die Küche ging. »Wie geht es deinen Händen?«

»Alles nur halb so schlimm. Sie werden nicht abfallen.«

»Das freut mich zu hören.« Ich stellte das Wasser in der Spüle an und wusch Reeds Blut von meinen Fingern, bevor ich Platz für ihn machte, damit er dasselbe tun konnte.

Auf dem Weg zurück zum Antiquariat hatten wir kein Wort miteinander gesprochen, und jeder hatte seinen eigenen Gedanken nachgehangen. Und obwohl mich das nervöse Flattern in meiner Brust bis hierher begleitet hatte, fühlten sich die Erlebnisse unwirklich an. Ich hatte einem Polizeihund gegenübergestanden, und nur wenige Sekunden hatten mich von einer Realität getrennt, in der ich verhaftet worden wäre. Ich hatte das Einrasten der Handschellen bereits hören können. Keine Ahnung, wie ich Jess oder meinen Eltern diese Situation erklärt hätte.

»Hey!« Eine Berührung an meinem Arm ließ mich aufblicken. »Bist du dir sicher, dass es dir gut geht?«, fragte Reed und musterte mich besorgt. »Die erste Razzia kann ein ganz schöner Schock sein.«

»Wie kommst du darauf, dass es meine erste war?«

Reed hob seine noch feuchte Hand und strich mir sanft eine Haarsträhne aus dem Gesicht. »Man sieht es dir an.«

Ich versuchte nicht, es abzustreiten. »Ich bin auch müde.«

»Ja, es ist schon ziemlich spät«, sagte Reed mit einem Blick auf die Wanduhr. »Wir können morgen weiterreden. Heute wird sich ohnehin nichts mehr an der Situation ändern.«

Ich nickte. »Guter Plan.«

Reed griff nach seiner Jacke, die er ausgezogen und über einen Hocker geworfen hatte. »Wollen wir wieder zusammen zu Mittag essen?«

Ich wollte bejahen, als plötzlich Alistairs Worte wieder in meinem Kopf waren. *Jamie hat mir erzählt, dass du zurzeit im Meadows pennst.* Erschlagen von Eindrücken und Ereignissen der letzten Stunde hatte ich nicht mehr daran gedacht. »Reed?«

Er blickte auf. »Ja?«

»Wo wohnst du?«

Er runzelte die Stirn. »Wieso fragst du?«

»Ich möchte es einfach gerne wissen.«

Reed starrte mich einen Moment an, dann stieß er ein Seufzen aus und fuhr sich mit den Fingern durch das ohnehin wirre Haar. »Geht es um das, was Alistair gesagt hat?«

Ich lehnte mich gegen die Küchenzeile. »Stimmt es, dass du im Meadows geschlafen hast?«

»Fallon ...«

»Sag es mir«, verlangte ich.

Reed biss sich auf die Unterlippe und nickte.

Mein Magen zog sich zusammen, und ich musste an all die Male denken, in denen ich ihn weggeschickt hatte, aus Sorge, er könnte mich noch einmal bestehlen. Es waren kalte und teils regnerische Nächte gewesen, und Reed hatte sie im Freien verbringen müssen. »Schläfst du noch immer im Park?«

»Nein.«

Seine Antwort kam zu schnell. Ich seufzte und stieß mich von der Küchenzeile ab. Innerhalb von wenigen Schritten war ich bei ihm. »Okay, aber schläfst du an einem Ort mit vier Wänden und einem Dach über dem Kopf?«

Reed ließ sich mit seiner Antwort Zeit. »Nein.«

Verdammt! Ich nahm einen tiefen Atemzug und versuchte die Schuldgefühle, die in mir aufstiegen, zu verdrängen. Reed war obdachlos. Das war eine ernste Sache, und hätte ich nur genauer hingehört und etwas mehr auf ihn und weniger auf mich und die Karten geachtet, hätte ich es erahnen können. Die Anzeichen dafür waren da gewesen. Die Lüge um seinen Wohnort. Die Diebstähle. Seine Reaktion auf mein Leben. Die dunklen Ringe unter seinen Augen. »Warum hast du nichts gesagt?«

»Weil ich nicht wollte, dass du mich ansiehst wie in diesem Augenblick.«

»Wie sehe ich dich denn an?«

Er hob seinen Kopf und musterte mich mit ausdrucksloser Miene. »Als würde ich dir leidtun.«

»Das …« Ich biss mir auf die Zunge und führte den Satz nicht weiter, denn es stimmte. Er tat mir leid, aber das war wohl eine gerechtfertigte Reaktion.

»Dachte ich es mir doch.« Reed schnaubte und wich vor mir zurück, wobei dieser eine Schritt mehr Abstand zwischen uns brachte als nur diese wenigen Zentimeter. »Wir sehen uns morgen, Fallon.«

Er wandte sich ab, um zu gehen. War das sein Ernst? Fassungslos sah ich ihm hinterher, zu geschockt, um im ersten Moment zu reagieren. Doch dann machte ich einen Satz nach vorn und packte sein Handgelenk. »Warte!«

Reed drehte sich langsam zu mir um. Seinen Blick auf meine Hand gerichtet, der Kiefer angespannt. Er seufzte müde. »Lass mich los, Fallon!«

»Du kannst heute Nacht hier schlafen.«

Er schüttelte den Kopf. »Nein, danke.«

Verwundert runzelte ich die Stirn. »Wieso nicht?«

»Ich brauche dein Mitleid nicht.«

Ich schloss meine Finger fest um sein Handgelenk. »Mir egal, du bekommst es trotzdem.«

Reed erwiderte nichts, sondern starrte mich mit einem finsteren Blick nieder. »Lass mich los!«

»Nein.«

»Fallon …« Mein Name war ein erschöpftes Seufzen auf seinen Lippen.

Mein Griff wurde noch fester. Er musste schon wehtun. »Du bleibst hier.«

»Du kannst mich nicht zwingen.«

»Es sind draußen nur acht Grad. Und es könnte regnen.«

»Na und? Ich bin nicht aus Zucker.«

»Du meinst es wirklich ernst.«

»Wie ich bereits sagte, ich brauche dein Mitleid nicht.«

Ich betrachtete Reed, aber ich konnte seine Gefühle nicht lesen. Sein Gesicht war eine Maske der Gleichgültigkeit. Ich ließ ihn los. »Einverstanden, lass uns gehen.«

Er zog die Augenbrauen zusammen. »Was?«

»Du willst doch unbedingt im Park schlafen«, erwiderte ich und schlenderte zum Bett, um meinen Trenchcoat aufzuheben. »Ich komme mit, dann können wir kuscheln.«

»Was? Nein! Das wirst du nicht.«

»Wieso nicht? Offenbar muss es da ganz großartig sein, wenn du lieber dort schläfst als bei mir.«

Reed kniff die Augen zusammen. »Du bluffst.«

Ich zuckte mit den Schultern und streifte meinen Trenchcoat über. Anschließend löschte ich sämtliche Lichter in der Wohnung und machte mich auf den Weg hinunter in den Laden.

Reed ließ nicht lange auf sich warten und folgte mir dicht auf den Fersen. Ich entriegelte das Schloss und trat ins Freie. »Hätten wir das früher gewusst, hätten wir uns den Weg hierher sparen können.«

Reed erwiderte nichts.

Ich vergrub die Hände in meinen Manteltaschen und schlug den Weg Richtung Meadows ein, als eine eiskalte Böe über uns hinwegwehte und mich zum Erschaudern brachte.

»Fallon!«, rief Reed.

Ich blieb stehen und drehte mich zu ihm um. »Ja?«

»Wollen wir nicht doch lieber hierbleiben?«

Ich hielt mein Lächeln zurück. »Wir? Wie in: Du und ich?«

»Gibt es noch eine andere Bedeutung von wir?«

Ich drehte mich um. »Nein, ich wollte nur sichergehen.«

Reed seufzte, wobei mir nicht entging, dass seine Genervtheit zumindest zur Hälfte gespielt war. Denn ich sah die Erleichterung in seinen Augen. Vermutlich war es nur sein Stolz gewesen, der ihn davon abgehalten hatte, mein Angebot anzunehmen, obwohl er sich in Wahrheit nach einem warmen Schlafplatz sehnte.

Ich ging auf Reed zu und hakte mich bei ihm unter, um sicherzugehen, dass er mir tatsächlich zurück in die Wohnung folgte. Den Schlüssel dafür hielt ich noch immer in der Hand.

»Du hast geblufft, oder?«, fragte Reed.

Ich grinste. »Klar, was glaubst du denn?«

Eine halbe Stunde später lagen Reed und ich in meinem Bett. Er trug eines von Jess' Shirts, denn seines hatte nach Dreck und Marihuana gestunken und war voller Blutflecken gewesen. Noch einmal neben ihm zu liegen, war merkwürdig, denn ich hatte nicht damit gerechnet, dass sich eine solche Übernachtung wiederholen würde. »Danke!«

Reed drehte mir den Kopf zu. »Wofür?«

»Dass du hier schläfst.«

»Müsste nicht ich mich dafür bedanken?«

Ich zog ein Kissen auf meinen Schoß. »Schon, aber danke dafür, dass du mir keine schlaflose Nacht bereitest. Ich hätte es nicht ertragen, zu wissen, dass du dort draußen bist.«

Er lächelte mich an. »Wenn das so ist: Gern geschehen.«

Schweigen breitete sich zwischen uns aus, und Reeds Blick glitt an die Decke, doch ich brachte es nicht über mich, wegzusehen. In der Stille beobachtete ich ihn und studierte sein markantes Profil. Er war sich dessen bewusst, aber sagte nichts, und ich spürte förmlich, wie die Luft zwischen uns dicker wurde von all den unausgesprochenen Fragen.

»Wie lange lebst du schon auf der Straße?«

Reed presste seine Lippen aufeinander. Er sah mich nicht an, und sein Zögern erschien mir unendlich lang. »Eine Weile.«

Das gefiel mir nicht. Wie lang war eine Weile? Ein paar Wochen? Ein paar Monate? Jahre? Nein, unmöglich Jahre. Dazu war Reed zu jung und sein Äußeres zu gepflegt. Ich hatte viele Obdachlose in meinem Leben gesehen, und ihnen sah man die Jahre an. »Wie ist es dazu gekommen?«

Reed stützte sich auf die Ellenbogen und drückte seinen Oberkörper nach oben, bis wir auf Augenhöhe waren. »Ich weiß, du bist neugierig. Ich wäre es an deiner Stelle auch, aber können wir vielleicht nicht darüber reden? Nicht heute?«

Ich nickte, wenn auch ein wenig enttäuscht, und schenkte ihm ein verhaltenes Lächeln.

»Danke!« Er legte sich wieder hin. Ich schaltete meine Nachttischlampe aus, das einzige Licht, das noch gebrannt hatte. Dunkelheit verschluckte uns. Einen Moment blieb ich noch sitzen, dann kuschelte ich mich ebenfalls in mein Bett, aber meine Gedanken wollten nicht aufhören zu kreisen. Ich dachte an Reed, wie er nass und vor Kälte zitternd auf einer Parkbank lag, wie er einsam durch die Straßen wanderte, ohne einen Ort, den er sein Zuhause nennen konnte, und daran, wie er zum Dieb wurde, nicht weil er es wollte, sondern weil er nicht anders konnte.

»Reed?«

»Mhhh.« Er gab ein verschlafenes Brummen von sich. Ich hörte das Rascheln meiner Bettdecke, und obwohl ich ihn nicht sah, wusste ich, dass er mir nun zugewandt war.

»Du weißt, dass das hier keine einmalige Sache ist, oder?«

»Was?«

»Wir. Du und ich. Ich will, dass du hierbleibst.«

Reed schwieg so lange, dass ich glaubte, keine Antwort mehr zu bekommen. Doch dann hörte ich ein leises »Okay«.

Das erschien mir zu einfach, in Anbetracht der Tatsache, wie stur er sich noch vor einer knappen Stunde verhalten hatte. »Okay, wie in: Ich bleibe. Oder: Okay, ich verstehe, was du willst, aber leck mich.«

Reed lachte leise. »Nicht, dass ich was dagegen hätte, wenn du mich leckst, aber ich bleibe, wenn du das wirklich willst. Immerhin will ich dir keine schlaflosen Nächte bereiten.«

»Das ist sehr rücksichtsvoll von dir«, erwiderte ich und versuchte, den ersten Teil seiner Bemerkung zu ignorieren. Unter anderen Umständen wäre ich darauf angesprungen, aber ich war erschöpft von der Verfolgungsjagd.

»Darf ich jetzt schlafen?«, erkundigte sich Reed.

»Eine Frage hätte ich noch.«

Er seufzte. »Von mir aus: eine Frage noch.«

»Aber nicht böse sein. Okay?«

»Okay«, stimmte er grummelnd zu.

»Reading?«

»Das ist keine Frage.«

»Aber ein bescheuerter Spitzname. Woher kommt er?«

Reed seufzte. »Das ist kein Spitzname. Reed ist der Spitzname. Reading ist mein echter Name. Ich benutze ihn nicht. Alistair hat zufällig meinen Ausweis entdeckt.«

»Das ist ein Scherz, oder?«

»Nope. Reading Mitchell. Meine Mutter war Autorin, mein Vater Bibliothekar. Sie haben sich auf einer ihrer Lesungen kennengelernt, und da ihre große Liebe den Büchern galt, haben sie mich Reading genannt.«

Mein Herz brach ein zweites Mal an diesem Abend für Reed.

Meine Mutter war *Autorin.*

War.

Vergangenheitsform.

Das erklärte einiges, und ich wollte alles wissen, jedoch hatte ich Reed versprochen, ihm nur noch diese eine Frage zu stellen. Daran würde ich mich halten. Und wenn er es ernst meinte und tatsächlich bei mir blieb, hatte ich genügend Zeit, mehr über ihn und seine Verbindung zur Magie rauszufinden.

»Hat es dir die Sprache verschlagen?«, fragte Reed.

»Nein, ich bin nur müde«, log ich. Ich wischte mir eine einsame Träne aus dem Augenwinkel und rückte in der Dunkelheit näher an ihn heran. »Gute Nacht, Reed!«

»Schlaf gut, Fallon!«

Ich war noch nicht bereit aufzustehen, als mich der Wecker am nächsten Morgen aus dem Schlaf holte. Mit einem herzhaften Gähnen rollte ich mich auf den Rücken. Verschlafen blinzelte ich die Decke an, um mich zu sortieren und richtig wach zu werden. Doch es war, als hätte mir jemand die Lider zugeklebt, denn es wollte mir kaum gelingen, sie zu öffnen. Die letzte, kurze Nacht forderte ihren Tribut, und für den Bruchteil einer Sekunde dachte ich darüber nach, den Laden einfach geschlossen zu halten, aber ich musste

Geld verdienen. Außerdem hatten Reed und ich einiges zu besprechen.

Ich drehte mich zu seiner Seite des Bettes und zwang mich, die Augen zu öffnen. Sofort beschlich mich das Gefühl eines Déjà-vus. Licht drängte durch die geschlossenen Jalousien, aber Reed lag nicht mehr neben mir. Das war nicht sein Ernst, oder?

Mit einem Seufzen richtete ich mich auf und sah mich in der Wohnung um. Reed war nirgendwo zu sehen, und auch aus dem Badezimmer drangen keine Geräusche. Ich würde diesen Kerl ... Ach du Scheiße! Ich hatte verschlafen!

Die Wanduhr in der Küche zeigte 11:38 Uhr.

»Fuck!«

Wieso hatte mein Wecker nicht geklingelt? Ich packte den miesen Verräter vom Nachttisch. Er tickte munter vor sich her, aber ich hatte vergessen, den Alarm zu aktivieren. Oder hatte ich ihn im Halbschlaf versehentlich ausgeschaltet und ignoriert?

Bereits genervt von diesem Tag ließ ich mich zurück auf die Matratze fallen und zog mir die Decke über den Kopf. Ich atmete mehrmals tief ein und wieder aus, bis die Luft warm und stickig war und sich mein Herzschlag beruhigt hatte. Nun konnte ich genauso gut liegen bleiben und den Rest des Vormittags im Bett verbringen, denn es machte ohnehin keinen Sinn mehr, den Laden vor der Mittagspause aufzusperren.

Und Reed ...

Er würde wiederkommen.

Hoffentlich.

Ich hatte diesen Gedanken kaum zu Ende gedacht, da hörte ich Schritte auf der Treppe. Ich zog mir die Decke vom

Kopf, gerade als Reed die Wohnung betrat. Er grüßte mich mit einem Lächeln. »Guten Morgen, ich wusste doch, dass ich jemanden fluchen gehört habe.«

»Wie lange bist du schon wach?«

Er hob die Achseln. »Seit etwa fünf Stunden.«

»Und wieso hast du mich nicht geweckt? Mein Laden!«

»Ist in guten Händen«, versicherte mir Reed und schlenderte in die Küche, um sich eine Dose Eiskaffee aus dem Kühlschrank zu nehmen. Er tat dies mit einer Selbstverständlichkeit, als würde er bereits seit Wochen hier wohnen.

Ich zog die Brauen zusammen. »Du hast den Laden aufgesperrt?«

»Ja, und ich hab alles unter Kontrolle. Überall kleben Preisschilder dran, und ich sitze hinter der Kasse.«

»Danke, das hättest du nicht tun müssen.«

»Ach, das ist das Mindeste, nachdem ich hier schlafen darf.«

Ich nickte. »Gib mir zehn Minuten, dann komm ich runter.«

»Bleib ruhig liegen und ruh dich aus«, sagte Reed mit einer Handbewegung. »Ich hab alles im Griff, und in der Mittagspause mach ich dir Pancakes. Nicht dass ich wüsste, wie das geht, aber ich bin mir sicher, das Internet wird es mir verraten.«

Ich zögerte. »Bist du dir sicher, dass du keine Hilfe willst?«

»Klar. Ich bekomm das hin.«

»Okay, aber ruf mich, wenn was ist.«

»Wird gemacht, Chef.« Reed zwinkerte mir zu und polterte die Treppe hinunter zurück in das Antiquariat. Ich lehnte mich in meinem Kissen zurück, und unvermeidlich musste ich lächeln. Was auch immer zwischen Reed und mir stand; die unausgesprochenen Worte, die Geheimnisse, die Magie. Ich konnte nicht abstreiten, dass es schön war, ihn bei mir zu haben. Wie lange war es her, dass ich das letzte Mal acht oder neun Stunden am Stück geschlafen hatte? Ich wusste es nicht, und das machte Reeds Anwesenheit noch um so vieles angenehmer.

Allerdings war ich nun wirklich ausgeschlafen und konnte nicht länger liegen bleiben. Ich beschloss, die verbleibende Stunde bis zur Mittagspause für ein langes Bad zu nutzen, und während das warme Wasser in die Wanne lief, kochte ich mir Tee. Dann sammelte ich sämtliche magischen Gegenstände in meiner Wohnung ein, um sie unter der Spüle vor Reed zu verstecken, bis ich sie unbemerkt in das Archiv bringen konnte.

Bereits eine Viertelstunde später ließ ich mich in das dampfende Wasser gleiten. Meine Muskeln entspannten sich augenblicklich, und ein wohliges Seufzen entkam meinen Lippen. Ich schloss die Augen und ließ mich treiben. Nach einigen Minuten der Ruhe krochen allerdings die Erinnerungen an die vergangene Nacht zurück in meine Gedanken.

Ich hörte das Trampeln der Stiefel, das Kläffen der Hunde, und unweigerlich stieg die Panik erneut in mir auf. Was, wenn mich einer der Polizisten gesehen hatte? Ich hatte meinen magischen Mantel nicht getragen. Hoffentlich würde das kein böses Nachspiel haben.

Ich schüttelte den Kopf und zwang mich dazu, die Sache zu vergessen. Wir waren entkommen. Nur dieser Hund hatte mich wirklich gesehen, und solange er nicht sprechen lernte, war ich sicher.

Nach mehreren tiefen Atemzügen wurde ich ruhiger, doch plötzlich vernahm ich Stimmen, laut genug, um durch die geschlossene Tür zu dringen. *Großartig!* Was hatte Reed angestellt?

Ich seufzte und öffnete die Augen. Wasserperlen hingen mir vom Dampf in den Wimpern. Ich blinzelte sie weg, bevor ich aus der Wanne stieg und mich in meinen Bademantel einwickelte. Ich sperrte die Tür auf, um zu lauschen, als ich auch schon wütende Schritte die Treppe hinaufsteigen hörte.

»Fallon Victoria Emrys!«

Ich war mir sicher, dass mein Herz bei diesen drei Worten aufhörte zu schlagen. Das konnte nicht sein. Ich war noch dabei, mich davon zu überzeugen, dass das ein Albtraum und ich in der Wanne eingeschlafen war, als meine Mum auch schon die Wohnung betrat. *Kill me now!*

»Fallon!« Ihre Stimme klang mehrere Oktaven zu hoch. Das war kein gutes Zeichen.

»Hey, Mum!« Ich knotete meinen Bademantel zu und trat aus dem Badezimmer, für eine Flucht war es bereits zu spät. Hinter meiner Mum kam auch mein Dad die Treppe nach oben gelaufen und sah alles andere als glücklich aus. Er hatte die Augen zusammengekniffen, und die Sorgenfältchen auf seiner Stirn betonten den grauen Ansatz seiner sonst dunkelbraunen Haare. »Und hey, Dad!«

Ein schwaches Lächeln trat auf seine Lippen. »Hallo, Schatz!«

Dass er mich noch Schatz nannte, wertete ich als ein gutes Zeichen. »Was macht ihr hier?«

»Was wir hier machen?«, fragte meine Mum in bitterem Tonfall und drehte sich zu meinem Dad. »Hast du das gehört, Bryan? Unsere Tochter fragt uns ernsthaft, was *wir* hier machen.«

Mein Blick glitt an dem blonden Haarschopf meiner Mum vorbei zur Treppe. Reed stand auf einer der tieferen Stufen. Den Hals gestreckt und mit schuldbewusster Miene sah er mich an.

Ich schüttelte leicht den Kopf. Er hätte nichts tun können, um meine Mum davon abzuhalten, die Wohnung zu stürmen.

»Beruhige dich, Gwen. Eines nach dem anderen.« Mein Dad legte meiner Mum eine Hand auf die Schulter. »Ich bin mir sicher, es gibt für alles eine vernünftige Erklärung.«

Eine vernünftige Erklärung für was?, wollte ich fragen, aber ich hielt es für das Beste, den Mund zu halten, bis ich genau wusste, was vor sich ging. Sofort musste ich an die Razzia der letzten Nacht denken, aber hätte es damit zu tun gehabt, stünde wohl die Polizei vor mir und nicht meine Eltern. Ich versuchte, aus dieser Erkenntnis Mut zu ziehen, dennoch schlug mir das Herz bis zum Hals.

Meine Mum schloss die Augen und nickte langsam, um Fassung ringend. Allmählich öffnete sie die Lider, und ihr Blick landete geradewegs auf mir. »Möchtest du uns vielleicht verraten, wer der junge Mann unten im Laden ist?«, fragte sie in gesetztem Tonfall, aber ich kannte sie zu gut, um mich von ihrer ruhigen Art in Sicherheit wiegen zu lassen.

Ich sah Richtung Treppe. »Reed. Er ist ein Freund.«

Der Blick meines Vaters folgte meinem. »Dein Freund?«

»Nein, ein Freund. Er hilft im Laden aus.«

»Damit du baden kannst?«, fragte meine Mum und betrachtete mich abschätzig von Kopf bis Fuß.

»Ich ... Es tut mir leid«, lenkte ich ein, denn keine Erklärung wäre meiner Mum gut genug. Egal was ich sagte, sie würde mir aus meinen Worten einen Strick drehen.

Sie spitzte ihre Lippen, die von einem zarten Rot überzogen waren, und sah über ihre Schulter zu Reed. Missfallen spiegelte sich in ihren blauen Augen. »Du kannst für heute Schluss machen. Mein Mann begleitet dich nach unten.«

Reed blickte zu mir, und ich gab ihm mit einem knappen Nicken zu verstehen, dass er tun sollte, was meine Mum ihn geheißen hatte. Nicht hinterfragen. Gehorchen. Lächeln; aber nicht zu sehr. Nur so überstand man Gwyneth Emrys' Anfälle. Außerdem wollte ich meinen Eltern keinen Grund geben, Reed genauer ins Visier zu nehmen. In diesem Fall würden sie womöglich eine Verbindung zu dem Brand herstellen und weiteren Geschehnissen der letzten Tage. Das nahm für ihn nur ein böses Ende.

Reed gehorchte, und mein Dad begleitete ihn. Ich hoffte inständig, dass er zurückkommen würde.

Mum und ich verstummten, bis das Klicken der Tür zu hören und mein Dad zurück war. Erst dann brach sie das Schweigen. Ihre Wut war zurück. »Was hast du dir dabei gedacht, einem Fremden den Laden zu überlassen? Und ihn auch noch allein zu lassen? Was hättest du getan, wenn er das Archiv entdeckt hätte?«

»Ich habe ihm die Anweisung gegeben, das Lager nicht zu betreten«, log ich und wünschte mir inständig, mehr als einen Bademantel zu tragen. Ich fühlte mich klein und schwach in diesem flauschigen Teil, aber womöglich lag das nur an der Anwesenheit meiner Mum. Sie hatte mir schon immer das Gefühl vermittelt, klein und unbedeutend zu sein.

Mum warf die Hände in die Luft. »Oh, da bin ich aber beruhigt. Männer in seinem Alter hören ja immer auf das, was man ihnen sagt. Sei nicht dämlich, Fallon!«

Ihre Worte waren wie ein Schlag ins Gesicht. Mir schnürte es die Kehle zu, als müsste ich weinen; und ich hasste es. »Reed ist anders.« Warum klang meine Stimme so brüchig?

»Natürlich.« Ich hatte keine Ahnung, wie es meiner Mum jedes Mal aufs Neue gelang, mir mit einem einzigen Wort den Boden unter den Füßen wegzuziehen. Sie stellte mich nicht nur als Lügnerin und naives Mädchen dar, sondern ließ auch all ihre Sorgen und Zweifel darin mitschwingen, die sie bezüglich des Archivs und mir je gehabt hatte.

Ich wollte ihr diese Angriffsfläche nicht geben und holte tief Luft, um mich zu beruhigen und logisch zu handeln, so wie sie es immer von mir wollte. »Warum seid ihr hier?«, fragte ich, um einen sicheren Tonfall bemüht, obwohl ich mich alles andere als sicher fühlte. Ich hatte Angst. Um Reed und das Archiv.

Mum und Dad wechselten einen vielsagenden Blick. Dann griff sie in die schwarze Handtasche, die sie über ihrer Schulter trug, und zog ein Handy daraus hervor. Sie reichte es mir.

Ich nahm es an mich. »Was ist das?«

»Klick drauf«, befahl sie.

Irritiert drückte ich den Startbutton und blickte auf einen mir vertrauten Sperrbildschirm. Ich riss den Kopf in die Höhe. »Was soll das? Woher habt ihr mein Handy?«

»Wir haben es vor einer halben Stunde auf dem Polizeirevier abgeholt«, erklärte mein Dad. Er klang nicht vorwurfsvoll, sondern nur enttäuscht.

Ich blinzelte. »Was?«

»Sie haben es heute Nacht während einer Razzia im Mary King's Close gefunden. Jemand hat es verloren«, antwortete meine Mum. Ihre Stimme klang nun ruhiger, aber nicht weniger bedrohlich.

Verloren? Ich versuchte daran zurückzudenken, wann ich das Handy das letzte Mal gesehen hatte, aber ich erinnerte mich nicht. Ich wusste, dass ich es in die Tasche meines Trenchcoats geschoben und festgehalten hatte, aber nachdem die Polizei das Close gestürmt hatte, war alles so schnell gegangen.

»Die Officer konnten das Gerät nicht zuordnen. Sie haben die zuletzt angerufene Nummer gewählt und sind bei Jess gelandet«, fuhr meine Mum fort. »Er hatte die Geistesgegenwart zu behaupten, dass man dein Handy gestern gestohlen hat. Ich weiß nicht, was er ihnen erzählt und wie er sie dazu gebracht hat, das Ding rauszurücken, anstatt es als Beweisstück einzubehalten. Du kannst dich glücklich schätzen, ihn zu haben. Das hätte böse enden können. Was hätten wir tun sollen, hätten sie deine und Jess' Nachrichten über die Magie im Verlauf gefunden?«

Ich wusste nicht, was ich sagen sollte. Ich hatte wirklich Scheiße gebaut, das ließ sich nicht abstreiten. Regeln waren da, um gebrochen zu werden, und ich hatte viel Mist in meinem Leben gebaut, aber selten unabsichtlich. Es war immer etwas Berechnendes dabei gewesen, wenn ich die Magie nutzte und meine Grenzen austestete. Doch das entzog sich völlig meiner Kontrolle. »Tut mir leid. Ich hab nicht bemerkt, dass ich es verloren habe. Es muss auf der Flucht passiert sein, aber es war mit einem Passwort geschützt.«

Meine Mum schnaubte. »Das hat ja viel gebracht.«

»Es tut mir wirklich leid«, wiederholte ich meine Entschuldigung und meinte jedes Wort davon ernst. Das Handy zu verlieren, war absolut fahrlässig gewesen. Vermutlich hätten die Polizisten Jess' und meine Nachrichten über Magie als Scherz abgetan, aber sicher konnte man sich nie sein.

»Warum warst du überhaupt im Mary King's Close?«, erkundigte sich mein Dad.

»Ich war auf dem Schwarzmarkt, um nach einem magischen Gegenstand zu suchen«, antwortete ich ehrlich, denn ich wusste, dass mich keine Lüge der Welt aus diesem Schlamassel rettete.

Mein Dad nickte. »Wieso hast du Jess nichts davon gesagt?«

»Ich hab es wohl vergessen.«

»Vergessen«, echote meine Mum und warf frustriert die Hände in die Luft. »Wie kannst du etwas so Wichtiges vergessen? Er hätte dich vor der Razzia warnen oder zumindest die Daten von deinem Handy löschen können. Aber das ist noch nicht einmal das Schlimmste. Weißt du, was das Schlimmste ist, Fallon?«

Ich senkte den Blick und schüttelte den Kopf.

»Das Schlimmste ist, dass es mich nicht überrascht. Du warst schon immer nachlässig – mit allem. Dein Kinderzimmer hast du nur aufgeräumt, wenn es wirklich sein musste. Für die Schule hast du nur das Nötigste getan, und diese Einstellung spiegelt sich auch in diesem Archiv wider. Gegenstände werden zu spät eingelagert, die Infoseiten in der Datenbank werden nicht pünktlich aktualisiert, und von deinen Aktivitäten auf dem Archivblog möchte ich gar nicht erst anfangen. Dass du dein Handy verloren hast, ist nur die Spitze des Eisberges.«

Ich presste meine Lippen aufeinander, um die in mir aufsteigenden Tränen zu unterdrücken. Ich hatte nicht sehr nah am Wasser gebaut, aber die Worte meiner Mum schmerzten. Sie stellte mich wie die schlechteste Archivarin aller Zeiten dar. Ich wusste, dass ich nicht die beste war und noch viel zu lernen hatte. Die Sache mit den Tarotkarten und dem Handy war Beweis genug. Aber ich war nicht unfähig. Wie sollte ich meiner Mum das begreiflich machen? Sie wollte immer nur das Schlechte in mir sehen.

»Zieh dich an!«, befahl sie.

»Warum?« Es war eine unnötige Frage, zumal ich nicht den ganzen Tag im Bademantel verbringen konnte.

»Damit wir uns das Archiv ansehen können«, erklärte mein Dad mit ruhiger Stimme und schenkte mir ein kleines Lächeln. Vermutlich war er wegen der Sache mit dem Handy genauso wütend auf mich wie meine Mum, hatte aber seine Gefühle wie immer besser unter Kontrolle.

»Ich bin gleich zurück«, erklärte ich und ging ins Badezimmer, wo ich mir einen Stapel frischer Wäsche bereitgelegt hatte. Erst als ich die Tür hinter mir geschlossen hatte, blickte ich auf das Handy in meiner Hand. Ich entsperrte den Bildschirm und entdeckte eine Nachricht von Jess:

Sry, das Handy läuft über die Archivare. Ich musste es deinen Eltern sagen. Hoffe, sie stressen nicht rum.

Ich schnaubte. Nicht rumstressen? Wann hatte meine Mum zuletzt *nicht* rumgestresst? Ich schickte Jess eine kurze Nachricht, um ihn wissen zu lassen, dass alles in Ordnung und ich dankbar war, dass er die Polizei abgewimmelt hatte.

In Windeseile zog ich mich an, um meine Eltern nicht zu lange warten zu lassen, und eilte die Treppen nach unten in das Lager, wo mein Dad den Teppich bereits ausgerollt hatte.

Zu dritt stiegen wir die Treppe in das Archiv hinunter, das uns mit einem Chor aus Flüsterstimmen willkommen hieß. Meine Muskeln lockerten sich bei dem vertrauten Klang, aber ich blieb weiterhin auf der Hut. So schnell würden meine Eltern mich nicht vom Haken lassen.

»Gut, dann lass uns anfangen«, sagte meine Mum hochtrabend und zog ein Tablet aus der Tasche, die sie auf den Boden neben der Treppe stellte.

Ich runzelte die Stirn. »Anfangen womit?«

»Einer Inventur«, antwortete mein Dad.

»Wir bringen dieses Archiv auf Vordermann«, ergänzte meine Mum und öffnete die Datenbank für magische Gegenstände. Mit einem Suchfilter ließ sie sich sämtliche Objekte anzeigen, die in meinem Archiv liegen müssten. Betonung: müssten.

Mir rutschte das Herz in die Hose, und ich glaubte, mich übergeben zu müssen, was vermutlich gar keine schlechte Sache wäre. So wären meine Eltern vielleicht zu abgelenkt, um das Fehlen der Tarotkarten zu bemerken. Doch mein Magen war leer, und ich war ohne Ablenkungsmanöver mit meiner Übelkeit allein. Am liebsten hätte ich mich auf dem Boden zu einer Kugel zusammengerollt.

Wenn meine Eltern bemerkten, dass die Karten nicht da waren, war's das für mich. Ganz abgesehen von all den anderen Gegenständen, die sich nicht an ihrem Platz befanden, sondern unter der Spüle. Diese Strafpredigt war ich mir bereit anzuhören, aber der Verlust der Karten würde weitaus schlimmere Konsequenzen mit sich tragen.

Mir blieben drei Möglichkeiten. Ich konnte kindisch sein und versuchen, mich mit einer Ausrede zu retten, die meine Eltern mit großer Wahrscheinlichkeit durchschauen würden. Oder ich schwieg und hoffte darauf, dass das Fehlen der Karten unbemerkt blieb, was ebenso unwahrscheinlich war. Oder ich tat das Erwachsene und sagte die Wahrheit. Vielleicht nicht über Reed, aber das Tarot und seinen Verbleib.

Ich wollte es nicht, aber es wäre das Vernünftigste. Und war es nicht genau dieses Erwachsensein, das ich meinen Eltern beweisen wollte?

Ich schluckte schwer, denn auch wenn ich nicht wollte, so wusste ich, was zu tun war. »Mum? Dad?« Die beiden drehten die Köpfe in meine Richtung. »Ich muss euch etwas gestehen, und es wird euch nicht gefallen.«

Meine Mum stieß ein genervtes Seufzen aus, mit derselben Bedeutung wie ihr *natürlich* zuvor.

»Du erinnerst dich sicherlich an den Link zu dem Forum, den du mir vor ein paar Tagen geschickt hast.«

Sie verschränkte die Arme vor der Brust und nickte.

»Ich bin in dieser Nacht bei Madame Minerva eingebrochen und habe sie geholt.«

Abwartend sah meine Mum mich an. »Und?«

»Und …« Ich holte tief Luft und beschloss, es schnell hinter mich zu bringen, denn es gab keinen sanften oder einfachen Weg. »Und ich habe sie wieder verloren.«

Ich kniff die Augen zusammen und wich einen Schritt zurück, da ich mit einem Wortschwall aus Flüchen und Anschuldigungen rechnete. Doch bis auf das typische Flüstern blieb es still im Archiv. Ich zählte von fünf rückwärts, aber die Strafpredigt, mit der ich gerechnet hatte, kam nicht. Hatte ich undeutlich gesprochen?

Zögerlich öffnete ich die Augen.

Meine Eltern standen regungslos vor mir und starrten

mich an. Die Enttäuschung in ihren Blicken war so schwarz wie die Klinge des nicht mordenden Dolches. Sie bohrte sich in mein Herz, und etwas in mir verkrampfte sich.

»Was meinst du mit verloren?«, fragte mein Dad.

»Verloren im Sinne von: Ich hab sie nicht mehr.«

Er zog eine Augenbraue in die Höhe, die zu sagen schien: *Erkläre dich anständig.*

»Es hat in dieser Nacht in Strömen geregnet, und ich hatte kein Geld mehr für ein Taxi übrig. Jedenfalls bin ich den Weg zum Sorcerer zurückgerannt, und dabei sind sie mir aus der Tasche gefallen«, erklärte ich und war stolz auf meine plausible Erklärung, die Reed aus der Schusslinie brachte. »Ich war halb erfroren vom Regen und bin gleich in mein Bett gekrochen. Dass die Karten weg waren, habe ich erst später bemerkt. Das ist auch der Grund, weshalb ich vergangene Nacht im Mary King's Close war und Jess nichts gesagt habe. Er weiß nicht, dass ich die Karten nicht mehr habe, und ich dachte, auf dem Schwarzmarkt wüsste man womöglich was. Aber dann kam die Razzia dazwischen.«

Meine Mum nahm einen tiefen Atemzug, den sie geräuschvoll wieder ausstieß, als versuchte sie, sich mit aller Kraft einen erneuten Wutausbruch zu verkneifen.

Mein Dad rührte sich nicht von der Stelle. »Und konnte man dir im Close helfen?«

»Einer der Männer meinte, ich soll einen Typen namens Letiv aufsuchen, dann kam die Polizei.«

»Du hast also nur diesen Namen?«

Ich nickte und senkte schuldbewusst meinen Blick, in der Erwartung, dass nun all die Anschuldigungen aus meinen Eltern hervorbrechen würden. Doch erneut legte sich eine verräterische Stille über das Archiv. Wie ein Insekt kroch sie meinen Arm empor, in meinen Nacken und lief meinen Rücken hinab. Ich erschauerte, und die Härchen an meinen Armen stellten sich auf.

»Sagt doch etwas«, flehte ich. Alles war besser als dieses ungewisse Schweigen.

Meine Eltern sahen einander an und wechselten unausgesprochene Worte mit ihren Blicken. Ich kaute auf meiner Unterlippe herum. Wartend. Verunsichert. Bangend.

»Ich weiß nicht, was ich sagen soll«, gestand meine Mum schließlich, und das flaue Gefühl in meinem Magen wurde schlimmer. »So viel Leichtsinn und Verantwortungslosigkeit machen mich sprachlos, Fallon. Wir reden hier nicht von einer Haarspange, die auf magische Weise blonde Haare braun färbt, oder einem Stift, der selbst schreiben kann. Wir reden hier von Karten, die Menschen das Leben kosten könnten, wenn sie in die falschen Hände geraten.«

»Das weiß ich«, sagte ich und klang dabei genauso elend, wie ich mich fühlte. »Es war ein Unfall. Ich habe die Karten nicht mit Absicht verloren.«

»Aber du hast es uns absichtlich verschwiegen, und das ist genauso fahrlässig«, sagte mein Dad und ließ seinen Blick durch das Archiv gleiten, als könnte er es nicht ertragen, mich anzusehen. »Wir hätten dir helfen können. Jess hätte dir helfen können.«

»Es ... es tut mir leid«, stammelte ich.

»Deine Entschuldigung bringt die Karten auch nicht zurück«, sagte meine Mum. »Und sie wird auch den Leuten nicht helfen, die deinetwegen verflucht werden.«

»Glaubst du, das weiß ich nicht?« Ich verschränkte die Arme vor der Brust, um mir selbst Halt zu geben. Dabei ertappte ich mich bei dem Wunsch, Reed wäre bei mir, um mir Halt zu geben. »Werdet ihr mir das Archiv wegnehmen?«, fragte ich, obwohl ich die Antwort nicht hören wollte.

»Ja«, antwortete meine Mum.

»Noch nicht«, sagte mein Dad im selben Augenblick.

Irritiert von ihren widersprüchlichen Antworten sahen sie einander an.

»Das kann nicht dein Ernst sein, Bryan, unsere Tochter ...«

»... hat einen Fehler gemacht«, unterbrach er sie mit ernster Stimme. »Und sie ist vielleicht nicht die Ordentlichste, wenn es um diese ganze Bürokratie geht, aber sie ist eine gute Archivarin und macht einen tollen Job, oder etwa nicht?« Er machte eine Geste, mit der er den Raum umfasste, in dem wir standen. Und der Griff, den Sorge und Angst um mein Herz hatten, lockerte sich ein wenig. Mein Dad stand hinter mir! Ich glaubte es kaum.

Meine Mum presste die Lippen aufeinander und schüttelte den Kopf. »Ein Fehler? Die Karten? Das Handy? Du vergisst, dass sie uns alle hätte auffliegen lassen können.«

»Aber das hat sie nicht.«

»Fallon«, sagte meine Mum, ohne mich anzusehen. »Lass mich und deinen Dad allein.«

Ich zögerte nicht und stieg die Treppe nach oben. Sofort setzte hinter mir das wütende Getuschel meiner Eltern ein. Ich verstand ihre Worte nur bruchstückhaft, und statt mich selbst zu foltern, indem ich versuchte, sie zu belauschen, lief ich in das Antiquariat. Ich ließ mich auf einen alten Sessel fallen und schloss die Augen. Obwohl ich erst kürzlich aufgestanden war, könnte ich bereits wieder schlafen, erschöpft von der Diskussion mit meiner Mutter. Ich zog mein Handy hervor und rief Jess an.

»Hey!«, antwortete er nach dem zweiten Klingeln.

»Hey!«

»Auf einer Skala von eins bis zehn, wie schlimm ist es?«

Ich schmunzelte. »Eine wankende Neun.«

»Wieso wankend?«

»Meine Eltern diskutieren noch darüber, ob sie mir das Archiv wegnehmen oder nicht.« Ich konnte nicht glauben, wie sachlich meine Stimme klang, obwohl mein größter Albtraum kurz davor war, Realität zu werden.

»Ist das nicht reichlich überzogen?«, fragte Jess. Im Hintergrund war das Rattern einer Kaffeemaschine zu hören. »Ich meine, klar, du hättest mir wegen des Schwarzmarktes Bescheid geben müssen, und das mit dem Handy ...«

»Ich habe die Tarotkarten verloren«, unterbrach ich Jess. »Erinnerst du dich? Ich habe sie gesucht und dir gesagt, ich hätte sie gefunden, aber das war gelogen. Ich hab sie nicht mehr, und deswegen wollen meine Eltern mich absägen, nicht wegen des Handys; zumindest nicht ausschließlich.«

»Scheiße!«

»Du sagst es.« Ich seufzte und beugte mich nach vorne, die Ellenbogen auf die Knie abgestützt. »Ich hätte es nicht vor euch verheimlichen dürfen.«

»Vor allem nicht vor mir. Ich hätte dir geholfen.«

Ich schüttelte den Kopf. »Es wäre nicht fair gewesen, dich in die Sache mit reinzuziehen.«

»Du darfst mich immer mit reinziehen, Fallon.«

»Das ist lieb von dir, aber so ist es besser. Hätte ich es dir erzählt, stünde deine Position nun auch zur Diskussion.«

Jess schnaubte. »Unwahrscheinlich. Du bist ersetzbar. Jeder von uns hört das Flüstern der Magie, aber nicht jeder kann sich in den Server der Polizei von Edinburgh einhacken.«

Bevor ich zu einer Erwiderung ansetzen konnte, hörte ich meinen Dad rufen: »Fallon, kommst du?«

»Jess, ich muss auflegen. Ich ruf dich an.« Ohne eine Antwort abzuwarten, legte ich auf und eilte in den Lagerraum, hinab in das Archiv. Meine Eltern standen auf gegenüberliegenden Seiten des Raums, und ich versuchte in ihren Gesichtern zu erkennen, ob ihre Diskussion zu meinen Gunsten ausgefallen war oder nicht. Doch sie blickten beide finster drein, als wäre keiner von ihnen über den Ausgang des Gesprächs glücklich.

Kein gutes Zeichen.

Ich schluckte schwer und versuchte, aus dem Flüstern um mich herum Mut zu schöpfen. Wie immer die Entscheidung meiner Eltern ausfallen würde, dieses Flüstern – den Klang der Magie – konnten sie mir nicht rauben. Er würde für immer ein Teil von mir sein.

»Deine Mutter und ich haben entschieden, dass du das Archiv vorerst weiterführen darfst«, sagte mein Vater, und beinahe hätten meine Knie vor Erleichterung unter mir nachgegeben. »Allerdings nur unter einer Bedingung.«

»Du musst die Karten bis Anfang des nächsten Monats zurückholen«, erklärte meine Mum. »Gelingt dir das nicht, werden wir jemand anders finden, der das Archiv leitet.«

Ein erleichtertes Seufzen entwich meinen Lippen. Zwar war ein Ultimatum kein Freispruch, aber eine Chance, die ich nutzen würde. »Danke! Ihr werdet es nicht bereuen.«

»Das wollen wir hoffen«, sagte meine Mum. »Und nur damit das klar ist, die Suche nach den Karten entbindet dich nicht von deinen anderen Pflichten. Du wirst dich weiterhin um den Laden und das restliche Archiv kümmern.«

Ich nickte eifrig. »Selbstverständlich.«

»Dann wäre das ja geklärt.« Meine Mum griff nach dem Tablet, das sie in eines der Regale gelegt hatte, und öffnete erneut die Datenbank. Ohne ein weiteres Wort über den Zwischenfall mit dem Tarot zu verlieren, machten wir uns an die Arbeit und sichteten das Archiv.

Wir sortierten die Regale neu, entstaubten die Gegenstände, machten Fotos, wo noch welche fehlten, und ergänzten hier und dort Daten, die ich und andere Archivare vergessen hatten. Zu Beginn war die Stimmung angespannt, aber je länger die Inventur dauerte, desto gelassener wurden wir alle. Und als meine Mum eine kurze Pause einlegte, um ins Bad zu gehen, nutzte ich meine Chance, die Gegenstände unter der Spüle zurück ins Archiv zu schmuggeln.

Mein Dad quittierte dies mit einem mahnenden Seitenblick, aber er sagte nichts. Schließlich erkundigte er sich noch einmal nach Reed, aber das beunruhigte mich nicht. Denn seinem geradezu schüchternen Tonfall nach zu urteilen, stellte er diese Fragen als besorgter Vater und nicht als misstrauischer Archivar.

In den letzten Zügen der Inventur musste ich mir eingestehen, dass ich es geradezu genoss, gemeinsam mit meinen Eltern im Archiv zu stehen. Ich erinnerte mich nicht daran, wann wir das letzte Mal so lange und intensiv Zeit miteinander verbracht hatten, auch wenn die Umstände, die dazu geführt hatten, nicht die besten waren.

Zuletzt versuchten mein Dad und ich gemeinsam den großen Standspiegel hinunterzutragen. Stets darauf bedacht, das weiße Laken festzuhalten, um keinen Blick auf die Reflexion zu erhaschen. Doch nach einigen Minuten gaben wir frustriert auf, denn egal wie wir das Ding drehten und wendeten, es war einfach zu groß für die Öffnung zum Archiv.

Es war bereits dunkel, als wir den Teppich schließlich zusammenrollten und in die Ecke des Lagerraums schoben. Meine Eltern verabschiedeten sich, denn sie waren zum Abendessen mit Murray verabredet. Sie fragten mich, ob ich sie begleiten wolle, aber ich verneinte, da ich hier sein wollte, wenn Reed zurückkam – falls er zurückkam.

Ich schloss die Ladentür hinter meinen Eltern und lehnte mich gegen den Türpfosten. Obwohl ich verschwitzt und voller Staub war, war ich wahnsinnig erleichtert. Nun musste ich mir zumindest keine Sorgen mehr darum machen, wann und ob sie von den verschollenen Karten erfuhren, sondern konnte mich auf das Wesentliche konzentrieren: die Suche nach dem Tarot.

XIV

DIE MÄSSIGKEIT

Ich stieg die Treppe zu meiner Wohnung nach oben und vermisste sogleich das Flüstern der Magie, nun, da alles unten im Archiv war. Ich schaltete das Licht ein und streifte mir noch im Gehen das verschwitzte und verstaubte Top vom Körper. Mein Plan war es, zu duschen, mir etwas zu essen zu kochen und anschließend Reed mit dem Kompass zu suchen, sollte er bis dahin nicht zurück sein.

»Pssst!«

Ich erstarrte.

»Pssst!«

Und drehte mich langsam in Richtung Küche. »Reed?«

Versteckt hinter dem Tresen saß er auf dem Boden. Die Knie an die Brust gezogen, ein Buch darauf abgestützt. Erwartungsvoll sah er mich an. »Sind sie weg?«

Fassungslos starrte ich ihn an und nickte sprachlos. Wie konnte er hier sein? Mein Dad hatte ihn rauseskortiert und den Laden abgeschlossen.

Reed stieß ein erleichtertes Seufzen aus. »Das wurde auch Zeit.« Er stand vom Boden auf und streckte seine Arme in die Höhe, um sich zu dehnen, wobei der Saum seines T-Shirts nach oben rutschte. »Was habt ihr so lange da unten gemacht?«

»Inventur vom Lager«, erwiderte ich ausdruckslos, mir deutlich bewusst, dass ich nur im schwarzen BH vor Reed stand. Aber er hatte schon so viel mehr von mir gesehen, dass es mir völlig egal war. »Wie bist du hier reingekommen?«

»Ich bin eingebrochen«, antwortete er, als wäre das etwas Selbstverständliches, und deutete in die Richtung des Fensters, das er geknackt hatte. Fassungslos starrte ich ihn an, nicht weil ich ihn für den Einbruch verurteilte, sondern weil es ihm nicht möglich hätte sein sollen, in das Archiv einzubrechen. Es wurde von Magie geschützt und niemand ohne einen Schlüssel, wie ich ihn um den Hals trug, konnte das Haus betreten, wenn die Tür verschlossen war. Niemand – außer Reed.

Ich kniff die Augen zusammen und betrachtete ihn misstrauisch. Wusste er wirklich nichts von der Magie und ihrer anscheinend nicht existenten Wirkung auf ihn? Vermutlich, denn wüsste er davon, hätte er mich längst darauf angesprochen, oder nicht? Ich könnte ihn danach fragen. Doch sobald ich in diesem Bienennest herumzustochern begann, gab es kein Zurück mehr.

»Du bist böse auf mich«, sagte Reed, der mein Schweigen falsch interpretierte.

Ich schüttelte den Kopf. »Nein, ich musste gerade nur an etwas denken. Alles gut. Du bist hier willkommen. Nur so aus Neugierde, wie lange sitzt du hier schon?«

Reed sah auf die Uhr. »Etwa eine Stunde.«

Gut. Er hatte nichts von dem Gespräch mit meinen Eltern oder dem Telefonat mit Jess mitbekommen. »Ich weiß, es ist jetzt schon ziemlich spät, aber was ist mit den versprochenen Pancakes?«, fragte ich, um das Thema zu wechseln und einen Schlussstrich unter diesen Tag zu setzen.

Reed stand noch immer am Herd, als ich aus dem Badezimmer kam. Eine Pfanne in der einen Hand, den dazugehörigen Wender in der anderen. Es war ein Anblick, an den ich mich erst gewöhnen musste. Ich hatte noch nie mit einer anderen Person zusammengelebt, abgesehen von meinen Eltern. Ich mochte es, ihn hier zu haben, aber auf Dauer würde es wirklich eine Herausforderung werden, die Magie vor ihm geheim zu halten. Sie dominierte mein ganzes Leben. Je nachdem, wie lange er bliebe, wäre es vielleicht ratsam, einen Antrag zu stellen, ihn zum Eingeweihten zu machen.

»Hast du noch irgendwelche Sachen, die wir hierherbringen müssen?«, fragte ich Reed und ließ mich auf einen Hocker gleiten. Die Theke vor mir war bereits mit Tellern gedeckt.

»Schon erledigt.« Er deutete mit seinem Pfannenwender in Richtung des Sofas. Ich drehte mich herum und entdeckte einen zerschlissenen Rucksack, den ich zuvor nicht bemerkt hatte. »Ich hab ihn aus einem Schließfach am Bahnhof geholt, als ich vorhin unterwegs war.« Reed kam mit der Pfanne zu mir und ließ einen goldgebratenen Fladen auf meinen Teller rutschen. »Guten Appetit!«

»Danke!« Ich beschmierte meinen Pfannkuchen mit einer dicken Schicht Schokocreme und schob mir einen Bissen in den Mund. Ein leises Seufzen entwich meiner Kehle.

Reed stellte ein Glas O-Saft vor mir ab. »Gut?«

Ich nickte. »Himmlisch.«

»Das freut mich zu hören, denn ab jetzt werde ich jeden Tag für dich kochen«, sagte Reed und holte einen Teller mit weiteren Pancakes aus dem Ofen, die er hineingestellt hatte, um sie warm zu halten.

»Danke, aber du musst das nicht für mich tun.«

Reed nahm sich ebenfalls etwas von der Schokocreme. »Ich weiß, aber ich mach das gerne. Und was soll ich sonst tun? Den ganzen Tag hier sitzen, Däumchen drehen und deine Bücher über Okkultes lesen?«

»Gute Idee, danach könntest du eine Karriere als Medium beginnen. *Reeds Zauberkugel, erfahre auch du deine Wahrheit*«, sagte ich mit einer Stimme, die verschwörerisch klingen sollte, aber eher den Eindruck erweckte, ich würde bei einer Sex-Hotline arbeiten.

Reed lachte. »Besser nicht, ich würde den Leuten die ganze Zeit grausame Nachrichten überbringen, nur um sie zu meiner Erheiterung ausflippen zu sehen.«

»Wie gemein.«

»Einmal ein Schurke, immer ein Schurke.« Er zuckte mit den Schultern und machte sich über sein Essen her. Wir aßen schweigend, aber es war ein vertrautes Schweigen. Es hätte so angenehm sein können, wären da nicht die Gedanken und Sorgen, die meine Eltern mit ihrem Ultimatum in meinen Kopf gepflanzt hatten. Wie sollte ich die Tarotkarten in weniger als zwei Wochen finden?

»Lass uns über das Mary King's Close reden«, erklärte ich in die Stille hinein, um die Zeit zu nutzen. »Wer ist Letiv?«

»Er ist ein Schatten.«

Ich schnaubte und verdrehte die Augen. »Wow, du bist wirklich auf dem besten Weg, ein Medium zu werden. Geht es vielleicht noch ein bisschen kryptischer?«

Reeds rechter Mundwinkel zuckte. »Es ist nur die Wahrheit. Letiv ist der zwielichtigste Typ, von dem ich jemals gehört habe. Er ist der Anführer eines kriminellen Kartells, das in ganz Schottland und auch über die Grenzen hinaus tätig ist. Er ist außerdem der Gründer des Schwarzmarktes im Close.«

»Kennst du ihn?«

»Nein, kaum jemand tut das«, antwortete Reed. »Als Mann in seiner Position musst du aufpassen, wem du dich zeigst. Sollte die Polizei Letiv erwischen, wird er den Rest seines Lebens einsitzen.«

»Und glaubst du, er könnte die Karten haben?«

Reed zögerte, dachte kurz nach. »Es wäre gut möglich, wenn das, was Bracken gesagt hat, stimmt und er wirklich eine Vorliebe für Okkultes hat.«

»Könnte er der Mann gewesen sein, der dir die Karten abgekauft hat?«

»Ja, aber er hat sie gewiss nicht selbst abgeholt, so eine Aufgabe würde er einem Handlanger überlassen.«

»Natürlich«, murmelte ich. »Und wie finden wir diesen Letiv?«

»Am besten gar nicht«, erwiderte Reed.

Ich zog die Augenbrauen zusammen. »Wie meinst du das?«

»So, wie ich es sage.« Reed stand von seinem Hocker auf und brachte unsere Teller zur Spüle. »Letiv ist nicht irgendein Mann, Fallon. Er ist gefährlich. Tödlich. Niemand bestiehlt ihn. Und er wird die Karten nicht einfach rausrücken, wenn er sie für seine persönliche Sammlung will. Womöglich könntest du sie ihm abkaufen, aber wenn du in den letzten Stunden nicht im Lotto gewonnen hast, stehen die Sterne dafür schlecht.«

»Und was schlägst du vor?«

»Owen Wallace hat etliche Kartendecks angefertigt, such dir ein anderes.«

Ich schüttelte den Kopf. »Das geht nicht.«

»Es muss gehen.« Reed drehte sich von der Spüle zu mir um und sah mich an. Kalte Entschlossenheit loderte in seinem Blick. »Was auch immer für Erinnerungen an diesen Karten hängen, sie sind es nicht wert, dass du dafür dein Leben riskierst.«

Ich presste meine Lippen aufeinander. Es war unmöglich, die Karten *gehen zu lassen.* An ihnen hing meine gesamte Zukunft – mein Leben, das ohne Archiv nur halb so lebenswert wäre. Gewiss könnte ich noch als Berater für die Archivare arbeiten, aber das wäre nicht dasselbe.

Und wenn ich die Karten nicht zurück in das Archiv brachte, würden es meine Eltern tun oder diese Aufgabe dem armen Tölpel übertragen, der nach mir kam. Denn die Karten waren zu gefährlich, um sie einem Mann wie Letiv zu überlassen. Es bestand natürlich die Möglichkeit, dass die Karten bei ihm ungenutzt in einer Vitrine lagen, als Ausstellungsstücke, die niemandem Schaden zufügen würden, aber darauf konnte ich mich nicht verlassen.

»Ich werde mir meine Karten zurückholen«, sagte ich entschlossen an Reed gewandt und verlieh meinen Worten so viel Überzeugungskraft wie nur möglich.

»Fallon, das ist wahnsinnig.«

»Du verstehst das nicht.«

»Nein, *du* verstehst nicht«, presste Reed zwischen zusammengebissenen Zähnen hervor und trat wieder an den Tresen, sodass wir uns einander gegenüber befanden. »Ich scherze nicht, wenn ich sage, dass Letiv gefährlich ist. Du wärst nicht die Erste, die versucht, ihn zu bestehlen, und ich sag dir eins, dieser Kerl stellt Sachen mit dir an, die dich wünschen lassen, du wärst tot. Das sind die Karten nicht wert!«

»Du kannst mir keine Angst einjagen«, log ich mit aller Entschlossenheit, die ich aufbringen konnte, auch wenn seine Worte eine Heidenangst in mir auslösten. Doch ich hatte keine andere Wahl. Die Karten mussten zurück in das Archiv. Ich konnte die Augen nicht verschließen und andere ausbaden lassen, was ich verschuldet hatte. Und wenn mich das womöglich mein Leben kostete, dann war das der Preis, den ich für meine Nachlässigkeit bezahlen musste. Daran wollte ich nicht denken, aber ich wäre nicht die erste und auch nicht die letzte Archivarin, die im Dienst starb. Solange Letiv mich nicht umbrachte, bestand eine Chance. Jess würde einen Weg finden, mich da rauszuholen, davon war ich überzeugt.

»Bitte, Fallon«, flehte Reed und legte seine Hand auf meine, als befürchtete er, ich könnte jeden Augenblick aufspringen und zu Letiv eilen. Zu sehen, wie sehr er sich um mich sorgte, brach mir das Herz, und ich wünschte, ich könnte ihm begreiflich machen, dass nicht nur mein Leben auf dem Spiel stand, wenn die Karten weiter in Umlauf blieben.

Ich entzog ihm meine Hand. »Die Karten sind wichtig.«

»Wichtiger als dein Leben?«

»Ja«, antwortete ich, ohne zu zögern, und verpasste Reed damit einen Schlag ins Gesicht. Er wich vor mir zurück und starrte mich mit weit aufgerissenen Augen an. Verständnislosigkeit und Enttäuschung rangen in seinem Blick miteinander.

»Es tut mir leid, aber es geht nicht anders«, sagte ich, in dem dürftigen Versuch, es ihm begreiflich zu machen. »Ich verstehe, was du sagst, und ich glaube dir, doch ich muss diese Karten zurückholen. Es führt kein Weg daran vorbei.

Ich werde allerdings nicht von dir verlangen, dass du diesen Weg mit mir gehst. Du kannst aus der Sache aussteigen, hier und jetzt, und ich werde dir keinen Vorwurf machen.«

Erwartungsvoll und mit angehaltener Luft sah ich Reed an. Sein Blick zuckte über mein Gesicht, als wollte er es sich einprägen, bevor es für immer von dieser Erde verschwand. Mein Herz pochte wild, und die Pancakes lagen mir schwer wie Blei im Magen. Wäre ich selbstloser, würde ich Reed nicht vor die Wahl stellen, sondern wegschicken. Er war kein Archivar, doch ich wollte ihn bei mir haben, und das nicht nur, weil er meine einzige Verbindung zu Letiv war.

In dieser Nacht schlief ich schlecht. Immer wieder wandelte ich zwischen Traum und Wirklichkeit, bis die Ränder verwischten und ich von meinem Gespräch mit Reed träumte, der schließlich zugestimmt hatte, mir mit Letiv zu helfen.

Genervt schlug ich die Augen auf. Diese Nacht machte mich fertig, und es wäre wohl das Beste, einfach aufzustehen und den Tag zu beginnen. Aber die Dunkelheit hielt mich davon ab. Ebenso wie das Wissen, dass ich keinen Schlaf zu verschenken hatte, nicht mit dem Ultimatum meiner Eltern im Rücken. Mir rannte die Zeit davon, und bevor wir Letiv stellen und die Karten zurückholen konnten, mussten wir ihn erst einmal finden. Der einzige Anhaltspunkt, den Reed und ich in Bezug auf seinen Verbleib hatten, war Brackens Bekannte: Claudia.

Ich rollte mich im Bett herum, um Reed zu wecken. Ich konnte keine Sekunde länger warten, musste noch einmal dringend mit ihm über alles reden. Doch seine Seite der

Matratze war leer. Ich schaltete meine Lampe an. Geblendet vom Licht musste ich die Augen zusammenkneifen, ehe ich mich blinzelnd an die Helligkeit gewöhnte.

Es war erst kurz nach vier Uhr, zu früh, um den Laden aufzusperren. Für einen Moment stieg in mir die Sorge auf, er könnte gegangen sein, um dem Wahnsinn mit Letiv zu entkommen, aber dann entdeckte ich seinen verschlissenen Rucksack am Fußende des Sofas, und auch seine Schuhe waren noch da.

Ich schwang die Beine über die Bettkante und schnappte mir meinen Bademantel, den ich nach dem Duschen über meinen Schreibtischstuhl geworfen hatte. Ich wickelte mich darin ein, ehe ich die Treppe nach unten in den Laden schlich.

»Reed?«, fragte ich im Flüsterton, obwohl es keinen Grund gab, leise zu sprechen. Doch bei Nacht, in einem dunklen Raum, erschien mir jedes Wort zu laut. »Reed?«

Ich bekam keine Antwort und blickte mich auf der dunklen Verkaufsfläche um. Nur eine Straßenlaterne vor dem Sorcerer erhellte den Laden und zeichnete entstellte Schatten auf Boden und Wände. Da fiel mir das Licht auf, das durch einen Spalt aus dem Lagerraum drängte. Was machte der Kerl dort? Ich hatte ihm nicht erlaubt, dort zu sein!

Meine Füße setzten sich in Bewegung, um der Sache auf den Grund zu gehen. Ich riss die Tür zum Lager auf und erstarrte.

Der Spiegel!

Reed stand davor.

Und hatte das Laken zurückgezogen.

Im Licht der losen Glühbirne betrachtete er seine Reflexion. Oder besser gesagt das, was der Spiegel ihm zeigte.

Eilig wandte ich meinen Blick ab, bemüht, nicht auf die Spiegelung zu achten, denn solange ich nicht hinsah, konnte mich die Magie nicht ergreifen. Mein Herz pochte wie wild, und die Härchen an meinen Armen stellten sich auf.

»Reed!«, rief ich panisch und rechnete beinahe nicht mehr mit einer Reaktion. Wie lange stand er schon vor dem Spiegel? War er überhaupt noch zurechnungsfähig?

»Fallon?« Reed sah über seine Schulter zu mir und ließ das Laken los, das zurück über den Spiegel fiel. Erleichterung flutete meinen Körper mit einer solchen Wucht, dass meine Knie unter mir nachzugeben drohten. Ich wankte einen Schritt vor und noch einen und noch einen, bis ich vor Reed stand. Ich schlang meine Arme um ihn und drückte ihn fest an mich. Nicht um mich festzuhalten, sondern um *ihn* festzuhalten. Ihn zu verankern und gefangen zu nehmen, im Hier und Jetzt.

In der Wirklichkeit.

Ich vergrub mein Gesicht in seiner Halsbeuge. Er roch nach dem süßen Pfirsichshampoo, das ich benutzte, und nach etwas anderem Natürlicherem. Mit den Händen, die flach auf seinem Rücken lagen, presste ich ihn an mich, bis er jeden Zentimeter meines warmen Körpers spüren musste. Doch er reagierte nicht, und kalte Angst kroch in mir empor. Ich traute mich nicht, den Kopf zu heben und ihn anzuschauen, denn ich würde es nicht ertragen, in ein paar nebelumschattete Augen zu blicken.

Plötzlich spürte ich jedoch eine Berührung an meiner Schulter und Finger, die meine Wirbelsäule entlangstrichen. »Hey, ist alles in Ordnung?«

Reeds Stimme war kaum mehr als ein Flüstern, und obwohl er nicht magisch war, hatten seine Worte etwas

Magisches an sich. Ich glaubte, noch nie etwas Schöneres gehört zu haben.

»Fallon? Du machst mir Angst.«

Ich mach dir Angst? Du hast in den verdammten Spiegel geschaut! Ich löste mich von ihm, um ihn anzusehen. Er betrachtete mich, sein Blick klar, seine Augen noch immer braun. »Geht ... geht es dir gut?«, stotterte ich, der Schock saß mir noch in meinen Knochen.

»Klar, ich konnte nur nicht schlafen«, erwiderte Reed. »Und da dachte ich, ich seh mich ein bisschen im Lager um und schau, wo alles ist, wenn ich jetzt öfter aushelfe. Ich dachte ja, nach der Aktion mit deinen Eltern wäre es hier etwas aufgeräumter, aber na ja.« Er zuckte mit den Schultern.

Aufgeräumter? Ich stieß ein Schnauben aus und spürte, wie mir ein wahnsinniges Lachen die Kehle emporkroch. Ich machte mir Sorgen um sein Leben, und er bemängelte, dass das Lager nicht aufgeräumt war. Fest presste ich meine Lippen aufeinander, um das Lachen zu unterdrücken, dabei stiegen mir Tränen in die Augen. Dieser Tag war einfach zu viel für mich.

»Fallon?« Reed neigte den Kopf. »Was ist los?«

»Nichts. Alles gut.« Meine Lüge war offensichtlich, denn meine Stimme klang zu hoch und zittrig.

»Wirklich? So siehst du aber nicht aus.«

Lügen erzählt man am besten nahe an der Wahrheit.

»Ich dachte, du wärst gegangen, ohne dich zu verabschieden.«

Langsam, sehr langsam ließ Reed seinen Blick über mein Gesicht gleiten und weckte in mir den Wunsch, es wieder in seiner Halsbeuge zu vergraben. Doch dann schüttelte er den

Kopf. »Lüg mich nicht an, Fallon. Bitte. Du kannst hier nicht panisch reinplatzen und dich verhalten, als wäre ich nur knapp dem Tod entgangen, und mir so was auftischen. Sag mir, was wirklich los ist.«

»Nichts.«

»Lüg mich nicht an!« Reed biss die Zähne aufeinander, als müsste er sich davon abhalten, mehr zu sagen, aber es half nichts. Einen Augenblick später sprudelten die Worte nur so aus ihm heraus. »Fallon, ich war geduldig mit dir. Nein, nicht geduldig. Ich war verständnisvoll. Ich weiß besser als jeder andere, wie es ist, ein Geheimnis zu haben, aber irgendwann ist es damit vorbei. Du solltest nicht erfahren, dass ich auf der Straße lebe, dennoch habe ich es dir erzählt. Also bitte, Fallon, bitte sei einmal ehrlich. Glaubst du, ich weiß nicht, dass etwas mit dir und diesem Laden nicht stimmt? Ich bin kein Idiot, also verkauf mich nicht für dumm.«

»Ich ...« Ich starrte Reed an. Mir fehlten die Worte, denn es gab keine Lüge, die der Wahrheit gerecht wurde. Und ich wusste, wenn ich jetzt etwas Falsches sagte, war er weg. Daran bestand für mich kein Zweifel. Ich sah es ihm an. Die Entschlossenheit und das Flehen, ehrlich zu ihm zu sein.

Ich schluckte schwer. »Was hast du in dem Spiegel gesehen?«

»Was?« Verwirrung blitzte in Reeds Augen auf.

»Was hast du gesehen?«, wiederholte ich und fand allmählich meine normale, ruhige Stimme wieder. »Du hast doch in den Spiegel geschaut. Was hat er dir gezeigt?«

»Ist das eine Fangfrage, um vom Thema abzulenken?«

»Reed«, drängte ich, und irgendetwas an meinem Tonfall ließ ihn wohl vergessen, dass er vor wenigen Sekunden noch wütend auf mich gewesen war, denn seine Gesichtszüge wurden weicher. Die Anspannung wich aus seinen Schultern und kroch geradewegs in meine. Auf einmal hatte ich einen Verdacht, der nur darauf wartete, von Reed bestätigt zu werden.

»Ich habe mich gesehen und den Raum, auch wenn das Licht hier drin etwas schlecht ist«, antwortete er zögerlich, als befürchtete er, das könnte die falsche Antwort sein.

Ich schluckte schwer. »Das ist alles?«

Er nickte und fügte damit das Bild in meinem Kopf zusammen. Auf einmal ergab alles einen Sinn. Mein Mantel, der mich ihm offenbart hatte, das immerwährende Feuer, welches ihn nicht verletzt hatte, der fehlende Schutzzauber bei seinem Einbruch in mein Haus und nun der magische Spiegel. Nicht einmal die Magie der schlimmsten Sorte konnte Reed etwas anhaben. Er war immun gegen sie.

»Und, was sagst du?«, fragte Reed, der keine Ahnung hatte, was für ein Chaos seine Worte gerade in mir auslösten. »Hat mich diese Antwort für die Wahrheit qualifiziert?«

Ich nickte wie in Trance. Vielleicht war es ein Fehler, doch Reed musste von seiner Gabe erfahren. Ich lief an ihm vorbei zu dem eingerollten Teppich und schob ihn in die Raummitte. Schwungvoll rollte ich ihn aus, wobei Staub aufwirbelte. Ich wusste nicht, wie ich Reed die Magie erklären sollte, also würde ich sie ihm zeigen.

XV

DER TEUFEL

»Du darfst mit niemandem über das sprechen, was ich dir jetzt zeige«, sagte ich eindringlich und versuchte Reed mit meinem Blick zu verstehen zu geben, wie ernst es mir war.

Er nickte. »Du kannst mir vertrauen.«

Ich wusste das, aber es beruhigte mich, ihn die Worte noch einmal sagen zu hören. Ich nahm einen tiefen Atemzug und trat auf den Teppich. Wachsam verfolgte Reed jeden meiner Schritte, während ich mich bückte und nach der goldenen Kordel griff, um die Falltür zu öffnen. Ich zog daran, und der Eingang zum Archiv klappte auf.

Reed sah mich erstaunt an, gab aber keinen Laut von sich. Schweigend stiegen wir in das Archiv hinab. Ich schaltete das Licht ein, und wie immer beruhigte der Chor aus flüsternden Stimmen meine Nerven.

Reed betrachtete die Regalreihen, die sich vor uns auftürmten. »Was ist das hier?«

»Das Archiv«, antwortete ich und schlenderte zu einem offen stehenden Kleiderschrank, in dem mein Mantel hing sowie ein weiteres Dutzend Kleider, Anzüge und Uniformen, die ihren Trägern außergewöhnliche Fähigkeiten verliehen.

»Ist das so etwas wie ein Ersatzlager?«

Ich lachte. »Nein, das Archiv ist das Kernstück des Sorcerer und wohl der einzige Grund für dessen Existenz. Diese Gegenstände sind mein Job, alles, was sich da oben im Laden abspielt, ist nur Tarnung.«

»Tarnung? Wofür?«

»Die Magie«, sagte ich und präsentierte damit die Wahrheit wie einen Faustschlag – hart und plötzlich.

Reed starrte mich an, als hätte ich gerade in einer fremden Sprache zu ihm gesprochen – völlig verständnislos. »Magie?«

Ich wusste, dass tausend Wörter nicht ausreichten, um ihn von der Wahrheit zu überzeugen, also sah ich mich um, auf der Suche nach einem Gegenstand, der jeden Unglauben von Reed abfallen lassen würde. Dabei fiel mein Blick auf den nicht mordenden Dolch, der zusammen mit vier weiteren Waffen an einer Wand hing. Ich holte ihn herunter und betrachtete die Klinge im Schein der Glühbirne.

»Woah, was hast du vor?«, frage Reed und trat einen Schritt vor. Diese Bewegung war so typisch für ihn. Während alle anderen versucht hätten, Abstand zwischen sich und die Waffe zu bringen, kam Reed näher.

Ich lächelte. »Vertrau mir!«

»Das ist gerade nicht ganz einfach.«

»Du wirst es nicht bereuen«, versicherte ich ihm und zog meinen Bademantel aus. Ich streckte meinen Arm aus, sodass er deutlich meine unversehrte Haut sehen konnte. »Bereit?«

Er schüttelte den Kopf.

Ich ignorierte ihn, und ohne zu zögern zog ich den Dolch über meinen Unterarm. Die scharfe Klinge glitt durch meine Haut wie durch ein Stück warme Butter.

»Was zum Teufel …?« Reed machte einen Satz nach vorne und packte meinen Arm. »Spinnst du?!«

»Sieh hin«, verlangte ich mit gequältem Gesichtsausdruck. Brennender Schmerz hatte meinen Unterarm erfasst, doch sogleich wurde er vom heilenden Kribbeln der Magie ersetzt.

Sichtlich widerstrebend richtete Reed seinen Blick auf meinen Arm, den er noch immer festhielt. Blut sickerte aus der offenen Wunde und tropfte zu Boden. Jegliche Farbe wich aus seinem Gesicht, und er drückte die Finger fester in meine Haut. Jedoch schien er nicht länger mich, sondern sich selbst festzuhalten. Sein Körper geriet leicht ins Wanken.

O shit, vielleicht war das doch keine gute Idee gewesen.

Reed presste die Lippen aufeinander.

»Musst du dich übergeben?«, fragte ich panisch.

Er machte eine Kopfbewegung, von der ich nicht wusste, ob sie Ja oder Nein bedeutete. Hilfe suchend blickte ich mich nach einem Eimer um, denn ich konnte nicht zulassen, dass er sich auf einen magischen Gegenstand übergab. Genauso gut hätte er auf einen Altar im Vatikan spucken können.

»Mach die Augen zu«, wies ich ihn an, da er noch auf meinen Arm starrte, als könnte er nicht wegsehen. Die Wunde hatte sich dank der Magie zwar bereits zugezogen, aber mein Blut war noch immer zu sehen. Ich hob meinen Bademantel auf und wischte mir damit den Unterarm sauber, bis nur noch rosa Schlieren auf meiner heilen Haut zu sehen waren.

Ich schaute zu Reed. Er hatte die Lider fest zusammengekniffen und war blass wie ein Leichentuch. Seine Atmung kam stoßweise, und es war nicht zu übersehen, dass er noch immer mit seinem Brechreiz kämpfte.

»Dein Arm?«, fragte er mit kraftloser Stimme.

»Dem geht es gut. Du kannst wieder hinsehen.«

»Besser nicht.«

»Vertrau mir.«

»Vergiss es.« Er schüttelte den Kopf. »Das letzte Mal, als du das gesagt hast, hast du dir den Arm aufgeschlitzt.«

»Du kannst die Augen nicht für immer geschlossen halten.«

»Ich kann es versuchen.«

Ich ließ den blutigen Bademantel zu Boden fallen und trat so dicht vor Reed, dass er sich meiner Nähe trotz geschlossener Augen bewusst sein musste. Völlig ungeniert betrachtete ich sein Gesicht. Es war schmerzerfüllt, als hätte er sich verletzt. Ich hob meine Hand und berührte die Stelle zwischen seinen Augenbrauen, die er so sorgenvoll zusammengezogen hatte. Mit meinem Daumen streichelte ich darüber, ehe ich meine Finger abwärtsgleiten ließ, über seine fahlen Wangen bis zu seinem verhärteten Kiefer. Dabei beobachtete ich, wie die Anspannung aus seinen Zügen wich. Er sagte zwar, dass er mir nicht vertraute, aber sein Körper tat es.

»Bitte mach die Augen auf«, bat ich ihn erneut, die Stimme zu einem Flüstern gesenkt.

Reeds Lider zuckten, und langsam, unendlich langsam öffnete er seine Augen. Sein Blick fand meinen, und was ich dort sah, war nicht länger Ekel, sondern Sorge und Zuneigung.

Er schluckte hart. »Warum hast du das getan?«

Meine Hand kam auf seiner Brust zum Erliegen, die sich unter meinen Fingerspitzen zu schnell bewegte. »Um dir die Magie zu zeigen.«

»Wäre das nicht auch anders gegangen?«, fragte Reed und blickte vorsichtig an meinem Körper nach unten, bereit, sofort wieder wegzuschauen, sollte es nötig sein. Doch seine Augen weiteten sich, als er meinen Arm sah. Von der Wunde war nichts mehr übrig, nur noch eine zartrosa Narbe, die bald allerdings der Vergangenheit angehören würde.

Irritiert blinzelte Reed die unversehrte Haut an. Er nahm meine Hand und hob meinen Arm, um ihn besser betrachten zu können. Unverständnis spiegelte sich nun in seinen Augen. »Wie ist das möglich? Ich versteh nicht.«

»Ich sagte doch: Magie.«

»Magie«, wiederholte Reed, dann nickte er langsam. »Okay.«

»Okay?« Ich blinzelte. Einmal. Zweimal. Dreimal. »Das ist alles, was du zu sagen hast? Okay?«

Er zuckte mit den Schultern. »Was soll ich denn sonst sagen?«

»Ich weiß nicht.« Ich entzog Reed meine Hand und verschränkte meine Arme vor der Brust. Ihm von der Magie zu erzählen, war eine riesige Sache für mich, und er tat so, als wäre es nichts. »Wie wäre es mit: Fallon, du bist verrückt! Machst du Scherze? Oder: Wo ist die versteckte Kamera? Hab ich jetzt drei Wünsche frei?«

»Hab ich?«

Ich warf die Hände in die Luft. »Nein!«

Verwundert hob Reed die Augenbrauen. »Bist du jetzt sauer auf mich, weil ich dir glaube?«

»Du glaubst mir nicht«, beschuldigte ich ihn.

»Ich habe doch gesagt, dass es okay ist.«

»Ja, aber das meinst du nicht ernst.«

»Doch, natürlich.«

Ich stieß ein Schnauben aus und griff erneut nach dem nicht mordenden Dolch, um ihn zurück an seinen Platz an der Wand zu hängen. »Kein normaler Mensch würde die Existenz von Magie einfach so akzeptieren.«

»Hast du das noch nicht bemerkt, Fallon? Ich bin nicht normal«, erwiderte Reed mit einem humorlosen Lachen. »Ich habe in meinem Leben schon viel gesehen und durchgemacht, mehr, als du ahnst, und die Tatsache, dass Magie existiert, ist unglaublich. Aber nicht auf Platz eins der Liste der Dinge, die Reed schocken. Vielleicht nicht einmal auf Platz zwei.«

Ich schürzte die Lippen und musterte ihn. Er wirkte verdammt aufrichtig. »Das heißt, du nimmst das jetzt einfach so hin?«

Er zuckte mit den Schultern. »Es ist, wie es ist.«

Ich zog die Brauen zusammen. »Und du hast keine Fragen?«

»Das hab ich nicht gesagt. Ich habe Fragen. Jede Menge. Mit dem *Okay* meinte ich nur, dass ich akzeptiere, dass es so etwas wie Magie gibt.«

»Nicht *so etwas* wie Magie«, korrigierte ich ihn. »Einfach nur Magie. Die ganzen neuen Lebensmittel in meiner Küche stammen von der Schreibfeder, die ich aus dem Writers' Museum geklaut habe, die es einem ermöglicht, Objekte herbeizuwünschen. Meine Handschuhe verleihen mir das Geschick eines Meisterdiebes, und mein Mantel lässt mich zu der Person werden, die mein Betrachter am liebsten sehen würde.« Ich stutzte. »Zumindest meistens, aber es gibt Ausnahmen. Eine Ausnahme, um genau zu sein. Dich.«

»Mich?«

Ich nickte und hob meinen Bademantel vom Boden auf.

Mein Blut war bereits getrocknet. »Ich weiß nicht, was es ist, aber aus irgendeinem Grund lässt du dich von der Magie nicht beeinflussen. Mein Mantel konnte dich nicht täuschen, das Ewige Feuer im Haus in Bruntsfield hat dich nicht verbrannt, du konntest hier einbrechen, obwohl das Gebäude magisch verriegelt ist, und der Spiegel ... der Spiegel hat dich nicht wahnsinnig gemacht.«

Reed warf einen Blick über seine Schulter, die Treppe empor in den Lagerraum. »Was hätte ich in dem Spiegel sehen sollen?«

»Deine größte Angst«, erklärte ich und drehte den dreckigen Stoff meines Bademantels nach innen, ehe ich die saubere Seite gegen meine Brust drückte. »Er zeigt dir eine Vision deines schlimmsten Albtraums und pflanzt sie geradewegs in deinen Verstand, sodass du sie immer und immer wieder sehen musst, bis du daran zerbrichst.«

»Wow!« Sorge flackerte über Reeds Gesicht. »Vielleicht solltest du das Ding nicht so herumstehen lassen.«

»Bisher habe ich mir auch keine Sorgen um neugierige Mitbewohner machen müssen.« Ich schürzte die Lippen. »Außerdem ist der Spiegel zu groß und passt nicht durch die Öffnung.«

»Könntest du ihn nicht einfach zerschlagen?«

»Zerschlagen?« Ich schüttelte den Kopf. »Das kommt nicht infrage. Ich bin Archivarin, und meine oberste Priorität ist das Bewahren der Magie. Okay, das stimmt nicht, eigentlich kommt das an zweiter Stelle. Genau genommen ist mein oberstes Anliegen, Menschen vor der Magie zu schützen, aber magische Gegenstände darf ich nur im Notfall zerstören.«

»Verstehe«, murmelte Reed. Er presste die Lippen aufeinander, und als würde ihm erst jetzt dämmern, was wirklich vor sich ging, ließ er seinen Blick langsam, geradezu andächtig durch die Regale um uns herum gleiten.

Schweigend beobachtete ich ihn dabei und versuchte seine Reaktion abzuschätzen, gab aber schnell wieder auf. Reed ließ nichts durchscheinen. Ohnehin neigte er dazu, mich zu überraschen. Niemals hätte ich damit gerechnet, dass er die Existenz der Magie so gelassen akzeptieren würde, mit Ausnahme seiner Übelkeit, die allerdings mehr mit meinem Blut statt der Magie zu tun hatte. Hatte ich mich dafür eigentlich bei ihm entschuldigt?

»Wie bist du zur Archivarin geworden?«, fragte Reed.

»Familiengeschäft«, erwiderte ich mit einem schmalen Lächeln und schlug vor, das Gespräch bei einer Tasse Tee nach oben zu verlegen.

»Und du hörst die Magie wirklich flüstern?«, fragte Reed, nachdem ich ihm einen Crashkurs über Archivarenwissen gegeben hatte.

»Ja«, erwiderte ich. Wir hatten es uns auf meinem Bett gemütlich gemacht, unsere Teetassen waren leer, und hinter den Jalousien meiner Fenster ging die Sonne auf und zeichnete Gittermuster an die Wand.

»Und was sagt die Magie?«

»Sie rezitiert alte Metallica-Songs.«

Reed verpasste mir einen sanften Stoß mit den Ellenbogen. »Ernsthaft.«

»Ich hab keine Ahnung. Das Flüstern gleicht mehr einem unverständlichen Murmeln.«

»Nervt dich das nicht? Ständig ein Nuscheln im Ohr zu haben?«

Ich drehte meinen Kopf zu Reed. »Ich weiß nicht, nervt es dich, Farben zu sehen?«

»Nein.«

»Da hast du deine Antwort. Genauso ist es mit der Magie. Ich kenne es nicht anders und höre sie seit meiner Geburt. Ihr Flüstern war immer da und wird nie verstummen.«

»Das ergibt Sinn«, sagte Reed langsam und richtete seinen Blick nachdenklich an die Decke. Sein Schweigen dauerte an, und ohne ein Wort zu wechseln, lagen wir nebeneinander, hingen unseren Gedanken nach und beobachteten das Lichtspiel des Sonnenaufgangs.

Meine anfänglichen Bauchschmerzen bei meiner Entscheidung, ihm die Wahrheit zu sagen, waren verschwunden. Ich wusste, dass es falsch war, mit ihm über die Magie zu reden. Er war kein Eingeweihter, aber es fühlte sich so verdammt gut an, kein Geheimnis mehr daraus machen zu müssen. Dennoch fürchtete ich die Konsequenzen dieser Entscheidung. Vermutlich würde man mich deswegen nicht aus den Reihen der Archivare verbannen, dafür gab es zu wenige von uns. Doch meine Eltern würden dies als weiteren Vertrauensmissbrauch ansehen, einen weiteren Grund, mir das Archiv wegzunehmen. Doch daran wollte ich noch nicht denken. Eine Katastrophe nach der anderen, und zuerst musste ich die Tarotkarten wiederfinden.

»Weißt du, was ich glaube?«, fragte Reed schließlich in die Stille hinein.

Ich schielte zu ihm. »Was?«

»Dass der Spiegel versucht hat, mir meine größte Angst zu zeigen, aber es nicht geschafft hat. Als ich hineingeschaut habe, ist das Glas ganz milchig geworden, als würde man durch ein extrem dreckiges Fenster schauen.«

»Die Magie des Spiegels ist ziemlich stark, und womöglich hat deine Immunität ihre Grenzen. Das wissen wir nicht.«

»Das wäre möglich«, sagte Reed. Seine Stimme klang gedankenverloren. »Oder es liegt daran, dass ich keine Angst verspüre.«

»Red keinen Unsinn. Jeder Mensch hat vor irgendetwas Angst.«

»Ich nicht.«

Ich schnaubte. »Du musst hier nicht den großen Macho spielen, ich weiß, dass du ein weiches Herz hast.«

»Nein, ich meine das völlig ernst.« Er richtete sich auf und sah mich an. »Ich habe keine Angst, denn es gibt nichts auf dieser Welt, vor dem ich mich fürchten müsste. Nüchtern betrachtet, lebe ich meinen Albtraum bereits. Ich habe kein Dach über dem Kopf, bin pleite, arbeitslos und völlig allein. Meine Verwandten haben mich im Stich gelassen, meine Eltern und meine Schwester sind tot, und mein Herz hat auch schon einmal aufgehört zu schlagen. Was also hätte mir der Spiegel Schlimmeres zeigen können als die Wirklichkeit?«

Mein Magen zog sich bei Reeds Worten zusammen. Ich hatte bereits geahnt, dass seine Eltern nicht mehr am Leben waren, aber es ihn in einer solchen Klarheit sagen zu hören, war etwas völlig anderes. Seine Einsamkeit brach mir das Herz, doch er sollte wissen, dass er nicht länger allein war. Er hatte jetzt mich, und nach allem, was ich ihm anvertraut hatte, würde sich daran so schnell nichts ändern. »Erzähl mir, was damals passiert ist.«

»Sicher? Das ist keine schöne Geschichte.«

»Mir egal. Es ist deine Geschichte, und ich will sie hören.«

»Okay«, sagte Reed. Er begann nicht sofort zu erzählen, sondern atmete tief ein, als müsste er sich für diese Unterhaltung wappnen.

»Vor acht Jahren bin ich gemeinsam mit meinen Eltern und meiner kleinen Schwester Jane nach England in den Urlaub gefahren, in eine Stadt namens *Reading.* Sie fanden das verdammt komisch und ich ziemlich dämlich, aber ich war vierzehn, zu cool für diese Welt und wollte so wenig Zeit wie möglich mit meiner peinlichen Familie verbringen. Ich habe mir gewünscht, sie würden einfach verschwinden und mich in Ruhe lassen, und dieser Wunsch ist mir erfüllt worden.«

Reeds Kehlkopf hüpfte nervös, und er fuhr sich mit der Zunge über die Lippen, um sie zu befeuchten. Ich traute mich nicht, mich zu rühren, aus Angst, ihn aus seiner Erzählung zu reißen.

»Ein verwirrter Tourist ist in den Gegenverkehr geraten. Mein Dad hat das Steuer herumgerissen, um ihm auszuweichen. Er hat den Abhang neben der Straße nicht bemerkt. Unser Auto ist heruntergerollt, bis ein Baum es gestoppt hat. Meine Eltern und Jane sind noch an der Unfallstelle gestorben. Mich hat man ins Krankenhaus gebracht, wo mein Herz aufgehört hat zu schlagen.«

In Reeds Worten klang eine Sehnsucht mit, die mir einen kalten Schauer durch den Körper jagte und das Blut in meinen Adern gefrieren ließ. Denn es war nicht nur die Sehnsucht eines Jungen nach seiner Familie, sondern Enttäuschung darüber, im Tod nicht mit ihr vereint zu sein.

Ich öffnete meinen Mund, um Reed Trost und Mut zu spenden, aber mir versagten die Worte. Denn kein gut gemeinter Rat, keine Beileidsbekundung und keine Zuversicht dieser Welt würden ihm das zurückbringen, was er verloren hatte. Und zu glauben, dass er sich seinen eigenen Tod weniger wünschte, nur weil ich ihm gut zusprach, war naiv.

»Ich wurde eine Weile im künstlichen Koma gehalten, und als ich aufgewacht bin, hat man mir gesagt, dass meine Eltern und Jane tot sind. Ich habe nicht geweint und mich geweigert, es zu akzeptieren. Tagelang habe ich darauf gewartet, dass sie durch die Tür meines Krankenzimmers kommen und mir sagen, dass sie mir damit eine Lehre erteilen wollten. Natürlich sind sie nicht gekommen, und ich wurde entlassen.«

Ich schluckte schwer und tastete nach Reeds Hand, um ihn wissen zu lassen, dass ich für ihn da war. Meine Finger verflocht ich mit seinen, und ein schmales, trauriges Lächeln trat auf seine Lippen, als er zu mir aufblickte. Tränen schimmerten in seinen Augen, und auch in meiner Kehle breitete sich ein Gefühl der Enge aus.

»Meine Eltern waren beide Einzelkinder, und nur noch die Mutter meines Vaters war am Leben. Sie hat mich bei sich aufgenommen, aber wenige Monate später ist sie gestorben. Das war echt hart für mich. Sie war meine letzte Verwandte, also bin ich in staatliche Pflege gekommen. Eine Weile war ich im Jugendheim, ehe man mich von Pflegefamilie zu Pflegefamilie gereicht hat. Ich habe begonnen, die Schule zu schwänzen, habe Schlägereien angezettelt, bin in Häuser eingebrochen und habe keine Gelegenheit ausgelassen, Unruhe zu stiften, weil ich nicht anders mit meinem Zorn umzugehen wusste. Das wenige Geld, das ich von meinen Eltern geerbt habe, hab ich versoffen und für irgendwelche Pillen ausgegeben, um cool zu sein.«

Ich nickte verständnisvoll. So viele Probleme ich auch mit

meinen Eltern hatte und so verkorkst meine Beziehung zu meiner Mum auch war, sie mit vierzehn Jahren zu verlieren, hätte mich wohl ebenfalls vollkommen aus der Bahn geworfen.

»Letzten Endes habe ich die Schule geschmissen und habe angefangen, meine Dienste auf der Straße anzubieten. Ich wurde zum Jungen für alles, solange das Geld stimmte. Eine Weile bin ich bei Freunden untergekommen, aber dieser Zustand hat nicht angehalten, und schließlich stand ich allein da.«

»Wann war das?«, fragte ich vorsichtig.

»Vor knapp zwei Jahren. Damals habe ich das erste Mal eine Nacht auf der Straße verbringen müssen. Es war grauenhaft, und ich habe wieder angefangen zu trinken. Du glaubst gar nicht, wie viel Unterschied so ein bisschen Alkohol macht, wenn es darum geht, ohne Decke auf hartem Boden zu schlafen. Manchmal war ich tagelang betrunken, bis ich einmal beinahe an meiner eigenen Kotze erstickt wäre.«

Ich drückte Reeds Hand viel zu fest, aber er störte sich nicht daran, dass ich kurz davor war, seine Finger zu brechen. Unbeirrt erzählte er weiter.

»Zum zweiten Mal in meinem Leben bin ich danach in einem Krankenhaus aufgewacht. Ich habe mich so geschämt und konnte nur daran denken, wie enttäuscht meine Eltern von mir wären. Am nächsten Morgen habe ich beschlossen, mein Leben zu ändern, allerdings ist das schwer. Denn ohne Schulabschluss und feste Wohnadresse will dir niemand einen Job geben. Und ohne Job kannst du dir nichts von beidem leisten. Aber irgendwann wird es klappen. Daran muss ich glauben.«

Fassungslos starrte ich Reed an. Ich wusste nicht, was ich darauf erwidern sollte. Das war furchtbar, und dabei war ich mir sicher, dass er mir nicht einmal die ganze Geschichte erzählt und viele Details ausgelassen hatte. Ich wollte gar nicht daran denken, was für Jobs er angenommen hatte und mit welchen Gestalten er sich auf der Straße hatte abgeben müssen, um über die Runden zu kommen. Hätte ich ihm nicht längst den Diebstahl der Tarotkarten verziehen, hätte ich es in diesem Moment getan.

XVI

DER TURM

Beim schrillen Klingeln der Haustür wusste ich, ich hatte verschlafen. Schon wieder. Ich schoss in die Höhe und sah zu meinem Wecker. Fast elf. Fuck! Nachdem Reed mich am vergangenen Morgen hatte ausschlafen lassen und wir heute bis zum Morgengrauen geredet hatten, hatte ich natürlich vergessen, das Ding zu stellen. Hoffentlich waren an der Tür nur verärgerte Kunden und nicht meine Eltern.

»He, aufwachen!« Ich rüttelte Reed wach, der neben mir lag, denn die Klingel hatte ihn nicht geweckt. Vermutlich entwickelte man irgendwann eine Resistenz gegen laute und nervige Geräusche, wenn man auf der Straße lebte.

Reed gähnte. »Wie spät ist es?«

»Zu spät«, erwiderte ich und sprang aus dem Bett. Ich zog meine Jeans vom Vortag an, die ich achtlos auf den Boden geworfen hatte, und streifte mir einen Cardigan über das Top, um die Tatsache zu vertuschen, dass ich noch keinen BH trug.

»Ich komm schon, ich komm schon!«, rief ich und polterte die Treppe nach unten in den dunklen Verkaufsraum in Richtung der Tür. Vor lauter Eile blieb mein Fuß dabei an einem alten Garderobenständer hängen. Ich geriet ins Stolpern und versuchte, nicht mein Gleichgewicht zu verlieren. Gerade noch rechtzeitig hielt ich mich an einer Kommode fest, um nicht der Länge nach und mit dem Gesicht voran auf den Dielenbrettern aufzuschlagen.

Benommen torkelte ich die letzten Meter weiter und wollte das Schloss gerade herumdrehen, als ich erkannte, wer vor der Tür stand. Es waren weder erzürnte Kunden noch meine vorwurfsvoll dreinblickenden Eltern. Und plötzlich hatte ich es noch eiliger, die Tür zu öffnen. Fahrig friemelte ich an dem Schlüssel herum, bis sich die Verriegelung endlich löste. Ich riss die Tür so schwungvoll auf, dass die alten Angeln laut knarzend protestierten. »Was machst du hier?«

»Guten Morgen, Sonnenschein!«, grüßte mich Jess mit einem ansteckenden Grinsen. Er gehörte zu jenen Menschen, die einen Raum nur betreten mussten, um die Aufmerksamkeit aller auf sich zu ziehen. Dabei waren keine Worte notwendig, denn seine Ausstrahlung und sein Aussehen sprachen für sich. Jess hatte die dunkle Haut seines Vaters und das charmante Lächeln und die Grübchen seiner Mutter geerbt. Sein schwarzes Haar trug er kurz geschoren, was seine kantigen Gesichtszüge betonte, die jedoch durch das freundliche Funkeln in seinen braunen Augen sanfter wirkten.

»Verschlafen?«, fragte Jess. »Ich würde dir ja etwas von meinem Kaffee anbieten, aber der ist leider leer.« Zum Beweis hob er einen gigantischen Thermobecher in die Höhe und schüttelte ihn.

»Ein Schluck von deinem Kaffee würde mich vermutlich geradewegs ins Krankenhaus befördern.« Mein Lächeln wurde noch breiter, und am liebsten wäre ich Jess in die Arme gesprungen. Doch so fröhlich und offenherzig seine Persönlichkeit war, so sehr hasste er Berührungen jeglicher Art. »Was machst du hier?«, wiederholte ich meine Frage.

Er senkte seinen Blick. »Ich weiß, du hast gesagt, du kommst allein zurecht, aber ich dachte, ich schau trotzdem vorbei. Quality Time mit meiner BFF verbringen und so.«

»Sicher? Du wurdest nicht von meinen Eltern geschickt?«

»Nope.«

»Gut, dann darfst du reinkommen.« Ich winkte ihn in den Laden und sperrte hinter ihm ab. »Wenn mich nicht alles täuscht, habe ich oben sogar noch Kaffee, falls du weiter an deinem Herzfehler arbeiten möchtest.«

»Wer könnte da widerstehen?« Jess zwinkerte mir zu und folgte mir. Ich nahm ihm seinen leeren Becher ab, denn er trug eine gigantische Reisetasche bei sich. In der steckte vermutlich kaum Kleidung, dafür aber umso mehr Technik, da Jess nie ohne sein Equipment verreiste.

Wir hatten die Treppe zur Wohnung kaum erreicht, da hörte ich die Geräusche aus meiner Küche. Das Klackern von Töpfen, das Kochen von Wasser und leise Musik, als hätte Reed das Radio angestellt.

Jess räusperte sich. »Hast du Besuch?«

»Sozusagen.« Ich wandte mich zu ihm um und biss mir verlegen auf die Unterlippe. Dabei wünschte ich, die Sache mit Reed wäre so einfach und banal wie das, was Jess mit seinem verschmitzten Grinsen anzudeuten versuchte. Ich war erwachsen und hatte jedes Recht darauf, Sex zu haben, wann und mit wem ich wollte. Wozu ich allerdings kein Recht hatte, war, Typen bei mir wohnen zu lassen und ihnen die ganze Nacht lang von der Magie zu erzählen.

»Das muss dir nicht peinlich sein«, sagte Jess, der mein Schweigen falsch verstand. »Wenn du willst, laufe ich noch eine Runde um den Block, bis er weg ist.«

Ich seufzte, und in mir wuchs erneut der Wunsch, Jess zu

umarmen. Nur er würde ein solches Angebot machen. Und ein Teil von mir erwog ernsthaft, es anzunehmen, nur was sollte das bringen? Jess hatte vor, länger zu bleiben, und ich würde Reed auf keinen Fall zurück auf die Straße schicken, nicht nach allem, was er mir in der letzten Nacht erzählt hatte. Außerdem war er mein bester Freund und war hergekommen, um für mich da zu sein. Hatte er da nicht die Wahrheit verdient, vor allem, nachdem ich ihn in den letzten Tagen immer wieder angelogen hatte? Sicher würde es ihn aufregen, aber er würde es verstehen, wenn er erst die ganze Geschichte kannte.

»Nein, bleib. Ich will, dass du Reed kennenlernst.«

»Wow, es ist also was Ernstes?«

»Ernst ist es auf jeden Fall.« Ich verzog die Lippen zu einem schiefen Lächeln und setzte meinen Weg in die Wohnung fort, bevor Jess die Wahrheit in meinen Worten heraushören konnte und misstrauisch wurde.

Reed hatte sich umgezogen und war in der Küche gerade dabei, alles für ein Frühstück vorzubereiten. Ein Karton mit Eiern stand auf der Theke, der Wasserkocher blubberte, und die Kaffeemaschine verbreitete laut gurgelnd einen herben Duft in der Wohnung. Er sah auf, als er mich kommen hörte, jedoch glitt sein Blick sogleich über meine Schulter zu Jess.

»Schau mal, wer uns besucht: Jess«, verkündete ich mit gespielter Heiterkeit, als würde ich mir gar keine Sorgen darum machen, wie dieses Aufeinandertreffen ablief. »Und das ist Reed. Reading, wenn du ihn ärgern willst.«

»Reed. Immer Reed«, sagte er und nickte Jess zu. »Kaffee?«

»Unbedingt!« Jess setzte seine Reisetasche vorsichtig auf

dem Boden ab und hockte sich an den Tresen. Reed schob ihm eine Tasse zu. Jess nippte daran und verzog leicht angewidert die Lippen. Er liebte seinen Kaffee abartig stark, vermutlich war das, was Reed ihm vorgesetzt hatte, nur Wasser mit Kaffeegeschmack. Doch er beklagte sich nicht. Interessiert schaute er zwischen Reed und mir hin und her. »Wie lange kennt ihr euch schon?«

»Noch nicht lange«, antwortete ich und nahm eine Tasse Tee von Reed entgegen. Auf einmal erschien mir die Luft in meiner Wohnung viel zu dick, und ich lief zu einem Fenster, um es zu öffnen. »Wir haben uns im *Banshee Labyrinth* kennengelernt.«

»Cool«, erwiderte Jess und trank noch einen Schluck seines Kaffees. Ob aus Nettigkeit oder reiner Koffeinsucht, vermochte ich nicht zu sagen. »Und ihr seid zusammen? Oder ist das nur so ein Sexding?«

Reed verschluckte sich an seinem Tee und begann zu husten, mich hingegen überraschte Jess' Direktheit nicht im Geringsten. Er hatte nicht unbedingt viel Feingefühl und Geduld, wenn es um menschliche Gefühle und Interaktionen ging.

»Nein, wir sind nicht zusammen. Es ist etwas komplizierter.«

Jess runzelte die Stirn. »Ist *komplizierter* das Codewort für *schwanger?* Wenn ja, bestehe ich darauf, dass das Baby Jess heißt.«

Ich rollte mit den Augen. »Nein, ich bin nicht schwanger.« *Wobei das vermutlich einfacher zu erklären wäre.* »Und nein, Reed ist auch nicht mein verschollener Bruder oder durch die Zeit gereist. Er ist einfach ein Typ, der von der Magie weiß.«

Da war sie: die Wahrheit.

Kurz und schmerzlos.

Schon wieder.

Jess' Gesicht wurde leer, und jegliches Leben wich aus seinen Augen. Zurück blieb eine ausdruckslose Maske mit harten Kanten. »Du meinst, er ist ein Eingeweihter?«

Ich verzog die Lippen. »Nicht direkt.«

»Und er ist auch kein Archivar«, sagte Jess. Es war keine Frage, sondern eine Feststellung, die keine Antwort erforderte. Ich presste die Lippen aufeinander und beobachtete ihn mit angespannten Schultern. In seiner Haltung regte sich nichts, aber ich spürte die Wellen der Enttäuschung, Wut und Fassungslosigkeit, die von ihm ausgingen.

»Reed?«, fragte Jess mit einer gefährlichen Ruhe in der Stimme. »Könntest du einen Spaziergang machen? Ich muss mit Fallon unter vier Augen reden.«

O shit!

Reeds Blick wanderte zu mir. Ich musste so verunsichert aussehen, wie ich mich fühlte, denn er zögerte. Ich hatte eine gute Vorstellung davon, was Jess mir sagen wollte, und auch wenn ich gerne auf diese Unterhaltung verzichtet hätte, führte kein Weg daran vorbei. Und es gab keinen Grund, weshalb Reed mit mir leiden sollte.

»Schon gut. Jess und ich reden nur.« Ich lief zu meiner Handtasche und holte ein paar Scheine aus meinem Geldbeutel, die ich Reed reichte. »Hol uns doch ein paar Scones zum Frühstück. Ohne Rosinen. Bitte?«

Reed nahm mir das Geld aus der Hand. Dabei war jede seiner Bewegungen langsam und abschätzend. Ich brachte ihn nach unten und sperrte die Tür auf. Ihm war deutlich anzusehen, dass es ihm nicht gefiel, uns allein zu lassen, aber so war es besser. Das sagte ich ihm auch noch einmal, und mit einem flüchtigen Kuss verabschiedete ich ihn, bevor ich wieder nach oben ging.

Jess saß noch genauso da wie zuvor. Er hatte sich nicht gerührt, keinen Millimeter. Sein Gesicht bedeckt von einer unmenschlichen Leere. Doch als er mich nun erblickte, wich diese Leere heißem Zorn. Er sprang von seinem Hocker auf, der mit einem lauten Knall zu Boden donnerte, und der Inhalt seiner Kaffeetasse ergoss sich über den Tresen. Ihm war das egal.

»Was zum Teufel ist mit dir los, Fallon?«, brüllte er so laut, dass man ihn vermutlich durch das offene Fenster bis nach draußen hörte. Ich schloss es, denn niemand sollte hiervon etwas mitbekommen.

»Erst verlierst du die Tarotkarten und treibst dich ohne mein Wissen auf einem Schwarzmarkt herum, bei dem du dich fast erwischen lässt, dann rennst du auch noch durch die Gegend und erzählst irgendwelchen Fremden von der Magie. Was hast du dir nur dabei gedacht?«, fragte Jess, aber auch dieses Mal erwartete er keine Antwort. Er tigerte durch den Raum und gestikulierte wild mit seinen Armen. »Hast du eine Sekunde überlegt, was das für uns alle bedeuten könnte? Hier geht es nicht nur um dich, verdammte Scheiße, sondern um uns alle. Es gibt einen Grund, wieso der Ausschuss tage-, wochen- und manchmal sogar monatelang darüber entscheidet, ob jemand zum Eingeweihten werden darf oder nicht. Wir vertrauen diesen Menschen ein jahrhundertealtes Geheimnis an, das in den falschen Händen Grausames bewirkt. So etwas erzählt man jemandem nicht einfach über einer Tasse Tee. Was grinst du so?«

Ich biss mir auf die Innenseite der Wangen, um das

Lachen zurückzuhalten. Jess hatte keine Ahnung, wie nah er mit dieser Tasse-Tee-Sache der Wahrheit gekommen war.

»Findest du das etwa witzig?«

»Nein, und ich habe Reed nicht leichtfertig von der Magie erzählt.«

Jess schnaubte. »Natürlich nicht. Ihr kennt euch immerhin schon … wie lange? Zwei Wochen? Drei Wochen?«

»Es sind Wochen, in denen viel passiert ist«, warf ich ein und spielte meine einzige Trumpfkarte aus. »Wusstest du, dass es Menschen gibt, die gegen Magie immun sind?«

Jess' Maske der Wut bekam einen Riss. Eine Furche bildete sich auf seiner Stirn. »Was meinst du damit?«

»Ist dir bekannt, dass es Menschen gibt, die sich nicht von der Magie beeinflussen lassen?«, formulierte ich meine Frage um. »Mir war es das nämlich nicht, bis ich Reed begegnet bin. Er konnte mich durch den magischen Mantel hindurch sehen.«

Die Falte zwischen Jess' Augenbrauen wurde tiefer. »Das könnte auch Zufall sein. Vielleicht bist du genau sein Typ.«

»Das dachte ich auch, aber … erinnerst du dich an den Verrückten, der in Bruntsfield in das brennende Haus gerannt ist? Das war Reed. Er hätte schwere Verletzungen davontragen müssen, aber das magische Feuer hat ihm nichts anhaben können. Außerdem konnte er hier einbrechen …«

»Warte«, unterbrach mich Jess. »Er ist bei dir eingebrochen?«

»Ja, aber nicht so, wie du denkst«, beeilte ich mich, Reed zu verteidigen. »Das war ganz harmlos. Wichtig ist aber, dass er den Schutzzauber umgehen konnte, und letzte Nacht … letzte Nacht hat er in den Spiegel geschaut.«

Jess' Augen weiteten sich. »*Den* Spiegel?«

Ich nickte.

»Und er ist nicht durchgedreht?«

»Nein. Er hat nichts gesehen.« Reed beteuerte zwar, dass das damit zusammenhing, dass er keine Ängste hatte, aber daran glaubte ich keine Sekunde.

Nachdenklich schürzte Jess die Lippen. Der Ärger war nun vollständig aus seinen Gesichtszügen gewichen, aber ich wusste es besser, als mich in falscher Sicherheit zu wiegen. Was immer Reeds Verhältnis zu der Magie war, ich hatte gegen eine Regel verstoßen. »Die Magie hat also tatsächlich keine Wirkung auf ihn«, murmelte Jess. Es war schwer auszumachen, ob er mit sich selbst oder mit mir redete. Ich antwortete dennoch.

»Ja, und als ich durchgedreht bin, nachdem ich ihn vor dem Spiegel erwischt habe, hat er angefangen, Fragen zu stellen. Ich musste es ihm erzählen. Ich meine, er ist immun. Das gab es noch nie, oder?«

Jess schüttelte den Kopf. »Wissen deine Eltern davon?«

Ich lief zur Spüle und holte einen Lappen, um endlich den Kaffee aufzuwischen, der munter zu Boden tropfte. »Natürlich nicht. Sie waren wegen der Karten aufgebracht genug, und ich war mir nicht sicher, wie ich mit der Sache umgehen sollte.«

Jess verschränkte die Arme vor der Brust, der Blick aus seinen braunen Augen war unergründlich. »Wie hat Reed den Spiegel überhaupt gefunden?«

»Na ja, das Ding steht nicht gerade unauffällig im Lager. Er dachte, der Spiegel stehe zum Verkauf«, erwiderte ich.

»Und das Schild *Nur für Personal* hat er überlesen?«

»Nein, er arbeitet hier.«

Erneut blitzte Wut in Jess' Augen auf. »Er tut was?!«

Ich seufzte und wrang den mit Kaffee vollgesogenen Lappen über dem Waschbecken aus. Es war wohl an der Zeit, Jess die ganze Geschichte zu erzählen, von Anfang bis Ende.

Jess trank einen Schluck von seinem neu gebrühten Kaffee, der vermutlich stark genug war, um einen Elefanten für drei Tage auf den Beinen zu halten. Er musterte Reed und mich über den Rand seiner Tasse hinweg. Ich hatte ihm inzwischen die ganze Geschichte erzählt. Er war alles andere als begeistert von den Entwicklungen der letzten Tage und versteckte sein Misstrauen gegenüber Reed nicht, aber dies wurde von etwas anderem überschattet: Neugierde.

Kaum war Reed mit den Scones zurück gewesen, bombardierte Jess ihn mit Fragen und bestand auf einer Demonstration seiner Fähigkeit. Ich hatte das Ewige Feuer aus dem Archiv geholt und fünf Minuten lang vergeblich versucht, Reed damit in Brand zu stecken, bis Jess schließlich von seiner Immunität überzeugt gewesen war.

»Und ihr seid euch sicher, dass dieser Letiv die Karten hat?«, fragte er nun und setzte seine Tasse ab.

Ich machte eine vage Handbewegung. »Zu fünfzig Prozent.«

»Ich gehe davon aus, dass Letiv ein Deckname ist?«

»Vermutlich«, antwortete Reed, der allmählich in Jess' Gegenwart auftaute. Nicht, dass er schüchtern gewesen wäre, aber er wusste, was für mich auf dem Spiel stand und wie wichtig Jess nicht nur für mich war, sondern auch für die Archivare. »Mir gegenüber wurde allerdings nie ein anderer Name erwähnt.«

»Kein Problem«, erwiderte Jess. Zu faul, um von seinem

Hocker aufzustehen, fischte er mit dem Fuß nach seiner Reisetasche. Jess war groß, mit langen Beinen, und konnte das Gepäck an einer Schlaufe zu sich heranziehen. Er holte einen massiven Laptop daraus hervor sowie weitere silberne und schwarze Kästchen, deren Zweck mir nicht bekannt war, und begann sie mit Kabeln zu verbinden. »Ich möchte, dass du alle Personen aufschreibst, die dir in Verbindung mit Letiv je untergekommen sind. Ihre Namen, ihre Adressen, ihre Interessen, alles, was du weißt.«

Reed öffnete seinen Mund, nur um ihn wieder zu schließen. Verunsicherung spiegelte sich in seinem Blick, und ich ahnte, was in seinem Kopf vor sich ging. Behutsam legte ich ihm eine Hand auf den Unterarm. »Schon in Ordnung«, flüsterte ich ihm zu, während Jess das Monster von Laptop zum Leben erweckte. »Ich weiß, was du denkst, aber du verrätst die anderen nicht. Wir werden diese Daten nicht der Polizei oder so geben, wir brauchen sie nur für Letiv.«

Reed sah von mir zu Jess und wieder zu mir. »Kannst du das versprechen?«

Ich nickte. »Hey, Jess!«

»Jup?« Er blickte nicht von seinem Laptop auf.

»Sollten die Daten, die Reed dir gibt, bei der Polizei oder irgendwo sonst auftauchen, werde ich meinen Eltern verraten, dass du letztes Jahr den Archiv-Laptop genutzt hast, um dich für HD-Videos auf einer Pornoseite einzuhacken. Verstanden?«

»Jup«, wiederholte Jess, obwohl wir beide wussten, wie unnötig diese Drohung war. Sollte es darauf ankommen, hätte Jess gegen mich viel mehr in der Hand.

Mit dieser Übereinkunft machten wir uns an die Arbeit. Mit *wir* meinte ich Jess und Reed. Jess tippte irgendwelche komplizierten Codes in seinen Laptop, verwendete Programme, von denen ich nie etwas gehört hatte, und warf mit irgendwelchen Fachbegriffen um sich, während Reed eine Liste erstellte, die nur langsam wuchs. Immer wieder setzte er seinen Stift ab, um aus dem Fenster zu schauen und nachzudenken.

Ich hingegen hatte nichts zu tun, obwohl das Archiv in meiner Verantwortung lag. Um mich weniger nutzlos zu fühlen, tat ich das, was ich um diese Zeit immer tat: Ich kümmerte mich um das Antiquariat. Mit reichlich Verspätung klebte ich ein Schild an die Tür, mit dem Verweis, dass der Laden heute geschlossen bleiben würde, und beschloss, das Lager aufzuräumen, das es mindestens genauso nötig hatte wie das Archiv. Ich wählte eine Playlist auf meinem Handy aus und machte mich an die Arbeit.

Eine ganze Weile war ich allein zugange und bewegte mich halb gehend, halb tanzend durch den Raum, um Regalbretter frei zu räumen, zu entstauben und neu zu arrangieren. Die Hälfte war bereits geschafft, als ich aus dem Augenwinkel einen Schatten bemerkte. Vor Schreck wirbelte ich herum und stieß dabei die Schüssel mit dem Dreckwasser um. Sie schlug auf dem Boden auf, und graue Brühe ergoss sich über das Parkett.

»Scheiße!«, fluchte ich und warf den Lappen in meiner Hand in die Pfütze, was effektiv überhaupt nichts brachte.

»Sorry, ich wollte dich nicht erschrecken.« Reed griff nach dem Wischmopp, den ich für den Laden hier im Lager aufbewahrte.

»Wie lange stehst du da schon?«

»Lange genug, um erkannt zu haben, dass du eine erbärmliche Tänzerin bist.«

»Man kann eben nicht alles können.« Ich zuckte mit den Schultern und wollte gerade einen alten Garderobenständer zur Seite schieben, als mein Blick auf eine Kiste mit Büchern auf dem Boden fiel.

Fuck! *Nein, bitte nicht!*

Ich zog eine alte Ausgabe von *Alice im Wunderland* aus der Kiste. Wasser tropfte von den Seiten zu Boden. Warum hasste mich mein Leben?

»Mach dir keine Sorgen, wir bekommen das wieder hin«, sagte Reed. »Ich leg die Bücher mal ins Eisfach, angeblich soll das helfen. Hier.« Er reichte mir seinen Wischmopp, bevor er sich die Bücherkiste schnappte und damit nach oben lief.

Ich stieß ein schweres Seufzen aus und begann das Putzwasser vom Boden zu wischen. In der Kiste waren keine besonders wertvollen Bücher gewesen, aber in der Summe wären sie ein Verlust, den sich dieses Antiquariat nicht leisten konnte.

Ich war gerade dabei, den Wischmopp ein letztes Mal auszudrücken, als Reed zurückkam, eine Tasse Tee in der Hand. Er reichte sie mir als eine Art Friedensangebot für den Schreck, und wir setzten uns nebeneinander auf eine alte Holzkiste, die aussah, als wäre sie vor vielen Jahren auf einem Piratenschiff um die Welt gesegelt.

»Wie sieht's bei euch oben aus?«, fragte ich.

»Ehrlich? Keine Ahnung. Jess tut irgendwelche Dinge.«

Ich lachte. »Ja, ich blicke bei seiner Arbeit auch nie durch.«

»Nachdem ich ihm meine Liste gegeben habe, meinte er, ich solle verschwinden, weil er seine Ruhe brauche, und da dachte ich, ich könnte dir helfen. Hat super geklappt.«

»Ach, halb so wild.« Ich machte eine wegwischende Handbewegung und hoffte inständig, dass der Trick mit dem Eisfach funktionieren würde.

Nach einem Moment sagte Reed: »Das ist also Jess.«

»Das ist Jess«, bestätigte ich.

»Und ihr kennt euch schon seit eurer Kindheit?« Es war eine merkwürdige Frage, denn ich war sicher, Reed die Antwort bereits gegeben zu haben. Dennoch fixierte er mich mit seinem Blick, als wollte er die Antwort keinesfalls verpassen.

»Ja. Seine Mutter stammt aus einer französischen Archivarenfamilie. Anfang der Neunziger hat es sie nach Irland verschlagen, als dort die Leitung eines Archivs frei wurde. Meine Eltern sind für alle Archive in Großbritannien und Skandinavien verantwortlich; so haben wir uns kennengelernt.«

»Lebt er immer noch in Irland?«

»Nein, seine Eltern haben sich getrennt. Nach der Scheidung ist er mit seinem Dad nach Glasgow gezogen. Dieser ist kein Archivar, sondern nur ein Eingeweihter und hat dort einen Job gefunden.«

»Verstehe«, murmelte Reed und trommelte auf der Holzkiste herum. »Und zwischen euch ist nie etwas gelaufen?«

Ich schmunzelte. »Ich liebe Jess, aber nur als Freund.«

Reed nickte langsam. »Das ist gut.«

»Ach ja?« Schmunzelnd zog ich die Augenbrauen nach oben. »Möchtest du Jess etwa um ein Date bitten?«

Reeds rechter Mundwinkel zuckte. »Ich würde gerne jemanden um ein Date bitten, aber das ist gewiss nicht Jess.«

»Du willst mit Mrs Smith ausgehen?«, fragte ich schockiert.

Reed schnaubte. »Nein.«
»Alistair?«
»Nein.«
»Mhh, meiner Mutter?«
»Gleich überlege ich es mir anders«, drohte Reed und verpasste mir einen sanften Stoß gegen die Schulter.
Ich biss mir auf die Unterlippe, um mein dümmliches Grinsen zu unterdrücken. »Möchtest du vielleicht mit mir ausgehen?«
Reed neigte den Kopf und studierte mein Gesicht. Seine Miene war ernst, aber seine Augen waren warm und voll Zuneigung. Hitze stieg mir in die Wangen.
»Und, was sagst du?«
Ich lächelte, und mit einem aufgeregten Ziehen im Magen beugte ich mich vor und antwortete ihm mit einem Kuss.

Die nächsten Tage waren für mich die reinste Folter, denn mir rannte die Zeit davon und ich konnte nichts tun. Jess verbrachte jede freie Minute, in der er nicht für andere Archivare da sein musste, mit der Suche nach Letiv. Und mir blieb nichts anderes übrig, als tatenlos danebenzustehen und zu warten. Am liebsten wäre ich einfach losgezogen, um mich umzuhören, aber Jess hielt mich davon ab. Er meinte, er sei Letiv *auf den Fersen* und wir könnten es uns nicht leisten, seine Leute mit unerwünschten Fragen aufzuscheuchen, vor allem nicht nach dem Vorfall im Mary King's Close.
Er hatte recht, also besann ich mich darauf, gemeinsam mit Reed den Laden zu schmeißen und das Internet nach ungewöhnlichen Vorfällen zu durchsuchen, die auf einen magischen Ursprung hinwiesen. Schließlich stießen wir auf

mehrere Artikel und Interviews über Brigitt Hedding, eine Frau, deren Haare ungewöhnlich schnell nachwuchsen.

Da Reed wegen der Tarotkarten ebenso unruhig war wie ich, beschloss ich, ihn an diesem Auftrag teilhaben zu lassen. Immerhin war er inoffiziell ein Eingeweihter, und wenn er von Archivaren nicht ausgeschlossen wurde wie Jess' Vater oder Murray, würde er dieser Aufgabe eine ganze Weile nachgehen.

Jess fand für uns die Telefonnummer von Brigitt heraus, und ich rief sie an, unter dem Vorwand, einen weiteren Zeitungsartikel über sie schreiben zu wollen. Sie war sofort einverstanden und lud mich zu sich nach Hause sein.

Brigitt lebte in Stirling, vierzig Meilen von Edinburgh entfernt. Reed und ich schlossen den Laden früher und mieteten ein Auto, um dorthin zu fahren. Es war schön, mal wieder aus dem Archiv und Edinburgh hinauszukommen und Zeit allein mit Reed zu verbringen, nun, da Jess mit von der Partie war.

Obwohl Reed bei mir wohnte und wir die meiste Zeit des Tages miteinander verbrachten, konnte ich unser erstes richtiges Date kaum erwarten. Allerdings würde ich mich noch ein paar Tage gedulden müssen. Wir hatten beschlossen, dass es das Beste wäre, zu warten, bis die Sache mit Letiv überstanden war. Wer verbrachte schon einen schönen Abend mit einem Damoklesschwert über dem Kopf?

Ich parkte den Wagen, und wir klopften an Brigitts Tür. Sie hatte wirklich enorm lange Haare, die ihr bis zu den Füßen reichten. Sofort nahm ich das Flüstern an ihr wahr. Es stammte von einem Paar Creolen, das sie trug.

Wir machten es uns in ihrem Wohnzimmer bequem, und Reed begann, ihr zurechtgelegte Fragen zu stellen, die wir aus anderen Interviews zusammengeklaut hatten. Ich passte den richtigen Moment ab, um sie auf ihren Ohrschmuck anzusprechen. Nach mehr Schwärmerei, als diese hässlichen Dinger verdient hatten, hatte ich Brigitt so weit, dass ich sie anprobieren durfte. Unter der Behauptung, ich bräuchte einen Spiegel, ging ich ins Badezimmer. Hinter verschlossener Tür erschuf ich mit der Schreibfeder, die ich mitgebracht hatte, ein nahezu identisch aussehendes Paar Ohrringe, das ich Brigitt anstelle ihrer magischen zurückgab. Kurz darauf stellte Reed seine letzte Frage, und wir verabschiedeten uns von Brigitt.

»Das war einfacher als erwartet«, bemerkte Reed und stieg wieder ins Auto.

Ich lachte und ließ den Motor an. »Tut mir leid, dich enttäuschen zu müssen, aber mein Leben ist kein Hollywoodfilm. Die meiste Zeit ist es ziemlich leicht, an die Gegenstände heranzukommen, wenn sie nicht gerade in die Hände eines Monsters fallen.«

»Schade. Ich dachte, ich könnte ein Real-Life-Jason-Bourne werden.«

»Wenn hier jemand Jason Bourne ist, dann ich«, erwiderte ich und klimperte vielsagend mit den Ohrringen, die in der Tasche meiner Jacke steckten.

»Und wer bin ich dann? Deine Bikinischönheit, die nass aus dem Wasser steigt?«

»War das nicht Halle Berry bei James Bond?«

Reed runzelte die Stirn. »Keine Ahnung, aber irgendwie hinkt der Vergleich ohnehin, meinst du nicht? Wir haben gerade jemanden bestohlen, macht uns das nicht zu den Bösen?«

»Wir haben diese Frau vor unendlich vielen Friseurbesuchen gerettet. Weißt du, wie viel Geld ihr das spart? Wir sind wahre Helden.«

Reed und ich stellten das Auto beim Verleih ab und spazierten zurück zum Sorcerer. Obwohl der Laden geschlossen war, lag er alles andere als ruhig vor uns. Jess war offenbar *in the zone*, wie er es immer nannte, denn laute Metalmusik schallte aus meiner Wohnung. Ich sperrte die Tür auf, und mir platzte beinahe das Trommelfell bei dem Lärm, der durch den Laden hallte. Eilig rannte ich die Treppen nach oben, um die Musik leiser zu stellen, bevor sich ein Nachbar beschwerte. Einen Besuch der Polizei, nachdem sie mein Handy im Mary King's Close gefunden hatten, konnte ich mir nun wirklich nicht mehr leisten.

Zu meiner Überraschung stellte ich fest, dass Jess nicht am Küchentresen saß und fasziniert auf seinen Laptop starrte, sondern auf der Couch lümmelte. Ich stellte die Musik leiser, doch der Krach ließ ein Pfeifen in meinen Ohren zurück.

Jess blickte von seinem Buch auf. »Und?«

»Brigitt hatte magische Ohrringe.« Ich zog sie aus der Tasche meiner Jacke und legte sie auf die Theke. »Und wie sieht's bei dir aus?«

Jess sprang von der Couch auf. Er lief zu seinem Laptop und entsperrte ihn, bevor er den Bildschirm in meine Richtung drehte. Auf dem Display war eine Karte zu sehen, die eine Satellitenaufnahme Edinburghs zeigte. Ein Haus war mit einer roten Umrandung markiert.

Reed trat neben mich. »Was ist das?«

Jess grinste. »Das, meine Freunde, ist Letivs Haus.«

XVII

DER STERN

»Nun fühle ich mich wirklich wie Jason Bourne«, murmelte Reed und setzte den Knopf-Lautsprecher, den Jess ihm gegeben hatte, in sein Ohr. Nachdem dieser herausgefunden hatte, wo Letiv wohnte, hatten wir sofort einen Plan ausgearbeitet, wie wir die Karten zurückbekämen. Unter anderen Umständen hätten wir uns für dieses Unterfangen mehr Zeit gelassen, aber genau diese rannte mir davon.

»Wenn, dann bist immer noch du die Bikinischönheit und ich Jason Bourne«, sagte ich und sah mich über meine Schulter in alle Richtungen um.

»Will ich wissen, worüber ihr da redet?« Jess' Stimme drang über den Knopf direkt in mein Ohr. Er saß in seinem Van, der hinter meinem erneut gemieteten Leihwagen parkte. Von da aus überwachte und koordinierte er unsere Aktion.

»Ich denke nicht.« Ich nahm einen tiefen Atemzug, um meine Nerven zu beruhigen. Ich hatte schon Dutzende von Gegenständen aus Häusern gestohlen, und jeder Einbruch wurde von einem Funken Nervosität begleitet. Das gehörte dazu. Doch heute war ich nicht nur nervös, ich hatte Angst. Letiv war nicht irgendein Mann und die Karten kein x-beliebiger Gegenstand. Sie entschieden über meine Zukunft, und wenn ich versagte, würden alle davon erfahren. Nicht, dass Versagen eine Option war. Ich würde Letivs Haus nicht ohne die Karten oder einen handfesten Hinweis auf ihr Verbleiben verlassen.

»Lass uns gehen«, sagte ich an Reed gewandt, bevor meine Panik die Kontrolle übernehmen konnte. Mit zu viel Schwung öffnete ich die Autotür und stieg aus. Es war bereits Abend, und die letzten Sonnenstrahlen zogen lange Schatten auf den Boden, während eine kühle Brise durch die Straßen Edinburghs wehte. Ich schlug den Kragen meines Mantels nach oben und streifte mir die magischen Handschuhe über.

Reed kam um den Wagen herum zu mir. Er trug dasselbe wie immer: Jeans, T-Shirt und seine Lederjacke, zusätzlich eine Mütze, um das Ohrstück darunter zu verstecken. Eigentlich hätte er im Sorcerer bleiben können, denn es gab keinen Grund, wieso wir uns beide in Gefahr bringen sollten, aber er hatte darauf bestanden, mich zu begleiten.

»Du hast den Ablauf im Kopf?«, fragte ich.

Reed nickte, und wir liefen in Richtung von Letivs Haus. Dabei versuchten wir uns möglichst unauffällig zu verhalten, aber das war verdammt schwer, wenn man sich fühlte, als stünde man im Scheinwerferlicht. Ich schob meine Hände in die Taschen meines Mantels, nahm sie wieder heraus und schob sie wieder hinein. Ich beschleunigte meine Schritte, nur um mein Tempo ein paar Meter später zu drosseln und meine Hände erneut aus den Taschen zu ziehen.

Reed griff nach meiner Hand. »Entspann dich.«

»Ich bin nervös«, gestand ich, als hätte er das nicht längst bemerkt.

»Ich auch, aber wir schaffen das«, sagte Reed und drückte meine Hand noch ein klein wenig fester. Es war eine liebe Geste, und ich wünschte, das wäre alles, was nötig wäre, um mich zu beruhigen; mein Körper sah das allerdings anders, denn ich hatte das Gefühl, keine Luft mehr zu bekommen.

»Wohin wollen wir zu unserem ersten Date gehen?«, fragte Reed plötzlich. »Ich meine, wir haben beide kein Geld, und etwas schicker als Fast Food sollte es schon sein. Vielleicht sollten wir im Sorcerer bleiben und gemeinsam kochen.«

»Wir kochen jeden Tag zusammen«, erwiderte ich, dankbar für die Ablenkung, die Reed mir bieten wollte.

»Schon, aber dieses Mal würden wir dabei keine Schlafsachen tragen.«

Ich zog eine Augenbraue nach oben. »Wir würden nackt kochen?«

Reed lachte. »Nein, wir würden uns schick machen, aber gegen Nackt-Kochen hab ich auch nichts einzuwenden.« Er ließ seinen Blick vielsagend über meinen Körper gleiten, was mir unweigerlich ein Schmunzeln entlockte.

»Ähm, Leute, euch ist hoffentlich klar, dass ich euch höre«, sagte eine befangen klingende Stimme direkt in meinem Ohr.

Ich verzog die Lippen. »Sorry, Jess!«

»Nun bin ich für den Rest meines Lebens geschädigt.«

»Als ob.« Ich rollte mit den Augen und wandte meine Aufmerksamkeit wieder auf den Weg vor mir. Mittlerweile hatten wir Letivs Haus beinahe erreicht, das viel mehr einer kleinen Villa glich. Sie besaß die für Edinburgh typische Sandsteinfassade. Eine breite Veranda und ausladende Balkone mit großen Fenstern. Leise Musik drang aus dem Haus, doch sie ging in den Stimmen und dem Gelächter zahlreicher Menschen unter.

Verdammt!

Reed dachte wohl dasselbe wie ich, denn seine Schritte gerieten ins Stolpern, und während wir uns dem Grundstück näherten, bewahrheitete sich unser Verdacht: Letiv feierte eine Party.

Unzählige Wagen parkten vor dem alten Herrenhaus. Wir verlangsamten unsere Schritte. Durch Lücken in der Hecke rund um die Villa erkannten wir die feiernde Gesellschaft, die sich vor allem im Hochparterre aufzuhalten schien. Denn im oberen Stockwerk und dem kleinen Turm, der an das Haus angrenzte, war es stockfinster. Ich versuchte die Leute zu zählen, aber meine Sicht war zu eingeschränkt, und es waren viel zu viele. Letiv musste um die fünfzig Gäste geladen haben, vermutlich waren es sogar mehr.

»Was ist los?«, fragte Jess.

»Letiv schmeißt eine Party«, flüsterte Reed.

»Mhh, wie groß?«

»Groß, aber nicht groß genug, um uns einzuschmuggeln«, erwiderte ich und warf der Villa einen letzten Blick über die Schulter zu, bevor Reed und ich daran vorbeizogen. Wir wollten nicht stehen bleiben, um nicht aufzufallen.

»Und was machen wir jetzt?«, fragte Reed und sah zu mir. »Verschieben wir die Sache? Oder ziehen wir es trotzdem durch?«

Ich stieß ein Seufzen aus. Natürlich blieb diese Entscheidung an mir hängen, aber ich wusste auch, dass es nicht wirklich eine Entscheidung gab. Alles in mir rief nach Rückzug, aber dieses Verlangen war vor allem ein Echo meiner

Nervosität und meiner Angst zu versagen. Dieser würde ich nicht nachgeben. Die Party war eine Überraschung, aber nicht zwangsweise eine Komplikation. Womöglich war sie sogar zu unseren Gunsten.

»Wir gehen rein«, verkündete ich nach kurzer Überlegung.

»Wunderbar, das wollte ich hören«, sagte Jess in fröhlichem Tonfall. Ihm schien das alles viel zu viel Spaß zu bereiten. Allerdings standen weder sein Leben noch sein Job auf dem Spiel.

Ich sah zu Reed. »Bist du noch mit dabei?«

»Klar.« Er lächelte mich an, und seine unsicheren Schritte wurden wieder bestimmter. Wir liefen weiter, bis wir von Letivs Villa aus nicht mehr zu sehen waren. Die Häuser in dieser Gegend kosteten ein kleines Vermögen, und ich fragte mich, was die Nachbarn glaubten, womit Letiv sein Geld verdiente.

Im Schutz der hereinbrechenden Nacht schlichen wir auf eines der umliegenden Grundstücke, um uns von dort aus unseren Weg zu bahnen. Jess hatte mithilfe von Bauplänen und Satellitenaufnahmen jeden unserer Schritte geplant.

Wir kletterten über Zäune, versteckten uns im Sichtschutz gestutzter Hecken und schmuggelten uns mit Jess' Hilfe an den Überwachungskameras vorbei, die hier nicht nur Letiv besaß. Mein Herz pochte mir bis in die Kehle, und ich wünschte, die ganze Aktion wäre schon vorbei, doch leider lag der schwerste Teil noch vor uns.

Reed und ich hockten in einer dunklen Ecke in Letivs Garten. Auf der hell erleuchteten Veranda tummelten sich zwei Dutzend Leute, die alle zu sehr mit sich selbst und ihren Drinks beschäftigt waren, um uns zu bemerken.

»Das ist er«, flüsterte Reed. »Der Kerl mit dem schwarzen Polohemd, der mit der Frau im roten Kleid spricht.«

Ich ließ meinen Blick über die Veranda gleiten, und wäre es nicht um die auffällige Kleiderwahl seiner Gesprächspartnerin gewesen, hätte ich Letiv wohl übersehen. Er stand mir seitlich zugewandt, doch ich erkannte ihn als den Mann von dem Bild, das Jess uns gezeigt hatte.

Letiv war Ende vierzig, und gut sichtbare, graue Strähnen durchzogen sein schwarzes Haar. Er hatte einen leichten Bauchansatz, und zu seinem dunklen Polo trug er eine blaue Jeans. Vermutlich liefen in Edinburgh Tausende Männer wie er durch die Gegend, nur das charmante Halblächeln, das auf seinen Lippen ruhte, hob ihn aus der Masse hervor. Etwas daran ließ alle um Letiv wissen, dass er etwas Besonderes war und man gut daran tat, ihm Beachtung zu schenken.

»Wie sieht es aus?«, fragte Jess in mein Ohr.

»Letiv und ein paar seiner Gäste stehen auf der Veranda.«

»Ist das ein Problem?«

»Für uns doch nicht«, sagte ich mit einem Selbstbewusstsein, das ich nicht verspürte. Einzig und allein das Flüstern der Magie vermochte es, meine Nerven zu beruhigen.

Reed und ich wechselten einen Blick, und ohne ein Wort setzten wir uns wieder in Bewegung. Gemeinsam mit Jess hatten wir über den Bauplänen von Letivs Haus gekauert und Möglichkeiten für allerlei Szenarien besprochen.

Reed übernahm die Führung. Wir huschten am Rand des Gartens entlang, und unbemerkt gelang es uns, die Rückseite der Villa zu erreichen. Wir schlichen zu einem schmalen Kellerfenster. Es war bodeneben und nicht sonderlich groß, mit nur fünfzig Zentimetern in der Breite und noch weniger in der Höhe. Ein paar Sekunden lang verharrten wir still, um sicherzugehen, dass uns niemand bemerkt hatte.

»Gib mir Rückendeckung«, sagte ich zu Reed und holte mein Einbruchwerkzeug aus der Manteltasche. Mit dem magischen Geschick meiner Handschuhe machte ich mich an die Arbeit. Ich war froh, sie zu haben, denn meine Finger waren so zittrig, dass ich es ohne die Hilfe der Magie unmöglich geschafft hätte, das Fenster zu öffnen, ohne es einzuschlagen.

In Windeseile war das Schloss aufgebrochen. Ein Vorhang war vor dem Fenster angebracht. Vorsichtig schob Reed ihn für mich zur Seite und spähte in das dunkle Innere. »Du zuerst.«

Rückwärts krabbelte ich in den Raum und glitt in die Finsternis hinab. Mit meinen Füßen tastete ich nach dem Untergrund, als ich jedoch nichts fand, um darauf zu stehen, ließ ich mich fallen. Der dumpfe Aufschlag, der dabei ertönte, verklang im Lärm der Musik und der sich unterhaltenden Gäste.

Ich klopfte mir den Dreck von den Knien und trat einen Schritt zur Seite, um Platz für Reed zu machen. Die Luft in Letivs Keller war kühl und roch nach Staub und Holz. Der Raum war durch das Fenster nur schwach beleuchtet, aber ich erkannte mehrere Reihen gut bestückter Weinschränke mit Fässern und Flaschen, die bis zur Decke reichten.

»Wow!«, sagte Reed, der nun neben mir stand.

Ich gab ein zustimmendes Brummen von mir und verschloss das Fenster. »Vielleicht haben wir Glück, und er und seine Gäste sind zu betrunken, um uns zu bemerken.«

Die Musik im Haus war auch im Keller zu hören, weshalb wir nicht darauf achten mussten, besonders leise zu sein.

Jedoch würde es mir die Geräuschkulisse wesentlich erschweren, das Flüstern des Tarots ausfindig zu machen, sollte es wirklich hier im Haus sein. Ich ignorierte das Flüstern meines Mantels und der Handschuhe und konzentrierte mich stattdessen auf die Stimme der Karten, wie ich mich an sie erinnerte.

Ich hörte sie nicht.

Reed sah mich fragend an.

Ich schüttelte den Kopf. Wortlos schlichen wir aus dem Weinkeller und in den nächsten Raum: eine Waschküche. Auch hier hörte ich kein Flüstern, aber das wunderte mich nicht. Wenn die Tarotkarten für Letiv auch nur ansatzweise den Sammlerwert besaßen, den wir vermuteten, würde er sie mit Sicherheit nicht im Keller aufbewahren, sondern in seiner Villa ausstellen.

»Wie sieht es aus?«, fragte Jess.

»Bisher nichts«, erwiderte ich mit gesenkter Stimme und tauchte unter einem Bettlaken hindurch, das zum Trocknen über eine Wäscheleine gespannt worden war. »Wir müssen nach oben.«

»Braucht ihr einen Stromausfall?«

»Nein, das würde die Leute nur beunruhigen«, antwortete Reed mit einer Selbstverständlichkeit, als würde er ständig gefragt werden, ob er Stromausfälle herbeiwünschte.

Ich schmunzelte und deutete in Richtung der Treppe, die ich bereits von den Bauplänen her kannte. Wir schlichen die Stufen empor bis zur Tür. Musik und Stimmen waren hier lauter, und es fiel mir zunehmend schwerer, mich auf das Flüstern zu konzentrieren. Dort drinnen würde ich nahe an die Karten herankommen müssen, um sie überhaupt wahrnehmen zu können.

»Lass mich zuerst«, sagte ich an Reed gewandt. Sollten Letiv oder einer seiner Gäste direkt vor der Tür stehen, würden sie so zumindest eine Illusion zu sehen bekommen und nicht Reed. Er wich einen Schritt zurück, und ich schob die Tür auf, meine Muskeln angespannt, in der Erwartung, schnell wieder zurückweichen zu müssen.

Die Geräusche der Party wurden klarer, und ich vernahm das schrille Auflachen einer Frau. Diese war jedoch weit und breit nicht zu sehen. Der Raum – oder besser gesagt der Flur hinter der Tür – war menschenleer. Gemälde hingen an den Wänden, und auf einem Beistelltisch standen mehrere Blumengestecke und verpackte Geschenke. Offensichtlich war Letivs Geburtstag Anlass für die Party.

Langsam trat ich aus dem Keller. Am Ende des Gangs war eine angelehnte Tür, und ich machte flinke Gestalten aus, die sich dahinter bewegten. Der Geruch von karamellisiertem Zucker und Gebäck lag in der Luft, und ich vermutete, dass dies die Küche war und sich Letivs Caterer auf das Dessert vorbereitete.

Zaghaft berührte Reed meinen Rücken. »Und?«

»Alles im grünen Bereich«, erwiderte ich, so leise wie möglich. Mit bedachten Schritten bewegte ich mich von der Küche fort, denn selbst wenn die Caterer nicht dort wären, wer bewahrte Tarotkarten im Kühlschrank auf?

Zielstrebig machte ich mich auf den Weg zu der Treppe, die in den ersten Stock führte. Ich wollte zuerst dort suchen, bevor wir uns im Erdgeschoss den Blicken der Partygäste auslieferten. Wir erreichten das Ende des Flurs, der in eine weitläufige Aula mündete.

Ich ließ meinen Blick über das Meer aus Blumensträußen und den hoffnungslos überladenen Garderobenständer gleiten. Das Foyer war ebenfalls leer, aber noch war mein Herzschlag nicht bereit, sich zu beruhigen.

Ich bedeutete Reed mit einer Handbewegung, mir zu folgen. Eilig liefen wir die Treppen nach oben, bevor uns jemand erwischte. Im ersten Stock war es dunkel, aber die Beleuchtung aus dem Erdgeschoss und das Licht, das durch die Fenster fiel, reichten aus, um Umrisse zu erkennen.

Überrascht stellte ich fest, dass hier Spielzeug auf dem Boden lag und Kritzeleien an den Wänden hingen, die nur von Kindern stammen konnten. Aus irgendeinem Grund hatte ich nicht erwartet, dass Letiv Vater war. Ich stieg über ein Legoauto hinweg und lief zur Tür am Ende des Gangs. Dahinter lag laut den Bauplänen ein großer Raum mit angrenzendem Bad. Vermutlich Letivs Schlafzimmer.

Vorsichtig wollte ich sie aufdrücken, aber nichts geschah. Interessant. Könnten wir direkt einen Volltreffer gelandet haben? Ich holte erneut mein Werkzeug hervor und knackte das Schloss. Reed und ich traten ein.

Wie erwartet lag hinter der Tür ein Schlafzimmer, in dessen Mitte ein großes, mit Kissen überladenes Doppelbett stand. An der einen Wand befand sich ein üppiger Schrank, und es gab einen Schreibtisch und zwei Kommoden. Mehrere Bilder standen darauf, und auf einem Sessel in einer Ecke lag ein Plüschtier. Nichts in diesem Raum deutete auf einen Kriminellen hin. Letiv, der mit echtem Namen Alfie McLaren hieß, führte anscheinend ein perfektes Doppelleben.

»Und, hörst du was?«, frage Reed, der sich aufmerksam in dem Raum umsah und die angrenzende Tür aufschob, um das Badezimmer zu inspizieren.

»Noch nicht.« Ich holte tief Luft, schloss die Augen und verdrängte die Partygeräusche. Ich konzentrierte mich auf das Flüstern meines Mantels und der Handschuhe und lauschte, ob sich noch ein weiteres dazugesellte, aber es war still. »Hier sind die Karten nicht.«

»Das wäre auch zu einfach gewesen.«

Bevor ich etwas erwidern konnte, hörte ich ein Knacken in meinem rechten Ohr und Jess' Stimme: »Hey, ist bei euch alles in Ordnung?«

»Ja, wir sind in Letivs Schlafzimmer und wollten uns gerade den nächsten Raum vorknöpfen.«

Reed stand bereits wieder neben der Tür und spähte durch das Schlüsselloch in den dunklen Flur. Die Luft schien rein zu sein. Er öffnete sie, und wir schlüpften aus dem Schlafzimmer zurück in den Gang. Doch in diesem Moment wurde eine weitere Tür aufgeschoben.

Reed und ich erstarrten wie Rehe im Scheinwerferlicht, und ich hätte schwören können, mein Herz hörte in diesem Augenblick auf zu schlagen. Regungslos und ohne einen Laut von uns zu geben, beobachteten wir, wie ein kleines Mädchen hinter der Tür hervortrat. Es war sechs, vielleicht sieben Jahre alt, und ich erwartete einen Schrei des Entsetzens, der Letiv und all die anderen alarmierte. Doch das Mädchen blieb ruhig.

»Ich bin aufgewacht«, verkündete die Kleine das Offensichtliche. Verschlafen rieb sie sich über die Augen und gähnte genüsslich.

Verloren sahen Reed und ich einander an.

Das Mädchen deutete auf Reed. »Wer ist das, Mama?«

Ein erleichtertes Seufzen entwich meinen Lippen. Ich liebte meinen Mantel! Natürlich sah die Kleine in mir ihre Mutter, denn welches Kind sehnte sich nicht nach seiner Mum? Ich lächelte. »Das ist ein Freund von mir … Mitch.«

Reed runzelte die Stirn.

Ich zuckte mit den Schultern.

»Hey«, sagte Reed und hob die Hand zum Gruß.

Das Mädchen nickte, als wäre damit alles geklärt, und sah wieder zu mir. »Liest du mir noch eine Geschichte vor?«

»Das geht nicht, Schatz, Daddy und ich haben noch Gäste.«

»Bitte.« Die Kleine schob die Unterlippe vor. Sie war wirklich zuckersüß in ihrem pinken Schlafanzug und mit ihren schwarzen, schlafzerzausten Haaren. »Nur eine kurze.«

Verzweifelt warf ich Reed einen Blick zu. Was sollte ich tun? Ich hatte nicht die Zeit und die Ruhe, mich hinzusetzen und eine Geschichte zu lesen, aber das war ein Kind und ich fürchtete um die Konsequenzen, wenn ich ihr ihren Wunsch verwehrte. Sie könnte anfangen zu weinen oder zu schreien, oder, schlimmer, sie könnte zu ihrem Vater nach unten laufen und feststellen, dass ihre Mutter ebenfalls dort war.

»Es wäre unhöflich von deiner Mama, ihre Gäste allein zu lassen«, sprang Reed ein. »Aber wenn du nichts dagegen hast, lese ich dir eine Geschichte vor.«

Verwundert runzelte ich die Stirn, das Mädchen hingegen musterte Reed nur eine Sekunde, dann nickte es erneut und tapste zurück in sein Zimmer, wo neben dem Bett eine Lampe brannte.

»Was soll das?«, zischte ich durch zusammengebissene Zähne und packte Reed am Arm, bevor er der Kleinen folgen konnte.

»Ich löse nur das Problem«, sagte er. »Dir kann ich doch ohnehin nicht helfen. Durchsuch du die anderen Räume. Ich warte hier und behalte die Kleine im Auge.«

»Sicher?«

»Ich lauf doch eh nur hinter dir her.«

Es gefiel mir nicht, Reed allein zu lassen, aber unter den gegebenen Umständen war dies wohl das Vernünftigste. Am liebsten hätte ich ihm einen Kuss gegeben, aber das Mädchen, das sich die Decke bis zur Nasenspitze hochgezogen hatte, beobachtete uns.

»Danke!«

Reed nickte und verschwand mit der Kleinen im Kinderzimmer, um mich meine Suche fortsetzen zu lassen. Der Raum auf der gegenüberliegenden Seite des Flurs war ein Arbeitszimmer, aber auch hier konnte ich das Flüstern der Karten nicht ausmachen. Ebenso wenig in einem der zwei Badezimmer, dem Büro, der Bibliothek, dem Fitnessraum oder dem Gästezimmer. Nichts deutete auf die Anwesenheit von Magie hin. Mit jeder Tür, die ich öffnete und wieder schloss, ohne das vertraute Flüstern zu hören, wuchs meine Frustration.

Womöglich bewahrte Letiv die Tarotkarten überhaupt nicht in diesem Haus auf, da sie zu seinem anderen, kriminellen Leben gehörten. Oder sie waren tatsächlich im Erdgeschoss bei den Partygästen. Oder noch schlimmer: Wir irrten uns, und Letiv besaß die Karten überhaupt nicht. Was, wenn wir hier unsere Zeit verschwendeten?

Nein, so durfte ich nicht denken. Noch bestand Hoffnung. Ich zog die Tür des Gästezimmers hinter mir zu. Es war der letzte Raum auf diesem Stockwerk. »Jess?«, flüsterte ich.

»Ja.«

»Ich werde mich unter die Partygäste mischen.«

»Was?! Nein!«, bellte er so laut in mein Ohr, dass ich zusammenzuckte. »Bist du verrückt? Dein Mantel tarnt vielleicht dein Aussehen, aber du wirst nicht als einer von ihnen …«

Ich nahm den Stöpsel aus meinem Ohr und ließ ihn in die Tasche meines Mantels gleiten. Es tat mir leid, Jess das Wort abschneiden zu müssen. Doch ich wusste, was ich wollte, und konnte seine mahnende Stimme nicht in meinem Kopf brauchen, während ich mich in die Höhle des Löwen vorwagte.

Ich musste es einfach riskieren. Reed und ich waren zu weit gekommen, um jetzt aufzugeben. Wer wusste, ob es uns noch einmal so problemlos gelingen würde, bei Letiv einzubrechen?

Ich nahm einen tiefen Atemzug, straffte meine Schultern und sprach mir in Gedanken Mut zu. Im schlimmsten Fall wurde ich von Letiv ertappt, im besten verließ ich das Haus mit den Karten und durfte weiterhin Archivarin bleiben. Diese Hoffnung trieb mich an.

Ich lief zur Treppe, als plötzlich ein lauter Knall ertönte und es stockfinster in der Villa wurde. Vor Schreck zuckte ich zusammen und verpasste eine Stufe. Ich rutschte aus. Im einen Moment stand ich noch aufrecht. Im nächsten drückte es mir die Luft aus der Lunge, und ein explosionsartiger Schmerz fuhr mir durch den Rücken, als ich auf der Kante einer Stufe aufkam. Ich stöhnte auf.

Die Musik in der Villa war schlagartig verstummt, und die aufgeregten Stimmen der Gäste hallten von den Wänden wider. Ich biss die Zähne zusammen und versuchte durch den Schmerz hindurch zu atmen.

Was war gerade passiert? War das Jess' Werk?

Ächzend griff ich nach dem Treppengeländer, als auf einmal Schritte zu hören waren. Ich erstarrte und erkannte den Lichtkegel einer Taschenlampe am Fußende der Treppe.

Bitte leuchte nicht nach oben, flehte ich stumm. Ich musste von hier verschwinden, bevor mich jemand bemerkte. Ich zog mich am Treppengeländer hoch, um mich auf den Weg zurück zu Reed zu machen, als das Licht flackernd zum Leben erwachte. Ein erleichtertes Jauchzen war von den Partygästen zu hören. Die Musik begann wieder zu spielen.

»Stehen bleiben!«, erklang plötzlich eine Stimme hinter mir.

Ich hörte das Klicken einer Waffe, die entsichert wurde.

Fuck!

Langsam drehte ich mich um und entdeckte einen Mann, in einen schwarzen Anzug gekleidet. Er hatte breite Schultern und einen massiven Körperbau, der mich an Bracken erinnerte. Ich konnte nicht sagen, ob er ein Bodyguard von Letiv war oder einfach nur ein Partygast mit Waffe.

»Immer mit der Ruhe«, sagte ich. Meine Stimme klang von dem Sturz noch gepresst. Hoffentlich war Reed in Sicherheit.

Verwirrung zuckte über die Gesichtszüge des bewaffneten Mannes. Er kniff die Augen zusammen. »Freddie?«

»Was zum Teufel ist hier los?«, zischte eine erzürnte Stimme, bevor ich antworten konnte. Instinktiv wusste ich, dass es Letiv war, der sprach. Ich erkannte es an der Autorität seiner Worte.

Der Typ vor mir drehte sich zu Letiv um, der gerade die Aula betrat, und ich nutzte die Chance, meinen magischen Mantel auszuziehen und ihn mir über den Arm zu legen. Besser ich stellte mich Letiv wissentlich als junge Frau anstatt als Freddie oder jemand anders, der mir nicht vertraut war.

»Ein Freund ...«, setzte der Bodyguard an, aber der Rest

des Satzes blieb ihm im Hals stecken, als er mich erblickte und nicht Freddie. Er zog die Stirn kraus, kniff die Augen zusammen und blinzelte mich an. Eines musste man dem Kerl lassen, er hatte sich unter Kontrolle. Jemand anders hätte vielleicht zu stammeln begonnen oder wäre vor mir zurückgewichen. Doch die Miene des Mannes wurde hart. »Ich habe sie aufgehalten, als sie versucht hat, sich in den ersten Stock zu schleichen.«

Ich zog eine Braue nach oben. *Aufgehalten? Sorry, aber ich hab den ersten Stock schon hinter mir.*

»Wie konnte sie hier überhaupt reinkommen?«, fragte Letiv. Bereits auf der Terrasse hatte sein Halblächeln mich spüren lassen, dass etwas an diesem Mann anders war. Er hatte eine Ausstrahlung, die man nicht ignorieren konnte, und aus der Nähe traf sie mich wie ein Schlag ins Gesicht. Hart. Schonungslos. Brutal. Wie konnten seine Gäste nicht bemerken, was für ein Monster er war? Oder hatten sie es bemerkt, und es war ihnen schlichtweg egal? Womöglich führte Letiv doch nicht das Doppelleben, das wir ihm angedichtet hatten, und all diese Leute gehörten zu seinem kriminellen Imperium.

Ich presste den Mantel fester gegen meine Brust, um mein schneller schlagendes Herz mit dem Flüstern zu beruhigen.

»Keine Ahnung«, gestand der Typ mit der Waffe. »Ich werde die Überwachungskameras gleich prüfen. Die Zentrale hätte eigentlich Alarm schlagen müssen.«

Letiv trat nach vorne, bis er nur noch wenige Schritte von mir entfernt stand. Sein Blick war so scharf wie die Klinge eines Dolches. »Bist du allein?«

Ich schluckte schwer und nickte. Niemals würde ich Reed verraten. Er musste inzwischen mitbekommen haben, dass ich aufgeflogen war, und wenn er wusste, was gut für ihn war, würde er sich verstecken und auf eine Chance zur Flucht warten.

»Schick meine Gäste nach Hause und ruf Verstärkung«, befahl Letiv seinem Bodyguard. »Und jemand soll umgehend nach meiner Tochter sehen. Verstanden?«

Nur am Rande bemerkte ich, dass sich einige Schaulustige im Durchgang zur Aula versammelt hatten. Der Kerl mit der Knarre nickte und machte sich sofort an die Arbeit. Letiv wiederum rührte sich nicht vom Fleck. Ich wägte ab zu fliehen und ging in Gedanken alle meine Möglichkeiten durch. Von der Planung am Nachmittag wusste ich, dass vor dem Schlafzimmer ein Baum stand, an dem ich mich hinunterhangeln könnte. Doch so weit würde ich vermutlich nicht kommen, denn in diesem Augenblick zog Letiv selbst eine Waffe hervor. Und er erschien mir nicht wie ein Mann, der zögerte, sie zu benutzen.

»Lass uns in meinem Büro weiterreden«, sagte Letiv mit einer bedrohlich ruhigen Stimme, den Lauf seiner Pistole auf mich gerichtet. Angstschweiß durchnässte die Handschuhe, die ich noch immer trug. Dennoch setzte ich mich in Bewegung. Je weniger Widerstand ich leistete, desto besser standen meine Chancen, lebend wieder rauszukommen.

Ich überlegte, etwas zu sagen, aber ich hatte keine Ahnung, was die richtigen Worte waren. Also lief ich schweigend die Treppe nach oben und tat, als würde ich den Weg nicht kennen. Möglichst unauffällig versuchte ich dabei das Ohrstück aus der Tasche zu ziehen, um es wieder einzusetzen. Wie viel Jess wohl durch den dämpfenden Stoff des Mantels mitbekommen hatte?

Ich bekam den Knopf zu fassen, als Letiv die Tür zu seinem Arbeitszimmer öffnete, das ich erst zehn Minuten zuvor überprüft hatte. Er schaltete das Licht ein. Die Schatten im Raum verschwanden und gaben den Blick auf helles Mobiliar frei. Reihum standen Regale mit Büchern und Ordnern an den Wänden. Vor einem großen Fenster befand sich ein breiter Schreibtisch mit mehreren Monitoren, und ein feingliedriger Kronleuchter baumelte von der hohen, stuckverzierten Decke.

Ich sog diesen Anblick in mich auf, insgeheim auf der Suche nach einer möglichen Waffe, und sei es ein verdammt spitzer Brieföffner, den ich Letiv notfalls durch den Schädel treiben konnte.

Er lief um den Tisch herum zu seinem Platz, und ich nutzte diesen kurzen Augenblick, in dem er mir den Rücken zuwandte, um den Knopf in mein Ohr zu setzen. Sofort hörte ich Jess, der nicht mit mir sprach, aber mit Reed. »Keine Ahnung, was da passiert ist. Das muss ein Kurzschluss im Stromnetz ...«

Ich räusperte mich, gerade laut genug, um Letivs Misstrauen nicht zu wecken, aber es reichte aus, um Jess zum Verstummen zu bringen. »Fallon? Fallon, bist du das?«

Mir blieb nicht die Zeit zu antworten, denn Letiv saß nun hinter seinem Schreibtisch und betrachtete mich eingehend, seine Waffe noch immer auf mich gerichtet. Langsam ließ er seinen Blick meinen Körper entlanggleiten, bis er mich fixierte. »Also, wärst du so freundlich, mir zu erklären, was du in meinem Haus machst?« Seine Stimme klang ruhig und gelassen, aber sein Tonfall hatte eine scharfe Note, die mir nicht entging und seine Gelassenheit nur umso gefährlicher erscheinen ließ.

»Fallon? Hörst du mich?«, redete Jess weiter.

Ich ignorierte ihn.

»Ich habe gesehen, dass Sie eine Party schmeißen, und dachte, ich könnte etwas aus der Garderobe mitgehen lassen«, sagte ich und senkte dabei demütig den Kopf. Jess verstummte in meinem Ohr. »Es tut mir leid, aber ich brauchte Geld und dachte, hier gibt es sicherlich was zu holen, das nicht vermisst wird.« Ich musste die Nervosität und Reue in meinen Worten nicht einmal spielen, denn meine Stimme bebte vor Aufregung. Ich war schon in manch einer schlimmen Situation gewesen, aber noch nie war ich in der Lage gewesen, dass mich jemand mit einer einzigen Bewegung seines Fingers ausradieren könnte.

Letiv zog eine Braue nach oben. »Du hieltest es für eine gute Idee, in ein volles Haus einzubrechen?«

Ich zuckte mit den Schultern, ohne aufzublicken.

»Und wie bist du reingekommen? Carlos hat dich sicherlich nicht durch die Haustür hereingebeten.«

Carlos – das war vermutlich der Bodyguard.

»Ein Fenster«, stammelte ich, für meine Ohren ziemlich überzeugend. Ich war vielleicht keine Oscarpreisträgerin, aber dass ich gewohnt war, mich als jemand anders auszugeben, kam mir vermutlich zugute.

»Sprich deutlicher, Mädchen!«, befahl Letiv.

Ich vernahm das vertraute Surren eines Computers, der zum Leben erwachte, das Klicken einer Tastatur und Jess' aufgeregtes Atmen in meinem Ohr. »Fallon, bist du da? Hat Letiv dich?«

Ich schluckte und hoffte, dass Jess begriff, was vor sich ging. »Ein ... ein Fenster, Sir?«

»Ist das eine Frage oder eine Antwort?« Die Schärfe in

seinen Worten, die zuvor nur unterschwellig war, klang nun deutlicher hervor. Vermutlich war es nicht klug, einen Mann wie ihn zu reizen, aber wenn er mich für schwachsinnig und naiv genug hielt, würde er mich vielleicht gehen lassen und das Ganze als ein dummes Missgeschick abtun. »Welches Fenster?«

»Fallon, halt durch! Reed ist bei mir. Wir holen dich da raus!«, zischte Jess. Ich versuchte mir nichts anmerken zu lassen, als Erleichterung meinen Körper flutete. Reed war entkommen!

»Ich weiß es nicht mehr«, antwortete ich auf Letivs Frage.

Er musterte mich, dabei umspielte ein harter Zug seine schmalen Lippen. »Hör auf, mich zu verarschen, und sag mir einfach, wie du reingekommen bist. Wir wissen beide, dass du dir dieses Haus nicht zufällig ausgesucht hast. Du warst auf meinem Markt, nicht wahr?«

Verdammt, woher wusste er das? Ich hatte niemandem meinen Namen genannt, und ich hielt Letiv nicht für dumm genug, um Aufnahmen von seinem Schwarzmarkt irgendwo zu speichern. War er selbst dort gewesen und wir hatten ihn nicht bemerkt? Woher auch immer er es wusste, es machte keinen Sinn, es abzustreiten.

Ich legte mein unschuldiges Gehabe ab. Letiv wusste, dass ich keinen Deut besser war als das Gesindel, mit dem er sich tagtäglich herumschlug. Doch der eisige Knoten der Angst blieb in meinem Magen. »Ich bin durch das Fenster im Weinkeller gekommen. War nicht schwer zu knacken.«

Letiv schnaubte, wirkte dabei aber nicht im Geringsten amüsiert. »Und was hast du auf dem Markt gesucht?«

»Ein Tarotkarten-Set«, gestand ich. Mein Mund fühlte sich an wie eine Wüste. Ich konnte einfach nicht aufhören, auf die Pistole zu starren. Wie es sich wohl anfühlte, erschossen zu werden? Würde es wehtun, oder wäre es zu schnell vorbei?

Bei dem Wort Tarot blitzte Interesse in Letivs Augen auf. »Was für Tarot?«

»Es hat meiner Tante gehört, die vergangenes Jahr an Krebs gestorben ist, und es wurde versehentlich verkauft. Ich will es zurückhaben.«

Letiv nickte langsam. »Und wie kommst du darauf, dass ich die Karten haben könnte?«

»Ich konnte die Spur der Karten bis zum Mary King's Close zurückverfolgen. Ein Informant hat mir verraten, dass Sie eine Vorliebe für Okkultes haben. Daher war ich der Annahme, Sie hätten die Karten.«

Letiv stieß ein trockenes Lachen aus und lehnte sich in seinem Stuhl zurück. »Du weißt also, wer ich bin und was ich mache. Und dennoch hast du dich dafür entschieden, hier einzubrechen, um mich zu bestehlen. Ein ziemliches Wagnis für ein paar alte Karten.«

»Die Karten sind mir sehr wichtig.«

Letiv verengte die Augen zu Schlitzen und musterte mich eingehend, die Hand noch immer auf dem Griff der Pistole. »Du hättest mich auch nach den Karten fragen können, dann hätte ich dir gesagt, dass ich sie nicht besitze. Alles gut. Aber jetzt ... Jetzt haben wir ein Problem.«

Ich kniff die Augen zusammen und versuchte in Letivs Gesicht zu lesen, ob er die Wahrheit sagte. Hatte er die Karten wirklich nicht? Oder war das nur ein Bluff? Ich bezweifelte es. Denn es gab für ihn keinen Grund zu lügen. Er war eindeutig im Vorteil und hatte die Oberhand über die Situation und über mich. Besäße er die Karten, würde er sie mir zweifelsohne unter die Nase reiben, um mir seine Überlegenheit zu demonstrieren.

Diese Erkenntnis ließ die Hoffnung, die ich bis eben mit mir herumgetragen hatte, in sich zusammenfallen. Mein Magen verkrampfte sich bei dem Gedanken, mit der Suche nach dem Tarot von vorne anfangen zu müssen, und das, obwohl mir nur noch wenige Tage blieben. Tage, die aus kostbaren Stunden, Minuten und Sekunden bestanden, die ich nicht zu verschenken hatte.

»Kann ich gehen?«, erkundigte ich mich bei Letiv, forsch durch meine Angst, das Archiv zu verlieren, wenn ich nicht schleunigst einen neuen Hinweis auf die Karten fand.

Letiv lachte. »Wieso sollte ich dich gehen lassen?«

Ich zuckte mit den Schultern. »Was wäre die Alternative? Sie können mich nicht in Ihrem Haus festhalten, und mich umzubringen, steht in keinem Verhältnis zu dem, was ich verbrochen habe. Das wäre ein viel zu großer Aufwand mit zu vielen Konsequenzen. Und die Polizei werden Sie gewiss nicht rufen.« Davon war ich fest überzeugt, denn jemand wie Letiv würde sich niemals freiwillig die Polizei ins Haus holen. Selbst ich vermied den Kontakt mit den Gesetzeshütern so gut ich konnte, obwohl ich mir nur kleine Verbrechen zuschulden kommen ließ.

Letivs Mundwinkel zuckten. »Du hast recht. Keine Polizei, aber ich kann dich auch nicht ungestraft davonkommen lassen. Du bist in mein Haus eingebrochen und hast meine Privatsphäre missachtet.« Er neigte den Kopf und betrachtete mich mit nachdenklicher Miene. »Meine Privatsphäre ist mir wichtig. Verstehst du? Denn viele Leute würden eine Menge dafür tun, diese Adresse zu bekommen, und du hast sie nun. Das ist ein Problem.«

»Ich werde sie niemandem verraten.«

»Und wieso sollte ich dir das glauben?«

»Weil ich ein ehrlicher Mensch bin?«, log ich hilfsbedürftig, da mir in dieser Sekunde nichts Besseres einfiel. Dabei könnte mir Letivs kriminelles Imperium nicht gleichgültiger sein. Mich interessierte nur die Magie, sollte Letiv doch tun, was er wollte. Hauptsache, ich kam hier raus.

»Fallon?«, erklang Jess' Stimme in meinem Ohr. Er war so lange still gewesen, dass ich sofort hellhörig wurde. »Lass mich mit Letiv reden.«

Vergiss es, schoss es mir durch den Kopf. Auf keinen Fall würde ich Jess und Reed in die Sache mit hineinziehen. Bisher schien Letiv zu glauben, ich hätte den Einbruch allein durchgezogen, und so sollte es bleiben.

»Ich weiß, was du denkst«, fuhr Jess fort. »Aber du musst mich nicht beschützen. Ich weiß, was ich tue. Lass mich mit ihm reden. Ich hole dich da raus. Vertrau mir!«

Ich verfluchte mich innerlich für das, was ich im Begriff war zu tun, aber ich war es Jess schuldig, auf ihn zu hören, nachdem ich ihn zuvor ignoriert und mich überhaupt in diese Situation gebracht hatte.

Ich seufzte. »Mein Komplize will mit Ihnen reden.«

Letivs Augenbrauen zuckten kaum merklich in die Höhe, was meine Vermutung bestätigte, dass er dachte, ich sei allein. »Was will er?«

»Das wird er Ihnen gleich selbst sagen.« Langsam, um Letiv nicht aufzuschrecken, griff ich an mein Ohr und nahm den Knopf heraus, den ich vorsichtig vor ihm auf dem Schreibtisch ablegte.

Ohne den Blick von mir zu nehmen, griff er nach dem Knopf und setzte ihn ein. In diesem Moment hätte ich alles dafür gegeben, zu erfahren, was Jess sagte. Doch ich hörte kein einziges Wort.

Unruhig begann ich mich in dem Zimmer umzuschauen, um mögliche Fluchtwege auszuloten. Doch es gab nur die Tür hinter mir und das große Fenster neben Letivs Schreibtisch. Und seine Kugeln waren gewiss schneller als meine Beine. Ich könnte es mit einem Ablenkungsmanöver versuchen und die Bildschirme auf dem Schreibtisch umstoßen, aber es war fraglich, ob mir das genug Zeit verschaffte.

»Das würdest du nicht wagen«, fauchte Letiv zwischen zusammengebissenen Zähnen hindurch. Mein Blick zuckte zu ihm zurück. Eine Furche hatte sich auf seiner Stirn gebildet, und sein Kopf war gerötet. »Wenn du das tust, werde ich dich finden und eigenhändig …«

Jess schnitt ihm das Wort ab. Was ich ganz und gar nicht gut fand, denn Letivs Waffe war noch immer auf mich gerichtet. Doch was hatte Jess gesagt: *Vertrau mir!* Vielleicht sollte ich das einfach tun, auch wenn es sich beinahe unmöglich anfühlte, ruhig stehen zu bleiben, während mir das Herz vor Aufregung aus der Brust zu springen drohte.

»Lösch die Daten«, forderte Letiv und lauschte konzentriert Jess' Antwort. Ich hasste es, dass ich nur einen Teil der Unterhaltung hören konnte. Letiv hob die Augenbrauen. »Mehr ist dir das Leben deiner Freundin nicht wert? Das ist zu wenig, dafür dass ihr versucht habt, mich zu bestehlen.«

Jess erwiderte etwas, und plötzlich trat ein Lächeln auf Letivs Lippen. »Das hört sich schon besser an. Ich denke, wir haben einen Deal, aber solltest du mich verarschen, werde ich dich finden. Was dann passiert, kannst du dir ausmalen.«

Nun runzelte ich die Stirn. Einen Deal? Plötzlich wünschte ich mir noch viel mehr, Jess' Teil der Unterhaltung mitbekommen zu haben. Was hatte er Letiv versprechen müssen, um meinen Arsch hier rauszubekommen?

»Einverstanden. War nett, mit dir Geschäfte zu machen, Jess.« Mit einem selbstgefälligen Gesichtsausdruck löste Letiv den Knopf aus seinem Ohr. Er betrachtete das Gerät zwischen seinen Fingern, doch anstatt es mir zurückzugeben, zog er eine Schublade auf und legte es hinein.

Angespannt hielt ich den Atem an.

Langsam schloss Letiv die Schublade und beugte sich vor, bis sein Ellenbogen auf der Tischplatte lehnte. »Du darfst gehen, aber wehe, du versuchst noch einmal, mich zu bestehlen. Dann wird niemand dir helfen können.«

XVIII

DER MOND

»Na endlich!« Reed stieß sich von unserem Fluchtfahrzeug ab, kaum dass ich in Sichtweite war. Mit großen Schritten kam er auf mich zugestürmt. Dieselbe Erleichterung, die ich verspürte, spiegelte sich auf seinem Gesicht wider.

»He, geht es dir …« Ich verstummte, als ich von Reed in einer festen Umarmung gefangen genommen wurde, die nicht zu verbergen vermochte, wie viel Sorgen er sich um mich gemacht hatte. Ich erwiderte sie und vergrub mein Gesicht an seiner Schulter. »Es tut mir leid.«

»Was tut dir leid?«

»Dass ich mich von Letiv habe erwischen lassen.«

Reed zog mich noch näher an sich, falls das überhaupt möglich war. Sein warmer Atem streifte mein Ohr. »Das war nicht deine Schuld. Das hätte jedem passieren können.«

Ich löste mich aus der Umarmung, wich aber nicht vor ihm zurück. »Dich haben sie nicht erwischt.«

Er lächelte. »Ich hatte einfach nur Glück.«

Mein Blick zuckte zu dem Van, in dem sich Jess versteckt hielt. Am liebsten wäre ich zu ihm gegangen, aber falls mich Letivs Leute noch beobachteten, wollte ich seinen Aufenthaltsort nicht auffliegen lassen. »Kann ich mit Jess sprechen?«

Ohne zu zögern, gab Reed mir seinen Ohrknopf.

Ich setzte ihn ein.

»Wie geht es dir?«, fragte Jess im selben Moment, in dem ich »Danke« sagte. Er lachte, aber es klang befangen, als wäre die Anspannung auch von ihm noch nicht vollständig abgefallen. »Was ist da drin passiert?«

»Das wüsste ich auch gerne«, antwortete ich ehrlich. »Ich wollte gerade ins Erdgeschoss, um dort nach den Karten zu suchen, als es einen lauten Knall gab und der Strom ausgefallen ist. War das dein Werk?«

»Nein, damit hatte ich nichts zu tun. Anscheinend ist eine Sicherung in der Villa rausgeflogen, was den Stromausfall verursacht hat. Keine Ahnung, wie das passieren konnte.«

»Eine Sicherung?«, wiederholte ich ungläubig.

»Ja.«

Fassungslos schüttelte ich den Kopf. Ich wäre beinahe wegen einer verfickten Sicherung gestorben? Der Gedanke daran ließ mich abermals erschaudern.

Ich bedeutete Reed, in den Wagen zu steigen, denn ich wollte nicht länger als nötig hierbleiben. Nicht dass Letiv es sich doch noch anders überlegte. »Wie hast du Letiv dazu bekommen, mich gehen zu lassen?«

»Ich musste ihm versprechen, alle Spuren und Verbindungen zu löschen, die mich zu ihm geführt haben. Damit andere ihn nicht auch finden können.«

Ich setzte mich hinter das Steuer. »Das ist alles?«, fragte ich misstrauisch und versuchte mich an die Satzfetzen zu erinnern, die ich belauscht hatte.

»Nicht ganz, aber das lass meine Sorge sein.«

»Jess«, mahnte ich. Was hatte dieser Idiot Letiv versprochen?

»Fallon«, äffte er mich nach, bevor er wieder ernst wurde. »Alles ist gut, vertrau mir. Ich habe Letiv ein Angebot gemacht, das er nicht abschlagen konnte. Das ist alles, was du wissen musst. Vertrau mir!«

Ich stieß ein Knurren aus. Ich hasste diese zwei verdammten Wörter, aber wenn Jess nicht reden wollte, würde er es auch nicht tun. Ich wusste, dass er durch seinen Job Hunderte Geheimnisse kannte, über mich, meine Eltern und so viele andere Archivare, aber er verriet kein Wort. Niemals.

Ich holte tief Luft. »Einverstanden, aber versprich mir, mit Letiv vorsichtig zu sein. Er ist gefährlich.«

»Das bin ich auch.«

Ich lachte, obwohl es vermutlich die Wahrheit war, und kam zurück zum Thema. »Wie dem auch sei. Letiv ist nicht unser Mann. Er hat die Karten nicht.«

»Bist du dir sicher?«

»Ja.«

»Das heißt, wir brauchen einen neuen Plan.«

Ich nickte, obwohl Jess das nicht sah. »Lass uns darüber reden, wenn wir zu Hause sind. Bis gleich!«

Ich nahm den Knopf aus meinem Ohr und ließ ihn in die Konsole zwischen Reed und mir fallen. Nun, da ich nicht mehr in unmittelbarer Gefahr schwebte, flaute das Adrenalin in meinem Körper ab, und eine Welle der Erschöpfung brach über meinem Kopf zusammen.

Ich musste mir eingestehen, dass ich mich geirrt hatte. Vor der Sache mit Letiv war ich bereit gewesen, alles für die Karten zu riskieren, aber das stimmte nicht. Das Tarot war mir wichtig, sehr wichtig, jedoch nicht wichtiger als mein Leben und erst recht nicht wichtiger als das von Jess oder Reed. Was hätte ich getan, wenn Letiv Reed im Zimmer seiner Tochter gefunden und Gebrauch von seiner Waffe gemacht hätte? Das hätte ich mir niemals verziehen! Ich war bereit, einiges für das Archiv zu geben, aber ein solches Opfer war es nicht wert.

Vorsichtig berührte Reed meine Hand auf dem Schaltknüppel. Eine Weile sagte er nichts, und wir fuhren schweigend Richtung Sorcerer, froh darüber, der Situation entkommen zu sein, als sich Reed schließlich räusperte. »Weißt du, wie Letivs Tochter heißt?«

Ich setzte den Blinker. »Nein, wie?«

»Fellon mit e.«

Ich lächelte schwach, zu mehr war ich nicht in der Lage. »Und hast du dich gut mit Fellon mit e verstanden?«

»Schwer zu sagen. Sie ist nach einer halben Seite eingeschlafen«, sagte Reed. Ich spürte, dass da noch mehr war, das er nicht aussprach. Ich schielte zu ihm hinüber. Er hatte den Blick geradeaus gerichtet, und abwechselnd flackerten Licht und Dunkelheit über sein Gesicht, während die Straßenlaternen an uns vorbeizogen.

»Woran denkst du?«

Reed zog seine Unterlippe zwischen die Zähne. »Nachdem Fellon eingeschlafen ist, habe ich überlegt, nach dir zu suchen, aber ich habe mich dagegen entschieden, weil ich dachte …«

»O nein, das tust du nicht!«, unterbrach ich Reed und schüttelte heftig den Kopf. »Vergiss es! Du wirst dir nicht die Schuld an dem geben, was passiert ist. Wärst du bei mir gewesen, hätte Letiv dich auch …«

»Stopp!«, brüllte Reed plötzlich.

Reflexartig trat ich auf die Bremse. Ein Ruck ging durch den Wagen, und der Sicherheitsgurt drückte schmerzhaft gegen mein Brustbein. Mein Herzschlag, der sich gerade erst wieder beruhigt hatte, schoss erneut in ungeahnte Höhen.

Ich blinzelte panisch, als die Beifahrertür geöffnet wurde und Reed aus dem Wagen sprang. Was zum Teufel …? Benommen von der Vollbremsung löste ich meinen Gurt, schaltete die Warnblinkanlage ein und stieg aus dem Wagen. Die Straße war leer. Keine Autos. Keine Fußgänger. Keine Fahrradfahrer.

Ich entdeckte Reed vor einem beleuchteten Schaufenster. Er betrachtete die darin ausgestellten Kilts und Sporrans. *The Kilt Crow* stand in schwarzen Buchstaben auf der lilafarbenen Fassade über dem Fenster.

»Und, siehst du etwas, was dir gefällt?«, fragte ich leicht atemlos vor Schreck und trat neben Reed. »Ich glaube, der blaue Kilt wird gut zu dem Veilchen passen, das ich dir gleich verpasse. Was soll der Scheiß?«

Ohne mich anzusehen oder auf meine Frage zu antworten, deutete Reed auf einen roten Kilt in der Auslage. »Er hatte so einen an.«

»Wer?«

»Der Kerl, der mir die Karten abgekauft hat.«

Diese Worte ließen meine Wut schlagartig verpuffen. Ich runzelte die Stirn. »Du hast bisher nie erwähnt, dass er einen Kilt trug.«

»Mir kam es nicht wichtig vor. Ich meine, ein Schotte mit Kilt? Sehr ungewöhnlich, aber dieser …« Er sah wieder zum Schaufenster. »Es war exakt dasselbe Muster.«

»Bist du dir sicher?« Ich betrachtete das rote Karomuster. »Viele dieser Muster ähneln einander.«

»Absolut sicher«, bestätigte Reed. »Seit du mich auf dem

Stockbridge Market zur Rede gestellt hast, spiele ich die Szene immer und immer wieder in meinem Kopf durch, auf der Suche nach Hinweisen, und ich lege meine Hand dafür ins Feuer, dass er diesen Kilt getragen hat. Genau diesen.«

»Okay, dann lass uns morgen mit dem Ladenbesitzer reden«, sagte ich, verspürte aber keine Hoffnung. Nicht wie bei dem Hinweis auf Letiv. Wie viele Läden in Edinburgh und Schottland wohl genau dieses Modell verkauften? Dutzende? Hunderte? Das erschien mir eine ziemlich aussichtslose Suche zu werden, aber ich war bereit, nach jedem Strohhalm zu greifen.

»Mach dir keine Sorgen«, sagte Reed und fasste nach meiner Hand. Sanft umschlossen seine Finger meine. »Wir werden das Tarot finden. Die Sache mit Letiv war ein Reinfall, aber uns bleiben noch viele Möglichkeiten.«

Aber nicht mehr viel Zeit.

Ich konnte nicht schlafen. Seit Stunden starrte ich an die Decke meiner Wohnung. Denn jedes Mal, wenn ich meine Augen schloss, sah ich Letiv vor mir und wie er seine Pistole auf mich richtete. Eine einzige Bewegung seines Zeigefingers hätte ausgereicht, um meinem Leben ein Ende zu bereiten.

Die Gefahr war allgegenwärtig gewesen, und die Erinnerung daran trieb mir selbst unter der Bettdecke einen kalten Schauer über den Rücken. Ich hatte in den letzten Jahren einiges gesehen und miterlebt, aber diese Waffe hatte etwas in mir ausgelöst, das mir völlig fremd war. Was vor allem mit der Stille zu tun hatte, welche die Pistole umgeben hatte. Ich hatte immer gedacht, sollte ich einmal früh sterben, wäre es das Werk eines magischen Gegenstandes, dessen

Flüstern mich bis zum Schluss begleitete. Doch diese Waffe hatte ich nicht hören können. Sie war still gewesen. Fremd und kalt.

»Worüber denkst du nach?« Es überraschte mich nicht, Jess' Stimme zu hören. Seine flache Atmung war bereits vor ein paar Minuten unruhig geworden. Bei seinem Kaffeekonsum wunderte es mich ohnehin, wie es ihm überhaupt gelang einzuschlafen.

»Letiv. Die Karten. Das Archiv«, log ich im Flüsterton, um Reed nicht zu wecken, den Jess auf die Couch verbannt hatte, da er immer in meinem Bett schlief, wenn er zu Besuch war. Ich hatte den beiden nichts von der Waffe erzählt. Das war etwas, womit ich selbst klarkommen musste. Ihr Wissen darum würde mir nicht helfen, sondern sie lediglich beunruhigen.

»Vergiss Letiv!«

Ich seufzte. »Ich wünschte, es wäre so einfach.«

»Vertrau mir, sobald du morgen in diesen Laden marschierst und einem neuen Hinweis nachgehst, wirst du dich besser fühlen.«

Ich rollte mich herum, bis ich Jess' schemenhafte Gestalt neben mir liegen sah. »Glaubst du wirklich, wir werden die Karten noch rechtzeitig finden?«

»Ehrlich? Ich weiß es nicht«, gestand Jess nach kurzem Zögern. »Aber ich werde alles in meiner Macht Stehende tun, um dir zu helfen.«

»Warum?«

»Warum was?«

»Warum würdest du alles dafür tun?«, frage ich mit einer plötzlichen Enge in meiner Kehle. »Ich war dir in letzter Zeit keine gute Freundin und auch keine gute Archivarin.«

»Du hast die Karten nicht verloren. Reed hat dich bestohlen.«

Ich stieß ein leises, trockenes Lachen aus. »Komm schon. Du musst mich nicht beschützen. Wir wissen beide, dass es meine Schuld war. Er kann nichts dafür. Ich hätte die Karten nicht offen herumliegen lassen dürfen.«

Trotz der Dunkelheit sah ich, wie Jess seine Lippen aufeinanderpresste. Er schielte in Reeds Richtung, doch dieser schlief fest wie ein Stein. »Ich denke nicht, dass er die Karten einfach nur gestohlen hat.«

»Wie meinst du das?«

»Ich habe über alles nachgedacht. Über seine Immunität gegen die Magie und die Sachen, die ihr mir erzählt habt«, sagte Jess. Seine Stimme klang nun schwerer, eindringlicher. »Und ich glaube, Reed wird ebenfalls von der Magie angezogen, wenn auch auf eine andere Art und Weise als wir.«

Ich zog die Brauen zusammen. »Wie kommst du darauf?«

»Überleg mal. Im *Banshee* ist er zu dir gekommen. Er hatte auch keine Angst vor dem magischen Feuer. Und aus dem Scheiß, den du hier rumliegen hast, hat er ausgerechnet die Karten ausgesucht. Es war vielleicht eine Handlung im Affekt, aber warum das Tarot? Warum nicht deine Handtasche? Oder einen der Mäntel? Und als du mit ihm im Writers' Museum warst, hat er angeblich gespürt, dass du etwas vorhast. Was, wenn er in Wahrheit die Feder gespürt hat? Und was ist mit dem Spiegel in deinem vollgerümpelten Lager? Er hätte sich so viele andere Dinge aussuchen können, aber er hat entschieden, sich den Spiegel anzuschauen. Ich glaube nicht, dass das alles Zufälle waren.«

»Du glaubst, die Magie manipuliert ihn?«

»So würde ich das nicht sagen. Er hat einen eigenen Willen und trifft seine eigenen Entscheidungen, davon bin ich überzeugt. Er ist im *Banshee* vielleicht wegen des Mantels auf dich zugekommen, aber er ist deinetwegen geblieben.«

Ich schürzte die Lippen. Wie Jess das sagte, klang es einleuchtend, aber wenn es stimmte und Reeds Anziehung zum Sorcerer und mir weder Zufall noch Schicksal war, sondern etwas ganz anderes, machte ihn das nur noch außergewöhnlicher. »Und es gibt wirklich keine Aufzeichnungen über andere Leute, die so sind wie Reed?«

Jess schüttelte den Kopf.

»Glaubst du, Reed ist der Erste?«

»Unwahrscheinlich, denn das würde bedeuten, dass er der Ursprung ist und diese Immunität aus dem Nichts erschaffen hat.«

»Aber es muss doch immer einen Ersten geben.«

»Schon, aber warum sollte von heute auf morgen ein Mensch geboren werden, der gegen die Magie resistent ist?«, fragte Jess. Er redete jedoch gleich weiter. »Ich habe da eher ein paar andere Theorien.«

»Ein paar?«, erkundigte ich mich amüsiert. »Wann hast du über all das nachgedacht?«

»Ich hatte viel Zeit, während bei dir das Internet geladen hat. Du solltest dir dringend einen schnelleren Zugang besorgen.«

Ich schnaubte. »Das sagst du jedes Mal.«

»Und es ist jedes Mal wahr.«

Ich verdrehte die Augen. »Deine Theorien?«

»Okay, also am wahrscheinlichsten wäre, dass die Immunität vererbt wurde, ähnlich wie bei uns Archivaren. Vielleicht ist es ein genetischer Fehler in Reeds Familie oder dergleichen. Eine weitere Möglichkeit wäre, dass ein magischer Gegenstand für seine Immunität verantwortlich ist. Womöglich wurde er ähnlich wie bei den Tarotkarten irgendwann einmal mit einer Art *Fluch* belegt, weshalb er nicht mehr von der Magie berührt werden kann. Allerdings habe ich noch nie von einem solchen Gegenstand gehört und in der Dokumentation ist auch nichts zu finden.«

»Wir finden immer wieder neue Gegenstände«, bemerkte ich.

»Schon, aber wieso sollte die Magie einen Gegenstand schaffen, der ihr selbst schadet?«

»Keine Ahnung. Frag die Magie!«

Jess umging meine Bemerkung. »Und dann gäbe es noch eine dritte Möglichkeit. Was ist an Reed anders als an vielen anderen Menschen?«

»Keine Ahnung. Was?«

»Er war tot.«

Überrascht hob ich die Brauen. »Er hat dir davon erzählt?«

»Nein, ich bin bei meinem Background-Check auf einen alten Zeitungsartikel gestoßen. Daher weiß ich auch, dass es schwer sein könnte, meine DNA-Theorie zu prüfen«, erklärte Jess. »Jedenfalls könnte es sein, dass dieser Zustand des Todes etwas an Reed geändert hat. Allerdings wüsste ich nicht, was, denn dafür gibt es keine logische Erklärung.«

Und für einen magischen Gegenstand gibt es die? Magie war das Gegenteil von Logik, aber das musste ich Jess nicht sagen. Er wusste es. Doch aus unerklärlichen Gründen war die Vorstellung, dass jemand, der von den Toten zurückgekehrt war, gegen die Magie immun war, um ein Vielfaches schauriger als der Gedanke, ein Gegenstand selbst könnte diese Immunität erzeugt haben.

»Sobald wir deine Karten gefunden haben, werde ich

dem nachgehen«, sagte Jess, wobei die Aufregung in seiner Stimme nicht zu überhören war.

»Du freust dich darauf«, stellte ich fest.

Er nickte. »Ich mag neue Herausforderungen, und wenn es mehr Leute wie Reed gibt, müssen wir das wissen. Sie könnten eine enorme Hilfe für uns darstellen.«

Ich schmunzelte. »Immer so vorausschauend.«

»Einer von uns muss es ja sein.«

»Was ist unser Plan für heute?« Reed setzte sich neben mich an den Tresen. Sein Haar war ungekämmt, und das Kissen hatte ein Druckmuster auf seinem Gesicht hinterlassen. Aber vermutlich sah ich kein bisschen besser aus, eher noch schlimmer. Auch nach dem Gespräch mit Jess hatte ich kein Auge zugetan. Ich hatte wirklich versucht zu schlafen, doch jedes Mal, wenn ich eingenickt war, hatte mich mein Unterbewusstsein mit Letivs Waffe und Visionen meiner Zukunft gequält, in denen ich nicht länger das Archiv leitete.

»Wir befragen die Angestellten im Kilt Crow und hoffen, dass sie brauchbare Informationen für uns haben«, antwortete ich.

Reed schnappte sich den Kaffee, den ich mir heute ausnahmsweise eingeschenkt hatte, und nippte daran. »Glaubst du, die Ladenbesitzer geben uns so einfach Auskunft über ihre Kunden?«

»Ich denke schon, die meisten Leute sind ziemlich redselig, wenn sie nichts zu befürchten haben. Unter einem Vorwand dort aufzutauchen, wäre viel auffälliger.«

»Fallon hat recht«, sagte Jess, der bereits wieder vor seinem Laptop saß. »Und sollte man euch nicht helfen wollen, können wir noch immer größere Geschütze auffahren.«

Reed zog eine Augenbraue in die Höhe. »Die da wären?«

»Darüber reden wir, wenn es so weit ist«, sagte Jess mit einem feinen Lächeln, das keinen Zweifel daran ließ, dass er schon einen Plan B hatte und vermutlich auch einen Plan C, D, E und F. Manchmal wunderte es mich, wieso sein Kopf nicht explodierte.

Ich wollte mir gerade meinen Kaffee zurückholen, als mein Handy auf der Anrichte zu vibrieren begann. Ich runzelte die Stirn, denn die einzige Person, die mich je anrief, war Jess. Reed, der näher an dem Handy dran war, griff nach dem Gerät und reichte es mir. Ein Blick auf das Display genügte, um meine Stimmung in ein Erdloch zu treiben.

»Wer ist das?«, fragte Jess.

»Meine Mum.« Ich zog in Erwägung, den Anruf zu ignorieren, aber was sollte das bringen? Dieses Gespräch war unausweichlich, und es glich einem Wunder, dass sie überhaupt so lange durchgehalten hatte, ohne mich zu kontrollieren. Ich seufzte und nahm den Anruf entgegen. »Hallo, Mum.«

»Fallon!« Mein Name entkam ihren Lippen als erleichtertes Seufzen, und in diesem Augenblick wusste ich, dass etwas nicht stimmte. So hatte sie meinen Namen noch nie ausgesprochen. Kein einziges Mal. Ich stand von dem Hocker auf und tigerte in Richtung meines Bettes.

»Mum, ist alles in Ordnung?«

»Nein.« Ihre Stimme brach und ... sie schluchzte? Ich hatte meine Mum bisher nur zweimal in meinem Leben weinen sehen. Das erste Mal, als Tante Louisa ihre Diagnose bekommen hatte, und das zweite Mal auf ihrer Beerdigung.

Ein Kloß bildete sich in meinem Hals, und das Herz

rutschte mir in die Hose. »Mum, du machst mir Angst. Was ist los?«

»Dein … dein Vater.«

Oh, bitte nicht!

»Er hatte einen Unfall.«

Diese vier kleinen Worte zogen mir den Boden unter den Füßen weg, und meine Knie gaben nach. Ich sackte auf meinem Bett zusammen und hoffte, betete, flehte, dass meine Mum mir in der nächsten Sekunde sagte, das sei ein Scherz. Ein übler Scherz, um mich für meinen Ungehorsam zu bestrafen. Doch auf der anderen Seite der Leitung hörte ich nur ihr Wimmern. Ein Wimmern, das mich bis ins Mark erschütterte und mir den Geschmack von Galle auf die Zunge trieb.

Tränen brannten in meinen Augen.

Ich musste sie fragen. Auch wenn ich es nicht hören wollte.

»Was ist passiert? Ist er tot?«

Meine Mum schnappte hörbar nach Luft. »Nein. Er ist in der Notaufnahme und wird operiert, aber es sieht nicht gut aus. Sein Auto wurde von einem anderen erfasst und in den Gegenverkehr gerammt. Offenbar hat der Fahrer eine rote Ampel übersehen.«

Was sollte das heißen? *Es sieht nicht gut aus?* Wenn sie ihn operierten, musste es gut aussehen, oder? Er musste noch eine Chance haben, sonst würden sie ihre Zeit und Ressourcen nicht an ihn verschwenden. Oder?!

»Wo seid ihr?«, fragte ich und machte mich instinktiv auf den Weg zu meinem Kleiderschrank.

»London.«

»Ich bin in ein paar Stunden bei euch.« Ohne auf eine

Antwort zu warten, legte ich auf und zerrte einen Rucksack aus meinem Schrank. Blind begann ich Shirts hineinzustopfen, als eine Hand an meinem Arm meine Bewegung stoppte. Ich sah auf und blickte in die besorgten Gesichter von Reed und Jess, die beide an mich herangetreten waren.

Ich schluckte, was die Enge in meinem Hals beinahe unmöglich machte. »Mein Dad.« Die Worte kamen nur zittrig über meine Lippen. »Er hatte einen Unfall. Ich muss nach London. Ich …«

»Ich buch dir ein Ticket«, unterbrach mich Jess, bevor ich meinen Gedanken zu Ende führen konnte. Ich nickte dankbar, und Reed, der meinen Arm festhielt, flüsterte ihm etwas zu, bevor er sich abwandte und zu seinem Laptop ging.

Reed zog mich in seine Arme, und erst als mein Körper auf seinen traf, bemerkte ich, wie sehr ich zitterte. »Alles wird gut«, flüsterte er sachte.

»Das weißt du nicht.«

»Doch, ich weiß es.«

»Meine Mutter meinte, es sieht schlecht aus.« Meine Stimme bebte ebenso sehr wie der Rest meines Körpers.

»Das hat nichts zu bedeuten«, erwiderte Reed, und ich wusste, dass es eine Lüge war, aber ich wollte sie hören und glauben. Und wenn ich sie jemandem glauben konnte, dann doch Reed, der praktisch von den Toten auferstanden war. »Dein Dad ist stark. Er wird das überstehen. Für dich, deine Mutter und die Magie.«

Die Magie.

Für den Bruchteil einer Sekunde war sie vor Schock wie aus meinem Kopf gefegt gewesen, aber nun kehrte die Erinnerung zurück.

Ich machte mich von Reed los. »Jess! Gibt es einen Gegenstand, der …«

»Ich bin schon dran«, rief er mir über seine Schulter hinweg zu. Hoffentlich fand er einen Gegenstand, der das Leben meines Dads retten konnte. Er hatte es nicht verdient zu sterben. Er war noch viel zu jung, und auch wenn wir keine Musterfamilie waren, so war ich doch noch nicht bereit, meinen Vater zu verlieren. Ich brauchte ihn!

Die Tränen, die sich bereits seit dem Anruf ankündigten, rollten mir nun über die Wangen und legten einen Schleier über meine Welt, die sich unwirklich anfühlte. Vielleicht war ich doch eingeschlafen und aus einem Albtraum erwacht.

Ich kniff die Augen zusammen und nahm mehrere tiefe Atemzüge, die meine Lunge zum Bersten füllten. Mein Herzschlag beruhigte sich leicht, während ich mir immer wieder in Erinnerung rief, dass mein Dad noch nicht tot war. Er war am Leben und hatte eine Chance.

Ich klammerte mich an diese Hoffnung, die meine Tränen versiegen ließ, und öffnete die Augen, bereit, für London zu packen. Doch Reed war mir bereits einen Schritt voraus. Ungeniert war er an meine Kommode herangetreten und hatte begonnen, meine Unterwäsche in den Rucksack zu stopfen.

Ich unterbrach ihn nicht, sondern setzte mich stattdessen zu Jess an den Tresen, um meiner Mum eine Nachricht zu schreiben und ihr Mut zu spenden. Denn so brüchig meine Beziehung zu ihr auch war, sie liebte meinen Dad über alles. Er war wohl die einzige Person auf dieser Welt, die ihr noch mehr bedeutete als die Magie.

»Ihr müsst euch beeilen, der Flug geht in zwei Stunden«, sagte Jess, der aufgestanden und zum Drucker gelaufen war.

»Wir?«, fragte ich irritiert.

Er nickte. »Reed begleitet dich.«

Ich sah mich nach Reed um und entdeckte, dass er dabei war, auch einige seiner Sachen in meinen Rucksack zu stopfen. »Ich fahr euch nur zum Flughafen«, fuhr Jess fort. »Und anschließend mach ich mich zurück auf den Weg nach Glasgow. Ich muss mich mit Matt absprechen und alles neu organisieren, wenn deine Eltern und du für eine Weile ausfallt.«

Und dein Dad vielleicht für immer.

Ich wollte nicht so denken, aber die Worte schlichen sich unweigerlich in mein Bewusstsein, und Verzweiflung kämpfte sich zurück an die Oberfläche, aber das ließ ich nicht zu. Ich musste stark bleiben – für meinen Dad, für meine Mum, für mich und für alles, was noch kommen würde.

XIX

DIE SONNE

Alles – jeder Mensch und jeder Gegenstand – hatte seinen eigenen Klang, seinen eigenen Duft und sein eigenes Gefühl. Reeds Stimme erinnerte an ein Instrument mit einer einzigen verstimmten Saite. Nicht perfekt, aber noch immer wohltuend, wenn eine Melodie darauf gespielt wurde. Er roch nach süßem Shampoo, und vom ersten Moment an hatte er in mir ein Gefühl der Verbundenheit geweckt.

Die Magie hingegen klang sanft und süß und schmeckte nach Abenteuer, nach Erde und Regen. Und mit ihr fühlte ich mich vollständig. In vollkommener Stille war ich nur ein halber Mensch.

Ein Krankenhaus hingegen hatte für mich den Klang eines Klageliedes. Es roch nach Stahl und verbreitete ein Gefühl von Verzweiflung und Verlust, das auch in meiner Brust anschwoll, je näher ich dem Gebäude kam, das nur aus Fenstern zu bestehen schien.

Reed lief neben mir die Stufen nach oben, unseren Rucksack über die Schulter geworfen. Wir waren umgehend vom Flughafen hierhergekommen, und obwohl der Flug nicht lange gedauert hatte, hatte er ausgereicht, um mein dünnes Nervenkleid in Fetzen zu reißen.

»Deinem Dad geht es bestimmt gut«, versicherte mir

Reed zum wiederholten Mal, als wir über die Türschwelle traten, und drückte meine vom Angstschweiß feuchte Hand. Der Geruch von kühlem Metall und Desinfektionsmitteln schlug uns entgegen, und ich hörte das gefürchtete Klagelied. Es erklang in Form gesenkter Stimmen, wimmernder Laute und geschluchzter Worte.

Ich schluckte schwer und ließ meinen Blick suchend durch die Eingangshalle gleiten.

»Hier entlang«, sagte Reed und führte mich zielstrebig durch die Gänge zur Notaufnahme, als wäre er schon Dutzende Male hier gewesen. Die Luft in diesem Teil des Krankenhauses war noch dicker, angereichert mit den Erwartungen und Hoffnungen der Wartenden, zu denen auch meine Mutter gehörte. Zusammengesunken saß sie auf einem Stuhl inmitten des kargen Wartezimmers, den Blick auf den Boden geheftet.

»Mum!«, rief ich und ließ Reeds Hand los. Ich eilte zu ihr, und als sie aufstand, um mich zu begrüßen, tat ich etwas, was ich seit vielen Monaten, womöglich Jahren nicht mehr getan hatte: Ich umarmte sie und erlaubte mir, Trost in dieser Berührung zu suchen.

»Hast du gut hergefunden?«, fragte meine Mum und streichelte mein Haar. Ihre Stimme klang ungewohnt dünn an meinem Ohr.

»Ja, wir haben ein Taxi vom Flughafen genommen.«

»Wir?« Meine Mum löste sich von mir und sah nun in die Richtung, aus der ich gekommen war. Dort entdeckte sie Reed, und eine Furche bildete sich auf ihrer Stirn, mehr aus Verwunderung als aus Ärger.

»Mum, du erinnerst dich an Reed?«

Sie nickte. »Der Junge aus dem Antiquariat.«

»Hallo, Mrs Emerys«, grüßte Reed verhalten und kam zu uns. Er ließ unseren Rucksack von seiner Schulter auf einen Stuhl gleiten. Er wirkte angespannt, ob dies allerdings an meiner Mutter oder dem Krankenhaus lag, konnte ich nicht bestimmen. »Es tut mir leid, was mit Ihrem Mann passiert ist.«

Meine Mum nickte und verschränkte die Arme vor der Brust, wie um sich selbst zusammenzuhalten. Sie sah farblos aus, als hätte sie seit Jahren kein Sonnenlicht mehr gesehen. »Danke, dass du Fallon begleitet hast.«

Ich zog die Augenbrauen zusammen. Konnte das sein? Hatte sich meine Mum gerade tatsächlich bei Reed bedankt? Oder hatte ich mich verhört?

»Hast du schon etwas von Dad gehört?«, stellte ich jedoch die viel wichtigere Frage mit einem Ziehen in meinem Magen.

»Ja.« Ein erleichtertes Seufzen entwich ihren Lippen. »Der Arzt war gerade hier. Die OP verlief gut. Sie konnten alle inneren Blutungen stoppen und sein Bein richten, allerdings können sie noch nicht sagen, wann er wieder aufwachen wird. Das ist eine Entscheidung seines Körpers.«

Ich schluckte schwer und kämpfte gegen die erneuten Tränen an. »Aber er wird doch wieder aufwachen, oder?«

»Das wird er«, sagte meine Mum so bestimmt, dass ich mir nicht sicher war, ob es stimmte oder reines Wunschdenken war.

»Und wann können wir ihn sehen?«

»Jetzt. Ich wollte auf dich warten.«

Schlagartig hatte ich das Gefühl, mich übergeben zu müssen. Jetzt war zu früh. Ich hatte erwartet, noch ein paar Minuten Zeit zu haben, bevor ich meinen Dad regungslos, verletzt und gebrochen in einem dieser Betten liegen sah.

Doch auf keinen Fall würde ich warten, diese Chance verstreichen und meine Mum allein gehen lassen.

Als könnte er mein Unbehagen spüren, legte mir Reed eine Hand auf den Rücken. »Willst du, dass ich mitgehe?«

»Nur Familienangehörige«, antwortete meine Mum.

Ich wandte mich zu Reed um. »Wartest du hier?«

»Natürlich.« Reed lächelte. »Dann sehen wir uns gleich wieder.«

»Danke!« Ohne darüber nachzudenken oder meiner Mum Beachtung zu schenken, beugte ich mich vor und gab Reed einen Kuss. Wie hatte ich jemals ohne ihn sein können? »Bis gleich!«

»Bis gleich!«, erwiderte er und schenkte mir ein ermutigendes Lächeln. »Du schaffst das.«

Das hoffe ich.

Ohne ein Wort legte mir Mum eine Hand auf die Schulter und führte mich aus dem Wartezimmer in einen breiten Korridor, der auf mich dieselbe Wirkung hatte wie ein Sarg. Ich hatte das Gefühl, keine Luft mehr zu bekommen, und eine allzu bekannte Enge breitete sich in meiner Brust aus und ließ mein Herz schwer werden.

Vor einer der vielen Türen, die den Gang säumten, blieben wir stehen. Meine Mum öffnete sie, und wir traten in einen Raum, der aussah, als wäre er einer Welt ohne Farbe entsprungen. Alles war weiß, grau oder metallisch glänzend, von der Decke bis zum Fußboden. Und inmitten dieser Farblosigkeit lag mein Vater, angeschlossen an Maschinen, die leise Piepsgeräusche von sich gaben. Seine Haut war blass und von bläulichen Adern durchzogen. Unzählige Schrammen zierten sie. Ich entdeckte mindestens drei genähte Wunden, und sein rechtes Auge war blau und violett und so angeschwollen, dass es aussah, als könnte es jeden Augenblick platzen.

Der Geruch von Jod stieg mir in die Nase, und mit bedachten Schritten näherte ich mich dem Bett. Meine Mum stellte sich auf die gegenüberliegende Seite und griff nach der Hand ihres Mannes. Behutsam verflocht sie seine reglosen Finger mit ihren und strich ihm über die Stirn. Ob er sich so kalt anfühlte, wie er aussah? Oder war er warm, dank der Maschinen, die ihn am Leben erhielten?

Meine Mum begann mit gesenkter Stimme auf meinen Dad einzureden. Sie spendete ihm Trost, machte ihm Mut und forderte ihn auf aufzuwachen. Ich hörte ihr nur mit halbem Ohr zu, zu sehr war ich in meinen eigenen Gedanken und dem Anblick meines Dads gefangen, der so verletzlich und gebrechlich aussah wie noch nie zuvor. Es schmerzte mich, ihn so zu sehen, und obwohl er die OP überstanden hatte, stieg Verzweiflung in mir auf. Ich wünschte mir, das vertraute Flüstern der Magie zu hören. Doch ich hatte meinen magischen Mantel in Edinburgh gelassen, um meine Mum nicht zusätzlich zu belasten, und leider hatte Jess noch keinen Gegenstand aufspüren können, der das Leben meines Dads retten könnte.

Meine Mum und ich saßen fast drei Stunden am Bett meines Dads. Immer wieder kam eine Krankenschwester ins Zimmer, um nach ihm zu sehen, und schließlich auch eine Gruppe Ärzte. Sie erzählten uns von der Operation, seinen Verletzungen und den Aussichten auf Genesung, die sich seit dem Anruf meiner Mum vor einigen Stunden deutlich verbessert hatten. Man schickte uns nach Hause, um zu duschen und etwas zu essen. Reed begleitete uns, und benommen von den Ereignissen der letzten Stunden stellte Mum keine Fragen, als ich mich gemeinsam mit Reed in meinem alten Zimmer einquartierte.

»Meine Mum schläft endlich«, verkündete ich und schloss vorsichtig die Tür hinter mir. Reed lag in meinem Bett, seine Jeans zusammengefaltet auf meinem alten Schreibtisch. Es fühlte sich seltsam an, wieder in meinem Zimmer zu sein. Seit ich das Archiv in Edinburgh übernommen hatte, war ich nicht mehr hier gewesen. Die Fallon von damals erschien mir wie ein völlig anderer Mensch.

Ich schälte mich aus meinen Klamotten und kroch nur in Unterwäsche gekleidet zu Reed unter die Decke. Er rutschte zur Seite, um mehr Platz für mich zu machen, was nicht wirklich half, denn mein altes Bett war nicht für zwei Personen gemacht. Selbst wenn wir uns an die entgegengesetzten Enden der Matratze legten, waren unsere Körper nur eine Handbreit voneinander entfernt.

Ich rollte mich zu Reed herum. Er musterte mich mit einem eindringlichen Blick. Eine tiefe Falte hatte sich zwischen seinen Augenbrauen gebildet. Es juckte mich in den Fingern, die Hand auszustrecken und sie ihm aus dem Gesicht zu streichen. Ich wollte ihn nicht besorgt sehen.

»Wie geht es dir?«, fragte Reed leise. Seine Stimme war nur ein Flüstern, als wollte er die Stille um uns herum nicht vertreiben.

»Ich weiß es nicht.« Die Ärzte machten uns viel Hoffnung – vielleicht zu viel. Und ich klammerte mich geradezu krampfhaft an meine Angst, um im Fall der Fälle vorbereitet zu sein. Allein dieser flüchtige Gedanke trieb mir die Tränen in die Augen. Ich versuchte sie davonzublinzeln.

»Nicht weinen«, flehte Reed. Er wühlte eine Hand unter

der Bettdecke hervor und legte sie mir tröstend an die Wange. Sanft streichelte er mit seinem Daumen über mein Gesicht, wie um die noch nicht geweinten Tränen aufzufangen. »Es wird alles gut. Die Ärzte sind optimistisch.«

»Ich weiß, aber was ist, wenn …«

»Hör auf damit«, unterbrach mich Reed, sein Tonfall eindringlicher. »Dein Dad ist in besten Händen. Er wird das schaffen, und solange musst du für ihn stark sein. Denk nicht an das Schlimmste.«

Ich schniefte. »Wie? Ich kann einfach nicht damit aufhören.«

Reed gab keine Antwort, sondern musterte mich eindringlich. Langsam, als hätten wir alle Zeit der Welt, ließ er seinen Blick im dämmrigen Licht der Nachttischlampe über mein Gesicht wandern, als würde er mich gerade zum ersten Mal sehen. Vorsichtig glitt seine Hand von meiner Wange in meinen Nacken. Seine Finger waren rau und warm und gaben mir Halt in einem Moment, in dem mir alles zu entgleiten schien.

Zaghaft, um mir die Chance zu gewähren zurückzuweichen, beugte sich Reed zu mir und legte seine Lippen sanft auf meine. Obwohl ich den Kuss hatte kommen sehen, gab ich einen überraschten Laut von mir. Wie von selbst packte ich Reeds Shirt, um mich an ihm festzuhalten. Doch der Ansturm, mit dem ich rechnete – er kam nicht. Es war ein zarter, liebevoller Kuss, nicht zu vergleichen mit jenem, den wir bei unserem ersten Mal miteinander geteilt hatten. Gemächlich, als hätten wir alle Zeit der Welt, erkundete Reed meinen Mund mit seinem. Es war eine Liebkosung, die mein Herz dazu brachte, schneller zu schlagen, und das nicht vor Erregung.

Meine Lippen teilten sich, und mir entfuhr ein leises Seufzen, als sich unsere Zungen berührten. Reed rollte uns herum, bis er über mir lag. Sein Gewicht wie eine schützende Decke. Meine Gedanken verloren sich in unserem Kuss. Und ich verlor mich in Reed. Ohne Hast zog er mich aus, wobei er jeden Zentimeter meines Körpers mit seinen Lippen liebkoste, bis ich nur noch fühlte.

Mein Verlangen nach ihm war dieses Mal nicht heiß und gierig, sondern süß und sinnlich. Reed unterbrach die Liebkosung, um sich das T-Shirt auszuziehen und die Boxershorts von den Hüften zu streifen. Er holte ein Kondom aus seinem Geldbeutel und streifte es sich über, bevor er sich wieder auf mich legte und wir erneut in einem innigen Kuss versanken.

Langsam, geradezu zärtlich drang Reed in mich ein. Ich klammerte mich an ihm fest und kam seinen sanften Stößen mit meinem Becken entgegen. Jede unserer Bewegungen brachte mich der schmerzhaft schönen Empfindung meines Höhepunktes näher, bis es nicht mehr auszuhalten war.

Ich vergrub mein Gesicht an Reeds Schulter, um nicht laut aufzustöhnen, als mein Körper unter seinem erbebte. Er stieß noch ein paarmal härter und tiefer in mich, bevor auch er kam und matt auf mir zusammensackte.

»Danke«, flüsterte ich in Reeds Ohr und strich mit den Fingern durch sein nun wieder zerzaustes Haar.

Er brummte an meinem Hals: »Stets zu Diensten.«

»Du musst nicht mitkommen, wenn du nicht willst«, sagte ich am nächsten Morgen zu Reed, als es endlich wieder Zeit wurde, ins Krankenhaus zu fahren. »Wir sitzen nur herum und sind deprimiert. Es gibt keinen Grund, wieso du dir das antun müsstest.«

»Ich tu mir gar nichts an«, sagte er und griff nach dem Saum meiner Jacke, um mich an sich zu ziehen. »Es war meine Entscheidung, dich nach London zu begleiten, und ich bin hier, um für dich da zu sein. Also lass uns zusammen deprimiert herumsitzen, okay?«

Ich nickte. »Okay.«

»Gut, das wollte ich hören.« Reed lächelte, bevor er seine Lippen auf meine senkte. Ich umfasste seine Arme, mit denen er noch immer meine Jacke festhielt, und erwiderte den Kuss. Bittersüß brachte er mein Herz dazu, seine Lethargie erneut für einen Moment zu vergessen und leichter in meiner Brust zu schlagen. Ich gierte nach diesem Gefühl, das mich an die Magie erinnerte, aber doch völlig anders war.

»Wir warten im Flur«, hörte ich meine Mum sagen, bevor sie die Tür zum Krankenzimmer zuzog, um Dad mit der Krankenschwester allein zu lassen. Wir hätten den Raum nicht verlassen müssen, aber keiner von uns beiden verspürte das Verlangen, dabei zuzusehen, wie er gewaschen und sein Katheter ausgetauscht wurde.

Drei Tage waren seit seinem Unfall vergangen, und es gab noch kein Anzeichen dafür, dass er bald aufwachen würde. Kurzfristig hatte sich sein Zustand auch noch einmal verschlechtert, aber inzwischen war er wieder stabil, und ich hoffte, dass es so blieb. Einen weiteren Rückschlag würde ich nicht verkraften.

»Es wird nur ein paar Minuten dauern«, sagte meine Mum und ließ sich neben mir auf den Stuhl fallen. Sie war in den vergangenen Tagen sichtbar gealtert, als verginge die Zeit innerhalb des Krankenhauses schneller. Dabei hatte ich das Gefühl, dass sie nur so dahinkroch und manchmal ganz stehen blieb.

Ich zog mein Handy hervor und schrieb eine Nachricht an Jess. Obwohl er wegen meines Ausfalls und dem meiner Eltern alle Hände voll zu tun hatte, erkundigte er sich mehrmals täglich nach meinem Dad und mir. Und auch viele der anderen Archivare riefen an, um mehr über seinen Zustand zu erfahren.

Zuerst hatte meine Mum die Anrufe entgegengenommen, aber als sie es schließlich leid gewesen war, über ihren bewusstlosen Ehemann zu sprechen, hatte ich die Anrufe übernommen. Die Leute machten sich wirklich Sorgen um meinen Dad, und Trauer und Mitgefühl schwangen in ihren Worten mit. Einige Archivare schickten auch Blumen und kleine Geschenke, die nun vor seinem Bett aufgereiht standen.

»Richte Jess schöne Grüße von mir aus und dank ihm von mir«, sagte meine Mum, die mich beim Tippen beobachtete. Ich fügte ihre Worte an, bevor ich auf »Senden« drückte.

Die zwei Sprachnachrichten, die in meinem Postfach auf mich warteten, ignorierte ich. Ich seufzte und lehnte meinen Kopf gegen die Wand. Meine Augenlider waren schwer, und mein Verstand sehnte sich nach Schlaf, aber ich wollte nichts verpassen, und noch immer quälten mich Albträume. Zwar träumte ich nicht mehr von Letiv, aber dafür vom Tod meines Vaters.

»Fallon?«

Eine Berührung an meinem Bein ließ mich aufschrecken. Ich musste eingenickt sein, aber als ich mich umsah, erkannte ich, dass nur wenige Minuten, womöglich nur

Sekunden vergangen sein konnten, denn die Krankenschwester war noch nicht aus dem Zimmer meines Dads zurück.

Jedoch saß Reed vor mir in der Hocke. Eine Hand auf meinem Knie, in der anderen hielt er einen Plastikbecher, den er mir reichte. »Ich habe dir einen Tee geholt.«

Ich richtete mich auf und nahm den warmen Becher entgegen. »Danke, du bist der Beste.«

Er schenkte mir ein schiefes Halblächeln, bevor er sich wieder aufrichtete. Wie meine Mum und ich war auch Reed seither jeden Tag im Krankenhaus gewesen, nicht für meinen Dad, aber für mich. »Möchtest du etwas essen?«

Ich schüttelte den Kopf und nippte an meinem Tee, der mir heiß die Kehle hinablief und mich von innen heraus wärmte.

»Für Sie, Mrs Emrys?«, fragte Reed.

»Ein Apfel wäre großartig«, antwortete Mum.

»Kommt sofort.« Reed zwinkerte mir im Gehen zu, und ich blickte ihm nach, bis er um die Ecke verschwand und ich ihn nicht mehr sah. Er war mir in den letzten Tagen wirklich ein guter Freund gewesen – mehr als das. Und wenn ich ehrlich mit mir war, waren meine Gefühle für Reed längst nicht mehr oberflächlich. Jeden Abend freute ich mich, in seinen Armen einzuschlafen, und jeden Morgen weckte er mich mit einem Kuss, der mich für ein paar Sekunden vergessen ließ, wie trostlos mein Alltag im Krankenhaus war.

»Er ist ein netter junger Mann«, sagte meine Mum, und mir wurde bewusst, dass ich Reed noch immer hinterherstarrte.

»Das ist er«, erwiderte ich und fuhr mit meinem Fingernagel über das warme Plastik. Ich beobachtete den Dampf, der emporstieg und sich in der Luft verlor. Dabei wurde mir klar, dass ich Mum nicht länger belügen konnte, nun, da Dad die Wahrheit womöglich nie erfahren würde. »Ich habe ihm von der Magie erzählt.«

Langsam drehte sich meine Mum auf ihrem Stuhl zu mir herum. Ein harter Zug umspielte ihren Mund. »Du hast was getan?«

»Ihm von der Magie erzählt«, wiederholte ich und fühlte mich dabei überraschend mutig. Vielleicht weil mir der Verrat in Anbetracht der Situation wie eine Kleinigkeit erschien.

Meine Mum hatte die Hände um die Lehnen des Stuhls gekrallt und starrte mich an, aber sie rastete nicht aus. Vielleicht war auch sie zu geschwächt von der Sorge um Dad. »Wieso hast du das getan? Du weißt, dass wir mit Außenstehenden nicht über die Magie sprechen dürfen. Deine Tante hat Jahre warten müssen, bis sie Murray davon erzählen konnte. Und du kennst diesen Jungen erst ein paar Wochen.«

»Das stimmt, aber mit Reed ist das anders.«

»Wieso? Weil er deine große Liebe ist?«, fragte sie, die Stimme vor Sarkasmus triefend.

»Nein, weil er nicht durch Magie beeinflusst wird. Frag Jess! Er hat den Mantel durchschaut, den ich gelegentlich trage, ist durch ein magisches Feuer gelaufen und hat in *den* Spiegel geschaut, ohne verrückt zu werden.«

Die Augen meiner Mum weiteten sich, und dieselbe Verwirrung, die ich zuerst bei Jess gesehen hatte, spiegelte sich auch in ihrem Blick wider. »Wie kann das sein?«

Ich zuckte mit den Schultern und gab ihr eine Kurzfassung der Ereignisse, ohne zu erwähnen, dass Reed die Tarotkarten gestohlen hatte. Ich erzählte ihr auch von Jess' Theorien.

Die Skepsis meiner Mum verschwand nicht vollkommen, aber als Reed mit ihrem Apfel zurückkehrte, war zumindest die Abneigung aus ihren Zügen verschwunden und ehrlicher Neugierde gewichen. Reed spürte die Veränderungen sofort, aber bevor wir uns in ein Gespräch über seine Immunität stürzen konnten, kam die Krankenschwester aus dem Zimmer, und Mum zögerte nicht, den Platz neben Dads Bett sofort wieder einzunehmen. Anscheinend hatten Reed und ich eine Schonfrist erhalten.

XX

DAS GERICHT

Eine Woche verging, und meine Deadline für das Finden der Tarotkarten verstrich unerwähnt. Ich erinnerte meine Mum nicht daran, die ohnehin nur Augen für Dad hatte, dessen Zustand weiterhin unverändert war. Die Ärzte konnten nicht sagen, wann er aufwachen würde. Ich hoffte jede Sekunde darauf, dass er die Augen aufschlug, und in jeder Minute, die ich nicht im Krankenhaus verbrachte, rechnete ich mit einem Anruf. Ich war furchtbar schreckhaft und ungeschickt, und nicht nur einmal wäre ich vor Unachtsamkeit gegen eine der zahlreichen Glastüren des Krankenhauses gerannt, hätte mich Reed nicht davor bewahrt.

Am zehnten Tag beschloss ich, zurück nach Edinburgh zu reisen. Es fiel mir nicht leicht, aber es gab nichts, was ich in London für Dad tun konnte. Das Antiquariat hingegen hatte bereits genug Verluste eingestrichen, und auch wenn mein Ultimatum keine Gültigkeit mehr hatte, so gefährdeten die Tarotkarten noch immer Menschenleben.

Meine Mum fuhr Reed und mich zum Flughafen, und ich behielt mein Handy im Auge, bis eine Durchsage verkündete, dass es Zeit wurde, die Geräte auszuschalten. Mit einem Seufzen las ich noch einmal die letzte Nachricht, die Mum geschickt hatte, ehe ich das Display schwarz werden ließ.

»Ich kann nicht aufhören, an sein Gesicht zu denken, wenn er aufwacht und feststellt, dass ich nicht da bin«, sagte ich mit einem hohlen Gefühl im Magen, ohne Reed anzusehen.

Er griff nach meiner Hand. »Dein Dad wird es verstehen. Ihm ist die Magie genauso wichtig wie dir, und du kannst dein Leben nicht anhalten, nur weil seines stillsteht.«

»Ich wünschte nur …« *… das alles wäre nicht passiert. Ich wünschte, der andere Fahrer hätte die rote Ampel nicht übersehen. Ich wünschte, er hätte meinen Dad nicht gerammt. Ich wünschte, ich wäre in Edinburgh und hätte die Karten längst gefunden.* Ich wünschte mir all das und noch viel mehr, aber mir fehlten die Worte.

»Alles wird wieder gut«, versicherte mir Reed. Er hatte die Stimme gesenkt und flüsterte nahe an meinem Ohr, damit niemand ihn belauschen konnte. »Wir finden die Karten, und sobald wir sie haben, kannst du zurück nach London. Ich komme mit, wenn du willst, oder ich bleib in Edinburgh und kümmere mich um den Laden.«

Ich sah zu Reed, der mich seinerseits beobachtete. Sein Blick wurde nicht mehr von Sorge und Mitgefühl dominiert, sondern von Zuneigung. »Das würdest du tun?«

Er nickte ohne ein Zögern. »Klar.«

Ich lächelte. »Reading Mitchell, du bist wirklich ein Geschenk des Himmels.«

»Eher der Hölle, wenn man sich den Ärger anschaut, den ich dir eingebrockt habe.«

»Hör auf damit, wir wissen beide, dass das nicht stimmt«, erwiderte ich. »Außerdem, wenn du die Karten nicht gestohlen hättest, hätten wir nie erfahren, dass es Menschen wie dich gibt, denen die Magie nichts anhaben kann.«

»Also war mein kriminelles Verhalten eine gute Sache?«

»Eine sehr gute«, sagte ich und küsste Reed. Eine meiner neuen Lieblingsbeschäftigungen. Ich seufzte an seinem Mund und teilte meine Lippen. Er kam mir mit seiner Zunge entgegen, und ich krallte die Hände in die Lehnen des Flugzeugsitzes. Am liebsten hätte ich nach Reed gegriffen. Ich wollte ihn an mich ziehen und meine Finger in seinen Haaren vergraben, aber das wäre unter diesen Umständen wohl keine gute Idee gewesen. Dennoch konnte ich einfach nicht aufhören, Reed zu küssen. Meine Haut summte vor Verlangen nach ihm, und mein Herz pochte wild.

Schließlich war es Reed, der den Kuss beendete. Mit geröteten Wangen und glasigem Blick sah er mich an. »Wir müssen aufhören«, hauchte er an meinen Lippen, die von unserem Kuss zu prickeln begonnen hatten.

»Wieso?«, fragte ich mit heiserer Stimme.

»Zu viele Zuschauer und zu wenig Platz.«

Ich gab ein widerwilliges Geräusch von mir, musste mir aber eingestehen, dass er recht hatte. Ich seufzte dieses Mal nicht vor Verlangen und legte meinen Kopf an seine Schulter.

»Kommt Jess auch nach Edinburgh?«, erkundigte sich Reed.

»Nein, er hat zu viel zu tun. Zwar gehört London nicht mehr zu seinem Kontrollgebiet, aber da meine Eltern die Koordination für ganz Großbritannien leiten, verändert ihre Abwesenheit alles«, erklärte ich. »Gestern hat er sogar selbst einen Gegenstand in Glasgow aufgespürt.«

»Und das macht er für gewöhnlich nicht?«

Ich schüttelte den Kopf. »Er ist lieber im Hintergrund aktiv, aber wenn es sein muss, nimmt er die Sache selbst in die Hand. Sarah und Dan, denen das Archiv in Glasgow gehört, sind in London für meine Eltern eingesprungen.«

»Wie viele Archivare gibt es in Großbritannien?«

»Knapp zwanzig und zehn Eingeweihte, mit dir elf.«

»Aber ich bin kein Eingeweihter.«

»Noch nicht«, erwiderte ich. »Aber das ist nur eine Formalität. Sobald sich alles beruhigt hat, werde ich mich darum kümmern.« Ich zögerte. »Sofern du das willst.« *Und ich dann noch immer eine Archivarin bin.*

»Klar will ich das. Wer würde schon freiwillig auf die Chance verzichten, mit dir in Häuser einzubrechen?«, fragte Reed und küsste mich auf den Scheitel.

»Jeder mit gesundem Menschenverstand?«

»Gut, dass der mir vor einigen Jahren abhandengekommen ist.«

Ich lächelte und ließ mich tiefer in meinen Sitz sinken.

Der Landeanflug auf Edinburgh hatte begonnen. Und obwohl ich das Gefühl, meinen Dad im Stich zu lassen, noch nicht ganz hatte abschütteln können, freute ich mich auf das Sorcerer und die Aufgaben, die dort auf mich warteten.

Nach der Landung nahmen Reed und ich ein Taxi zurück zum Antiquariat. Ich bezahlte den Fahrer mit dem Geld, das mir meine Mum gegeben hatte, und stieg aus in den Regen, der uns bereits am Flughafen willkommen geheißen hatte. Graue Wolken hingen über der Stadt und tauchten alles in dämmriges Zwielicht.

Ich zog die Mütze meiner Jacke über den Kopf und huschte schnell zur Tür, wo mich der Dachvorsprung vor dem schlimmsten Regen schützte. Reed stand direkt neben mir, unseren Rucksack an die Brust gedrückt.

»Einen Moment. Ich hab's gleich.« Ich fasste nach dem Archivschlüssel um meinen Hals, doch meine Finger griffen zunächst ins Leere. Blind tastete ich mein Schlüsselbein entlang, doch ich spürte die Kette nicht, an welcher der Schlüssel befestigt war.

Unruhe keimte in mir auf, und meine Bewegungen wurden hektischer. Panisch blickte ich an mir herab und in den Ausschnitt meines Pullovers, doch alles, was ich sah, waren nackte Haut und ein schwarzer BH.

Das konnte nicht sein.

Ich griff in die Taschen meines Mantels und durchwühlte sie panisch in der vagen Hoffnung, den Schlüssel unbewusst dort hineingesteckt zu haben. Doch ich ertastete ihn nicht. Ich drehte die Taschen nach außen, und ein paar alte Taschentücher und ein Lippenstift fielen heraus; das war alles.

Scheiße!

»Was ist los?« Reed musterte mich besorgt, seine Haare hingen vom Regen durchnässt bereits feucht in seiner Stirn.

Ich zog den Reißverschluss meiner Handtasche auf und begann diese ebenfalls hektisch zu durchforsten, ohne Reed zu antworten. Alles, was ich fand, waren mein Geldbeutel, mein Handy und ein paar Kopfhörer.

»Hab ich dir den Schlüssel zum Archiv gegeben?«, fragte ich, obwohl ich die Antwort bereits kannte. Ich nahm die Kette so gut wie nie ab. Höchstens unter der Dusche, weil ich nicht wollte, dass die Lederkordel nass wurde. Denn sie störte mich nicht. Ihr Gewicht war mir vertraut. Wie hatte ich nicht bemerken können, dass sie weg war?

Reed schüttelte den Kopf. »Nein, hast du nicht.«

Das durfte nicht wahr sein!

»Was ist mit dem Rucksack?«, fragte ich. »Habe ich sie da vielleicht reingetan?« Noch bevor Reed etwas sagen konnte, öffnete ich den Rucksack und begann seinen Inhalt zu durchsuchen. Dabei war mir egal, dass T-Shirts, Unterhosen, Socken und alles andere auf dem nassen Asphalt landeten. Ich musste diesen Schlüssel finden! Er war der einzige Weg, das Antiquariat zu öffnen, ohne die Magie brechen zu müssen, die das Archiv schützte.

»Wann hast du den Schlüssel zuletzt an mir gesehen?«, fragte ich Reed, während ich die Taschen der Hosen durchsuchte, die ich aus dem Rucksack zog. Doch ich förderte nur noch mehr alte Taschentücher und Cent-Stücke ans Tageslicht, die klimpernd zu Boden fielen.

Reed dachte kurz nach. »Vor dem Abflug. Du hast ihn bei der Kontrolle des Handgepäcks ablegen müssen.«

Okay, daran erinnerte ich mich auch. Danach hatte ich die Kette hundertprozentig wieder angelegt, denn ich hatte einen kontrollierenden Blick in den Plastikcontainer geworfen, um sicherzustellen, dass ich alles mitgenommen hatte.

»Und hatte ich die Kette noch um, als du mich im Flugzeug geküsst hast?«, fragte ich weiter. Meine Finger zitterten, während ich mittlerweile den Boden des Rucksacks abtastete.

»Ich weiß es nicht«, erwiderte er unsicher. Die Unruhe hatte auch seine Stimme erfasst. »Können wir nicht einfach einen Schlüsseldienst rufen?«

»Einen Schlüsseldienst?« Ich stieß ein Lachen aus, das selbst in meinen Ohren hysterisch klang. »Das geht nicht. Sämtliche Archive sind mit einem Zauber belegt, der mit dem Schlüssel verbunden ist. Er kann nicht einfach ersetzt werden.«

»Scheiße!«, fluchte Reed und sprach mir damit aus der Seele. Er stellte den Rucksack auf dem Boden ab. Während ich in die Knie ging, um noch einmal sämtliche Taschen und Fächer abzutasten, durchwühlte er den Kleiderhaufen, der inzwischen völlig durchnässt war, so wie wir auch.

Doch wir fanden den Schlüssel nicht. Er war wirklich fort.

»Ich habe ihn verloren«, sagte ich mit einem Seufzen und spürte, wie Tränen in meinen Augen brannten. Resigniert hockte ich mich auf den nassen Boden. Doch ich nahm die Feuchtigkeit und den Regen kaum noch wahr, denn ich hatte den Schlüssel verloren. *Verloren.* Seit meine Mum ihn mir vergangenes Jahr übergeben hatte, hütete ich ihn wie einen Schatz. Wie hatte das nur passieren können – schon wieder?

Ich vergrub mein Gesicht in den Händen. Erst ließ ich mein Handy im Mary King's Close fallen und jetzt auch noch den Schlüssel. Womit hatte ich das verdient?

Reed ging neben mir in die Hocke und berührte mich sanft an der Schulter. Ich hasste es, dass ich in seiner Gegenwart zuletzt so viel Schwäche gezeigt hatte, aber ich wusste, dass er es verstand. Es war schwer, stark und selbstbewusst zu bleiben, wenn alles, wofür man gearbeitet hatte, um einen herum zusammenzubrechen drohte.

»Nicht traurig sein«, sagte Reed. »Du hast gerade eine Pechsträhne, aber das vergeht wieder. Ich kann die Tür …«

»Was hast du gerade gesagt?«, unterbrach ich Reed und blickte zu ihm auf. Dicke Regentropfen hatten sich in seinen Wimpern verfangen.

Er blinzelte sie fort. »Was? Das mit der Pechsträhne?«

Ja! Ich nickte heftig, denn plötzlich setzten sich alle Puzzleteile zusammen, als hätte jemand einen Schalter in meinem Kopf umgelegt. Heilige Scheiße! Wie hatte ich das nicht bemerken können? Das verlorene Handy, das verschüttete Dreckwasser im Lagerraum, die Vogelkacke, die Sicherungen bei Letiv, die im denkbar ungünstigsten Moment rausgesprungen waren, nun der Schlüssel und die Sache mit meinem Vater.

All das war kein Zufall.

Ich war verflucht!

Das musste es sein. All diese Dinge, die mir passiert waren, klangen ähnlich wie in den Beiträgen der User, die sich Madame Minervas wegen beklagt hatten!

Ich sprang auf die Beine, trat über den Haufen Wäsche vor Reed und ging ein paar Schritte, um einen klaren Kopf zu bekommen. Konnte das wirklich sein? War ich tatsächlich verflucht? Oder war das nur Wunschdenken, weil ich mir nicht eingestehen wollte, dass ich vielleicht keine so gute Archivarin war, wie ich es mir wünschte?

»Fallon?«

»Pst!«, brachte ich Reed zum Schweigen, während ich an ihm vorbei in die andere Richtung lief. Ich nahm einen tiefen Atemzug der feuchten Luft und versuchte meine Gedanken zu sortieren, was nicht leicht war. Mein Herz raste, und das Blut rauschte laut in meinen Ohren.

Ich versuchte mich an all die Missgeschicke zu erinnern, die mir in den letzten Wochen widerfahren waren, und daran, ob in den Monaten davor ähnlich viel schiefgelaufen war, aber dem war nicht so. All das hatte mit dem Verlust der Karten begonnen. Ich hatte also entweder die Pechsträhne meines Lebens, oder jemand hatte mich tatsächlich verflucht.

Ich zog mein Handy aus der Tasche und hoffte inständig, es hatte dem Dauerregen standgehalten. Aber dem war nicht so. Es war tot. *Natürlich.* Es war schließlich mein verdammtes Handy und ich war verflucht.

Ohne zu zögern, lief ich zu dem gegenüberliegenden Gebäude und fuhr mit der Hand über sämtliche Klingeln, da ich nicht die Ruhe hatte, sie alle einzeln auszuprobieren. Ein Knacken in der Sprechanlage war zu hören.

»Hallo?«, fragte eine rauchige Stimme.

»Hallo, Mr Morrison«, grüßte ich. »Fallon Emrys hier, vom Antiquariat. Ich habe mich versehentlich aus meiner Wohnung ausgesperrt und wollte fragen, ob ich Ihr Telefon benutzen darf?«

»Aber selbstverständlich«, antwortete Mr Morrison. Kurz darauf ertönte der Summer, und die Tür wurde geöffnet. Ich eilte das Treppenhaus nach oben bis zu Mr Morrisons Wohnung im zweiten Stock. Reed blieb dicht hinter mir.

»Hallo, Fallon«, begrüßte mich der alte Mann, der bereits an seiner Tür auf mich wartete, und ließ seinen trägen Blick über meine nasse Gestalt wandern. »Lass mich dir ein Handtuch holen, bevor du alles volltropfst.«

»Selbstverständlich«, presste ich zwischen zusammengebissenen Zähnen hervor, obwohl ich weder die Zeit noch die Geduld hatte, auf ein Handtuch zu warten.

Reed blieb neben mir im Treppenhaus stehen und packte meinen Arm, als fürchtete er, ich könnte ihm wieder davonrennen. »Wärst du so freundlich, mir zu erklären, was gerade los ist?«

»Ich wurde verflucht.«

Reed zog die Brauen zusammen. »Was?«

»Ich wurde verflucht«, wiederholte ich. Ich streifte mir

die nasse Jacke von den Schultern und reichte sie Reed. »Du hast recht mit der Pechsträhne. Alles weist darauf hin. Mein verlorenes Handy, die Sache bei Letiv, die Vogelkacke in meinem Gesicht …«

Bevor ich Reed alles genauer erklären konnte, erschien Mr Morrison mit einem Handtuch an der Tür. Ich zog eilig meine durchnässten Schuhe aus, legte mir das Handtuch über die Schultern und versuchte meine tropfenden Haare trocken zu rubbeln.

»Warte hier«, sagte ich an Reed gewandt und ließ mich von Mr Morrison in seine Wohnung führen, in der es streng nach Tabak roch. Ich ignorierte den Gestank, denn ich hatte nur Augen für das Telefon, das er mir zeigte. Ich wählte die Nummer, unter der Jess für das Archiv zu erreichen war.

Es läutete einige Male, bevor Jess abnahm. »Hallo?«, fragte er skeptisch bei der unbekannten Nummer.

»Jess, ich bin's.«

»Fallon? Wo bist du? Seid ihr gut angekommen?«, fragte er.

»Ja«, antwortete ich und sah mich nach Mr Morrison um, der allerdings gegangen war, um mich in Ruhe telefonieren zu lassen. »Hör zu, Jess, du musst mir die Adressen aller Leute raussuchen, die ich in den letzten Monaten bestohlen habe oder denen ich magische Gegenstände abgenommen habe.«

»Ähm, klar«, erwiderte er etwas verwundert. »Kein Problem, aber das könnte eine Weile dauern, hier ist gerade viel los.«

»Beeil dich einfach!«

»Ich geb mein Bestes. Willst du mir sagen, was los ist und wieso du von einer fremden Nummer anrufst?«

»Nicht jetzt«, erwiderte ich. »Mein Handy ist kaputt, schreib mir einfach eine E-Mail, wenn du die Liste hast. Ich erklär alles später. Versprochen.«

»Okay. Ich beeil mich.«

Ich legte auf und bedankte mich bei Mr Morrison, bevor ich aus der Wohnung lief, wo Reed auf mich wartete. Um seine Füße herum hatte sich eine Pfütze gebildet. Ich nahm ihm meine Jacke ab und schlüpfte in meine Schuhe. »Lass uns zum Kilt Crow gehen.«

»Gerne, aber du musst mir noch erklären, was jetzt eigentlich los ist. Was meinst du damit, du wurdest verflucht?«

Ich richtete mich auf und sah Reed an. »Wer immer dir die Tarotkarten abgekauft hat, wusste von ihrer Magie und hat sie genutzt, um mir zu schaden.«

Er runzelte die Stirn. »Bist du dir sicher?«

»Absolut«, bestätigte ich, und wir liefen die Treppen nach unten. Ich wusste einfach, dass es stimmte. Ich fühlte es in meinen Knochen. »All diese großen und kleinen Unglücke, die mir in letzter Zeit passiert sind. Es scheinen mir zu viele zu sein, um als Zufall durchzugehen.«

Reed nickte langsam und ließ sich meine Worte durch den Kopf gehen. »Und wen hast du gerade angerufen?«

»Jess«, sagte ich und trat auf die Straße. »Er soll mir eine Liste aller Personen erstellen, denen ich in den letzten Monaten einen magischen Gegenstand abgenommen habe und die deswegen einen Groll gegen mich hegen könnten. Es wird allerdings eine Weile dauern, bis diese Liste fertig ist. Solange stellen wir unsere eigenen Nachforschungen an.«

Reed und ich gingen zurück zum Sorcerer, vor dem unsere Sachen noch immer verteilt auf dem Boden lagen.

Wir stopften sie zurück in den Rucksack und machten uns auf den Weg in Richtung des Kilt Crow. Wir fingen ein Taxi ab, das uns zu dem Laden mit der lila Fassade fuhr. Der Kilt, den Reeds Käufer getragen hatte, war noch immer im Schaufenster ausgestellt.

Im Inneren des Geschäfts roch es nach Politur und Leder. An den Wänden hingen zahlreiche Sporrans und Kilts mit den unterschiedlichsten Mustern. Es gab auch mehrere Kleiderständer und Vitrinen mit Zubehör. Im hinteren Teil des Ladens befanden sich die Umkleiden, die allerdings nicht besetzt waren.

Der Mann hinter der Theke blickte auf. »Guten Tag, kann ich euch helfen?«

»Das hoffen wir«, sagte ich und setzte ein Lächeln auf, das hoffentlich Ruhe und Zuversicht ausstrahlte. Zwei Dinge, die ich im Moment nicht fühlte. »Ich bin Fallon Emrys, mir gehört das Antiquariat in der Candlemaker Row.«

»Das Sorcerer.« Der Mann nickte. »Netter Laden.«

»Danke!« Ich trat an die Theke heran, während Reed sich hinter mir umschaute. »Vor einer Weile hat es bei mir einen Einbruch gegeben. Ich habe den Dieb noch gesehen, aber er konnte fliehen. Ich hab den Vorfall der Polizei gemeldet, und sie haben es in ihre Kartei aufgenommen, aber sie unternehmen nicht wirklich was.«

Der Mann lächelte mich bedauernd an. »Das tut mir leid zu hören, aber ich wüsste nicht, wie ich dabei helfen kann.«

»Sehen Sie …« Ich stützte die Ellenbogen auf der Theke ab. »Der Dieb war um die vierzig, hatte braunes Haar und ein Allerweltsgesicht, nichts mit Wiedererkennungswert. Doch er hat einen Kilt getragen, einen roten, wie Sie ihn derzeit in Ihrem Schaufenster ausgestellt haben. Ich habe mich gefragt, ob Sie mir vielleicht etwas mehr darüber erzählen könnten. Woher stammt der Kilt? Wer produziert ihn? Wo wird er überall verkauft? Womöglich führen Sie sogar eine Kundenliste?«

Der Mann schüttelte den Kopf. »So etwas haben wir nicht, aber ich kann dir gerne die Herstellerdaten geben.«

»Danke, das wäre großartig«, sagte ich mit einem Lächeln, denn jede Info war besser als keine Info, auch wenn ich noch nicht wusste, was uns diese Daten bringen sollten.

Der Verkäufer zog einen Katalog hinter der Ladentheke hervor und blätterte durch die Seiten, bis er das ausgestellte Modell fand. Er ging in den hinteren Teil des Ladens, um mir eine Kopie zu machen. Zwei Minuten später kam er zurück und händigte mir einen Zettel aus. Auf einer Seite standen die Informationen des Herstellers, auf der anderen war der Kilt mit allen Details abgebildet. »Ich hoffe, du findest den Dieb.«

»Das hoffe ich auch«, erwiderte ich. »Und danke für die Hilfe!«

Der Mann lächelte. »Immer wieder gerne.«

Reed folgte mir aus dem Laden und direkt vor der Tür, die ein wenig vor dem Regen geschützt war, blieben wir stehen, um den Zettel zu lesen. Auf den ersten Blick erschien mir nichts ungewöhnlich. Es gab Angaben zu den verschiedenen Größen, dem Stoff, den Nähten und Preisstaffelungen. Dann fiel mir eine Notiz zu dem Kilt ins Auge:

Dieses primär rot karierte Muster mit den grünen Akzenten steht für den Familiennamen MacColl. Die kräftigen Farben der modernen Interpretation erfreuen sich großer Beliebtheit. Das alte Modell finden Sie in unserem Katalog auf Seite 128.

Mir stockte der Atem, und ich las den ersten Satz noch einmal, um sicherzugehen, dass ich ihn nicht falsch verstanden hatte.

Steht für den Familiennamen MacColl.

Nein, auch das konnte kein Zufall sein. Unmöglich.

»Fallon, was ist?«, fragte Reed und riss mir den Zettel aus der Hand, um die Daten zu studieren, die für ihn keinen Sinn ergaben. Denn er kannte ihn nicht.

Murray.

Murray *MacColl.*

Aber warum sollte er das tun? Warum sollte er mich verfluchen?

Weil er die Magie genauso sehr liebt wie du, flüsterte eine Stimme in meinem Kopf. Er liebte die Magie, und ich hatte ihm das Archiv genommen, das Einzige, was ihm nach dem Tod seiner Frau geblieben war. Er hatte sein altes Leben geopfert, um ein Eingeweihter zu werden, und nun war ihm nichts mehr von seinem neuen Leben geblieben.

Ich wollte es nicht glauben, nicht wahrhaben, aber es ergab Sinn. Murray hatte den richtigen Familiennamen, ein Motiv und genügend Wissen über die Magie, um herauszufinden, wie das magische Tarot funktionierte.

Übelkeit stieg in mir auf, und es kostete mich einiges an Willenskraft, mich nicht zu übergeben. Murray war es.

Murray hatte mich verflucht.

Murray, mit dem ich stundenlang über Magie philosophiert hatte.

Murray, der mir Geschenke von all seinen Reisen mitgebracht hatte.

Murray, der sich im *Hanging Bat* nach dem Archiv erkundigt und gefragt hatte, ob er wieder hier arbeiten dürfte.

Seine Frage hatte so unschuldig und hilflos geklungen, und ich hatte Mitleid mit ihm empfunden. Nun verspürte ich nur noch Zorn und wünschte, er stünde vor mir, damit ich ihm einen kräftigen Tritt zwischen die Beine verpassen konnte. Ich vermochte nicht zu glauben, dass er mir das angetan hatte.

Mir und meiner Familie.

Meinem Dad.

Dieser Fluch durfte keine Minute, nein, keine Sekunde länger anhalten, denn es könnte ihn das Leben kosten.

XXI

DIE WELT

Murrays Wohnung lag in einem schäbigen Altbau, der die besten Jahre hinter sich hatte, mit bröckelnder Fassade und fehlenden Dachziegeln. Niemand interessierte sich mehr für dieses Haus, und es schien nur noch zu existieren, um für die da zu sein, die sich nicht mehr leisten konnten.

Noch vor zwei Tagen hätte ich beim Anblick des Gebäudes Mitleid mit Murray verspürt, aber heute war es nur Zorn über den Verrat. Ein Teil von mir wünschte, dass ich mich irrte, aber ich wusste, dass dem nicht so war. Ich hatte es im Gefühl.

Die Eingangstür des Wohnhauses war nicht abgeschlossen. Ich wollte sie aufdrücken, als Reed die Hand auf meinen Unterarm legte und mich in der Bewegung stoppte.

Auf dem Weg zu Murray hatte ich ihm von all meinen Vermutungen und Theorien erzählt und mich einmal mehr über mein kaputtes Handy geärgert. Denn würde es noch funktionieren, hätte ich Reed ein Bild von Murray zeigen können, damit er meinen Verdacht endgültig bestätigte. Murray passte perfekt auf die Beschreibung seines Käufers.

»Was hast du vor?«, fragte Reed nun leise an meinem Ohr. Er stand mir so nahe, dass seine Brust meinen Rücken berührte, doch dieses Mal hatte diese Nähe nichts Beruhigendes an sich. Ich würde erst wieder ruhig atmen können, wenn ich Gewissheit hatte und der Fluch gebrochen war.

»Die Karten finden.«

»Und dann?«

»Sie zerstören.« Die Vorstellung, einen magischen Gegenstand zu vernichten, widerstrebte mir und widersprach allem, woran ich glaubte. Als Archivarin gehörten der Schutz und die Erhaltung der Magie zu meinen obersten Prioritäten, denn sie war zu wertvoll, um zerstört zu werden. Doch noch wichtiger war der Schutz der Menschen. Und zu meinem Wohl und dem meines Vaters war ich bereit, die Karten zu opfern.

»In Ordnung«, sagte Reed und ließ meine Hand los. »Aber bitte erinnere dich an dieses Ziel, wenn du Murray begegnest, und spring ihm nicht direkt an die Gurgel.«

Ich biss die Zähne zusammen und erwiderte nichts, denn ich würde Reed kein Versprechen geben, an das ich mich möglicherweise nicht halten könnte. Ich stieß die Tür zum Wohnhaus auf und lief die Treppen nach oben in den ersten Stock, Reed dicht hinter mir.

Vor Murrays Wohnung blieb ich stehen. Die Tür, die einst hell gewesen sein musste, war von einem grauen Schleier belegt, und direkt auf Augenhöhe schien mich das Namensschild *MacColl* zu verspotten. Ich ballte meine Hände zu Fäusten und hämmerte gegen die Tür.

Ich wartete einige Sekunden, aber als niemand öffnete, klopfte ich noch einmal. Nichts.

»Dieser Mistkerl«, fauchte ich und schlug noch einmal mit der flachen Hand gegen die Tür. »Mach auf, Murray!«

Schweigen.

Reed neben mir ließ unseren Rucksack von seinen Schultern gleiten und begann die nasse Kleidung zu durchwühlen. Zuerst verstand ich nicht, was er tat, bis er eine meiner Haarnadeln hervorzog. Er bog sie gerade, so gut es möglich war, und ging vor der Tür in die Hocke. Das flache Ende der Nadel führte er in das Schlüsselloch ein, und mit langsamen Bewegungen versuchte er, das Schloss zu knacken. Es ging bei Weitem nicht so schnell wie mit meinen magischen Handschuhen, aber es bestand kein Zweifel daran, dass Reed wusste, was er tat. Kurze Zeit später sprang die Tür auf.

»Voilà«, sagte Reed und richtete sich auf. Ein feines Lächeln umspielte seine Lippen. Er schob die Tür zu Murrays Wohnung auf, die nicht weniger schäbig war als der Rest des Hauses. Die Wände waren vergilbt. Staubweben hatten sich an der Decke gesammelt, und Wollmäuse krochen bei dem kleinen Luftstoß über das zerschlagene Parkett. Murray besaß kaum Möbel, nur das Allernötigste: ein kleines Sofa, einen Schrank mit einem mickrigen Fernseher, eine Einbauküche und einen Esstisch aus Plastik, der aussah, als würde er auf einen Campingplatz gehören.

Es war dunkel im Raum, und der Ruhe nach zu urteilen, war Murray nicht zu Hause. Oder er war gut darin, sich zu verstecken. Was auch immer es war, in der Stille war deutlich zu hören, dass die Karten nicht hier waren. Vermutlich trug Murray sie mit sich herum.

Ich stieß ein Seufzen aus, das alles sagte, und Reed warf mir einen Blick zu, der mich vermutlich aufmuntern sollte. Aber aus irgendeinem Grund war genau das Gegenteil der Fall. Die Enge in meiner Kehle kehrte zurück.

Ich lief zu Murrays Telefon, um Jess anzurufen, aber kaum nahm ich den Hörer ab, vernahm ich, dass die Leitung nicht verbunden war. Großartig! Vermutlich hatte Murray seine letzten Rechnungen nicht bezahlt.

»Lass uns zurück zum Sorcerer gehen«, sagte ich und legte den Hörer mit mehr Kraft als notwendig zurück. »Zwei Straßen weiter ist ein Internetcafé. Dort kann ich meine Mails abrufen und Jess anrufen.«

»Soll ich hierbleiben und auf Murray warten?«

Ich schüttelte den Kopf. Unter keinen Umständen wollte ich Reed allein mit ihm lassen. Er hatte mich verflucht, um an das Archiv ranzukommen. Mich. Nicht auszumalen, was er bereit wäre, einem Fremden anzutun.

Ich griff nach Reeds Hand. »Lass uns gehen.«

Wir hatten das Geld meiner Mum längst aufgebraucht. Daher blieb uns keine andere Wahl, als zurück zum Sorcerer zu laufen, auch wenn es von Murrays Wohnung am Stadtrand ein langer Weg bis in die Innenstadt war.

Zwar hatte es aufgehört zu regnen, aber das änderte nichts daran, dass Reed und ich noch immer durchnässt waren und der kalte Wind mich zum Zittern brachte. Reed zog mich an sich und legte mir einen Arm um die Schultern. Ich hatte keine Ahnung, ob es das besser machte, da er ebenso nass war, dennoch schmiegte ich mich in seine Berührung.

Keiner sagte etwas. Wortlos liefen wir nebeneinanderher, doch in stummer Absprache wichen wir jeder ersichtlichen Gefahr aus, um dem Fluch bestmöglich zu entgehen. Wir liefen über keine rote Ampel, unter keinem Baugerüst hindurch und blieben stets auf dem Fußgängerweg. Nach einem gefühlt endlosen Marsch erreichten wir die Candlemaker Row.

Mir blieb das Herz stehen, und ich erstarrte in der Bewegung, als ich entdeckte, dass Licht im Laden brannte.

Das war unmöglich!

Ich kniff die Augen zusammen und betrachtete mein Zuhause mit einem Argwohn, wie ich ihn noch nie in meinem Leben verspürt hatte. Und hoffte, das Schimmern hinter den Schaufenstern wäre nur eine Illusion.

Doch da war Licht.

Eindeutig.

Im Sorcerer brannte Licht.

Ich konnte es nicht glauben und rannte los. Ungeachtet des Verkehrs und Reeds, der hinter mir herrief, rannte ich über die Straße. Ein Auto hupte, aber ich nahm das dröhnende Geräusch kaum wahr. Mein Blick war auf das schwache Funkeln im hinteren Teil des Ladens gerichtet. Wäre dies ein sonniger Tag gewesen, hätte ich es wohl überhaupt nicht bemerkt. Doch die von grauen Wolken beschworene Dunkelheit ließ es mich erkennen. Klar und deutlich. Jemand war im Lager des Antiquariats.

Jemand war im Archiv.

Meinem Archiv.

Murray.

Ich hatte keine Ahnung, wie er an den Schlüssel herangekommen war, den ich verloren hatte, aber ich wusste, dass er es war. Mit jeder Faser meines Körpers, jedem vor Wut zuckenden Nerv und jedem Herzschlag, der den Zorn durch meine Adern pumpte.

Reed kam neben mir zum Stehen. Ein skeptischer Ausdruck lag auf seinem Gesicht. Er wusste mittlerweile genug über die Magie und das Archiv, dass er keine Fragen stellte, nur die eine, die mir auch im Kopf herumschwirrte: »Aber wie?«

»Ich habe keine Ahnung.« Ich rüttelte mit aller Kraft am

Türknauf, aber die Tür öffnete sich nicht. Natürlich nicht. Ich schlug mit meiner Faust gegen die Glasscheibe, doch das Einzige, was sich veränderte, war der Schmerz in meinen Knöcheln. Ich war ausgesperrt. Ausgesperrt aus meinem Archiv. Meinem Leben.

Dieser Drecksack! Ich würde so lange vor dieser Tür stehen bleiben, bis Murary sich zeigte. Er konnte schließlich nicht für immer in diesem Lagerraum bleiben.

»Lass mich mal.« Reed schob mich zur Seite.

»Was soll das?«

»Ich breche das Schloss auf«, sagte Reed und zog aus seiner Lederjacke die gerade gebogene Haarnadel hervor, mit der er auch die Tür zu Murrays Wohnung aufgebrochen hatte. »Das Archiv ist vielleicht durch Magie geschützt, aber ich kann sie umgehen. Ich bin schon mal bei dir eingebrochen, schon vergessen?«

O mein Gott! Natürlich! Wieso war ich da nicht früher draufgekommen? Ich presste meine Hände aufeinander, wie zum Gebet, und hielt angespannt die Luft an, während Reed sich an der Tür zu schaffen machte. In bedachten Auf-und-ab-Bewegungen ließ er die Nadel durch das Schloss tanzen, bis schließlich das vertraute Klicken der Entriegelung zu hören war.

Ein selbstgefälliges Grinsen trat auf Reeds Gesicht, als er die Tür langsam aufschob. Am liebsten wäre ich ihm in die Arme gesprungen, aber wir hatten keine Zeit zu verlieren. Auf Zehenspitzen schlich ich in das Antiquariat. Reed folgte mir und ließ unseren Rucksack geräuschlos von seinen Schultern gleiten.

Murray hatte ohne Zweifel das Archiv geöffnet, denn ich hörte das Flüstern Hunderter Gegenstände bereits, die mich willkommen hießen. Ich fragte mich, wie ich es so lange in London ausgehalten hatte ohne dieses vertraute Nuscheln.

Ich schob die Tür zum Lagerraum so leise wie möglich auf und schlüpfte hindurch. Wie erwartet lag auf dem Boden der magische Teppich. Ich entdeckte Murray am Fußende der Treppe. Er sah aus wie immer. Braunes, leicht rötliches Haar, schmale Lippen und braune Augen. Dennoch wirkte er auf mich plötzlich verändert. Sein freundliches Gesicht verlogen. Und sein Blick heimtückischer.

Er hatte uns noch nicht bemerkt. Eingängig betrachtete er eine Kristallkugel in seinen Händen, die es vermochte, dir deine schönsten Erinnerungen zu zeigen.

Ich hatte keine Ahnung, ob Murray die Tarotkarten bei sich trug, denn inmitten all der Stimmen konnte ich ihr Flüstern nicht ausmachen. Doch so oder so musste ich ihn stoppen, bevor er weitere Gegenstände gegen mich, meine Familie oder die Archivare einsetzen konnte.

»Hallo, Murray!«

Er wirbelte herum, und vor Schreck hätte er beinahe die Kugel fallen lassen. Seine Augen waren geweitet. »Fallon! Was machst du hier? Wie bist du reingekommen?«

»Dasselbe könnte ich dich fragen.« Ich stieg die Treppe in das Archiv hinab, ohne Murray aus den Augen zu lassen. »Tante Louisa würde sich im Grab umdrehen, wenn sie wüsste, was du getan hast.«

Murray blickte über meine Schulter zu Reed, und Erkenntnis blitzte in seinen Augen auf. »Louisa hätte gewollt, dass ich mich um das Archiv kümmere. Es war ihr Heiligstes.«

»Und jetzt ist es mein Heiligstes.«

Murray verzog die Lippen zu einem grimmigen Lächeln.

»Dein Heiligstes? Dass ich nicht lache! Überall lässt du die magischen Gegenstände herumliegen, und dann bemerkst du nicht einmal, dass du bestohlen wirst. Was für eine Archivarin bist du eigentlich?«

»Eine, deren Aufgabe es ist, die Magie von Menschen wie dir fernzuhalten.«

Murray schnaubte. »Menschen wie mir? Was soll das heißen?«

»Menschen, die die Magie missbrauchen.«

»Ich habe nichts Falsches getan«, beteuerte Murray, die Kristallkugel noch immer in den vor Wut bebenden Händen. »Ich habe mir nur geholt, was mir gehört. Nach dem Tod deiner Tante war ich am Boden zerstört, und weil das noch nicht genug war, hat man mir auch das Archiv genommen und mich auf die Straße gesetzt. Was hätte ich tun sollen?«

»Das Richtige?«, fragte ich bitter. »Aber stattdessen hast du mich verflucht, um mich aus dem Archiv zu bekommen, nicht wahr? Deinetwegen liegt mein Dad im Koma. Wenn er stirbt, hast du ihn auf dem Gewissen. Und du weißt genauso gut wie ich, dass Louisa das nicht gutgeheißen hätte.«

Murray schluckte schwer. »Sie würde es verstehen.«

Ich schüttelte den Kopf. »Nein, das würde sie nicht.«

»Du hast doch keine Ahnung«, fauchte Murray. Eine Ader begann an seiner Stirn zu pochen. »Ich habe mich voll und ganz der Magie verschrieben, und als Louisa krank war, habe ich weitergemacht. Ich habe Gegenstände für euch gefunden, sie katalogisiert und das Antiquariat am Laufen gehalten, während meine Frau immer schwächer wurde. Ich habe all das geschafft, aber dann war Louisa fort, und plötzlich sollte ich nicht mehr gut genug sein? Du aber schon?

Du bist so verzogen, dumm und unerfahren, dass es wehtut!«

»He!«, mahnte Reed und trat einen Schritt vor. Ich hob die Hand, um ihn zum Schweigen zu bringen, denn ich wollte hören, was Murray zu sagen hatte.

»Ich habe deiner Mum gesagt, dass es ein Fehler ist«, fuhr Murray fort. »Sie wollte nicht auf mich hören und hat mich rausgeschmissen. Zuerst habe ich versucht, das Archiv und die Magie zu vergessen, aber es ging nicht. Meine schäbige Wohnung hat mich jeden Tag daran erinnert, was ich verloren habe!«

Er spuckte mir die Worte geradezu vor die Füße. »Eines Tages habe ich im Internet diesen Artikel über Tarotkarten gefunden, die Unglück bringen, und dachte, sie wären meine Chance, das Archiv zurückzuerobern. Doch als ich bei Madame Minerva ankam, waren die Karten bereits verschwunden. Du hattest sie gestohlen. Ich war bereit, sie zu vergessen und auf die nächste Gelegenheit zu warten, als ich sie zufällig im Internet zum Verkauf entdeckt habe.«

Murrays Blick glitt zu Reed, und erneut trat ein Lächeln auf seine Lippen. »Es war Schicksal, und ich habe die Chance ergriffen. Du bist dieses Archivs nicht würdig, Fallon.«

Ich ballte meine Hände zu Fäusten. Es kostete mich viel Kraft, nicht einfach auf Murray loszugehen. Ich war vielleicht kleiner als er, aber wenn es darauf ankam, könnte ich ihn fertigmachen.

»Wie bist du an Fallons Schlüssel herangekommen?«, fragte Reed. Er wirkte ruhig, aber unter der Oberfläche loderte auch bei ihm die Wut.

Murray lachte und griff nach dem Kragen seines Pullovers. Darunter kam mein Schlüssel zum Vorschein. »Was soll ich sagen? Während du vom Unglück verfolgt wurdest, hab ich meinem Glück ein wenig auf die Sprünge geholfen.«

»Du bist ein elender Bastard, Murray.«

»Aber ein Bastard mit Archiv.«

Nun war es an mir zu lachen. »Du glaubst doch wohl nicht ernsthaft, dass ich dir das Archiv überlasse?«

»Wer soll mich daran hindern?« Murray neigte den Kopf. »Dein Dad sicherlich nicht, und früher oder später werden die Karten dich und deine Mum für mich aus dem Weg räumen.«

»Aber noch bin ich hier, und ich werde dir das Archiv nicht kampflos übergeben«, sagte ich und funkelte Murray an. Ich erkannte ihn in diesem Moment überhaupt nicht wieder. Wie konnte er seiner eigenen Familie so etwas antun?

»Verschwinde, Fallon!«

»Niemals.«

»Ich warne dich«, knurrte Murray.

Auffordernd zog ich eine Augenbraue in die Höhe, bereit, es darauf ankommen zu lassen. Was ich jedoch nicht kommen sah, war die Kristallkugel, die Murray nach mir warf. Ich duckte mich gerade noch rechtzeitig. Kurz darauf hörte ich das Zerschellen von Glas, und die Kugel verstummte. Fassungslos starrte ich auf die Scherben, die über den ganzen Boden verteilt waren. Wie konnte er es wagen?

Ich biss die Zähne zusammen. »Wo ist das Tarot?«

»Wo es hingehört«, erwiderte Murray und sah über seine Schulter. Mein Blick folgte der Bewegung, und ich entdeckte die Karten in dem Regal hinter ihm. Sie mussten zerstört werden, nur so wusste ich den Fluch zu brechen, der auf mir und all den anderen Menschen lag.

Ich trat vor, aber Murray versperrte mir den Weg. Meine Geduld war am Ende. Ich verpasste ihm einen Stoß, den er nicht kommen sah. Er taumelte rückwärts gegen das Regal, aber er war sofort wieder auf den Beinen.

»Miststück!« Er setzte einen Hieb in meine Richtung, und weil er das Glück im wahrsten Sinne des Wortes auf seiner Seite hatte, traf er mich hart an der Schulter. Ein dumpfer Schmerz zog sich von der Stelle durch meinen ganzen Arm und lähmte ihn.

Ich versuchte in Deckung zu gehen, als er bereits zum nächsten Schlag ausholte. Doch dieses Mal ging Reed dazwischen. Er stürzte sich auf Murray und stieß ihn mit aller Kraft gegen das Regal, das gefährlich ins Wanken geriet. Magische Gegenstände fielen von den Brettern.

Ich nutzte die Ablenkung und schnappte mir die Karten.

»Nicht so schnell!«, brüllte Murray. Seine hasserfüllte Stimme war mir fremd. Im gelblichen Licht der Glühbirne sah ich etwas Metallenes aufblitzen, und eine Sekunde später steckte ein Dolch in meiner Brust. Ich schrie auf. Schmerz brannte durch meine Adern, und Blut durchtränkte meine Jeans. Reed schnappte nach Luft, und Murray lachte, als er den Dolch mit einem schmatzenden Geräusch aus meinem Körper zog. Erneut entwich ein Schmerzensschrei meiner Kehle, aber augenblicklich spürte ich das Kribbeln der Heilung.

Der nicht mordende Dolch!

Erleichterung erfasste mich, aber sie war nicht von langer Dauer. Im nächsten Augenblick stürzte sich Reed auf Murray und riss ihn mit sich zu Boden in den Haufen aus Scherben. »Zerstör die Karten!«, rief er mir ächzend zu, während er versuchte, Murray unten zu halten.

Ich zögerte nicht und löste das Gummi, das das Tarot zusammenhielt. Mit feuchten Fingern versuchte ich die Karten zu zerreißen, aber nichts geschah. Das Papier war unnachgiebig wie Leder. Wieder und wieder zerrte ich daran, aber die Karten wollten nicht nachgeben. Sie waren von ihrer Magie geschützt.

Reed! Nur er konnte sie vernichten. Ich wandte mich ihm und Murray zu. Die beiden Männer rangen am Boden um die Oberhand. Reed hatte einen Treffer gelandet, denn Blut tropfte aus Murrays Mundwinkel, aber trotz seines Alters hielt er sich wacker. Ich wusste nicht, ob er trainiert hatte oder das Teil seiner Glückssträhne war.

Die zwei Männer schlugen aufeinander ein, wild und ungezähmt waren sie ein Knoten aus Gliedern. Unmöglich konnte ich Reed wegholen, ohne dass Murray dies zugutekam. Ich musste die Karten selbst zerstören.

Panisch blickte ich mich nach der Schreibfeder aus dem Writers' Museum um und entdeckte sie im gegenüberliegenden Regal. Ich schnappte sie, tauchte ihre Spitze in das Blut, das meine Wunde zurückgelassen hatte, und schrieb damit ein einziges Wort auf meinen Arm.

Ein Prickeln breitete sich auf meiner Haut aus, und das Flüstern der Feder wurde lauter, während sie ihre Magie wirkte. Unterlegt war das Murmeln von Reeds Ächzen und Murrays Stöhnen, während die beiden noch immer aufeinander einschlugen. Plötzlich lag es vor mir: ein Feuerzeug.

Nun fehlte nur das Ewige Feuer. Ich entdeckte die Kerze direkt über mir und war unendlich dankbar dafür, dass meine Eltern mich gezwungen hatten, das Archiv aufzuräumen. Meine Hände zitterten, und es brauchte drei Anläufe, aber schließlich begann die Kerze zu brennen. Ich hatte sie nicht ausprobiert und ahnte nur, wie sie funktionierte, aber während ich ihr Feuer entfachte, wünschte ich mir, das Tarot neben mir würde in Flammen aufgehen – und nur das Tarot!

Rauch stieg von den Karten auf und schlängelte sich in die Höhe, zuerst hell, dann immer dunkler. Plötzlich loderte eine Flamme auf. Die Karten brennen zu sehen, tat mir im Herzen weh, aber es war das einzig Richtige.

Das Tarot zerfiel nicht sofort zu Staub und Asche. Nur langsam fraß sich das Feuer durch die Karten hindurch. Ihre Ecken wurden schwarz und wellten sich nach oben.

Mit angehaltenem Atem beobachtete ich das Geschehen, und beinahe glaubte ich zu spüren, wie der Fluch von mir abfiel und mein Herz befreiter schlug. Ein Lächeln breitete sich auf meinen Lippen aus, denn alles, was ich jetzt noch brauchte, war der Schlüssel zum Archiv.

Ich wandte mich Murray und Reed zu. Sie waren wieder auf den Beinen und ihre Haut von Glassplittern gezeichnet. Doch keiner ließ sich von den Wunden beeinflussen. Sie funkelten einander wütend an. Reed mit erhobenen Fäusten, und Murray hielt wieder den Dolch in den Händen.

Im Lager über uns begann ein Feuermelder zu heulen. Ich zuckte zusammen, und das Flüstern um mich herum wurde von dem lauten Piepsen verschluckt. Doch ich ließ mich davon nicht beirren, sondern machte einen Satz auf Murray zu, um ihn zu Boden zu werfen. Er sah mich allerdings kommen und wirbelte herum, denn noch war sein Glück nicht vollkommen zu Asche verbrannt. Mit den Ellenbogen verpasste er mir einen Stoß gegen die Brust, und es fühlte sich an, als würde er mir die Luft aus dem Körper schlagen. Ich fiel rückwärts auf den Boden in die Splitter. Durch das Piepsen des Feuermelders hindurch hörte ich Reed meinen Namen rufen.

Mir wurde schwarz vor Augen, und ich krümmte mich vor Schmerz zusammen, nach Luft ringend, um meine Lunge zu füllen. Der Rauch, der sich im Archiv staute, tat sein Übriges, und ich begann zu husten und würgen. Tränen stiegen mir in die Augen, und ich versuchte, Reed zu sagen, dass er Murray den Schlüssel abnehmen musste, aber ich war unfähig, die Worte zu formen.

Mein Herz raste, und ich kniff die Augen zusammen, bemüht, meinen Körper unter Kontrolle zu bringen. Blind tastete ich nach einem Regal in meiner Nähe und zog mich daran hoch.

Ich schaffe das, redete ich mir selbst ein.

Nur noch der Schlüssel.

Ich drehte mich herum, um mich Murray zu stellen, aber alles in mir erstarrte, als ich Reed auf dem Boden liegen sah. Eine Lache aus Blut hatte sich um ihn herum gebildet. Murray kauerte über ihm, den magischen Dolch in den Händen. Blut tropfte von dessen Klinge.

Nein! Ein heftiges Zittern erfasste meinen Körper, und plötzlich hatte ich das Gefühl, keinen Atem mehr zu bekommen. Ich rang nach Luft, und blanke Panik raubte mir die Fähigkeit, klar zu denken. Reed …

Ich wollte zu ihm, aber Murray versperrte mir den Weg. Es bestand kein Zweifel, dass er wusste, was für einen Dolch er in den Händen hielt. Denn er wartete darauf, dass die Heilung einsetzte und Reed aufstand.

Aber das würde er nicht tun.

Denn er war immun gegen die Magie.

Gegen die Heilung.

Er würde sterben, wenn wir ihm nicht halfen!

Ein Wimmern entkam meinen Lippen, und Murray wandte sich zu mir um. Unsere Blicke begegneten sich, und für eine Sekunde hörte alles um mich herum auf zu existieren.

»Was hast du angerichtet?«, knurrte ich und setzte mich in Bewegung. Doch ich ging nicht auf Murray los, sondern stürzte die Treppen nach oben. Ich musste einen Krankenwagen rufen. Ich hatte das Lager gerade erreicht, als mich zwei starke Arme von hinten packten und in einer eisernen Umklammerung gefangen nahmen.

»Lass mich los!«, brüllte ich und strampelte mit den Beinen, um mich loszumachen. »Reed braucht Hilfe.«

»Vergiss es!«, zischte Murray feucht neben meinem Ohr. »Ich gehe nicht für diesen Penner in den Knast.«

Ich warf meinen Kopf hin und her und versuchte Murrays Griff zu entkommen, während er zeitgleich bemüht war, mich von der Tür wegzuziehen. Wäre ich erst einmal im Laden, könnte uns jemand sehen und die Polizei rufen.

»Lass mich los! Lass mich los! Lass mich los!« Ich kreischte die Wörter und spannte meine Muskeln an. Doch Murrays Wille war ebenso stark wie mein Wunsch, Reed zu retten. Und auch wenn sich sein Griff durch meinen Widerstand immer wieder lockerte, hielt er mich doch weiterhin fest.

»Hör auf, dich zu wehren!«, befahl Murray und zerrte mich mit sich. Ich hatte keine Ahnung, was er vorhatte, bis er vor dem magischen Spiegel zum Stehen kam.

Ich begann fester zu strampeln. »Nein!«

»O doch«, hauchte Murray in mein Ohr und riss das Bettlaken von dem Spiegel. Ich kniff die Augen zusammen, aber ich war nicht schnell genug und erhaschte einen Blick auf die Reflexion, die mir meine schlimmste Angst zeigen sollte. Doch alles, was ich sah, war mein Spiegelbild.

Ich blinzelte vorsichtig unter meinen Wimpern hervor. Das Flüstern des Spiegels wurde lauter. Die Magie sprach zu mir. Ich sah, wie sein Glas trüb wurde und das Flüstern versuchte, meine Ängste zu locken. Doch die Reflexion veränderte sich nicht. Ich sah noch immer mich und Murray, der mich festhielt. Er hatte sein Gesicht an meinem Hinterkopf vergraben, um nicht in den Spiegel zu sehen.

Mit angehaltenem Atem wartete ich auf eine Vision meiner größten Angst, aber sie kam nicht. Ich sah nur die grausame Realität. Meine Augen waren gerötet, meine Lippen aufgeplatzt, und ich war leichenblass vor Angst. Wie konnte das sein? Warum zeigte der Spiegel mir nicht meine schlimmsten Albträume?

Plötzlich musste ich an Reed denken. Nicht an seinen blutüberströmten Körper, aber an die Worte, die er vor einiger Zeit gesagt hatte: *Nüchtern betrachtet, lebe ich meinen Albtraum bereits.*

War das möglich? Lebte auch ich gerade meinen Albtraum? In gewisser Weise schon. Reed war dabei zu verbluten, mein Vater stand ebenfalls an der Klippe zum Tod, mein Leben schwebte in Gefahr, und ich hatte das Archiv verloren. Doch diese Erkenntnis schockte mich weniger, als dass sie mir einen Ausweg bot.

Ich ließ meinen Körper in Murrays Armen vollkommen schlaff werden, bis es schien, als würden nur seine Arme mich aufrecht halten. Es dauerte eine Weile, aber schließlich lockerte er seinen Griff, in dem Glauben, ich hätte mich in meiner Angst verloren.

Ich nutzte diesen Augenblick, um mich aus seinen Armen

zu winden. Vor Schreck riss Murray den Kopf in die Höhe und verlor im selben Moment.

Denn sein Blick glitt zu dem Spiegel – und er erstarrte wie zu Stein, als hätte er in die Augen der Medusa geblickt.

Schwer atmend betrachtete ich seine regungslose Gestalt, mit vor Entsetzen offen stehendem Mund. Ich wartete einen Augenblick, aber er bewegte sich nicht.

Ich näherte mich ihm vorsichtig, bis ich nach meiner Kette greifen konnte. Bedächtig nahm ich ihm den Schlüssel vom Hals, bevor ich in den Verkaufsraum zum Telefon stürmte. Eilig wählte ich den Notruf. Mit zitternder Stimme erzählte ich der Frau am anderen Ende der Leitung alles, was sie wissen musste. Anschließend schlug ich den kreischenden Feuermelder im Lager von der Decke und sperrte die Tür auf für die hoffentlich bald eintreffenden Ärzte.

Ich funktionierte auf Autopilot, bis ich erneut ins Archiv hinabstieg und Reed erblickte. Er hatte sich aufgesetzt. Die Hände hielt er schützend auf die Wunde an seinem Magen gedrückt. Sein Gesicht war blass, und Schweiß war auf seine Stirn getreten wie damals, als ich mich demonstrativ mit dem Dolch verletzt hatte.

Ich blies die Kerze aus, die von den Tarotkarten nur ein Häufchen Asche zurückgelassen hatte, und ungeachtet der Splitter ging ich vor Reed in die Knie. »Wie geht es dir?«

Er beobachtete mich aus halb gesenkten Lidern, und ich glaubte, die Andeutung eines Lächelns an seinen Mundwinkeln zucken zu sehen. »Mir ging es schon schlechter.« Seine Worte klangen rau und krächzend, und obwohl sie etwas anderes behaupteten, als seine schmerzverzerrten Gesichtszüge zeigten, glaubte ich ihm. »Ich hasse meine Magieresistenz.«

»Ich auch«, sagte ich, meine Stimme dick von Tränen, die ich zurückzuhalten versuchte. »Aber ich habe einen Krankenwagen gerufen. Er wird gleich eintreffen, und dann wird alles wieder gut. Schaffst du es mit meiner Hilfe nach oben? Sie dürfen nicht hier runterkommen.«

Reed nickte und stemmte sich mit einer Hand vom Boden ab, die andere ließ er auf seiner Wunde liegen. Ich legte einen Arm um ihn, um ihn zu stützen. Schritt für Schritt erklommen wir die Stufen. Reed war anzusehen, wie sehr jede einzelne Bewegung ihn schmerzte. Jeder Muskel in seinem Gesicht war angespannt, und Tränen waren in seine Augen getreten, aber bis auf seine rasselnde Atmung gab er keinen Laut von sich.

Nach einer Ewigkeit erreichten wir das Lager. Reed erblickte Murray, der noch immer in den Spiegel starrte. »Was ist mit ihm?«

»Er stellt sich seinen Ängsten«, antwortete ich und führte ihn an Murray vorbei in den Verkaufsraum. Langsam ließ er sich auf einen der Sessel sinken, und ich setzte mich neben ihn auf die Lehne. Sanft berührte ich sein fahles Gesicht.

»Danke, dass du mir geholfen hast, die Karten wiederzufinden«, sagte ich. »Ich weiß nicht, ob ich es ohne dich geschafft hätte.«

»Das hättest du«, erwiderte Reed ohne jeden Zweifel und schmiegte sich in die Berührung meiner warmen Hand.

Ich strich mit dem Daumen über seine Wange. »Vielleicht, aber es hätte nur halb so viel Spaß gemacht.«

Er zog die Augenbrauen leicht in die Höhe und blickte zu mir auf. »Das hier nennst du Spaß?«

»Nun ja, das heute vielleicht nicht, aber wir hatten eine gute Zeit, meinst du nicht?«

Reed lehnte sich an mich. »Ich mag dich, Fallon.«

»Ich mag dich auch«, gab ich zurück, als ich in der Ferne schon das Aufheulen der Sirenen hörte.

Alles würde wieder gut werden.

EPILOG

DAS ENDE

Vorsichtig schob ich die Tür zu Reeds Krankenzimmer auf, um nachzusehen, ob er wach war. Der Raum war genauso karg wie der meines Vaters, aber Blumen von Jess, meiner Mum und mir setzten farbige Akzente in dem eintönigen Weiß. Reeds Operation lag vier Tage zurück, und obwohl er sich laut den Ärzten gut erholte, schlief er die meiste Zeit über, was vor allem an den Schmerzmitteln lag, die man ihm verabreichte.

Doch gerade war er wach. Ein Lächeln stahl sich auf meine Lippen, und ich schlüpfte in das Zimmer. Die Tür schloss ich hinter mir, sodass wir ungestört reden konnten.

Ich setzte mich auf den Sessel neben Reeds Bett. »Du siehst gut aus.«

»Und du bist immer noch keine gute Lügnerin.«

»Ich meine es ernst.« Zwar war er noch nicht ganz er selbst, aber seine Haut wirkte weniger blass, die Schatten unter seinen Augen weniger dunkel, und er hatte seit meinem gestrigen Besuch geduscht. Und wenn ich mich nahe genug vorbeugte, roch ich das Shampoo, das ich ihm mitgebracht hatte.

»Wieso sitzt du so weit weg, wenn du es ernst meinst?«, fragte Reed. Er zog eine Augenbraue nach oben und ließ seinen Blick vielsagend über meinen Körper wandern. Vermutlich sah ich besser aus als er, aber auch meine Haut war von den Splittern der Kristallkugel gezeichnet.

Ich zögerte, denn ich wollte ihm nicht wehtun. »Bist du dir sicher?«

Reed nickte und rutschte zur Seite, um in seinem Bett Platz für mich zu machen. Ich kletterte zu ihm auf die Matratze, die gerade groß genug für uns beide war, wenn ich mich ganz eng an ihn schmiegte. Er legte einen Arm um meine Schultern und zog mich an sich.

»Besser?«

»Viel besser.« Reed beugte sich vor, um mich zu küssen. Der Druck auf meinen Mund war sanft, als wartete er auf meine Zustimmung. Ich lehnte mich ihm entgegen und ließ meine Zunge über seine Unterlippe gleiten. Ein tiefes Geräusch entwich seiner Kehle. Unser Kuss wurde bestimmender, und ich wünschte mir, wir wären nicht in einem Krankenhaus und er wieder gesund. Ich konnte es schon kaum erwarten, ihn mit nach Hause nehmen zu dürfen. Und dort würden wir dann endlich die gemeinsame Dusche nehmen, über die wir seit der Nacht unseres ersten Treffens sprachen.

Bevor das warme Kribbeln in meiner Mitte über meinen Verstand siegen konnte, löste ich mich von Reed und sank tiefer auf das Bett. Er folgte der Bewegung und drehte sich seitlich, um mich anzusehen. Dabei bedachte er mich mit einem Lächeln, das mein Herz schneller schlagen ließ.

»Ich habe vorhin mit meinem Dad telefoniert.«

»Wie geht es ihm?«

»Den Umständen entsprechend.« Er war vor zwei Tagen aus dem Koma erwacht, und ich war vor Freude in Tränen ausgebrochen, als meine Mum mich angerufen hatte. »Ich durfte heute das erste Mal selbst mit ihm telefonieren. Er hat kaum sprechen können, aber er hat sich gefreut, meine Stimme zu hören, und versteht, wieso ich nicht bei ihm sein kann. Ich habe ihm allerdings versprochen, dass wir ihn in London besuchen, sobald es dir besser geht.«

»Wir?«

Ich nickte. »Natürlich, als würde ich je wieder ohne dich irgendwohin gehen.«

Reed lachte. »Wirst du ihnen sagen, dass ich derjenige war, der die Karten gestohlen hat?«

Ich schüttelte den Kopf. »Wieso sie grundlos aufregen? Was geschehen ist, ist geschehen.«

»Und was ist, wenn Murray etwas sagt?«

»Das wird er nicht«, versicherte ich Reed mit absoluter Gewissheit. Von dem Murray, den wir gekannt hatten, war nichts mehr übrig. Nachdem Reed ins Krankenhaus eingeliefert worden war, hatte ich alle Hände voll zu tun gehabt, das Krankenhauspersonal zu überzeugen, dass Reeds Stichwunde ein Unfall war. Nach einigem Hin und Her hatte man mir schließlich geglaubt und mir erlaubt, mit ins Krankenhaus zu fahren. Erst nachdem Reed seine OP gut überstanden hatte, war ich zurück zum Antiquariat gefahren.

Murray hatte sich nicht von der Stelle gerührt. Vorsichtig hatte ich den Spiegel wieder verhangen. Doch trotz des weißen Bettlakens, das ihm die Sicht versperrte, hatte Murray sich nicht abgewandt. Nur unter meiner Führung hatte er sich in Bewegung gesetzt. Mit einem Taxi hatte ich ihn ins Krankenhaus geschickt, und nun lag er einige Stockwerke über Reed in seinem eigenen Zimmer – regungslos, versunken in seinen Ängsten. Die Ärzte glaubten, er hätte einen

Schlaganfall erlitten, der ihn nun zu einem Pflegefall machte. Mir tat es für Murrays Eltern leid, die sich um ihren Sohn kümmern mussten, aber ich brachte es nicht über mich, Mitleid zu verspüren, denn er hatte das bekommen, was er verdient hatte.

»Und wie geht es dir?«, fragte Reed und holte mich aus meinen Gedanken. Das passierte in den letzten Tagen oft. Ich verlor mich einfach in den Erinnerungen und den vielen *Was-wäre-wenn,* die einen viel ungünstigeren Ausgang hätten herbeiführen können.

»Es ging mir schon besser, aber ich kann mich nicht beschweren, denn all meine Lieblingsmenschen befinden sich auf dem Weg der Besserung. Und wie es scheint, darf ich das Archiv vorerst behalten.«

»Wirklich?«

Ich nickte. »Aufgrund des ganzen Durcheinanders haben meine Eltern und die anderen Archivare beschlossen, erst mal keine Schritte gegen mich einzuleiten.«

»Das ist zwar kein Freispruch, aber dennoch großartig.«

»Ich weiß, und willst du wissen, was auch großartig ist?«

»Was?«

Ich beugte mich über den Rand des Bettes, um meine Tasche vom Boden aufzuheben. Mit einem Ächzen hievte ich sie auf meinen Schoß und zog einen dicken Ordner hervor, den ich Reed reichte.

Irritiert schlug er ihn auf. »Was ist das?«

»Hunderte von Jahren Archivarengeschichte«, erklärte ich. »Da du noch ein paar Tage hierbleiben musst und im Fernsehen ohnehin nur Mist läuft, dachte ich, du kannst schon mal mit dem Lesen anfangen.«

»Wieso?« Reed blätterte durch die Seiten.

»Na ja, als Eingeweihter musst du das alles wissen.«

Reed riss den Kopf herum. »Als Eingeweihter?«

Ein breites Grinsen stahl sich auf mein Gesicht. »Ja, Jess hat das organisiert. Er kann sehr überzeugend sein und will dich so schnell wie möglich mit dabeihaben, um offiziell mit seinen Nachforschungen zu beginnen.«

Reed zog eine Braue in die Höhe. »Was für Nachforschungen?«

»Über deine Immunität. Er hat schon Dutzende von Theorien und kann es kaum erwarten, jede einzelne zu überprüfen«, sagte ich in einem Tonfall, der keinen Zweifel daran ließ, dass ich Jess für übermotiviert hielt. Wieso meine Zeit mit Forschung verschwenden, wenn ich auch magische Gegenstände suchen konnte?

Reed blickte von dem Ordner auf. »Was für Theorien?«

»Darüber, woher deine Immunität kommt und ob es wirklich eine Immunität ist.«

»Was sollte es sonst sein?«

»Das weiß Jess noch nicht genau, aber er glaubt, dass ich es nur dir zu verdanken habe, dass der Fluch keine schlimmeren Auswirkungen auf mich hatte. Die Nähe zu dir hat mich beschützt, weshalb der Fluch vermutlich auch auf meinen Dad übergegriffen hat. Er konnte dir und mir nicht schaden, also hat er meine Eltern angegriffen.«

»Klingt einleuchtend«, murmelte Reed.

»Jess' Vermutung nach dämpfst du die Magie daher viel mehr, als dass du gegen sie immun bist. Oder er redet Unsinn, und ich bin einfach ein Glückspilz.«

»Das wird es sein. Und wenn du jetzt die Augen zumachst und die Hand ausstreckst, hast du vielleicht noch mehr Glück.« Reed legte den Ordner auf seinen Nachttisch.

Ich zog die Brauen zusammen. »Wirklich?«

»Vielleicht.« Er lächelte mich wissend an.

»Du wirst mir aber nichts Ekliges in die Hand legen, oder?«

»Vielleicht, vielleicht auch nicht.« Er sah mich unschuldig an. »Das ist eine Überraschung.«

Ich verzog die Lippen, aber wir wussten beide, dass ich zu neugierig war, um ihm die Bitte abzuschlagen. Mit einem Seufzen schloss ich die Augen und streckte meine Hand aus. Ich hörte, wie Reed eine Schublade aufzog und mir etwas Kleines, Kühles in die Handfläche legte.

»Augen auf!«

Ich öffnete sie und entdeckte einen Ring. Jedoch nicht irgendeinen Ring, sondern jenen, den ich bei Bracken auf dem Schwarzmarkt bewundert hatte. Silbern, mit einem schwarzen Stein, der im einfallenden Licht so gräulich wirkte wie Nebel.

»Gefällt er dir?«

»Er ist traumhaft.«

Reed nahm meine Hand in seine und schob mir den Ring an meinen rechten Mittelfinger. Er passte wie angegossen, als wäre er nur für mich gemacht. Ich bewunderte das Schmuckstück. »Wann hast du …?«

»Während der Razzia«, antwortete Reed, ohne dass ich die Frage beenden musste. »Er hat dir so gut gefallen, und als ich Bracken geholfen habe, seine Koffer zu packen, konnte ich nicht anders, als ihn mitzunehmen. Ich wollte ihn dir schon die ganze Zeit übergeben, aber das Timing hat nicht gepasst.«

Ich blinzelte. »Du hast den Ring gestohlen?«

»Kann man es stehlen nennen, wenn man einen Dieb beklaut?«

»Ähm, ja.«

»Okay, dann ist er wohl wirklich gestohlen.« Reed strich mit seinem Daumen zuerst über den schwarzen Stein, dann über meinen Handrücken. »Hast du moralische Bedenken?«

Ich lächelte und beugte mich vor, um ihn erneut zu küssen. »Nicht im Geringsten.«

Danksagung

Ich danke Fallon und Reed dafür, dass ich durch sie meine Liebe für Edinburgh entdeckt habe.

Als ich *Das Flüstern der Magie* 2016 geschrieben habe, hatte ich noch nie einen Fuß auf schottischen Boden gesetzt, aber die Recherche rund um die Geschichte hat mich dazu motiviert, Edinburgh einen Besuch abzustatten. Und weil ich kein Freund von halben Sachen bin, habe ich mich gleich für mehrere Monate dort einquartiert, um die Stadt nicht nur als Tourist zu bewundern, sondern auch wirklich zu erleben.

Es war Liebe auf den ersten Blick. Denn diese Stadt ist wunderschön, magisch und inspirierend und mit keiner anderen zu vergleichen. Und nicht nur *Das Flüstern der Magie* ist von Edinburgh geprägt, sondern auch mehrere meiner Romane sind dort entstanden. Ein großer Dank gilt also auch der Stadt Edinburgh, meiner Herzensstadt.

Von ganzem Herzen danke ich auch dem Piper Verlag, Maria Weber, Karin Pauluth, Anne Ritter und Carsten Polzin. Ebenso danke ich meinem Agenten Markus Michalek und dem gesamten Team der AVA international GmbH.

Ein großer Dank gilt auch meiner Lektorin Klaudia Szabo und meinen Testlesern Charlotte, Friederike, Hanna, Rike, Sara J., Sara A. und Sophie sowie Anna, Yvonne und Verena, die sich nicht gescheut haben, die 2016-Version von *Das Flüstern der Magie* zu lesen. Ihr seid wahre Helden!

Dank gebührt auch meinem großartigen Schreib- und Gaming-Squad: Alex, Anabelle, Ava, Bianca, Laura, Marie,

Nicole, Nina und Tami. Ich bin froh, euch zu haben! Außerdem danke ich Caro, Nadine, Tanja, Gabriella und meiner Familie!

Und zu guter Letzt danke ich euch, meinen Lesern, für eure Unterstützung, eure Begeisterung und eure lieben Worte, die mich täglich motivieren. Ich hoffe, die Geschichte von Fallon und Reed hat euch gefallen.

Wir lesen uns bald wieder!

Zwei Diebinnen, die Ihr Herz erobern werden ...

*Cover- und Preisänderungen vorbehalten

Kester Grant

Der Hof der Wunder

Roman

Aus dem Englischen von
Andreas Decker
Piper, 416 Seiten
€ 17,00 [D], € 17,50 [A]*
ISBN 978-3-492-70501-1

In den dunklen Tagen nach der gescheiterten Französischen Revolution regieren Gewalt und Tod in Paris. Neun verbrecherische Gilden haben die Stadt unter sich aufgeteilt. Die junge Nina gehört zur Diebesgilde und genießt dadurch Schutz vor den Gefahren der Unterwelt. Bis zu dem Tag, an dem sie ihre Schwester vor Kaplan, dem finstersten aller Gildenführer, retten will. Plötzlich findet sich Nina in einem rätselhaften Spiel wieder, das nicht nur ihr Leben, sondern bald auch ganz Paris bedroht ...

Leseproben, E-Books und mehr unter www.piper.de

ENTDECKE
NEUE WELTEN
MIT PIPER FANTASY
Mach mit und gestalte deine
eigene Welt!
PIPER
www.piper-fantasy.de